KB118325

IN THE DISTANCE

먼 곳에서

IN THE DISTANCE

HERNAN DIAZ

에르난 디아스
장편소설

강동혁 옮김

문학동네

일러두기

1. 주석은 모두 옮긴이주다.

2. 본문 중 고딕체는 원서에서 이탤릭체나 대문자로 강조한 부분이다.

앤과 엘사에게

차
례

먼 곳에서
009

옮긴이의 말
353

흰 하늘과 섞여들어가는 흰 평원을 어지럽히는 건 그 구멍, 얼음 위의 깨진 별뿐이었다. 바람도, 생명도, 소리도 없었다.

한 쌍의 손이 물에서 나와 각진 구멍의 가장자리를 더듬었다. 탐색하는 손가락이 아주 작은 협곡의 경사면을 닮은, 구멍의 두꺼운 안쪽 벽을 기어올라 표면까지 나오는 데는 꽤 시간이 걸렸다. 가장자리 너머에 이른 손은 갈고리처럼 눈을 움키고 당겼다. 머리가 나왔다. 헤엄치던 사람이 눈을 떴다. 그는 지평선조차 보이지 않는 광활하고 단조로운 풍경을 바라보았다. 길고 흰 머리카락과 턱수염이 지푸라기 빛깔이 들어간 끈으로 묶여 있었다. 그에게는 고통스러워하는 기색이 전혀 없었다. 설령 숨이 찼더라도 날숨에서 나오는 김은 아무 색깔 없는 배경 속에서 보이지 않았다. 그는 팔꿈치와 가슴을 얕은 눈밭에 올려놓고 몸을 돌렸다.

모피와 유포를 입은, 고생을 할 대로 한 턱수염 난 남자 열두 명가량이 수백 미터 떨어진 곳의 얼음에 끼어버린 종범선 갑판에서 그를 바라보았다. 그중 한 명이 뭐라고 소리쳤지만, 그 소리는 남자에게 뚜렷하지 않은 중얼거림으로만 들려왔다. 웃음들. 헤엄치던 남자는 코끝에 늘어져 있던 방울을 훅 불어냈다. 그 날숨의 (그리고 팔꿈치 아래에서 으적거리는 눈과 구멍 가장자리에 철썩이는 물의) 풍성하고도 자세한 현실과는 대조적으로 배에서 들려오는 희미한 소리는 꿈에서 새어나오는 것 같았다. 그는 선원들의 먹먹한 외침을 무시하고 구멍 가장자리를 붙든 채로 배에서 고개를 돌려 다시 한번 하얀 공백을 마주보았다. 눈에 보이는 것 중 살아 있는 것은 그의 두 손뿐이었다.

그는 구멍에서 몸을 끌어낸 뒤 얼음을 깰 때 썼던 손도끼를 집어들었다. 벌거벗은 채로 잠시 멈춰 서서 눈을 가늘게 뜨고, 환하지만 태양은 없는 하늘을 바라보았다. 그 모습이 늙고 강인한 그리스도처럼 보였다.

그는 손등으로 이마를 훔친 뒤 허리를 숙여 소총을 집어들었다. 그때에야 텅 빈 광활함에 가려졌던 그의 거대한 신체 비율이 분명히 드러났다. 손에 들린 소총은 장난감 카빈총처럼 보였다. 남자가 총열을 쥐고 있었음에도 개머리판이 땅에 닿지 않았다. 소총을 가늠자로 삼으면, 남자가 어깨에 걸치고 있는 손도끼는 사실 완전한 크기의 도끼라는 걸 알 수 있었다. 남자는 인간성을 유지하는 선에서 가능한 최대의 몸집을 가지고 있었다.

벌거벗은 남자는 얼음 목욕탕으로 오는 길에 남겨둔 자신의 발자국을 바라본 뒤 그 발자국을 따라 배로 돌아갔다.

일주일 전, 임페커블호의 젊고 경험 없는 선장은 선원 대부분과 솔직한 승객 일부의 조언에도 불구하고 얼음판이 떠도는 좁은 해역으로 배를 몰고 들어갔고, 눈보라와 그에 이어진 심각한 추위로 얼음판들이 서로 굳으며 배가 갇혀버렸다. 4월 초였고 폭풍은 몇 주 전에 찾아온 해빙기를 잠깐 방해했을 뿐이므로, 이 상황에서 벌어질 최악의 결과라고 해봐야 보급품의 엄격한 분배, 선원들의 지루함과 짜증, 채취 작업자 몇몇의 불평, 샌프란시스코 냉각회사 직원의 깊은 걱정, 휘슬러 선장의 박살난 평판 정도가 전부였다. 다만, 봄이 온 뒤에야 이곳에서 풀려난다면 임페커블호가 맡았던 임무는 위기에 빠지게 될 터였다. 종범선은 알래스카에서 연어와 모피를 거두어들이고, 냉각회사에 고용되었으므로 샌프란시스코와 샌드위치섬, 심지어 중국과 일본에서 쓰일 얼음도 채취할 예정이었다. 선원들을 제외하면 배에 탄 남자 대다수는 몸으로 뱃삯을 때우기로 한 채취 작업자였다. 그들은 빙하를 폭파하고 커다란 얼음덩어리를 망치로 떼어낸 뒤 배로 실어와 지푸라기로 덮인 창고에 보관해두었다. 얼음은 가죽을 덮고 끈으로 묶어 보관해두었는데 그런 만큼 단열이 형편없었다. 점점 따뜻해지는 물을 가로질러 남쪽으로 다시 배를 몰아가면 화물의 부피가 줄어들게 될 터였다. 누군가 얼음 배가 얼음에 갇히다니 얼마나 이상한 일이냐고 지적했다. 아무도 웃지 않았고, 그 이야기는 다시 나오지 않았다.

헤엄치던 벌거벗은 남자는 그렇게까지 안짱다리만 아니었어도 키가 더 컸을 것이다. 그는 날카로운 돌 위를 걷기라도 하듯 발바닥의 바깥쪽 가장자리로만 걸음을 디디며 허리를 앞으로 숙이고 균형을 잡으려 어깨를 흔들거리면서 천천히 배를 향해 나아갔다. 소총을 등에 걸치고 도끼는 왼손에 쥔 채, 민첩한 동작 세 번 만에 용골을 기어올라 난간에 이르더니 훌쩍 배 위로 뛰어올랐다.

이제는 조용해진 남자들이 시선을 돌리는 척했다. 다만 남자를 곁눈질하고 싶은 마음까지는 참지 못했다. 남자의 담요는 몇 걸음 떨어진 곳, 그가 놔두었던 자리에 그대로 있었다. 그러나 남자는 몸에 묻은 물기가 천천히 얼어가고 있는데도 그렇지 않다는 듯, 마치 여기에 홀로 있는 것처럼 모두의 머리 너머, 현장舷牆* 건너편을 바라보며 제자리를 지켰다. 배에서 머리가 흰 사람은 그 남자뿐이었다. 풍파에 시달리긴 했지만 근육질인 체격이 이상하게도 건장한 동시에 야윈 느낌을 주었다. 그는 한참 만에 손으로 짠 자신의 담요를 몸에 둘렀다. 담요가 수도승의 머리를 감싸듯 그의 머리를 감쌌다. 남자는 해치로 다가가더니 갑판 아래로 사라졌다.

"호크**라니. 그러니까 저 젖은 오리가 매라는 거야?" 채취 작업자 한 명이 그렇게 말하고 갑판 너머로 침을 뱉더니 웃었다.

헤엄을 치던 키 큰 남자가 아직 얼음판에 나가 있을 때 터졌던 첫번째 웃음이 집합적으로 껄껄대는 소리였다면 이번의 웃음은 낮게 울리는 온순한 소리였다. 남자 몇 명이 쑥스러운 듯 장단을 맞춰 키득거렸지만 대다수는 채취 작업자의 말을 듣지도, 그가 침 뱉는 모습을 보지도 못한 척했다.

"가자, 먼로." 남자의 동료 하나가 그의 팔을 부드럽게 끌어당기며 부탁했다.

---

* 갑판 위의 사람이나 짐이 밖으로 떨어지거나 물이 갑판으로 올라오지 못하도록 뱃전에 설치한 울타리.
** Hawk. '매'라는 뜻.

12

"왜, 걷는 것도 오리 같잖아." 면로가 친구의 손을 떨쳐내며 고집스럽게 말했다. "꽥꽥, 노란 오리! 꽥꽥, 노란 오리!" 그는 헤엄치던 남자의 특이한 걸음걸이를 따라 하며 뒤뚱뒤뚱 돌아다녔다.

이제는 면로의 동료 중 두 명만 숨죽여 히죽거렸다. 나머지는 농담을 하는 그 남자와 최대한 거리를 두었다. 채취 작업자 일부는 몇몇 남자들이 뱃고물에 꺼지지 않게 피워둔, 죽어가는 불 근처에 모여들었다. 처음에 휘슬러 선장은 배에서 불을 피우지 못하게 했지만, 한동안 얼음에 갇혀 있어야 할 것이 예상되면서 체면을 구겼기에 금지 조치를 강제할 권위를 거의 잃고 말았다. 남자들 중 비교적 나이가 많은 이들은 9월이 되어 흙이 돌처럼 변해버리는 바람에 어쩔 수 없이 광산을 떠나야 했던 사람들로, 다시 광산에 돌아갈 예정이었다. 가장 나이가 어린 남자는 배에 탄 사람 중 유일하게 턱수염이 없었는데, 열다섯 살도 안 되어 보였다. 그는 저멀리 북쪽에서 한몫 잡을 생각에 다른 채취 작업자들과 합류할 계획이었다. 알래스카는 새로운 땅이었고 소문은 격렬했다.

배의 반대쪽 끝에서 흥분한 고함이 들려왔다. 이제는 면로가 비쩍 마른 남자의 목을 쥐고, 다른 손에는 유리병을 들고 있었다.

"여기, 바틀릿 씨께서 친절하게도 배에 탄 모두에게 한 잔씩 돌리시겠다는군." 면로가 큰 소리로 알렸다. 바틀릿이 아파서 인상을 썼다. "자기 술 저장고를 털어서 말이야."

면로가 술을 한 모금 마시고 피해자를 놓아주더니 주위에 유리병을 돌렸다.

"정말이에요?" 소년이 자기 일행을 돌아보며 물었다. "그 이야기 말이에요. 사람들이 호크에 대해서 하는 이야기. 그게 정말이에요?"

"어떤 이야기?" 채취 작업자 중 한 명이 되물었다. "호크가 그 형제들을 곤봉으로 때려죽였다는 이야기? 아니면 시에라의 흑곰이 나오는 이야기?"

"곰이 아니라 사자겠지." 치아가 없는 남자가 끼어들었다. "사자였어. 맨손으로 죽였대."

몇 걸음 떨어진 곳에서 너덜너덜한 더블 코트를 입은 남자가 대화를 엿듣다 말했다. "한때는 추장이었다고 했어. 원주민 사이에서. 거기서 호크라는 이름이 붙은 거래."

이 대화는 점점 갑판 위 남자들의 관심을 끌었고, 결국 대부분이 뱃고물에 원래 모여 있던 사람들 주변으로 모여들었다. 그들 모두에겐 할 이야기가 있었다.

"미국에서 영토를 주겠다고 했다더라. 주州 하나를 통째로 주겠다고 했다는 거야. 법도 직접 만들고, 다 할 수 있도록. 그냥 호크가 접근해오지 못하게 하려고."

"걸음걸이가 이상한 건 발에 낙인이 찍혔기 때문이래."

"캐니언에는 절벽에 사는 사람들로 이루어진 호크의 군대가 있어서, 호크가 돌아오기만을 기다리고 있대."

"자기 패거리한테 배신당해서 그놈들을 전부 죽였다던데."

이야기는 기하급수적으로 늘어났고, 머잖아 몇몇 대화가 서로 겹치면서 그 소리는 이야기 속 행위의 대담함과 기이함과 더불어 커져갔다.

"거짓말!" 먼로가 일행에게 다가오며 소리쳤다. 취해 있었다. "전부 거짓말이야! 저놈을 봐! 못 봤어? 늙은 겁쟁이라고. 호크라니. 매 같은 건 내가 어느 날에든 모조리 처치해주지. 비둘기 잡듯 잡을 거라니까! 탕, 탕, 탕!" 그는 보이지 않는 소총으로 하늘 전체를 쏴 갈겼다. "언제든지. 갱단 두목 누구누구, 추장 누구누구누구, 다 나한테 데려와. 언제라도! 그런 얘기는 전부 거짓말이야."

갑판 아래로 이어지는 해치가 삐걱거리며 열렸다. 모두가 조용해졌다. 헤엄치던 남자가 힘겹게 해치에서 나오더니, 거대한 절름발이 석상처럼 힘겨운 걸음으로 사람들에게 몇 발짝 다가왔다. 지금 그는 생가죽 레깅스에 닳아빠진 블라우스, 형태가 분명하지 않은 모직 천 몇 겹을 걸치고, 그 위에 스라소니와 코요테, 비버, 곰, 카리부,* 뱀, 여우, 프레리도그, 긴코너구리, 퓨마, 그 외에 알 수 없는 짐승 가죽으로 만든 코트를 입고 있었다. 여기저기에서 주둥이, 앞발, 꼬리가 달랑거렸다. 커다란 산山 사자의 텅 빈 머리가 등에 후드처럼 늘어져 있었다. 이 코트를 만드는 데 쓰인 동물의 다양한 종류는 가죽이 닳아가는 다양한 단계와 더불어 그 옷을 만드는 데 얼마나 오랜 시간이 걸렸을지, 그리고 그 코트를 걸친 사람이 얼마나 넓은 곳을 여행했을지 짐작하게 했다. 남자는 양손에 하나씩, 쪼개진 장작의 가운데 부분을 쥐고 있었다.

"그래." 남자가 딱히 누구를 쳐다보지 않고 말했다. "그런 말은 대부분 거짓말이다."

모두가 먼로와 모피 코트를 걸친 남자 사이에 그어진 보이지 않는 선에서 빠르게 물러났다. 먼로의 손이 총집 위에서 맴돌았

---

* 순록의 일종.

다. 그는 대단히 취한 동시에 대단히 겁을 먹은 남자들이 공통적으로 보이는, 놀랐지만 엄숙한 모습으로 그 자리에 서 있었다.

거대한 남자가 한숨을 쉬었다. 그는 무지막지하게 피곤해 보였다.

먼로는 움직이지 않았다. 헤엄치던 남자가 다시 한숨을 쉬더니, 그 누구에게도 눈 깜짝할 순간조차 주지 않은 채 갑자기 장작 하나로 다른 장작을 탁 때려 귀청이 떨어질 듯한 천둥소리를 냈다. 먼로가 바닥에 털썩 주저앉아 몸을 둥글게 말았다. 나머지 남자들은 몸을 숙이거나 팔을 들어올려 이마로 가져갔다. 탁 소리가 부풀어올라 메아리치다가 평원 속으로 녹아들자 모두가 주위를 둘러보기 시작했다. 먼로는 아직 바닥에 있었다. 그는 조심스럽게 고개를 들고 일어서더니 얼굴을 붉히다가, 자기 장화에 시선을 고정한 채 일행들 뒤로, 그다음에는 배의 숨겨진 뒤쪽으로 사라졌다.

거인은 아직 소리가 퍼져나가고 있다는 듯 장작을 허공에 들어올린 채 서 있다가, 물러나는 사람들 사이를 지나쳐 몸부림치는 모닥불로 향했다. 그는 코트에서 밧줄 꾸러미와 타르를 칠한 캔버스 천을 꺼냈다. 불쏘시개를 잉걸불에 던져넣은 뒤 장작 한 개비를 더 넣고, 다른 장작으로 석탄을 휘저은 뒤 그것도 불길에 더했다. 불똥이 소용돌이를 일으키며 어두워지는 하늘로 튀었다. 빛나는 소용돌이가 잦아들자 남자는 불 위에서 두 손을 덮혔다. 그는 눈을 감고 살짝 불 쪽으로 몸을 숙였다. 구리색 빛을 받으니 좀더 젊어 보였다. 만족스러운 미소를 짓는 것 같았다. 아니, 그 표정은 강한 열기가 모든 사람의 얼굴에 드리우는 찡그린 표정일 수도 있었다. 남자들은 평소처럼 존경심과 두려움이 뒤섞인 채로 그에게서 물러나기 시작했다.

"불가에 머물러라." 남자가 조용히 말했다.

남자가 그들에게 말을 건 것은 그때가 처음이었다. 남자들은 휘청거리다가 제자리에 멈춰 섰다. 그 요구에 따르는 것과 복종하지 않는 것, 똑같이 두려운 두 선택지를 가늠해보는 듯했다.

"그런 이야기 대부분은 거짓말이다." 남자가 다시 말했다. "모든 게 거짓인 건 아니다. 대부분이 그렇다는 거다. 내 이름은," 그는 그렇게 말하며 나무통 위에 앉았다. 팔꿈치를 무릎에 대고 이마는 손바닥에 댄 채 깊이 숨을 들이쉬더니 허리를 세워 앉았다. 지쳤지만 위엄 있는 모습이었다. 채취 작업자와 선원들은 각자의 자리에서 고개를 숙인 채 그대로 남아 있었다. 소년이 죽 늘어서 있던 통 중에서 작은 것 하나를 굴리며 앞으로 나왔다. 그러고는 용감하게도 남자 곁에 그 통을 놓고 앉았다. 키 큰 남자는 만족스러운 듯 고개를 끄덕인 것 같았다. 그러나 그 동작은 워낙 순식간에 지나갔고, 별 뜻 없이 고개를 갸웃한 것일 수도 있는, 감지하기 어려운 움직임이었다.

"호칸이다." 남자가 불속을 들여다보며 말했다. 첫번째 모음은 u로 발음되었는데 즉시 o로 변했다가 다시 a로 변했다. 다만 소리가 연달아 변한다기보다는 왜곡되거나 휘어져 단 하나의 소리에 세 가지 소리가 동시에 들어가도록 발음해야 했다. "호칸 쇠데르스트룀. 성을 써야 했던 적은 한 번도 없다. 한 번도 써본 적 없다. 아무도 내 이름을 발음하지 못한다. 여기에 도착했을 때 나는 영어를 할 줄 몰랐다. 사람들이 내 이름을 물었다. 나는 호칸이라

고 대답했다." 그가 가슴에 손바닥을 대고 말했다. "사람들은 호
칸? 호크 캔Hawk can? 매가 뭘 할 수 있다는 거지? 하고 물었다.
네가 할 수 있는 게 뭐냐고. 내가 영어를 배워 설명할 수 있게 되
었을 때쯤 내 이름은 매가 되었다."

호칸은 불을 향해 말하는 것 같았지만 다른 사람이 들어도 상
관하지 않았다. 어린 소년만이 앉아 있었다. 몇몇은 각자의 자리
를 지켰고 몇몇은 몰래 빠져나가 뱃머리 쪽으로 흩어지거나 갑
판 아래로 내려갔다. 결국 대여섯 명이 나무통과 상자, 꾸러미를
가지고 불가로 다가와 앉았다. 호칸은 조용해졌다. 누군가가 뭉
친 담배와 펜나이프를 꺼내, 세심하게 담배를 조금 잘라낸 뒤 보
석이라도 되는 양 살펴보고는 입에 물었다. 그러는 동안 이야기
를 듣던 사람들은 호칸 주위에 모여들어 즉석에서 만들어낸 좌석
가장자리에 앉았다. 거대한 남자의 기분이 적대적으로 변하면 언
제든 벌떡 일어날 태세였다. 채취 작업자 중 한 사람이 시큼한 빵
과 연어를 꺼냈다. 다른 사람은 감자와 생선 기름을 가지고 있었
다. 음식이 전달되었다. 호칸은 거절했다. 남자들은 음식을 먹으
며 좀더 편하게 자리를 잡고 앉았다. 아무도 말하지 않았다. 하늘
은 여전히 땅과 구분되지 않았으나 이제는 둘 다 잿빛으로 변해
있었다. 마침내, 불을 뒤적인 뒤 호칸이 말하기 시작했다. 그는
때때로 오랫동안 말을 멈추었고, 이따금 거의 들리지 않는 목소
리로 말했다. 해가 뜰 때까지 이야기를 이어나갈 것이었다. 언제
나 불을 향해, 마치 자신의 말이 입에서 나오는 순간 태워져야 한
다는 듯이. 하지만 때로는 그가 소년에게 이야기하는 것처럼 보
이기도 했다.

1

호칸 쇠데르스트룀은 스웨덴 튀스트나덴 호수 북쪽 어느 농장에서 태어났다. 그의 가족이 일구던 지력이 다한 땅은 어느 부유한 남자의 소유였다. 가족들은 지주를 한 번도 만나본 적이 없었으나 지주는 토지 관리인을 통해 수확물을 정기적으로 거둬들였다. 해가 갈수록 소출이 줄어들자 지주는 목줄을 더 세게 쥐었고, 쇠데르스트룀 가족은 숲에서 채집해온 버섯과 열매, 호수에서 잡은 뱀장어와 꼬치고기로 살아가야 했다(바로 그 호수에서 호칸은 아버지가 부추기는 바람에 얼음 목욕을 즐기게 되었다). 그 지역의 대부분 가족이 비슷한 인생을 살아갔다. 몇 년 안에, 이웃들이 집을 버리고 스톡홀름이나 더 먼 남쪽으로 떠나자 쇠데르스트룀 가족은 점점 더 고립된 끝에 사람들과 전혀 접촉하지 않게 되었다. 일 년에 몇 번씩 찾아와 수확물을 거둬가는 관리인만 예외였다. 막내와 첫째 형이 병들어 죽으면서 호칸과 네 살 위의 형인 리누스만 남았다.

그들은 추방자처럼 살았다. 집안에서는 말 한마디 없이 며칠이 지나곤 했다. 소년들은 숲이나 버려진 농가에서 최대한 오랜 시간을 보냈다. 그럴 때 리누스는 호칸에게 끊임없이 이야기를 들려주었다. 그가 했다는 모험에 대해서, 영웅적인 주인공에게서 직접 들었다는 업적에 대해서, 어째서인지 상세히 아는 머나먼 곳에 대해서. 그들의 고립된 상황을—그리고 그들이 글을 읽지 못한다는 점을—생각해볼 때, 이 모든 이야기의 출처는 리누스의 놀라운 상상력일 수밖에 없었다. 그러나 이야기가 아무리 기이해도, 호칸은 한 번도 형의 말을 의심하지 않았다. 아마 리누스가 무조건적으로 호칸을 지켜주었고, 동생이 저지른 작은 실수에 대한 어떤 비난이나 공격도 망설이지 않고 대신 받아주었기 때문이겠지만, 호칸은 아낌없이 형을 믿었다. 사실, 리누스가 없었다면 호칸은 아마 죽었을 것이다. 리누스는 언제나 호칸에게 먹을 것이 충분히 있는지 확인했고, 부모가 집을 비울 때도 어찌어찌 집을 따뜻하게 유지했으며, 음식과 연료가 부족할 때는 이야기로 호칸의 주의를 돌려놓았다.

모든 것은 암말이 망아지를 배면서 바뀌었다. 토지 관리인은 잠시 들렀을 때 호칸의 아버지인 에리크에게 기필코 모든 일을 제대로 처리하라고 말했다. 굶주림으로 이미 너무 많은 말을 잃은 주인은 줄어가는 마구간에 말 한 마리가 보태지는 것을 반길 테니 말이다. 시간이 지나 암말은 비정상적으로 커졌다. 암말이 쌍둥이를 낳았을 때 에리크는 놀라지 않았다. 그리고 아마도 살면서 처음으로, 거짓말을 하기로 했다. 그는 아들들과 함께 숲의 작은 땅을 비우고 숨겨진 우리를 지은 뒤, 젖을 떼자마자 망아지 중 한 마리를 그리로 데려갔다. 몇 주 뒤 관리인이 와서 다른 망아지를 데려갔다. 에리크는 자신의 망아지를 숨겨둔 채 튼튼하고 건강하게 길렀다. 그리고 때가 되자 아는 사람이 한 명도 없는 먼 마을의 방앗간 주인에게 그 망아지를 팔았다. 집으로 돌아온 날 저녁, 에리크는 아들들에게 이틀 후 아메리카로 떠나라고 말했다. 망아지를 판 돈으로는 두 사람의 뱃삯밖에 낼 수 없다고. 어쨌거나 자신은 범죄자처럼 도망칠 생각이 없다고. 어머니는 아무 말도 하지 않았다.

도시의 사진조차 본 적이 없던 호칸과 리누스는 예테보리에서 하루이틀 시간을 보낼 생각에 서둘러 갔지만, 포츠머스로 떠나는 배에 탈 시간에 아슬아슬하게 맞춰 도착했다. 일단 배에 탄 그들은 둘 중 한 명에게 무슨 일이 일어날 경우에 대비해 돈을 나누었다. 여행의 이 단계에서 리누스는 호칸에게 아메리카에서 그들을 기다리고 있는 온갖 경이로운 일에 관해 말해주었다. 영어를 할 줄 몰랐으므로 그들이 가려는 도시의 이름, '누요르크'는 추상적인 부적처럼 느껴졌다.

그들은 예상보다 훨씬 늦게 포츠머스에 도착했다. 모두가 해변으로 가는 작은 보트에 오르느라 허둥댔다. 호칸과 리누스는 부두에 발을 딛자마자 주요 도로 이쪽저쪽으로 부산스럽게 움직이는 사람들의 흐름에 휘말렸다. 그들은 거의 뛰다시피 나란히 걸었다. 리누스는 때때로 동생을 돌아보며 주변의 기이한 물건들에 관해 무언가 가르쳐주려 했다. 둘 다 그날 오후에 출발하는 다음

배를 찾고 모든 것을 이해해보려 애썼다. 상인, 향료, 문신, 수레, 호객꾼, 첨탑, 선원, 해머, 깃발, 증기, 거지, 터번, 염소, 만돌린, 크레인, 저글링, 바구니, 돛 만드는 사람, 게시판, 매춘부, 굴뚝, 휘파람, 오르간, 직공, 물담뱃대, 장돌뱅이, 후추, 꼭두각시, 주먹다짐, 절름발이, 깃털, 마술사, 원숭이, 군인, 밤송이, 비단, 춤꾼, 앵무새, 목사, 햄, 경매, 아코디언 연주자, 주사위, 곡예사, 종탑, 카펫, 과일, 빨랫줄. 호칸은 오른쪽을 보았다. 형이 사라지고 없었다.

그들은 방금 점심을 먹는 중국인 선원 무리를 지나친 터였다. 리누스가 동생에게 그들의 나라와 전통에 관해 몇 가지를 말해주었다. 형제는 휘둥그레진 눈으로 입을 쩍 벌린 채 계속 걸어가며 주변의 광경을 보았다. 그런 뒤 호칸이 리누스를 돌아보았는데, 리누스가 그 자리에 없었던 것이다. 호칸은 주위를 둘러보고 길을 되짚어갔다. 도로 연석에서 벽까지 갔다가 앞으로 달려간 뒤, 선착장으로 되돌아갔다. 그들이 타고 온 작은 보트는 떠나고 없었다. 호칸은 형을 잃어버린 자리로 돌아갔다. 나무상자에 앉아 숨을 가쁘게 쉬며 몸을 떨었다. 형의 이름을 소리쳐 부르고 사람들의 소용돌이를 바라보았다. 혀에 닿은 짭짤한 활기가 얼얼하게 마비된 감각으로 빠르게 바뀌어 온몸으로 번졌다. 떨리는 무릎을 간신히 안정시킨 호칸은 가장 가까운 부두로 달려가 선원들에게 누요르크로 가는 배에 대해 물었다. 선원들은 알아듣지 못했다. 호칸은 몇 번 시도한 끝에 "아메리카"라고 말해보았다. 선원들은 그 말을 즉시 알아들었으나 고개를 저었다. 호칸은 이 부두, 저 부두를 돌아다니며 아메리카에 대해 물었다. 한참 만에, 몇 차례 실패한 끝에 누군가가 그에게 "아메리카"라고 말하며 보트를, 그다음에는 해변에서 굵은 밧줄 세 개 길이*만큼 떨어진 곳에 정박해 있는 배를 가리켰다. 호칸은 보트를 들여다보았다. 리누스는 없었다. 아마도 이미 배에 탄 모양이었다. 선원이 호칸에게 손을 내밀었고 호칸은 보트에 올랐다.

배에 이르자마자 누군가가 호칸에게 돈을 달라고 해서 챙기더니, 호칸을 갑판 아래의 어두운 구석으로 안내했다. 그곳에는 시끌벅적한 이민자 무리가 서까래와 고리 달린 볼트에 매달려 흔들리는 등불 아래에서, 침상과 상자와 꾸러미와 나무통 가운데 한 곳에 자리를 잡으려고, 긴 여행 동안 양배추와 마구간 냄새가 나는 선실의 작은 공간을 차지하려 애쓰고 있었다. 호칸은 흔들리는 불빛에 일그러진 실루엣 가운데 리누스를 찾으며, 비명을 지르거나 잠들어 있는 아기들 사이를, 웃어대는 초췌한 여자들 사이를, 튼튼하고 흐느끼는 남자들 사이를 지나갔다. 점점 더 심해지는 절망 속에서 인파와 바쁜 선원들을 헤치며 서둘러 갑판으로 다시 나갔다. 배는 손님들을 내려주고 있었다. 건널판자가 치워졌다. 호칸은 형의 이름을 소리쳐 불렀다. 닻이 올라갔다. 배가 움직였다. 사람들이 환호했다.

출항하고 며칠 뒤, 아일린 브레넌은 굶주린 채 열이 펄펄 끓고 있는 호칸을 발견했다. 아일린과 그녀의 남편인 석탄 광부 제임스는 호칸을 자기 자식이라도 되는 것처럼 돌봐주었다. 부드럽게

---

* cable length. 해상 거리의 단위로 미국에서는 약 219미터, 영국에서는 약 185미터.

억지로 음식을 먹이고, 그를 간호해 건강을 되찾도록 했다. 호칸은 입을 열지 않으려 들었다.

어느 정도 시간이 흐른 뒤 호칸은 마침내 선실에서 나왔지만, 모든 사람을 피해 수평선만 바라보며 하루하루를 보냈다.

그들은 봄에 영국을 떠났고 이제는 여름이 자리를 잡아야 했지만 날씨는 매일 점점 더 추워졌다. 몇 주가 흘렀으나 호칸은 여전히 말하기를 거부했다. 아일린이 직접 넝마를 기워 만든 볼품없는 망토를 건네주었을 때쯤 육지가 보였다.

배는 이상하리만치 갈색인 수역에 접어들어 희뿌옇고 나지막한 도시에 정박했다. 호칸은 흐릿해진 분홍색과 황토색 건물들을 바라보며 리누스가 설명해준 특징적인 지형지물을 찾아보았으나 헛된 일이었다. 나무상자가 한가득 실린 보트가 배와 진흙 빛깔의 해변 사이를 오갔다. 아무도 배에서 내리지 않았다. 호칸은 점점 더 불안해져, 한가로운 선원에게 저곳이 아메리카냐고 물었다. 포츠머스에서 형의 이름을 외친 이후로 그가 내뱉은 첫마디였다. 선원은 그렇다고, 저게 아메리카라고 했다. 호칸은 눈물을 삼키며 이곳이 뉴욕이냐고 물었다. 선원은 녹아버린 듯한 그 소리 한 방울, "누요르크?"를 내놓는 호칸의 입술을 바라보았다. 호칸의 답답함이 점점 쌓여가는 가운데 선원의 얼굴에서는 미소가 점점 커졌다. 결국 선원은 웃음을 터뜨렸다.

"뉴욕? 아냐! 뉴욕은 아니지." 선원이 말했다. "부에노스아이레스야." 그는 한 손으로 무릎을 치고 한 손으로는 호칸의 어깨를 흔들어대며 다시 웃었다.

그날 저녁, 그들은 다시 항해에 나섰다.

호칸은 저녁을 먹으며 아일랜드인 부부를 통해 이곳이 어디인지, 뉴욕에 가려면 얼마나 걸릴지 알아보려 했다. 서로의 말을 알아듣는 데는 어느 정도 시간이 걸렸지만, 결국 의심의 여지가 없어졌다. 손짓, 발짓, 그리고 아일린이 그린 대강의 세계지도에서 얻어낸 작은 실마리의 도움을 받아 호칸은 배가 뉴욕과는 영원처럼 떨어져 있는 곳에 있다는 것을 알아냈다. 매 순간 점점 더 뉴욕과 멀어지고 있다는 것도. 그는 배가 세상 끝으로 항해하고 있다는 것을, 케이프 혼을 돌아 북쪽으로 가고 있다는 것을 알게 되었다. '캘리포니아'라는 단어를 처음 들은 것이 그때였다.

케이프 혼의 거친 물살을 헤치고 나아간 뒤에는 날씨가 온화해지고 승객들도 점점 더 신이 났다. 계획이 세워지고 전망이 논의되었으며 동업자 관계와 일행이 결성되었다. 사람들의 대화에 귀 기울이기 시작하면서 호칸은 승객 대부분이 단 한 가지 주제, 황금에 대해서만 이야기한다는 것을 깨달았다.

그들은 마침내, 이상하게도 분주한 유령 항구처럼 보이는 곳에 닻을 내렸다. 그곳은 채금지로 간 선원들이 약탈하고 버려둔, 반쯤 가라앉은 배로 가득했다. 버려진 배들은 무단거주자들의 차지였다. 심지어 떠다니는 선술집이나 장사꾼들이 새로 도착한 채굴자들에게 지나치게 높은 가격에 물건을 파는 잡화점으로 개조되어 있기도 했다. 이처럼 임시로 만든 시설 사이로 소형 보트와 뗏목들이 오가며 손님과 물건을 운반했다. 해변과 더 가까운 곳에서는 비교적 크기가 큰 배 몇 척이 천천히 가라앉는 중이었는데, 썩어가는 배의 틀은 물살 때문에 대단히 별난 모습으로 배치되어 있었다. 의도했든 안 했든, 얕은 물에 좌초한 보트 몇 척은 도시

안쪽으로 이어지는 숙소와 가게가 되었다. 그런 건물은 비계와 달개집, 심지어 그와 연결해 제대로 지은 건물까지 갖추고 육지로 뻗어갔다. 돛 너머로는 연기로 그을린 목조 주택 사이에 친 커다란 황토색 텐트가 있었다. 도시는 방금 솟아올랐거나 부분적으로 무너진 것처럼 보였다.

출항한 게 겨우 몇 달 전이었지만, 샌프란시스코에 정박했을 때 호칸은 몇 살이나 늙은 모습이었다. 호리호리했던 소년은 햇볕과 소금기어린 바람에 시달리고, 의구심과 결심이 모두 가득한 찡그린 눈살은 펴지지 않아 고랑이 파인, 거친 얼굴을 한 키 큰 젊은이가 되었다. 그는 아일랜드 사람 아일린이 흑연으로 그린 지도를 살펴보고, 형과 다시 합류할 가장 빠른 방법은 육지를 통하는 것이라고 결론을 내렸다. 그러기 위해 대륙 전체를 가로질러야 하더라도.

2

브레넌 가족은 호칸에게 함께 채굴 탐험을 떠나자고 강권했다.
어쨌든 호칸도 내륙으로 들어갈 예정이고, 자신들에게는 장비를
나르는 데 도움을 줄 사람이 필요하다면서 말이다. 그들은 호칸
이 남아서 한동안 채굴을 함께 해주면 좋겠다는 말도 했다. 뉴욕
에 가려면 호칸에게는 돈이 필요할 테고, 자신들도 금을 찾고 나
면 그 소유권을 확보하기 위해 남자 한 명이 더 있는 게 좋을 테
니까. 브레넌 가족은 금을 찾을 확률이 높다고 말했다. 제임스가
석탄 광부라서 바위에 대해 잘 알기 때문이었다. 호칸은 동의했
다. 최대한 빨리 출발하고 싶은 마음이 크긴 했지만, 말이나 식량
없이 대륙을 건널 수 없다는 걸 알았기 때문이다. 호칸의 생각에
형이 뉴욕으로 갔다는 데에는 의심의 여지가 없었다. 리누스는
길을 잃어버리기에는 머리가 너무 좋았으니까. 또, 이런 상황에

대한 계획은 세운 적이 없지만, 그들이 만날 수 있는 유일한 곳은 뉴욕이었다. 아메리카에서 둘 다 이름을 말할 수 있는 유일한 장소가 뉴욕이라는 단순한 이유에서였다. 호칸이 해야 할 일은 그곳에 가는 것뿐이었다. 그러면 리누스가 호칸을 찾을 것이다.

브레넌 가족은 상륙하자마자 평생 모아온 돈에 아무 가치도 없다는 것을 깨달았다. 캘리포니아에서는 굴레가 아일랜드의 말 한 필 가격이었다. 빵 한 덩이가 밀 한 통 가격이었다. 고향에서 가지고 있던 재산을 전부 팔았는데도 그들은 간신히 늙은 당나귀 두 마리와 손수레, 기본적인 물건 몇 가지와 수발총 한 자루만을 살 수 있었다. 형편없는 장비와 쓰린 마음을 지닌 채, 제임스는 배에서 내린 후 곧장 가족을 내륙으로 데려갔다.

호칸이 없었다면 소규모 일행은 그리 멀리 가지 못했을 것이다. 당나귀 한 마리가 곧 몸이 부어 죽었는데, 그 이후로는 호칸이 대부분의 짐을 날랐기 때문이다. 심지어 호칸은 언덕 위로 손수레를 더 쉽게 끌고 가게 해줄 일종의 굴레까지ㅡ가죽, 밧줄, 나무로 만든ㅡ고안했다. 아이들이 번갈아가며 그 손수레를 탔다. 제임스는 하루에도 몇 번씩 멈춰 서서 흙을 살펴보고, 자신에게만 보이는 징표를 따라 혼자 나아갔다. 그런 다음에는 돌을 줍거나 진흙을 일부 퍼내 혼잣말로 중얼거리며 그 결과물을 살펴본 뒤, 모두에게 계속 움직이라고 신호했다.

아메리카는 호칸에게 깊은 인상을 남기지 못했다. 리누스의 이야기를 너무 많이 들었기에 그는 꿈결 같고 희한한 세상을 보게 될 거라 기대했었다. 그는 나무의 이름도 몰랐고 새들의 노랫소리도 알아듣지 못했으며 황량하게 뻗은 땅의 흙이 놀랍도록 빨갛고 푸르다고 느꼈지만, 모든 것은(식물이든 동물이든 광물이든) 낯설기는 해도 최소한 가능한 것의 영역에 속하는 현실 안에 모여 있었다.

그들은 끝없는 산쑥 덤불을 헤치며 조용히 움직였다. 산쑥이 단조롭게 이어지다 이따금 개떼나 분주히 움직이는 겁먹은 설치류가 튀어나왔다. 제임스는 토끼를 쏘아 맞히지는 못했지만, 암꿩은 거의 놓치지 않았다. 아이들이 손수레와 당나귀 주위로 신나서 뛰어다니며 반짝이는 자갈을 찾아 아버지에게 살펴보라고 내밀었다. 그들은 이동하면서 요리할 때 불을 지필 나무를 모았고, 아일린은 그 불가에서 손수레의 손잡이와 굴레로 심한 물집이 잡힌 호칸의 두 손과 어깨를 다독여주고 가족들이 잠들기 전에 성경을 읽어주었다. 용기보다는 인내심을 시험하는 지루한 여행이었다.

거대한 나무로 이루어진 숲(리누스의 터무니없는 아메리카 묘사와 조금이라도 관련이 있는 유일한 풍경이었다)을 가로지른 뒤 그들은 기름 먹인 사냥복을 걸친 털이 많고 과묵한 덫 사냥꾼을 마주쳤고, 며칠 뒤 처음으로 채굴장이 나왔다. 초라한 주거지와 곧 쓰러질 듯한 천막들, 삼베로 지붕을 얹은 망가진 형태의 오두막집 옆을 지나갔다. 그곳을 지키는 적대적인 채굴자들은 그들에게 불가에 앉으라거나 물을 나눠 마시자고 절대 권하지 않았다. 그들이 사소한 것, 이를테면 아이들이 먹을 음식이나 손수레에 쓸 못을 청하면 말도 안 되는 가격을 불렀고 값도 황금으로만 치를 수 있었다.

호칸은 이런 상호작용의 흩어진 파편만을 간신히 이해했다. 가끔 알아듣는 단어가 있었고, 기껏해야 주변 상황으로 일반적인 의도를 파악하는 정도였다. 그에게 영어는 여전히 모국어에는 존재하지 않는 흐르는 곤죽 같은 소리로 이루어진 진흙 사태였다. r, th, sh, 그리고 특별히 끈적끈적한 몇몇 모음까지. 프로더 서 프룰리스 레어 셔 퍼 서스트. 머틀러 프레클링 소. 골드 프레이스 요더 파 크레이션. 크룰 프라이 래클러 프렌드 서. 노 셰플링 킬 리어랜드 포 피어 언더 샐 언 프리크. 폴저 리치 셔메인 펄 허스트 웬 퍼시 설로우 래시즈 유어 모스 클로즈. 클러시즈 림 글로운 로벤 섬 샐터 셔츠. 이어렌 레일링 홀 숀 철 니븐 와버 디스 미얼리 앳 몰튼 레이트. 클루드 아더 조시터 석 크로싱 릭스 러드 앤드 프레스 릴로 라드. 힌더 플루럴 슈드 리그라우트 크룰 애시터 그레인. 래신 시스트 로거 앤 파시 리머 소 래클링 포션 위어 슈스트 루머 골드 로스 안 셔무어 플리시. 로 워 쉘덴스 프랙처 셀 크롤즈 앤 로 퍼 셔. 처음에 브레넌 가족(특히 아일린)은 호칸에게 계속 계획을 알려주려 노력했지만 결국 포기했다. 호칸은 아무 질문도 던지지 않고 그들을 따라갔다. 그들은 대체로 동쪽으로 이동하고 있었고, 호칸에게는 그거면 충분했다.

다른 채굴자들을 피하고 싶어하는 제임스는 산에 난 희미한 오솔길을 따라가지 않으려 했다. 그들은 계곡과 낮은 언덕을 지나는 길을 찾으려 했지만, 그런 지형에서는 손수레를 다루기가 힘들었다. 그들은 풀이 전혀 없고 물도 거의 없는 지역에 접어들었다. 호칸의 손과 어깨 피부는—수레를 끌기 위해 가죽끈을 어깨에 걸친 부분은—거의 떨어져나갔고, 드러난 살점은 곪기 시작하면서 찐득찐득한 꿀 색깔의 광택 아래에서 연분홍색으로 번들거렸다. 가파른 길을 내려갈 때, 아일린이 호칸의 두 손에 감싸두 었던 압박붕대가 미끄러져 벗겨졌다. 거친 손잡이가 물집 잡힌 손바닥을 태우며 딱지를 뜯어냈다. 드러난 살점을 수십 개의 나 뭇조각이 꿰뚫는 바람에 호칸은 손을 놓을 수밖에 없었다. 손수 레가 점점 빠르게 언덕 아래로 달려내려갔다. 처음에는 굴러가다 가 혼자 엎어지고 뒤집히더니, 결국 공중제비를 돌아 놀라울 정 도로 우아하게 급회전한 끝에 바위에 부딪혀 고칠 수 없을 정도 로 박살났다. 호칸은 고통에 거의 정신을 잃을 지경이 되어 바위 에 누워 있었다. 브레넌 가족은 이 재앙에 넋이 나가 그를 도울 생각도 하지 않고, 언덕을 따라 흩어진 그들의 소지품이 남겨놓 은 길을 빤히 바라보기만 했다. 결국 제임스가 멍한 상태에서 빠 져나와 호칸에게 달려오더니 그의 배를 걷어차며 소리지르기 시 작했다. 말없는 비명, 깊은 울부짖음이었다. 아일린이 어찌어찌 남편을 진정시켰다. 제임스는 흙바닥에 고꾸라진 채 흐느끼며 침 을 줄줄 흘렸다.

"네 잘못이 아니야." 아일린은 호칸을 일으켜 손을 살펴보면서 거듭 말했다. "네 잘못이 아니야."

그들은 소지품을 챙겨 근처 개울에서 야영하며 약한 모닥불 옆 에서 잠을 청했다. 채굴에 관한 이야기는 다음날 아침까지 미뤄 놓았다.

며칠 거리에 마을이 있는 것 같았지만, 여기 소지품을 두고 가 고 싶지는 않았다. 호칸을 보내 도움을 청하게 할 수도 없었고, 제임스는 아내와 아이들, 재산을 호칸에게 맡겨놓고 갈 생각도 없는 듯했다. 포츠머스에서 배에 올랐던 친절한 아일랜드 남자는 사라져갔다. 샌프란시스코에 상륙한 이후로 그는 실망감에 어두워졌고, 빠르게 작아져 분노와 의심으로 가득찬, 옛 제임스의 그림자가 되어가고 있었다.

제임스는 깊은 생각에 잠긴 채 냄비를 들고 개울이 있는 곳으로 내려갔다. 뚜렷한 계획이 있어서라기보다는 그저 습관이었다. 그는 멍하니 냄비를 물에 담그며 혼자 중얼거렸다. 그러다 냄비를 꺼내고는 꼼짝도 하지 못하고 그 안을 들여다보았다. 자신의 것이어야 할 얼굴을 알아보지 못한 채 거울을 바라보는 것만 같았다. 그러더니 이틀 만에 두번째로 흐느꼈다.

그게 호칸이 생전 처음으로 본 금이었다. 아주 작은 금 조각들이 실망스러울 정도로 희미하게 보였다. 호칸은 석영이나, 심지어 여느 평범한 바위의 운모 비늘이라도 그 불투명하고 구멍이 숭숭 뚫린 부스러기보다는 인상적이리라고 생각했다. 하지만 제임스는 의심하지 않았다. 그는 확인하기 위해 연노란색 조각을 바위 위에 내려놓고 돌로 내리쳤다. 조각은 물러서 깨지지 않았다. 의심의 여지 없이 금이었다.

제임스는 금을 발견한 곳에서부터 산까지 하나의 선을 따라가며, 강둑에서 조금 떨어져 있는 곳의 돌비늘이 쉽게 벗겨져 나오는 언덕 사면에서 곡괭이를 휘두르기 시작했다. 가족들이 제임스를 지켜보았다. 잠시 후, 그는 멈춰 서서 바위에 침을 뱉고 손가락 끝으로 문질렀다. 갑자기 창백해진 그는 헐떡거리며 눈이 보이지 않는 새처럼 뻣뻣하게 휘청거리더니 자식들에게 다가갔다. 그들을 언덕배기로 끌고 갔다. 자신이 방금 발견한 것을 설명하는 듯했다. 그는 눈을 감은 채 먼저 하늘을, 그다음에는 땅을 가리키고 마지막으로 자기 가슴을 가리켰다. 가슴을 툭툭 치며 같은 말을 하고 또 했다. 호칸이 이해할 수 있었던 유일한 단어는 '아버지'뿐이었다. 아이들은 제임스의 황홀경에 겁을 먹었다. 제임스가 막내의 어깨를 잡고 아이들이 울음을 터뜨릴 수밖에 없을 만큼 열정적으로, 뭐에 썐 듯 독백을 했을 때는 결국 아일린이 끼어들어야만 했다. 제임스는 자신의 상태가 가족에게 미친 영향을 알아차리지 못했다. 그는 바위와 평원, 하늘을 향한 열띤 연설을 멈추지 않았다.

이후의 몇 주는 여러 가지 면에서 스웨덴에서의 호칸의 삶과 닮아 있었다. 호칸이 음식을 채집하고 사냥하는 일을 대부분 책임졌다. 그러기 위해 그는 형과 했던 것처럼 아이들을 데리고 여기저기를 오래 쏘다녔다. 제임스가 광산 근처에 호칸을 두고 싶어하지 않는 것은 명백했다. 그는 호칸을 실제 채굴 장소에서 멀리 떨어진 곳에 붙잡아둘 하찮고 체력이 필요한 일만을 맡겼다. 바위를 옮기고 흙을 파내고, 최종적으로는 시내에서 광산까지 이어지는 운하를 파는 일이었다. 한편 제임스 자신은 곡괭이와 정, 망치를 가지고 구덩이에 혼자 기어들어가 허리를 숙인 채 자갈을 살펴보며 일했다. 그는 자갈에 침을 뱉은 뒤 셔츠에 문질러 닦았다. 새벽부터 밤이 깊어질 때까지 채굴했다. 그때쯤에는 납작한 심지가 달린 등불 두 개의 약한 빛에 의지해 노동하느라 눈이 건조해지고 충혈되었다. 그날의 작업이 끝나면, 제임스는 어둠 속으로 사라졌다. 아마 금을 숨기려는 듯했다. 그런 뒤에는 야영지로 돌아와 음식을 먹은 뒤 불가에 쓰러졌다.

그들의 생활 여건은 급속도로 나빠졌다. 제임스는 일에 몰두하느라 가족을 위한 적절한 쉼터를 만들 시간을 전혀 내지 않았다. 호칸이 위태위태한 오두막을 세우려 해보았지만, 아이들이 들어가서 놀기에나 적당했다. 자연환경에 그대로 노출된 그들의 옷은 훼손되기 시작했고, 넝마 아래에서 붉어진 피부에는 물집이 끓어올랐다. 피부가 매우 흰 아일린과 아이들은 심지어 입술과 콧구멍, 귓불에 파충류처럼 흰 딱지가 생기기까지 했다. 총을 쏴서 채굴장으로 사람들의 관심을 끌어당기는 걸 제임스가 바라지 않았으므로 그들은 줄어가는 식량을 크기가 작은 사냥감으로만 보충할 수 있었다. 대부분 암꿩이었는데, 머잖아 알게 된 것이지만 그 새들은 인간에게 전혀 익숙지 않았기에 아이들이 그냥 다가가서 곤봉으로 머리를 후려칠 수 있었다. 아일린은 허클베리 열매 비슷한 걸로 만든 걸쭉하고 달콤쌉쌀한 소스로 그 새들을 요리했는데, 호칸은 그뒤로는 여행하면서 그 열매를 다시는 발견하지 못했다. 아이들은 그들을 훈계해보려는 어머니의 미적지근한 시도를 피해 호칸과 함께 하루종일 뛰어다녔다. 제임스는 아무런 방해도 받지 않고 거의 음식도 먹지 않으며 일하느라 여윈 유령처럼 변해갔다. 그의 눈이—정신이 팔린 동시에 집중하고 있는, 더러운 창문 너머로 세상을 보되 창문 너머를 보기보다는 때가 낀 유리를 살펴보는 듯한—초췌하고 각진 얼굴에서 두드러졌다. 그는 며칠 만에 치아를 적어도 세 개는 잃었다.

매일 밤, 제임스는 황급히 비밀 장소로 갔다. 한번은 호칸이 우연히 근처에 있다가, 제임스가 구멍을 덮고 있는 석판을 치우고 그날의 소출을 안에 집어넣는 것을 보았다. 제임스는 잠시 웅크려 그 자리에 머무르며 구덩이 안을 보았다. 그런 다음 다시 석판을 제자리에 돌려놓고 모래와 자갈로 덮은 뒤 바지를 내리고 그 위에 똥을 눴다.

인근 마을에 가는 일은 더이상 늦출 수 없었다. 그들에게는 기본적인 물자가 필요했고, 무엇보다도 채굴 작업을 확장할 도구가 필요했다. 제임스의 가장 큰 관심사는 밤샘 작업을 가능하게 해줄 등불을 구하는 것이었다. 복잡하고도 비밀스러운 준비 끝에 그는 떠날 시간이 되었다고 판단했다. 그는 아일린과 아이들에게 언제나 똑같은 기본적인 명령, 즉 불을 피우면 안 된다는 말로 축약되는 꼼꼼한 지시를 내린 뒤 당나귀에 가벼운 짐을 싣고 호칸에게 따라오라고 명령했다.

가는 길에는 별다른 사건이 벌어지지 않았다. 그들은 오솔길에서 누구와도 마주치지 않았다. 침묵이 깨지는 경우는 거의 없었다. 허약한 당나귀는 발을 질질 끌며 따라왔다. 제임스는 자기 가슴에서 거의 손을 떼지 않았다. 너덜너덜한 블라우스 아래, 목에 건 실에 묶여 있는 작은 캔버스 주머니를 누르고 있는 것이었다. 셋째 날 아침에 그들은 목적지에 이르렀다.

마을은 겨우 골목 하나 길이었다. 여관 하나, 잡화점 하나, 블라인드를 내린 집 대여섯 채. 거칠고 비뚜름한 구조물들은 그저 해질녘에 허물어버리겠다는 목표만으로 그날 아침에 세운 듯 보였다(톱밥, 타르, 페인트 냄새가 여전히 공기 중에 맴돌았다). 신축이긴 했지만, 세워질 때부터 노후함이 배어 있었던 것처럼 위태로운 그 집들은 폐허가 되고 싶어 안달이 난 듯한 모습이었다. 거리는 한 면밖에 없었다. 문지방이 끝나는 곳에서 평원이 시작되었다.

거리를 따라 늘어선 기둥에 묶여 있는 거세마 몇 마리가 파리 떼 아래서 움찔거렸다. 반면 벽과 문틀에 기댄 남자들은 벌레에 면역이라도 있는 듯했다. 아마 벌레들이 그 모든 남자가 피우고 있는 강한 담배 연기에 쫓겨났을 것이다. 제임스와 호칸이 그렇듯 구경꾼들도 넝마 차림이었다. 챙이 넓은 모자 아래에서, 풍파에 시달린 그들의 얼굴은 나무껍질과 가죽으로 된 추상으로 보였다. 그래도 구경꾼들은 황야에서의 삶이 신입의 얼굴에서 완전히 지워버린 문명의 흔적을 희미하게나마 간직하고 있었다.

제임스와 호칸은 조용히 지켜보는 흡연자들의 시선을 받으며 걸어갔다. 똑같은 침묵이 잡화점까지 그들을 따라왔다. 가게 주인이 빛바랜 용기병 제복을 입은 늙은 남자와 대화를 하다가 말을 멈췄다. 제임스가 그들에게 고갯짓했다. 그들도 마주 고개를 끄덕였다. 남자는 돌아다니며 등유를 넣는 등잔과 공구, 밀가루와 설탕이 담긴 자루, 담요, 육포, 화약 등 제임스가 계산대 너머에서 과묵하게 투덜거리듯 요구한 물품을 집어들었다. 제임스가 주문을 마치자 가게 주인은 물건들을 살펴보며, 검지와 중지로 축복이라도 하듯 하나씩 살며시 가리키더니 손님에게 연필로 휘갈겨쓴 청구서를 내밀었다. 제임스는 청구서를 거의 쳐다보지도 않았다. 가게 뒤쪽으로 가서 나무통 몇 개 뒤에 어설프게 숨더니, 모두를 등지고서 음란한 짓이라도 하듯 몸을 웅크렸다. 그는 두어 차례 어깨 너머를 흘끗거린 뒤 계산대로 돌아와 금 조각 몇 개를 내려놓았다.

가게 주인은 잘 훈련된 안목을 가지고 있었는지 흥정도 하지 않았고 금을 살펴보지도 않았다. 대신 그는 재빨리 금을 챙기며 손님에게 고맙다고 말했다. 호칸과 나이는 비슷하지만 체구는 절반밖에 되지 않는 소년이 물건을 밖으로 끌고 가기 시작했다. 용기병이 작별인사도 없이 슬쩍 빠져나갔다.

당나귀에 짐이 실리는 동안 제임스와 호칸은 여관으로 갔다. 몇몇 사람들이 고개를 돌려 그들을 보았고, 몇 명은 거품이 인 맥주잔에서 눈을 들었다. 카드를 나눠주던 손이 공중에서 멈추었고, 담배 앞에서는 담뱃불이 너무 오래 머물렀다. 아일랜드인과 스웨덴인도 멈추었다. 모두가 그들을 바라보았다. 계산대로 가는 그들의 첫 발짝에 손님들은 다시 살아나 움직이기 시작했다.

그들이 다가가자 바텐더가 고개를 끄덕였다. 바에 가보니 맥주두 잔과 말린 고기 한 접시가 그들을 기다리고 있었다. 한 번도술을 마셔본 적이 없는 호칸은 뜨뜻하고 씁쓸한 양조주가 역겹게느껴졌다. 물을 달라고 하기에는 너무 숫기가 없었다. 게다가 호칸은 육포를 조금 먹는 실수를 저질렀다. 제임스가 자기 맥주를한 모금 마셨다. 아무도 그들을 보고 있지 않았지만, 그들이 모두의 관심 한가운데에 있는 건 분명했다. 제임스는 넝마가 된 셔츠의 찢어진 구멍으로 계속 드러나는 주머니를 가리려고 가슴을 두드렸다. 바텐더가 그의 잔을 계속해서 가득 채워주었다.

계산대 맞은편, 2층의 방문이 열렸다. 제임스와 호칸만이 고개를 돌려 위를 보았다. 호칸은 아주 잠깐 은색 비늘이 달린 보라색 드레스를 입은 키 큰 여자를 보았다. 코르셋 위로 여자의 가슴도 반짝거리며 빛났다. 짙은 호박색 머리칼이 어깨 위로 물결쳐내려왔다. 입술은 거의 검게 보이는 빨간색이었다. 여자는 고개를 갸웃하고 어째서인지 눈보다는 입술에서 나오는 강렬함을 담아 호칸을 보더니 문설주 뒤로 사라졌다. 그녀가 떠나자마자 초라한 용기병이 그 방에서 나왔고, 이어서 깔끔하고 뚱뚱한 남자가 나왔다. 둥그스름한 인상의 말쑥한 남자는 발을 절며 용기병을 따라 계단을 내려오더니 두 낯선 사람에게로 곧장 다가왔다. 그는 땀에 절어 있었지만, 이곳에서 유일하게 깨끗한 남자였다. 오직 그의 몸에만 때가 뭉쳐 있지 않았다. 오렌지꽃 향기가 그를 감쌌다. 그는 티끌 하나 묻지 않은 손수건으로 이마를 닦더니, 그것을 세심하게 접어 다시 가슴주머니에 집어넣고 두 손으로 머리카락을 한쪽으로 누른 뒤 목을 가다듬었다. 이 모든 일이 대단히 심각하게 이루어졌다. 그런 다음, 숨겨진 장치를 가동하는 스프링이 튀어오르기라도 한 것처럼 그가 미소 지으며 살짝 허리를 숙이고, 꽤 큰 소리로 낯선 사람들에게 말을 걸었다. 공식적인 연설 같았다. 뚱뚱한 남자는 말하는 동안 손을 뒤집어 호선을 그리며, 바 전체나 어쩌면 그 너머의 사막 전체를 끌어안더니 엄청난 선물을 받거나 주는 것처럼 다른 팔을 뻗었다. 그는 행복에 겨운 듯 눈을 감고 엄숙하게 잠시 말을 멈추었다가 결론을 내리듯 말했다. "클랭스턴에 오신 것을 환영합니다."

제임스는 눈 한 번 들지 않고 고개를 끄덕였다.

향수를 뿌린 그 남자는 나중에 호칸이 설교자나 행상인과 연관 짓게 된 시끄러우면서도 허세 가득한 친절함을 담아 아주 긴 질문을 던진 뒤, 조끼의 팔 구멍에 엄지를 끼워넣어 체격을 부풀렸다.

제임스는 반항심인지 두려움인지 모를 감정이 담긴 건조함으로 짧게 툴툴대듯 대답했다.

뚱뚱한 남자는 흔들리지 않는 미소를 지으며 공감한다는 듯,

아픈 갓난아기나 무해한 멍청이를 다루듯 고개를 끄덕였다.

바의 가장 어두운 구석으로 스르륵 이동한 용기병이 한쪽 콧구멍을 누르며 다른 콧구멍에서 콧물을 깨끗하게 쏘아냈다. 뚱뚱한 남자가 한숨을 쉬고 부드러운 손으로 그가 있는 방향을 가리키더니, 피곤하고도 어쩐지 엄마 같은 말투로 사과했다. 그러더니 그는 제임스를 돌아보며 다른 질문을 던졌다. 언제나 미소 지으며, 언제나 공손하게. 제임스는 자신의 맥주잔을 들여다보았다. 뚱뚱한 남자가 다시 질문했다. 도박꾼과 술꾼 몇 명만이 자기들끼리 하던 대화를 이어가는 시늉을 할 수 있었다. 제임스는 손날로 더러운 카운터를 몇 차례 빠르게 쓸었다. 남자는 허세 가득한 인내심을 보이며 그들이 물품을 산 잡화점을 가리키더니, 은근히 무시하는 말투로 뭔가를 설명했다. 설명을 마친 그는 어깨를 으쓱하고는 제임스를 보았고, 제임스는 오랜 침묵이 흐른 뒤 "아니오"라고 말했다. 뚱뚱한 남자가 다시 어깨를 으쓱하고 아랫입술로 윗입술을 덮은 뒤, 두 손으로 양쪽 허벅지를 짝 내리쳤다. 오렌지꽃 향이 강하게 솟아올랐다. 그는 희한한 환상을 반박할 수 없는 진실로 받아들여야겠다고 체념한 것처럼 고개를 저었다. 그러고는 잠시 조용히 서서 생각에 잠긴 척하더니, 눈썹을 치켜올리며 고개를 끄덕였다. 제임스의 답이 이제야 이해되었고 자신은 진심으로 그 답을 받아들였다는 시늉이었다. 용기병이 다른 쪽 코를 풀었다. 아무것도 나오지 않았다.

바텐더가 제임스의 잔에 술을 더 부어주기 직전에 가게에서 온 소년이 바를 들여다보더니 당나귀가 준비되었다고 알렸다. 제임스는 바지 주머니에서 동전 몇 푼을 꺼냈지만, 뚱뚱한 남자는 심각한 모욕감을 느낀 척하며 "아뇨, 아뇨, 아뇨, 아뇨, 아뇨, 아뇨"
라고 소리치고는 제임스와 바텐더 사이에 빳빳하게 풀을 먹인 자
신의 소매를 들이밀었다. 그는 짧게 형식적인 말을 하고 깊이 숨
을 들이쉬더니, 조끼 단추 사이로 손가락을 꼼지락거리며 마침내
다시 말했다. "클랭스턴에 오신 것을 환영합니다."

호칸과 제임스는 밖으로 나가, 짐을 당나귀에 매어둔 밧줄과
끈을 살폈다. 제임스가 천천히, 뒤돌아보지 않고 출발했지만 호
칸은 말뚝 근처에 머물렀다. 그는 아무도 보지 않는다는 걸 확인
하려고 주위를 둘러본 뒤 파리가 들끓는 말들 옆 구유에서 두 손
으로 갈색 물을 퍼 열심히 마셨다. 바 안의 남자들이 웃었다. 호
칸은 놀라고 부끄러워 뒤를 돌아보았지만, 햇빛이 아롱진 건물
정면에서 문은 검은 구멍처럼 보일 뿐이었다. 그러다 호칸은 여
자를 떠올리고 위를 보았다. 창문이 빛을 번쩍여 안쪽을 볼 수가
없었다. 그는 제임스를 따라잡았고, 둘은 함께 클랭스턴의 하나
밖에 없는 거리를 걸어갔다.

그들은 최대한 빨리 되돌아갔다. 어두워진 뒤 멈추었다가 날이
밝기 전에 다시 출발했다. 제임스는 길게 이어지는 길을 나아가
더니, 호칸에게로 돌아서서 자신을 따라오며 막대기로 땅을 쓸라
고 했다. 두 사람의 자취를 흐리고 혼란스럽게 만들기 위해서였
다. 그는 때때로 갑자기 멈춰 서서 허공을 바라보며 검지를 입술
에 대고 오므린 손을 귀에 댄 채 추격자가 있는지 귀기울였다. 그
들은 육포와 비스킷을 먹었고(제임스는 그 둘을 모두 물에 적셔
야 먹을 수 있었다) 절대로 불을 피우지 않았다.

그들은 클랭스턴에 짧은 시간 머물렀지만—게다가 그 짧고 초

42

라한 거리는 마을이라 부르기 어려웠고, 몇 안 되는 더러운 주민들은 거의 자연환경에 부식된 상태였지만—호칸은 개울 옆에 있는 제임스의 소박한 광산을 보고 경악했다. 야영지는 그저 나뭇가지와 망가진 손수레에서 건져온 널빤지 몇 장, 이토록 극도로 고립된 곳에서나 가치가 있을 쓰레기를 쌓아놓은 것에 불과했다. 그 모든 게 모닥불 구덩이 주위에 흩어져 있었다. 아일린과 아이들은 그들이 도착하자 기뻐서 펄쩍펄쩍 뛰었다. 그들은 베이고 부은 종기투성이 짐승이었다. 옷만이 아니라 피부 자체가 너덜너덜하게, 닳아빠진 붕대처럼 살에서 늘어져 있었다. 그들은 야위었지만 햇볕에 몸이 부었고, 그 모순적인 몸에 자리잡은 작은 청회색 눈은 열기 띤 불꽃으로 번쩍였다. 그 모든 것이 그들의 기쁨을 마주보기 어려운 두려움으로 바꾸어놓았다. 호칸은 형이 해준 이야기 속 저주받은 숲의 짐승들을 떠올렸다.

새로운 물자는 상황을 나아지게 하기는커녕 브레넌 가족과 세상 사이의 공백을 더욱 깊어지게 했다. 제임스는 새 등불을 설치한 이후 하루종일 일할 수 있게 되었다. 그는 정신 나간 해골이 되어 밤낮으로 망치질했다. 잠시라도 멈추는 건 어둠 속으로 몰래 들어가 낮에 찾은 것을 숨길 때뿐이었다. 아일린과 아이들은 여느 때처럼 활기차게 지냈지만, 제임스와 거리를 두려고 조심했다. 언제 터질지 모를 그의 분노가 억제할 수 없는 것으로 변해갔기 때문이다. 운하를 파거나 바위를 나를 때가 아니면, 호칸은 아이들과 시간을 보냈다. 아이들이 영어를 좀 가르쳐주었다. 다만 그가 배운 단어는 코앞의 환경과, 그들이 하는 놀이에 필요한 소박한 수준을 넘어서지 못했다.

며칠이 지났다. 호칸으로서는 며칠인지 알 수 없었다. 심지어 샌프란시스코에 상륙한 이후로 시간이 얼마나 지났는지도 확실하지 않았다. 스웨덴에서, 농장에서는 달력도 시계도 없었지만 노동이 하루하루를 정기적인 조각으로 나누는 동시에 지속적인 주기로 묶었다. 하지만 광산에서는 시간이 얼어붙어 있거나, 아니면 은근슬쩍 빠져나가는 것처럼 보였다. 어느 쪽인지는 알기 어려웠다. 제임스는 끊임없이 일했다. 아일린은 자기가 할 잡일을 만들어냈다. 아이들은 주변을 헤매고 다녔다. 하루하루가 그 전날과 닮아 있었다. 그들의 생활은 지평선에 먼지로 된 점이 하나 나타날 때까지 변하지 않았다.

아일린이 제임스에게 알렸을 때쯤 점은 지평선 위에 떠도는 황토색 얼룩으로 커져 있었다. 제임스가 총을 가져오는 사이 그 얼룩은 말을 탄 사람 여섯 명과 마차 한 대를 감싼 구름이 되었다. 제임스는 다가오는 호송대를 바라보며 총열에 총탄을 넣고 화약통을 더듬거렸다. 제임스의 아내가 긴장해서 그에게 질문을 던졌다. 제임스는 그녀의 말을 무시하고 총을 준비했다. 아이들은 아버지 옆에 서서 입을 쩍 벌리고 지평선을 바라보았다. 제임스는 앞쪽에서 한 번도 시선을 돌리지 않고 아이들을 밀어냈다. 말들이 느린 걸음으로 다가왔다. 강철 바퀴 아래에서 자갈이 으적으적 갈리는 소리, 기름칠을 엉망으로 한 바퀴 축과 스프링이 삐걱거리는 소리, 재갈과 쇰쇠와 박차가 짤랑거리는 소리가 점차 들려왔다. 모두의 시선이 마차에 머물러 있었다. 정오의 태양을 반사하는 밝은 얼룩으로 뒤덮인 보라색 마차였다. 깃털 장식을 한 채 마차를 끄는 말 네 마리는 열기에 모욕을 느끼는 듯했다. 술

장식이 지붕 양옆에서 불안하게 흔들거렸다. 마차가 가까워지자 반짝이던 얼룩의 정체가 드러났다. 잔인하게 고문당하는 남자들, 입에 담을 수 없는 방식으로 강요당하는 여자들, 불길과 썩어가는 동물의 사체로 가득한 마을. 채찍질, 창으로 찌르기, 참수와 화형, 형틀과 교수대, 괴로워하는 얼굴과 쏟아지는 창자를 생생하게 그린 장면들이 소용돌이무늬와 꽃, 레이스, 화환 형태의 도금된 틀 사이에 그려져 있었다. 호칸은 부대의 앞쪽에서 깔끔하고 뚱뚱한 남자와 용기병을 보았다.

그들은 신중하게 거리를 두고 멈추었다. 그러나 소리를 지르지 않고 제임스에게 말을 걸 수 있을 만큼 가까운 거리였다. 아무도 말에서 내리지 않았다. 모두가 허리띠에 총을 차고 있었으며, 그중 한 명은 당나귀 두 마리를 끌고 있었다. 제임스는 가만히 서 있었다. 아이들이 아일린의 허리를 끌어안았다. 마차의 문과 창문은 계속 닫혀 있었다. 묵직하고 검은 벨벳 커튼이 부풀어올랐다가 가라앉았다. 천천히, 규칙적으로. 꼭 마차가 숨을 쉬는 것만 같았다.

뚱뚱한 남자는 사랑스럽다는 듯 자기가 탄 윤기 있는 회색 말을 어루만지며 녀석의 목 위로 몸을 숙이고 뭔가를 속삭였다. 그가 목을 가다듬었다. 숨겨진 스프링이 그의 기계적인 미소를 작동시켰다. 그리고―그가 아일린에게 모자를 들어올리고, 아일린은 수줍은 듯 무릎을 굽혀 인사한 뒤에―뚱뚱한 남자는 길고도 잘난 체하는 특유의 연설을 시작했다. 대체로 아일린을 향해 말했지만, 아이들에게도 신성한 존재가 된 척 미소 지으며 충고하듯 손가락을 흔들어댔다. 갑자기 그는 광산과 운하를 발견하고 감명받은 척했다. 열띤 웅변이 이어졌다. 은근히 깔보는 듯한 찬사를 마친 뒤, 그는 열정을 식히기 힘들다는 시늉을 했다. 마침내, 그는 자세를 가다듬더니 종이처럼 빳빳한 소맷부리를 정돈하고 두 손을 문지르며 진지한 사업 이야기로 넘어갔다. 길게 서론을 깐 끝에, 자신의 안장주머니를 공들여 떼어내 활짝 열었다. 안장주머니는 맨 위까지 종이돈으로 가득했다. 그는 극적으로 말을 멈추고, 조끼를 과장되게 매만져 그 침묵을 강조했다. 제임스는 그에게서 눈을 떼지 않았다. 뚱뚱한 남자는 손수건으로 이마를 닦고 성직자처럼 화려하게 몇 마디 말을 했다. 그러더니 다시 광산을 가리켰다. 이번에는 약간의 경멸을 담아 광산에 대해 말하는 듯했다. 그러고는 결론을 내리려는 듯, 엄청나게 만족감어린 표정으로 다시 돈을 가리켰다.

"싫소." 제임스가 단호하게 말했다.

뚱뚱한 남자는 유익한 처방을 받아들이지 않으려 드는, 미신에 휘둘리는 환자를 다루는 의사라도 된 것처럼 참을성 있게 한숨을 쉬더니 아일린을 돌아보고 노래하는 듯한 목소리로, 특유의 거만한 말투로 아이들에 관해 다시 뭔가 말했다.

제임스는 분노로 부들부들 떨며 소리를 지르기 시작했다. 그는 가족에게 물러나라고 명령하더니 호송대를 향해 낡은 소총을 휘두르며 소리를 질렀다. 뚱뚱한 남자는 이런 폭발에 충격을 받은 척했다. 제임스는 마차로 분노를 돌렸다. 호칸은 제임스가 한 말을 이해하진 못했지만, 안에 누가 있느냐며 그 사람에게 나오라고 요구하는 것만은 분명했다. 그러다 결국 그는 마차를 향해 지나치게 격렬한 동작을 했고, 그 바람에 남자들이 총을 뽑았다. 제임스는 창백해졌다. 용기병이 느리게 곡선을 그리며 말을 몰아와 아일린과 아이들을 사선에 두었다. 뚱뚱한 남자는 이곳에 어른은 자신밖에 없다는 듯 가래 끓는 화해의 기침을 하며 끼어들었다. 이번에도 그는 제임스의 아이들에 관해 체념을 담아 말했다. 이번에는 짧게 말했다. 잠시 침묵이 이어진 뒤, 뚱뚱한 남자가 손가락을 튕겼다. 당나귀들이 제임스 옆으로 끌려왔다. 뚱뚱한 남자가 제임스에게 돈 자루를 던지더니, 당나귀는 아일린과 아이들을 위한 것이라고 설명했다.

"가시오." 뚱뚱한 남자가 놀랍도록 짧게 결론을 내렸다. "당장."

제임스가 대답을 하려 했다.

"당장." 남자가 다시 말했다.

제임스는 입술을 떨며 광산을 바라보았다. 이해할 수 없는 명령을 따르라고 지시받은, 알랑거리는 개 같은 표정이었다. 그는 금을 숨겨놓은 비밀 구멍을 힐끗 보았다. 아일린이 아이들을 당나귀 한 마리에 태우고, 충격으로 얼어붙은 남편을 데리러 갔다. 호칸은 손에 닿는 대로 짐을 챙기기 시작했다.

"아니. 넌 말고." 용기병이 호칸 쪽을 고갯짓하며 말했다. 그의 목소리는 놀라울 정도로 사근사근했다. "이름이 뭐냐?"

"호칸."

"뭐?"

"호칸."

"호크?"

"호칸."

"호크 캔? 매가 뭘 할 수 있다는 거야?"

"호칸."

"뭘 할 수 있느냐고?"

호칸은 침묵을 지켰다.

"마차에 타라, 호크."

호칸은 혼란스러워 주위를 둘러보았다. 브레넌 가족은 그에게 신경을 쓰기에는 너무 바쁘고 충격으로 멍해져 있었다. 그는 망설이며 마차로 다가가 문을 열었다. 정오의 태양에 눈앞이 보이지 않았던 터라 마차 내부는 호칸에게 밤하늘처럼 광활하게 보였다. 향료와 탄 설탕 냄새가 났다. 그는 초라한 벨벳 좌석에 어색하게 앉았다. 어둠 속에서 그림자가 눈에 들어왔다. 맞은편에서 서서히, 입술이 두껍고 머리카락이 호박색인 여자의 보잘것없지만 희미하게 빛나는 윤곽선이 드러났다.

"영어를 못하는구나. 이해를 못해. 괜찮아." 그 말이 여자의 두툼한 입술에서 흘러나왔다. 클랭스턴까지 나흘을 이동하면서 여자가 한 말은 그게 전부였다.

호칸은 남자들과 함께 음식을 먹고 잠을 잤지만, 어둡고 숨막히는 마차를 여자와 함께 타고 갔다. 여행 중반쯤에 이르렀을 때 여자는 몸짓을 하기도 하고 그의 몸을 단호히 이끌기도 하며 호칸에게 자기 무릎에 머리를 기대라고 요구했다. 이어지는 이틀 동안 그녀는 호칸의 머리카락을 쓰다듬고 목덜미를 어루만졌다.

3

두 남자가 텅 빈 바를 가로질러 호칸을 위층, 여자의 옆방으로
데려갔다. 침대 하나와 철창이 달린 창문 하나, 소나무 냄새가 나
는 물 양동이 하나. 호칸은 옷을 벗고 씻으라는 명령을 받았다.
그의 시도가 너무 소심하게 여겨졌는지 남자 중 한 명이 솔을 가
져다가 그를 세게 문질렀다. 다른 남자는 방을 나섰다가 꾸러미
두 개를 가지고 돌아오더니, 새 옷 한 벌을 침대에 던져놓고 걸레
는 비눗물을 닦으라고 바닥에 던져놓았다. 그런 다음 둘 다 떠났
다. 나가는 길에 그들은 문에 빗장을 채웠다.

호칸은 침대에 들어갔다. 추위와 솔의 뻣뻣한 털, 소나무 기름
때문에 피부가 타는 듯했다. 그 통증 아래에서 호칸은 심장을 눌
러오는 평원의 광활함을 느꼈다. 하지만 더 깊숙한 곳, 호칸 자신
에게도 새로운 어떤 부분에서는 놀랍게도 만족감과 평화가 느껴

졌다. 침대에서, 아픔을 느끼며, 혼자 있자니 기분이 좋았다. 리누스를 잃은 이후로 경험해온 대단히 깊은 슬픔 안으로 미끄러져 들어가는 것도 좋았다. 그는 슬픔과 편안함을 구분할 수 없었다. 둘 다 똑같은 질감과 온도를 가지고 있었다. 호칸은 편안함과 우울함이 찬물과 송진 냄새의 결합에서 나왔다는 걸 깨달았다. 스웨덴의 호수에서 얼음 목욕을 한 이후로는 이런 얼얼함도, 냄새도 느껴본 적이 없었다. 호칸과 리누스는 아버지를 따라 안전한 자리에 구멍을 뚫고(얼음은 도끼로 깰 만큼 얇되 그들의 체중을 견딜 만큼 두꺼워야 했다) 납덩이 같은 빛깔의 물에 뛰어들어, 침착하게 반원형 발차기를 하며 떠서 최대한 숨을 참았다가 구멍으로 기어나왔다. 그들은 추위를 대하는 아버지의 느긋한 태연함을 모방하며 물가로 달려가고 싶은 충동을 억눌렀다. 물가에 있는 손마디 모양의 자갈 때문에 두 소년은 줄타기 곡예사처럼 두 팔을 흔들며 앞으로 나아갔고, 그렇게 소나무 아래에 도착해 정교하게 직각으로 짜인 다년생 침엽수 잎 그물에 들어 있어 눈에 젖지 않은 옷을 되찾았다.

거친 천이 기분좋게 피부에 쓸렸다. 호칸은 형도 침대에서 자지 못하고 몇 달을 보냈을지 궁금했다. 그는 형과 자신을 갈라놓는 뉴욕과의 거리를 생각해보려 했다. 리누스는 뉴욕에서 그를 기다리고 있을 게 분명했다. 하지만 그 끝없는 거리는 오직 시간의 차원에서밖에 생각할 수 없었다. 무수히 많은 날, 대륙을 가로지르며 지날 수많은 계절. 호칸은 억지로 이 여행을 떠나온 것에 처음으로 기쁨 같은 것을 느꼈다. 긴 여행과, 앞으로 펼쳐질 온갖 상상할 수 없는 모험을 겪고 나면 그는 성인 남자가 되어 도착할 테니까. 그때만큼은 자신의 이야기로 형을 놀라게 할 수 있을 테 니까.

아래층에서 유리잔과 식기가 딸그랑거리는 소리가 침착하게 이야기를 나누는 남자 서너 명의 목소리와 함께 들려왔다. 호칸 은 일어서서 새 옷을 살펴보았다. 평생 닳아빠지고 여기저기 기 운 중고 옷만 입어왔기에(리누스에게 물려받은 옷이었다. 리누스 는 그 옷을 아버지에게 물려받았고, 아버지는 어떤 알 수 없는 곳 에서 그 옷들을 구해 왔다) 호칸은 경외심을 담아 빳빳한 바지와 셔츠를 펼쳤다. 천은 빳빳하기는 했지만 매끄럽고 폭신했다. 그 는 목깃이 없는 셔츠를 코에 대보았다. 전에는 한 번도 맡아본 적 없는 향기, 새롭다고밖에 설명할 수 없는 향기가 났다. 호칸은 옷 을 입었다. 남색 바지는 발목에도 미치지 않았고 흰 소매는 손목 까지 5센티미터는 남은 곳에서 끝났지만, 그 점만 빼면 완벽하게 맞았다. 새 옷을 입은 호칸은 끝없는 평원에서조차 느끼지 못했 던 강렬함으로 자신이 아메리카에 와 있다는 것을 실감했다.

그는 창문에 손을 댔다. 태양에 지글거리는 사막이 유리에서 진동했다. 아래쪽에서 잘그랑거리는 소리가 더 들려왔다. 사람 들이 많아지고 있었다. 터지는 웃음이나 탁자를 두드려대는 주먹 소리로 이따금 끊기는, 남자들의 지속적인 소란 속에서 개개인의 목소리는 더이상 구분해낼 수 없었다. 태양이 신중하게 지고 있 었다. 어느 시점에 태양의 무딘 메아리가 달의 부족한 노력으로 바뀔지 알기란 불가능했다. 아래층에서는 남자 두 명이 가짜로 말다툼을 벌이는 듯했다. 바 전체가 환호와 야유를 번갈아가며 보냈다. 논쟁은 전반적인 웃음으로 끝났다. 호칸은 침대로 돌아갔다. 누군가가 호칸으로서는 한 번도 들어본 적 없는 악기를 연주하기 시작했다. 악기에서는 행복한 곤충이 다리로 간지럽히는 듯한 소리가 났다. 손님들이 그 음악에 따라 발을 굴러댔다. 그들 모두가 남자만 아니었더라도 호칸은 빙글빙글 돌아가는 연인들의 발 끄는 소리가 들린다고 맹세라도 했을 것이다. 호칸의 방에서는 그림자가 달과 함께 천천히 변했다. 그는 졸기 시작했다.

창문 아래에서 비명소리가 들려 눈을 떴다. 주정뱅이 한 명이 말을 후려치고 있었다. 채찍을 한 번 휘두를 때마다 남자는 암말이 아니라 자기가 채찍을 맞는 것처럼 비참하게 울부짖었다. 말은 매질을 당할 때마다 짧게 콧김을 뿜었다. 녀석은 피로 번들거렸고 아파하는 게 분명했지만, 감동적인 위엄으로 매질을 받아들였다. 결국 남자가 흐느끼며 무너져내렸다. 그의 친구들이 그와 말을 데려갔다.

바에는 적은 수의 사람만이 남아 있었다. 그들은 조용히, 산발적으로 이야기를 나눴다. 아마 카드를 치는 듯했다. 달이 클랜스턴에 하나밖에 없는 거리 반대편으로 굴러가, 이제는 보이지 않았다. 호칸은 소나무향이 나는 물이 들어 있던 통에 소리 나지 않게 소변을 보았다. 남자 너덧 명이 떠났고, 그와 함께 아래층에서 들려오던 소리 죽인 대화도 멈췄다. 누군가가 바닥을 쓸기 시작했고 유리잔이 치워졌다. 그런 뒤 한 남자가 기침을 했고, 그게 바에서 들려온 마지막 소리였다. 호칸은 조용히 침대에 앉아 있었다. 새 옷에서 부스럭거리는 소리가 날까봐 두려웠다.

그 무엇도 사막의 광물 같은 침묵을 깨지 못했다. 그 완전한 고요함 속에서 세상은 단단하게, 단 하나의 건조한 덩어리로 만든 것처럼 보였다.

발소리가 계단을 올라 호칸의 방으로 다가왔다. 호칸은 두려워서라기보다는 예의를 차리기 위해 일어섰다. 문이 열렸다. 그는 호송대에 있던 두 남자를 알아보았다. 그들은 호칸에게 따라오라고 말하고는 복도를 따라 어두운 방의 문지방으로 향했다. 남자들은 호칸을 안으로 들여보내고 조용히 문을 닫았다.

졸음이 오는 향료와 시든 꽃, 끓어오르는 설탕 냄새가 공기를 흠뻑 적셨다. 입술이 두꺼운 여자가 창문 옆에 앉아 있었다. 그녀가 희미한 등불의 노브를 돌리자 그녀의 얼굴과 방이 떨리는 빛으로 밝아졌다. 여자는 반짝거리는 입술에 침을 묻히고 입술끼리 천천히 문지르더니 치마처럼 덮개가 씌워져 있는 작은 의자 위에서 자세를 바로잡았다. 여자의 화장은 평소보다 진했고, 광대뼈와 가슴은 더욱 반짝거렸다. 매끄러운 목 주변을 휘감은 호박색 머리카락이 가슴으로 흘러내려 섬세한 자수가 들어간 코르셋에 모여들었다. 그녀는 호칸에게서 눈을 떼지 않은 채 고개를 갸웃했다. 그녀의 왼쪽 눈이 굽이치는 머리카락 사이로 사라졌다.

방은 장식품과 묵직한 비단 휘장으로 감싸여 흐릿하게 보였다. 호칸이 어디를 보든 작은 상아 조각상이나 오래된 골동품, 빛바랜 고블랭 천이나 겉만 번지르르한 물건들이 눈에 들어왔다. 희미한 황금빛과 살짝 섞인 진홍색이 어둠 속에서 떨리듯 새어나오다가 얇은 천과 친츠 직물의 파도로 흐려졌다. 여러 겹의 커튼과 꽃장식과 장식용 술이 모든 창문의 숨을 틀어막았다. 테두리가 은으로 된 거울과 작은 장신구, 다리가 가는 소형 상감세공 탁자 위 황동 쥠쇠가 달린 도금된 책, 도자기 인형, 뮤직박스, 대리석 콘솔 위에 놓인 청동 흉상도 있었다. 두 폭으로 이루어진 그림, 조가비 조각, 보석이 박힌 에나멜 달걀, 온갖 종류의 번지르르한 물건들이 문양이 복잡한 장식장의 비스듬한 유리 너머에 어슴푸레하게 전시되어 있었다. 푸르게 변해가는 군도軍刀, 먼지 낀 견장, 리본으로 묶어놓은 훈장, 밀랍으로 봉인한 편지, 너덜너덜해진 장식끈, 볼록 장식이 들어간 코담배 통이 영광스러운 자리를 차지했다.

여자는 눈을 감고 부드럽게, 그러나 엄숙하게 고개를 끄덕여 호칸에게 다가오라고 신호했다. 호칸은 여자 앞에 섰다. 눈에 띄게 발기가 되어 창피했다. 호칸이 사타구니를 가리려 하자 여자는 부드럽게 자기 손으로 그의 손을 잡았다. 보석으로 장식되어 있었고 차가웠으며 일하지 않은 손이었다. 여자는 작은 협탁에서 소맷부리 한 켤레를 집어들어, 전문가처럼 조심스레 호칸의 소매에 고정하고 루비가 박힌 황금 커프스단추로 조였다. 호칸은 얼굴이 붉어진 채, 여자의 손길에 면역이 있는 척하며 아래를 보았다. 작업을 마친 여자는 계속해서 풀을 먹인 목 칼라를 다는 일로 넘어갔다. 여자는 턱을 들어올린 채 바닥을 가리켰다. 호칸이 무릎을 굽혔다. 여자는 같은 동작을 반복했다. 호칸이 무릎을 꿇었다. 여자는 인상을 쓰고 입술을 꾹 다문 채 셔츠에 칼라를 고정했다. 여자의 두 손이 호칸의 목덜미에 닿았다. 호칸은 닭살이 돋는 것이 수치스러웠다. 그는 소심하게 물러났지만, 여자가 그의 머리를 단단히, 자기 가슴과 가깝게 잡고서 그의 어깨 너머를 보며 작업해나갔다. 칼라를 달아준 뒤, 여자는 비단 크라바트*로 넘어갔다. 여자가 크라바트를 매주고 빨간 보석이 달린 황금 핀으로 그것을 꿰뚫는 동안 호칸은 그녀의 숨소리를 들을 수 있었다. 여자가 부드럽고도 단호한 손길로 그를 밀치더니 한 번 살펴보고, 옷걸이에서 벨벳 재킷을 집어들었다. 그러고는 허리를 숙이고 호칸에게 재킷을 입혀보았다. 천천히, 격식을 갖추어, 호칸의 몸이 서서히 그 천을 채우는 모습에 주의를 기울이며. 이번에도 소매가 너무 짧았지만, 가슴과 어깨는 완벽하게 맞았다. 여자는 재킷이 정말 호칸의 몸으로 가득차 있는지 확인하려는 듯 호칸의 팔, 갈비뼈, 등을 만져보더니 똑바로 섰다. 호칸은 여전히 무릎을 꿇고 있었다. 여자가 호칸의 머리카락을 애무하며 그의 머리를 자기 쪽으로 당겼다. 호칸이 그녀의 배에 머리를 기대야 한다는 뜻이었다. 호칸의 두 팔이 몸을 따라 늘어졌다. 여자는 호칸의 머리를 놔주지 않고 작게 한 걸음 물러나, 그의 머리가 어쩔 수 없이 자기 무릎으로 미끄러지게 했다. 시든 꽃은 이제 땀으로 장식돼 더욱 강한 향을 풍겼다. 그들은 둘 다 오랫동안 그 자세로 가만히 서로의 호흡을 듣고 느꼈다. 호칸의 얼굴은 레이스와 벨벳에 갇힌 자기 날숨의 축축한 열기로 습해졌다. 마침내 여자가 호칸을 놓아주었다. 방이 더 추워졌다. 호칸의 머리카락이 이마에 붙어 있었다. 여자가 호칸의 두 손을 잡더니, 턱짓으로 일어서라고 신호했다. 그들은 등불이 비추는 원의 가장자리에 놓인 소파로 걸어갔다. 여자는 호칸에게 누우라고 손짓했다. 그의 바지를 벗기고 드레스를 허리춤까지 들어올린 뒤 그에게 올라탔다. 태양이 솟아오르고 있었다. 호칸은 자신이 위쪽으로 미끄러진다고, 새롭

---

* 남성이 목에 두르는 스카프.

고 더 외로운 지역으로 활강한다고 느꼈다. 여자가 그를 내려다보더니, 새벽이 방안에 칙칙한 빛의 흔적을 그리자 눈을 감고 미소 지으며 입술을 벌렸다. 검고 번들거리는, 치아가 없는 잇몸이 드러났다. 잇몸에는 고름이 찬 불거진 핏줄이 지나가고 있었다. 여자가 신음하며 탄 설탕의 향기로 묵직한 숨을 호칸에게 쏟아냈다.

대부분의 아침, 어슴푸레하게 동이 틀 때부터 해가 뜨는 시간 사이에 호칸은 여자와 어느 정도 시간을 보낸 뒤 자기 방으로 다시 보내졌다. 둘의 만남은 언제나 조용했고(여자는 미묘하지만 힘있는 동작으로, 또는 호칸의 몸을 구부리거나 특정한 형태로 만들어 자신의 뜻을 전했다) 단 한 번의 예외도 없이 옷을 중심으로 진행되었다. 여자는 호칸에게 제복, 블라우스, 연미복, 장식띠, 반바지, 장갑, 바지, 무릎 밑을 조이는 바지, 조끼를 입히고 벗기고 다시 입혔으며 수많은 장식품으로 그를 치장했다. 이런 옷 입히기로 대부분의 시간을 보냈다. 여자는 호칸에게 옷을 입히는 일에 세심한 주의를 기울였다. 옷의 각 구멍을 채우는 호칸의 팔다리를 하나하나 따라갔고, 첫날밤에 그랬듯 소매를 꽉 잡고 가슴을 만져보고 다리를 움켜쥐고 등을 누르며 얼마 전까지만 해도 유령처럼 축 늘어져 있던 천이 이제는 살아 있는 육신으로 단단하게 변했다는 걸 확인했다. 그런 다음 여자는 오랫동안 연달아 세부 사항을 매만졌다. 장식용 단추, 핀, 짧은 각반, 반지. 마지막으로는 경외심이 담긴 손길로 작은 유물까지 달아주었다. 그 유물은 틀림없이 유리 장식장에서 가져온 것이었다. 여자는 이런 일을 마치고 나면 뒤로 물러나서, 호칸의 얼굴은 보지 않은 채 그 결과를 점검한 뒤 그의 몸을 평범하지만 정확한 자세로 만들어놓고(보통 그녀는 호칸을 방 가운데에 세우고는, 턱을 바닥과 평행하게 한 채 똑바로 앞을 보고 두 발은 어깨너비로 벌리고 서 있되 두 손과 허벅지의 거리를 아주 특정하게 유지하도록 했다) 오랫동안 그 자세를 유지하라고 했다. 그런 다음 그녀는 호칸에게 무릎을 꿇고 자기 무릎에 머리를 얹으라고 했다. 그들은 새벽이 올 때까지 계속 그렇게 있었다. 여자가 그런 뒤에 항상 호칸을 소파로 데려간 것은 아니었다. 하지만 보통은 이런저런 방식으로 쾌락을 요구한 뒤에야 그를 놓아주었다.

방으로 돌아온 호칸은 밤에 몸을 문질러 닦고 남은 소나무 기름 물에 세수하며 탄 설탕의 느낌을 닦아내려 했다. 그 느낌이 호칸의 이마와 눈 아래에 머무르고 혀에 얼룩지고 목구멍 안쪽 벽에 덧씌워졌다. 그 냄새는 단지 여자에게서 묻어난 것일까? 아니면 이제는 호칸의 잇몸이 썩어가며 치아를 떨어뜨리고 썩은 향을 뿜어내는 것일까? 호칸은 송곳니를 두드리고 어금니를 흔들어 치아가 단단히 자리잡고 있는지 확인해보았다. 단어만 알았다면 호칸은 거울을 달라고 했을 것이다.

호칸은 사막을 내다보면서, 뼈로 이루어진 듯한 그 허무한 공간 너머로 리누스가 자신의 시선을 느끼길 바라며 여러 날을 보냈다. 오랫동안 사막을 바라보고 나면 평원이 수직으로, 건너가기보다는 기어올라가야 할 표면으로 변했다. 그러다보면 자기도 모르게, 그 꼭대기로 올라가 습기가 모조리 빨려나간 어슴푸레한 하늘까지 뻗어나가는 세피아색 벽에 걸터앉으면 어떤 기분이 들지 궁금해졌다. 아무리 열심히 지평선을 살펴도 보이는 것이라곤 물결치는 신기루와 피로한 눈이 허공에서 불쑥 만들어냈다가 사라지게 하고 마는 파랗게 빛나는 얼룩뿐이었다. 호칸은 저 바깥에서 곤충처럼, 먼 곳에서 달려가는 자신의 모습을 그려보았다. 어떻게든 도망쳐서, 말을 탄 추격자들을 무슨 수로든 따돌릴 수 있다 하더라도, 저 광활하고 황량한 공간을 어떻게 혼자서 가로지를 수 있을까? 호칸이 아는 것이라곤 뉴욕이 동쪽에 있다는 것, 그러므로 해뜨는 방향으로 가야 한다는 것뿐이었다. 그러나 도움도, 물자도 없이 떠나는 건 불가능해 보였다. 그는 오래전에 자기 방 창문 철창을 밀어보는 짓을 그만두었다.

호칸의 방에는 책이 세 권 있었다. 그는 그중 한 권이 성경이라는 걸 알았기에 경건하게 그 책을 베개 밑에 넣어두었다. 전에는 남는 시간에 책을 살펴볼 기회가 한 번도 없었다. 그는 하루에도 몇 번씩 다른 두 권의 책을 처음부터 끝까지 훑어보며 해독할 수 없는 문자들을 연구했다. 텅 비고 광활한 사막을 바라본 뒤에는 빼곡하지만 질서정연한 기호들이 차분한 느낌을 전해주었다. 호칸은 글자를 하나 고르고, 페이지 전체에서 그 글자가 다시 나오는 패턴을 따라 손가락으로 지도를 그렸다.

태양이 후려치면 방은 열기로 흔들렸다. 호칸은 자주 정신을 잃었고, 때로는 얼마나 오랫동안인지 알지 못한 채로 의식을 잃고 있다가 얼굴을 후려치는 손에 눈을 떴다. 그는 하루에 두 번, 방으로 가져다주는 음식으로 식사한 직후 화장실로 안내되었다. 해가 지기 전에 목욕물과 갈아입을 새 옷이 들어왔다. 보통은 호칸이 목욕을 마칠 때쯤 첫 손님들이 바에 도착했다. 대부분의 밤에, 마지막 손님이 떠난 뒤 간수가 호칸의 방 빗장을 풀고 그를 여자에게 데려다주었다. 때때로, 아무런 규칙성 없이 그는 혼자 남겨졌다. 결국 그는 간수보다 새벽이 먼저 오면 여자의 방으로 불려가지 않는다는 것을 알게 되었다. 호칸의 존재를 어렴풋하게 나마 구성하는 사건은 그게 전부였고, 그런 사건들은 조금의 왜곡도 없이, 언젠가 끊길 거라는 약속도 없이 계속해서 뻗어가는 탄성 있는 현재의 시간에 일어났다.

4

여름이 끝났다. 사람들이 준 넝마 담요는 추위를 막아주지 못
했지만, 호칸은 추위에 익숙했다. 풍경은 얼어붙을 듯한 온도에
도 영향을 받지 않았다. 아무것도 바뀌지 않았다. 호칸은 창문 너
머를 바라보면서, 밖으로 손을 내밀면 추운 건 자신의 방뿐이고
바깥은 도착한 그날처럼 타는 듯이 덥다는 걸 알게 될 거라고 상
상했다.

옷을 입기가 점점 어려워졌다. 호칸의 두 발이 침대 가장자리
로 삐져나와 달랑거렸다. 간수 몇 명은 불안한 눈으로 그를 보기
시작했다.

호칸이 생각할 수 있는 건 리누스뿐이었다. 때로 그는 어떤 방
식인지는 확실하지 않지만 거창하게 번영하고 있는 리누스를 상
상했다. 리누스가 여러 가지 뭔지 모를 직업을 갖는 모습을 그렸

다. 상상 속의 리누스는 멋지게 성공해서 눈에 띄는 지위로 올라갈 결심으로 그런 일들을 해냈다. 야심이나 탐욕 때문이 아니라 동생이 자신을 찾으러 왔을 때 찾기 쉽게 하려고. 형의 성공이 호칸의 등대가 될 터였다. 호칸은 뉴욕에 도착할 테고, 리누스 쇠데르스트룀이라는 이름이 모두의 입에 오르내릴 것이다. 그 어떤 낯선 사람이라도 호칸을 리누스의 집 앞으로 안내해줄 수 있을 것이다. 어떤 때에는 호칸의 공상이 다소 소박해졌다. 이럴 때 호칸은 형이 그 거대한 도시(지금도 호칸은 리누스가 제멋대로 해준 설명에 따라 그곳을 상상했다)의 적대적인 거리를 헤매고 다니며 고생하고 분투하다가, 일과가 끝난 뒤 매일 저녁 항구로 돌아가 새로 도착한 승객과 선원들에게 동생에 관해 묻는 모습을 상상했다. 어느 쪽이든 호칸은 리누스가 자신을 찾지 못하는 일은 없을 거라고 확신했다.

따뜻한 날씨가 돌아왔고, 호칸은 일 년 전으로 거슬러올라간 느낌을 받았다.

새로운 여름의 정말로 뜨거운 첫 아침, 해뜬 직후에 간수 한 명이 방으로 들어와, 호칸이 몇 주 전에 본 연한 자주색 정장 한 벌과 자주 신으라고 요구받았던 너무 큰 버클이 달린 신발 한 켤레, 그리고 호칸으로서는 처음 보는 낮은 중절모 하나를 건넸다. 낮에 옷을 가져다준 건 그때가 처음이었다. 호칸은 즉시 옷을 입으라는 명령을 들었다. 그는 셔츠 주름을 펴고 재킷의 옷깃을 끌어내리며 소매를 쓸어내리고 여타 세부 사항을 살폈다. 여자가 그에게 옷을 입힌 다음 모든 복장을 살펴보던 것과 정확히 똑같은 방식이었다. 호칸은 이런 자신의 모습에 놀랐다. 조바심을 내며 기다리고 있던 간수가 그를 데리고 바에 내려갔다가 뒷문으로 나갔다. 무장한 남자 대여섯이 말을 탄 채 용기병과 깔끔하고 뚱뚱한 남자 뒤에 모여 있었다. 그들 바로 옆, 유일한 그늘 조각에는 깃털 장식을 단 오만한 말들과 연결된 마차가 서 있었다. 호칸은 마차 안으로 안내되었다. 검은 시럽 통으로 뛰어드는 기분이었다. 호칸이 맞은편에 앉아도 여자는 무시했다. 문이 닫히고 어둠이 그곳을 장악했다. 마차는 알 수 없는 방향으로 출발했다. 차체가 삐걱거리는 쳇대와 스프링에 얹힌 채 흔들거렸고, 벨벳 커튼은 세포막처럼 바깥으로 부풀어올랐다가 안으로 푹 꺼졌다.

공기는 지나치게 많이 사용되어 찐득찐득했다. 숨을 쉬기가 거의 불가능했다. 호칸은 벨벳 코트를 걸치고 땀에 전 채 열기로 몸을 떨었다. 마차 안의 완전한 어둠 속에서도 여자가 적극적으로 호칸 쪽을 보지 않는 게 느껴졌다. 호칸은 잠들었다.

침묵이 그를 깨웠다. 일행이 멈춰 있었다. 문이 열리고, 면도날처럼 날카로운 빛에 눈이 적응했을 때 자신에게 나오라고 말하는 누군가가 보였다. 그들은 최소 반나절 동안 이동했지만, 풍경으로만 미루어보자면 눈곱만큼도 움직이지 않은 것 같았다. 끝없이 광활한 평평하고 똑같은 땅, 똑같이 억압적인 단조로움. 마부가 마차에서 내려 말들에게 물을 먹이고 있었고, 말들은 열기 때문에 입에 거품을 물고 있었다. 나머지 남자들은 한 줄로 서서 쉬는 중이었다. 마차 안을 들여다보며 여자에게 도와줄 것이 없느냐고 묻는 듯한 뚱뚱한 남자만이 예외였다. 남자들은 자리에 앉지도 않고 소다 크래커와 블랙 푸딩을 먹었다. 여자는 여전히 모습을 드러내지 않았다. 기수들은 입안이 가득찬 채 말에 올랐고, 마부는 자기 자리로 돌아갔다. 호칸은 일행이 동쪽으로 가고 있기를 바라며 마차에 들어갔다. 호칸에게 중요한 건 그것뿐이었다.

날씨가 추워졌다. 아마 해가 지는 듯했다. 갑자기 나뭇가지가 마차 양옆에서 덜그럭거리기 시작했다. 변함없던 스텝 지대가 끝나는 듯했다. 고르지 않은 지역을 오랫동안 힘겹게 나아간 끝에 마차가 마침내 멈춰 섰다. 다시 한번 호칸은 밖으로 안내되었다. 이번에는 여자가 호칸을 따라 내리더니, 눈을 가리며 턱까지 내려오는 검은 베일을 썼다.

옅은 저녁 햇살이 가문비나무와 전나무의 원뿔 모양 꼭대기로 흘러들어와 향나무와 백록색 사시나무 가지로 이루어진 체를 통과하여 마침내 뚝새풀과 이끼에 안개처럼 자리잡았다. 언제나 존재하는 산쑥을 제외하면, 이것들은 호칸이 아주 오랫만에 처음 보는 식물이었다. 작은 언덕 맨 아래의 공터에는 집 예닐곱 채로 이루어진 작은 마을이 있었는데, 그 집들은 저마다 나름의 방식으로 주변의 숲을 각지게 바꿔놓은 듯한 모습이었다. 가장 튼튼한 건물은 통나무 오두막이었다. 목재 사이를 점토 모르타르로 채운 허술한 오두막도 몇 채 있었다. 조잡하고 들쭉날쭉한 널빤지를 방수포로 결합한, 정육면체 뗏목처럼 생긴 다른 집들은 삼으로 꼰 밧줄로 연결되어 있었다. 작은 마을의 가운데에는 마른 나뭇잎이 엉켜 있는 묘목과 가지 한 무더기가 있었다. 태워지기만 기다리는 죽은 잔가지 더미처럼 보였지만, 기둥과 널빤지가 떠받치고 있었다. 그 조악한 은신처 아래에서 아이들 한 무리가 나무 그루터기에 앉아, 석판과 책을 들고서 새로 온 사람들을 지켜보았다. 임시로 만든 학교 옆에서 버터를 젓고 있던 여자가 동작을 멈췄다. 또다른 여자는 방금 불에서 무쇠 냄비를 내려놓고는 앞치마에 두 손을 문질러 닦았다. 뒤쪽에 있던 세번째 여자는 천천히, 기계적으로 계속 실을 염색했다. 세 여자 모두 좀전에 도착한 사람들에게 시선을 고정하고 있었다. 그곳은 위태롭기는 했지만, 호칸이 보기에는 조화롭고도 번영하는 마을이었다. 작은 무두질 작업장 주변에 가죽이 걸려 건조되고, 베틀에서는 무늬가 짜여가며, 찰흙더미에서 연기가 나뭇잎 사이로 천천히 피어올랐다. 건강한 흰 돼지들이 우리 안에 있었고, 삼베 자루에는 곡식이 넘칠 듯했다. 모든 것이 정주민의 성실함과 목적성 있는 질서정연함을 대변했다. 여자와 아이들에게서 침착한 품위가 전해졌다. 호칸은 의상을 입고 있기가 부끄러웠다.

늘 그랬듯, 뚱뚱한 남자의 내면 메커니즘이 작동하기 시작했다 (셔츠 가슴을 납작하게 펴고 넥타이를 바로 하고 머리카락을 쓸어넘기고 목을 가다듬었다). 그 결과, 숨기려 했던 조바심이 부각될 뿐인 미소가 떠올랐다. 그는 특유의 잘난 체하는 연설을 시작했다. 엄지와 검지로 공기를 꼬집으며, 그 손짓으로 엄숙한 말을 고정하듯 겨우 몇 마디 했을 때 여자가 앞으로 나서더니 남자를 보지도 않고 손바닥을 들어올렸다.

"케일럽." 여자는 거의 입을 벌리지 않고, 베일 너머에서 정주민들을 노려보며 명령했다.

호칸은 아주 오랫동안 새소리를 듣지 못했다는 걸 깨달았다. 여자의 단 한 마디에 이어진 긴장된 기대감 속에서, 덤불숲이 이름 모를 새의 노랫소리로 부풀어올랐다.

염색공이 파랗게 물든 두 손을 말리며 앞으로 나서더니 케일럽은 이곳에 없다고 말했다.

"글쎄, 내가 부르지." 베일을 쓴 여자가 대답하더니 뚱뚱한 남자에게 뭐라고 속삭였다. 그러자 뚱뚱한 남자가 용기병에게 짧은 명령을 내렸다.

늙은 군인이 마차 뒤로 갔다가, 흐늘거리는 가죽 자루를 가지고 다시 나타났다. 여자가 학교에서 가장 멀리 떨어진 나무와 방수포 집을 가리켰다. 용기병이 그리로 한가로이 다가가더니 자루를 열고 액체를 벽 전체에 붓고는 성냥을 켜서 자기가 방금 만들어놓은 웅덩이 한 곳에 던졌다. 공기가 일렁였고, 일렁임은 푸른 물결이 되었으며, 푸른 물결은 노란 불꽃이 되었다. 여자들이 달려가 아이들을 나뭇가지가 잔뜩 있는 학교 건물에서 물러나게 했다. 이제 그 건물은 근처의 불에서 아주 작은 불똥이라도 튀면 불타버릴 장작더미에 불과했다. 베일을 쓴 여자의 지시에 따라 용기병이 정주민과 아이들을 불에서 멀리 떨어진 안전한 통나무 오두막으로 데려간 뒤 보초 둘을 그 입구에 세워두었다. 그러는 동안 타던 집은 제자리에서 빙빙 도는 것처럼 보이는 매끄러운 불의 구체가 되어 있었다. 불길의 볏이 점점 더 강렬해지는 원을 그리며 아래에서부터 스스로 다시 불을 붙이려는 듯 휘돌았다. 호칸은 물을 찾아 주위를 둘러보았다. 절박하게 이리저리 움직였다. 그는 안에 젖은 천이 들어 있는 물통을 찾아 그것을 불 쪽으로 끌고 가려 했지만, 머잖아 남자 중 한 명이 그를 붙들어 여자에게로 다시 데려갔다. 여자는 호칸의 절망과 선의에 감동한 듯 미소를 지으며 잠시 그의 뺨을 쓰다듬었다. 불꽃이 공중에서 휘파람을 불어댔다. 불덩어리 위에서는 화염을 검게 비추기라도 하듯 연기 덩어리가 빙빙 돌았다. 돌풍이 휘파람을 울부짖는 소리로 바꿔놓고 연기를 퍼뜨렸다. 연기는 똬리를 틀더니 밖으로 끌려나가 곱슬머리처럼 엉켰고, 무시무시하고 연속적인 나선으로 소용돌이를 그리다가 마침내 어두워지는 하늘로 녹아들었다.

화재로 얼룩진 한 무리의 기수들이 언덕을 달려내려왔다. 그들의 지도자가 고삐를 감아서 격렬하게 당기더니, 여자 옆에 말을 세웠다. 말도 사람도 숨이 거칠었다. 남자는 검지로 친구들에게 산개하라고 명령하고는 여자를 내려다보았다.

"왔군." 여자가 미소 지으며 말했다. 방금 호칸에게 지어 보인 미소와 크게 다르지 않았다.

케일럽은 숨을 쉴 때마다 숨이 막히는 듯한 표정으로 아이들을 돌려달라고 짧게 요구했다. 여자는 통나무 오두막 쪽을 고갯짓했다. 남자가 말에서 내려 작은 원을 그리면서 그리로 다가갔다. 얼굴이 절망적인 생각으로 일그러져 있었다. 그는 멈춰 서서 분노 가득한 눈으로 여자를 보았다. 어떤 여린 마음 같은 것이 여자의 베일을 통해 걸러져나왔다. 케일럽은 입과 이마를 잔뜩 찌푸린 뒤 간신히 진정했고, 합리적이고 이성적으로 들리도록 온 힘을 기울인 말투로 자기 입장을 설명하기 시작했다. 여자는 여전히 케일럽의 진정어린 간청에 부응하지 않는 온화한 미소를 지은 채 침묵을 지켰다. 꼭 케일럽 너머, 다른 시간대를 바라보고 있는 것만 같았다. 케일럽은 어마어마한 노력을 들여 말투를 바꾸었다. 자신의 억양을 여자의 태도와 맞추기 위해, 이제 그는 즐거웠던 기억을 떠올리거나 전도유망한 미래를 언급하는 듯했다. 심지어 미소를 지어 보이기까지 했다. 그때, 여자가 별안간 작고 정교한 작은 권총을 꺼냈다. 케일럽은 어마어마하게 큰 곤충을 본 사람 같은 표정으로 그 권총을 보았다. 그는 다시 시선을 들어 베일을 보았고, 여자가 그의 미간을 쏘았다. 케일럽의 머리가 뒤로 획 젖혀졌다. 나머지 몸이 그 뒤를 따랐다.

통나무 오두막에서 여자와 아이들의 비명이 들려왔다. 케일럽의 부하들이 용기병 일행에게 빠르게 포위되고 무장해제되었다. 호칸은 총을 맞아 죽음으로 표백된 남자의 얼굴에서 시선을 돌릴 수가 없었다. 그는 남자가 더이상 존재하지 않게 된 그 급작스러움에 충격을 받았다. 마법 같았다.

호칸 옆에서 베일을 쓴 여자가 작게 쪼개진 들숨을 들이쉬었다. 공기를 파편으로만 들이쉴 수 있는 것 같았다. 여자의 눈길은 제 손으로 파괴한 남자에게 닿아 있었다. 그녀는 떨리는 손을 입으로 가져갔다. 거의 들리지 않는 신음이 머잖아 부풀어올라 통곡이 되었다. 여자가 작게 난도질당한 듯한 공기를 한 모금 한 모금 들이켤 때에만 그 긴 오열이 끊겼다. 슬픔이 어떻게든 여자의 내면에 그런 호흡을 다시 쌓았다가 절망의 지속적인 발화로서 내보내주었다. 아이들은 계속 울었다. 여자들은 계속 비명을 질렀다. 그들은 오두막 문을 쾅쾅 치기 시작했다. 꾸준한 울부짖음이 이어진 끝에 베일을 쓴 여자의 비명은 그녀의 호흡만큼 짧게 끊어졌다. 각각의 짧은 들숨이 똑같이 짧은 울음으로 이어졌다. 마침내 여자는 갑작스럽게 결정을 내린 듯 울음을 멈추었다. 그러고는 여전히 케일럽을 내려다보며 부하 한 명에게 몇 마디를 중얼거렸고, 그 남자는 일행 둘에게 손짓했다. 그들은 함께 시신을 치웠다. 여자는 고개를 숙이고 두 손바닥 아랫부분을 눈두덩에

꾹 누르며 자신과 상황에 대한 통제력을 되찾았다. 그러고는 전
보다도 키가 커진 모습으로 똑바로 서더니 천천히 베일을 걷어올
려 모자에 고정하고, 번쩍이는 분노가 박힌 두 눈을 떴다.

"너!" 여자가 뚱뚱한 남자를 가리키며 소리쳤다. "이리 와."

남자가 다가와, 후회스럽다는 듯 여자에게서 몇 발짝 떨어진
채 멈춰 섰다. 그들은 조용히 서로를 마주보았다. 시신을 치운 남
자들은 이제 학교 지붕에서 내린 마른 가지를 쌓고 있었다. 뚱뚱
한 남자가 침묵을 견딜 수 없는지 머리카락을 쓸어올리고 목을
가다듬더니 말을 시작했다. 하지만 여자는 남자가 첫마디 말을
하자마자 호칸이 이제껏 보지 못한 악랄한 공격을 개시했다.

여자의 썩은 입에서 끈적끈적한 증오의 말이 토해져나왔다. 여
자가 잇몸을 감추느라 보였던 모든 조심성이 사라졌다. 사실, 썩
어버린 검은 구멍은 궁극적인 모욕이자 위협처럼 전시되었다. 그
구멍이 여자의 침방울과 함께 쏟아져나오는, 우르릉대며 흘러나
오는 기형적인 단어보다도 위협적으로 느껴졌다. 여자는 여전
히 총을 들고 있었으며, 그것을 사용해 반복적으로 시체와 뚱뚱
한 남자를 가리켰다. 둘 사이의 관계가 여자의 통렬한 말에 담긴
주된 골자였다. 여자는 자신이 가리키는 데 쓰는 물건이 총이라
는 사실을 인식하지 못하는 듯했고, 그래서 총은 더욱 두려운 존
재가 되었다. 여자가 총의 진짜 속성을 떠올리는 순간 어쩔 수 없
이 그 진정한 기능을 사용할 것만 같았다. 오두막 안의 여자들은
더 거세게 비명을 질러대며 웬 거대한 물건으로 문을 쾅쾅 쳐대
고 있었다. 아이들이 계속 울었다. 한 발 앞으로 나와, 뚱뚱한 남
자와 자신의 얼굴이 겨우 한 뼘밖에 떨어지지 않도록 허리를 숙

인 여자는 남자를 모욕과 침으로 뒤덮었다. 호칸은 마지막 말을, 조끼를 걸친 둥근 가슴팍을 가리키는 총으로 강조된 그 몇 마디를 이해했다—"네 잘못이야." 여자는 남자를 보며 검은 잇몸을 갈아대고 식식댔다. 식식거리는 소리는 여자가 냈다기보다 여자의 입에서 번들거리는 한 쌍의 민달팽이에게서 나오는 듯했다.

케일럽의 시신이 폐허가 된 학교 건물 옆, 흐트러진 장작더미 위에 놓였다.

"살살 해." 여자가 명령하더니 베일을 내렸다. 그녀는 고갯짓으로 보초들에게 여자들이 문 두드리는 것을 멈추게 하라고 명령했다. 아이들이 계속해서 울었다. 여자는 한번 더 턱짓을 해 용기병에게 장작더미에 불을 붙이도록 했다. 모든 남자와 침략자, 그들의 피해자들이 모자를 벗었다. 불은 빠르게 붙었다. 나뭇가지가 타닥거리며 꺾였고 시신은 갑자기 불길 속으로 푹 꺼지며 불길하게 구워지는 냄새를 풍겼다.

잠시 침묵이 흐른 뒤, 평소의 냉담함을 완전히 되찾은 여자가 한번 더 뚱뚱한 남자를 돌아보며 짧은 명령을 내렸다. 남자는 떨리는 입술로 대답하려 했지만, 무슨 말이 나오기도 전에 그 명령에 따르는 게 최선이라고 판단했다. 남자는 코트와 조끼, 가슴판, 셔츠를 벗었다. 모두의 시선이 남자에게 닿아 있었다. 저녁이 피를 흘렸다. 어두워져가는 푸른 하늘에서 별 몇 개가 반짝였다. 남자의 신발이, 그다음에는 바지가 떨어져나왔다. 여자가 조바심을 드러냈다. 남자는 서둘러 속옷을 벗고 그 자리에 섰다. 양말과 가터만 남긴 채, 살찐 우윳빛 몸뚱이로. 누군가가 웃었다. 여자의 거의 보이지 않는 손짓에 남자의 옷은 타고 있는 집의 잉걸불에 던져졌다. 짧은 고갯짓이 한번 더 있고 나서 모든 여자와 아이들이 풀려났다. 남편들이 그들을 맞이하러 달려갔지만, 한 여자만은 자신의 아이와 함께 외따로 남겨졌다. 여자는 어리둥절한 듯 주위를 둘러보더니 장작더미를 보고 털썩 무릎을 꿇으며 흐느꼈다. 베일을 쓴 여자가 흥미로운 듯 그녀를 살펴보았다. 뚱뚱한 남자를 뺀 클랭스턴의 모든 남자가 말에 올랐다. 뚱뚱한 남자는 용기병이 그의 잿빛 말을 끌고 가는 동안 주민들 사이에 서 있었다. 뚱뚱한 남자의 입에서 더듬더듬 간청의 소리가 나오며 거품이 일었다. 호칸은 여자를 따라 마차에 타라는 명령을 들었다. 그들은 호송대와 함께 떠났다. 버려진 남자의 신음과 흐느낌은 머잖아 들리지 않게 되었다.

귀환하고 나서 이틀째 밤에 호칸은 여자의 방으로 불려갔다. 작은 탁자에 앉아 있던 여자가 자기 맞은편 의자를 가리켰다. 호칸은 자리에 앉았다가 가죽 공구 싸개를 알아보았다. 여자는 가끔 그러듯 주의를 기울여 의도적으로 그를 무시했다. 마치 호칸의 존재가―자기가 불러온 그의 존재가―다른 누군가의 도착을 지연시키기라도 한다는 듯 조바심을 내는 표정이었다. 마침내 긴 시간이 흐르고 나서 여자가 싸개를 풀어 탁자에 펼쳐놓았다. 여러 칸으로 나뉜 가죽 싸개에는 가위, 집게, 플라스크, 손톱깎이, 작은 단검 외에도 호칸이 모르는 도구들이 담겨 있었다. 여인이 손가락으로 탁자를 톡톡 두드렸다. 호칸은 어리둥절했다. 여자는 짜증을 내며 호칸이 두 손을 탁자에 올려놓아야 한다는 뜻을 전했고, 호칸은 시키는 대로 했다. 호칸이 고분고분하게 구는데도 여자는 힘을 주어 그의 왼쪽 손목을 탁자에 대고 누르더니, 가죽 싸개에서 가장 큰 손톱깎이를 꺼내 손톱에 댔다. 이곳에 붙잡혀 있는 동안 호칸의 두 손은 부드러워졌으나 손톱은 여느 때처럼 거칠고 각진 상태였다. 어떤 손톱은 계속 자라다가 부러졌고, 또 어떤 손톱은 식사 때 쓰라고 준 칼이나 치아로 호칸이 직접 다듬었다. 여자는 호칸의 손톱을 다 깎더니 줄칼로 갈아대기 시작했고, 그다음에는 납작하고 모서리가 날카로운 공구로 큐티클을 자르고 밀어올렸다. 그 동작에 호칸은 움찔하며 본능적으로 손을 당겼다. 여자가 호칸의 손목을 더욱 세게 잡고 도구로 손을 찔러댔다. 여자가 피부를 찢어놓은 건 아니었다. 그러나 그 단호함에서, 호칸이 그 이상 저항한다면 공구로 그의 손을 뚫어 탁자에 고정하겠다는 뜻이 분명하게 드러났다. 이 절차가 끝난 뒤 여자는 호칸의 손톱을 다시 다듬고 갈았다. 그녀는 플라스크에서 기름기 있는 장미향 연고를 쏟아내 호칸의 손에 문질렀다. 아마 전에는 여자가 이런 식으로 두 손을 어루만져준 적이 없었기 때문이겠지만, 호칸은 처음으로 그녀에게 말을 걸어야겠다고 생각했다.

"난 가야 한다." 호칸이 말했다.

특이하긴 하지만 놀랍지는 않은 어떤 사건을 잠시 포착했다는 표정을 지으며 여자는 그의 두 손에서 시선을 들었다. 그러고는 그를 보며 미소 지었다.

"못해." 여자가 대답했다. "난 널 보내줄 수 없어."

여자가 불을 끄고 전에는 한 번도 한 적이 없는 행동을 했다. 무릎을 꿇고 호칸의 무릎에 자기 머리를 올려놓은 것이다. 호칸에게 무릎을 꿇고 그녀의 무릎에 머리를 올려놓으라고 했던 것과 똑같았다. 그러더니 그녀는 축 늘어진, 호칸의 다듬어진 한쪽 손을 잡고 그 손으로 자기 머리를 쓰다듬었다. 헝겊 인형과 노는 것 같았다.

그 사건 이후의 삶은 다시 바뀌지 않는 일과로 주저앉았다. 호칸은 폭력에 익숙한 사람은 아니었지만, 식사 때 사용하는 무딘 칼과 어렴풋이 연관된 탈출 계획을 품기 시작했다. 그는 자신의 덩치에 용기를 얻었다. 그를 납치한 자들 중 점점 더 많은 사람이 그의 덩치를 위협적으로 느끼고 있었다. 하지만 며칠 뒤 밤에 일어난 일로 호칸은 반쯤 세웠던 계획을 실행할 부담을 덜었다.

바가 문을 닫을 때와 간수 두 명이 그를 여자에게 데려가려고 올 때 사이의 조용한 시간에 호칸은 누군가가 몰래 자기 방의 빗장을 미끄러뜨려 여는 소리를 들었다. 그 동작의 조심스럽고 느린 속도는 평범하지 않았고, 언제나 들리던 계단을 올라오는 두 켤레의 장화 소리가 들리지 않았다는 사실은 그보다도 놀라웠다. 휘파람소리를 내는 바람이 밤새 클랭스턴에 휘몰아쳐, 이제는 창문과 벽이 점점 거세지는 그 힘에 덜컥거리며 삐걱거리고 있었다. 빗장은 틀에서 점차 느리게 미끄러졌는데, 틀 끝에서 달칵 소리가 나는 걸 막기 위해서인 게 분명했다. 침묵. 호칸은 책을 집어들었다. 그냥 무언가 단단한 것을 들고 있기 위해서였다.

문이 열리자 그곳에는 여전히 벌거벗은 상태로 심한 흉터와 딱지로 뒤덮인 뚱뚱한 남자가 서 있었다. 그의 왼쪽 광대가 부풀어올라 고름이 찬 이마와 맞닿으며, 번들거리는 보라색 살덩이 아래에 그의 눈을 파묻어놓았다. 베인 상처, 화상, 멍이 온몸을 뒤덮었다. 두 발은 뜨거운 사막에 일그러졌다. 그는 외눈으로 호칸을 보더니 미소를 지으며 새로 깨진 치아 몇 개를 드러냈다. 그러더니 갈라진 입술에 검지를 대면서 조용히 호칸에게 쉿 소리를 내고 문에서 물러서며 계단을 가리켰다.

"가." 그가 속삭였다.

호칸은 어리둥절해 그를 보았다.

"가." 남자가 다시 말했다. "지금 가. 가. 빨리."

호칸은 신발을 집어들고 뚱뚱한 남자 옆을 지났다. 남자의 심술궂은 미소가 기괴하고 조용한 웃음으로 변했다. 호칸은 까치발을 하고 계단을 내려가 바를 가로지른 뒤 문을 나섰다. 그리고 잠시 문지방에 서 있다가, 평원에 발이 닿자마자 달렸다.

5

새벽은 직관이었다. 보이지는 않아도 확신할 수 있었다. 호칸
은 새벽을 향해 달려갔다. 그의 눈은 곧 밝아질 게 분명한 머나먼
지점에 머물러 있었다. 그 지점이 형에게로 가는 똑바른 길을 나
타냈다. 등뒤의 강렬한 바람이 좋은 징조였다―그의 발자취를 지
우는 동시에 그를 앞으로 밀어주는, 용기를 북돋는 손길이었다.

운이 좀 따라준다면 여인은 그날 밤 호칸을 부르지 않을 테고,
호칸이 없다는 사실은 아침 늦게까지 발각되지 않을 것이다. 심
지어 정오까지 아무도 모를 수도 있었다. 하지만 여자가 그를 찾
는다면 간수들이 곧 계단을 올라 그의 방으로 갈 것이다. 호칸은
한동안 달린 뒤 마을의 희미한 불빛을 돌아보았다. 놀랍게도 클
랭스턴은 사라지고 없었다. 바람이 얼굴을 후려친 그때에야 호칸
은 바람이 모래로 묵직하다는 걸 깨달았다. 처음에 시야는 한두

걸음 거리로 다가가야만 큰 바위나 덤불 같은 장애물을 인지할 수 있는 밤의 후광으로 제한되었고, 그러다 곧 아예 보이지 않게 되었다. 머잖아 밤 자체가 모래의 소용돌이로 지워졌다. 돌풍의 힘은 그 돌풍이 실어나르는 따가운 먼지와 함께 새로운 요소를, 거칠고 건조하긴 하지만 흙이나 공기보다는 물과 더 가까운 무언가를 만들어냈다. 호칸은 숨을 쉬기 위해 몸을 돌려야 했다. 그는 계속해서 달렸다. 폭풍에 안전히 감싸여 있다는 느낌이 들었다. 그 폭풍이 울부짖는 소리로 그의 귀를 틀어막았다. 얼굴이 주먹처럼 꽉 쥐어졌다. 알갱이 진 바람이 허락한다 한들 이중의 어둠 속에서 눈을 뜨고 있는 건 아무 의미가 없었다. 호칸은 거의 발을 디딜 때마다 헛디뎠지만, 땅에 납작 엎드려 있으면 가혹한 흐름으로부터 잠시 벗어나 쉴 수 있었기에 넘어지는 것이 매번 반가웠다. 그래도 재빨리 일어나 꽉 다문 입술로 헐떡이며 눈먼 경주를 다시 시작했다.

아침은 절대 찾아오지 않았다. 암흑이 그냥 희뿌예지기만 했다.

바람에 이리저리 나동그라지며 호칸은 더이상 자신이 어느 방향으로 가는지 알 수 없었다. 그저 넓은 원을 그리며 클랭스턴으로 돌아가고 있는 것만 아니기를 바랐다.

폭풍이 지나가자 정오의 태양이 머리 바로 위에서 내리쬐며, 호칸이 창문으로 보았던 것과 똑같은 멀리 뻗어가는 사막의 풍경을 드러냈다. 호칸은 불확실한 경로를 계속 나아갔다. 하지만 머잖아 그의 그림자가 몸 앞쪽으로 뻗어나가기 시작했다. 호칸은 언제나 그림자가 자신보다 앞서도록 했다. 그 방법이 자신을 동쪽으로 이끌어주리라고 확신했다. 그런 폭풍이 불어닥친 다음이니 어떤 추격자도 그의 발자국을 쫓을 수는 없겠지만, 호칸은 여전히 걱정됐다. 얼마나 왔을까? 클랭스턴과는 멀리 떨어져 있을까? 납치자로부터 먼 곳으로 정말 가고 있는 것일까? 그들에게 되돌아가고 있는 건 아닐까? 호칸은 여자가 무슨 대가를 치르더라도 그를 되찾고 싶어, 날씨가 허락하는 대로 수색대를 파견하리라는 점을 의심치 않았다. 그런 수색대를 어떻게 꾸릴지는 모르겠지만, 여자가 수색대를 사방으로 분산시킨대도 평원을 아주 면밀히 훑을 만큼 부하가 많지는 않으리라는 게 호칸의 생각이었다. 호칸은 자신의 진로가 바 바깥의 말뚝에서부터 뻗어가는 두 개의 선 사이에 있으리라는 데 희망을 걸었다. 하지만 음식이나 물 없이 얼마나 갈 수 있을지는 알 수 없었다. 운이 따라주어 도움을 구한대도, 클랭스턴에서 걸어갈 수 있는 거리의 모든 정착지는 여자의 영향 아래 놓여 있지 않을까?

밤이 찾아왔다. 어둠 속에서 길을 찾을 수 없었던 호칸은 걸음을 멈추었다. 그는 뜨뜻한 흙 위에, 산쑥 덤불 두 개 사이에 누웠다. 낮에는 너무도 조용하던 사막이 이제는 움직임으로 부스럭거렸다. 으르렁거리고 짝짓기하고 먹고 먹히는 동물들의 소리. 호칸은 걱정하지 않았다. 그가 본 동물은 설치류, 파충류, 작은 개가 전부였다. 자신의 덩치가 그 작은 생명체들에게 위협적이리라 생각했다. 뱀을 두려워해야 한다는 건 아직 몰랐다.

호칸은 새벽이 오기 한참 전에 눈을 떴다. 부분적으로는 습관 때문이었지만(호칸은 늘 간수들을 맞을 준비를 하느라 한밤중에 일어났다) 땅이 차가워졌기 때문이기도 했다. 밤하늘이 바뀌었다. 호칸은 별들의 조화로운 움직임에 경탄했다. 저 밝은 점들이 어떻게 함께, 언제나 그들 사이의 처음 간격을 지키며 하늘을 가로지르는 건지 형에게 한 번도 물어보지 않았다는 게 후회되었다. 예전에 리누스는 자연의 다른 신비를 그에게 설명해주었다. 예컨대, 모든 날에 각자의 태양이 있다는 사실 같은 것. 그 밝은 원반은 하늘을 가로질러가며 타다가 가라앉아 지평선에서 녹아버린다. 땅끝의 벼랑에서 밀랍처럼 쏟아진다. 그리고 신이 양초 제작자처럼 촛농을 다시 사용해 밤새 새로운 태양을 만든다. 밤은 신이 새로운 태양을 만드는 동안 이어지고, 신은 새 태양에 불을 붙여 매일 아침 놓아준다. 하지만 별과 별의 움직임에 대해서 리누스는 굳이 설명하지 않았다.

지평선의 앞선 빛이 어느 방향으로 가야 할지 알려주자마자 호칸은 동쪽으로 출발했다.

암꿩이 없었더라면 호칸은 며칠 만에 죽었을 것이다. 그는 매일 곤봉으로 때리거나 돌을 던져 암꿩 두어 마리를 잡고 녀석들의 피를 마셨다. 그러면 갈증이 더 심해졌지만, 힘은 유지할 수 있었다. 처음 몇 번은 입에 그 뜨뜻한 시럽을 짜넣자마자 토했지만 곧 이런 반응을 통제하는 방법을 알게 되었다. 호칸의 턱과 모래폭풍이 부는 동안 갈가리 찢겨 넝마가 된 옷은 흘러넘쳐 응결된 피로 굳었다. 결국 호칸은 딱딱해진 갈색 피가 태양으로부터 몸을 보호해준다는 걸 깨달았기에, 그 피를 두 팔과 가슴, 목, 얼굴 전체에 넉넉히 문지르기 시작했다. 이런 피막은 땀이 나면 곤죽이 되어 흘러내렸고, 호칸은 계속 멈춰 서서 다시 피를 찍어바르고 정리해야 했다. 하지만 며칠이 지나자 태양에 구워지고 먼지에 반죽된 층이 여러 겹 생겨, 더이상 피를 바를 필요가 없어졌다. 그때쯤 호칸은 자신의 피막에서 나는 미칠 것 같은 악취를 더 이상 맡지 못했다.

그는 시간의 흐름을 잊었다. 열병 같은 환각이 그를 붙들 때면, 호칸은 영원토록 걸어온 것만 같다고 느꼈다. 그는 목소리와 발굽소리를 듣기 시작했고 상상 속의 소리를 쳐내기 위해 계속 뒤를 돌아봐야 했다. 가끔은 검은 마차의 잘그랑거리는 소리가 뒤따라오고 있다는 생각에 땅바닥에 몸을 던졌다. 이런 환영을 침묵시키기 위해 호칸은 말을 하기 시작했다. 대개는 리누스에게 말을 걸었다. 때로는 리누스가 대답했다. 호칸의 몸은 점점 가벼워지고 경직되어갔다. 걷는다는 건 지속적인 기적이었다. 모든 걸음의 가장 어려운 순간은 발을 내려놓는 순간이었다. 호칸은 자기 신발을 보고, 허공에 떠 있는 그 모습에 놀라며 어쩌다 신발이 그 자리에 가게 되었는지, 대체 그 신발이 어떻게 땅에 닿으려는 건지 의아해했다. 그러다가 다음 걸음에는 똑같이 당황스러운 마음으로 다른 발을 빤히 보았다. 매번 놀라움은 새로웠다. 꼭 허공에 떠 있는 발을 처음으로 본 것만 같았다. 호칸의 걸음걸이는 이상한 균형 잡기가 되었다. 그는 뻣뻣한 괴물이라도 된 듯 양쪽 발을 점점 더 높이 들어 잠시 가만히 있으면서 팔을 뻗어 균형을 잡으려 했다. 풍경의 단조로움은 그의 혼란을 가중하기만 했다. 호칸은 의식을 들락거리다가 자신이 걸음을 떼고 있다는 걸, 주문에 걸리기 전에 보았던 것과 똑같은 지역을 가로지르고 있다는 걸 알아차렸다. 얼마나 긴 시간이 지났는지, 얼마나 멀리까지 왔는지 알기란 불가능했다. 때로는 제자리를 걷는 것 같다는 생각이 들었다.

어느 날 아침, 호칸은 죽은 개를 끌어안은 채로 몸을 떨며 눈을 떴다. 개를 잡은 일도, 녀석의 목을 부러뜨린 일도 기억나지 않았다.

호칸은 발이 땅에 닿는 데 돌연 실패할 때까지 계속 걸었다. 발은 계속해서 내려가며, 갈라지는 모래가 드러낸 허공으로 천천히 떨어졌다. 마지막으로 기억나는 건 지표면에 남아 있는 밑창을 쳐다본 일이었다.

6

얼굴을 덮히는 불길. 불꽃 위의 별들. 입술에 닿는 축축한 천. 캔버스 천 캐노피를 통해 들어오는 태양. 열병의 맛. 마차 바퀴의 두려운 소리. 황혼 혹은 새벽. 목소리들. 꿀의 맛. 안경. 미소 짓는 리누스. 울어대는 말. 포리지와 커피 냄새. 자신의 비명. 팔목과 발목을 감은 삼끈. 이야기를 해주는 리누스. 얼굴을 덮히는 불길. 목소리들. 입술에 닿는 축축한 천. 안경. 꿀의 맛.

호칸은 팔목의 물집 때문에 눈을 떴지만, 밧줄에 닿아 생긴 열상이 반가웠다. 그 열상은 그와 그의 몸이 이제야 화해했다고 확인해주는 것이었다. 그는 덮개가 덮인 수레에 누워 있었다. 태양은 캔버스 천에 묻은 뜨거운 얼룩이었다. 마부석의 두 실루엣이 조용히 이야기를 나누었다. 말이나 당나귀를 탄 다른 남자들의 소리도 들렸다. 시간이 가만히 호칸을 관통해서 흘렀다. 형상, 소리, 질감이 다시 한번 하나의 단일한 현실의 일부가 되었다.

주변에 대한 인지가 선명해질수록 호칸은 수레 양옆에서 다양한 종소리가 들린다는 것을 깨달았다. 빠르고 날카로운 땡땡 소리에서부터 느리고 나직한 댕댕 소리까지. 호칸은 고개를 돌렸다가, 모든 고리와 볼트에 매달리고 수레 밑바닥에 고정된, 빽빽하게 모여 있는 유리병들을 보았다. 여러 개의 유리병 속 누런 액체 안에는 도마뱀, 쥐, 다람쥐, 고양이, 거미, 여우, 뱀 등의 동물이 떠 있었다. 어떤 유리병에는 태어나지 않은 동물, 내장, 다리, 머리가 들어 있었다. 호칸은 움찔하며 몸을 틀었지만 몸이 단단히 묶여 있다는 걸 알게 되었다. 고개를 들었더니 새들이 파닥거리는 새장, 곤충이 기어다니는 바구니, 뱀이 쉭쉭거리는 버들고리 통이 보였다. 몸이 나은 것은 그저 환상일 뿐, 여전히 악몽 중 하나에 갇혀 있다는 생각이 들었다. 그가 소리를 내자 앞에 있던 남자 한 명이 돌아보았다. 호칸은 밝은 하늘에 대비된 그의 윤곽선만을 볼 수 있었다. 남자가 수레 뒤로 기어들어와 호칸 위쪽으로 허리를 숙이며, 고통에 빠져 있던 호칸 위를 맴돌던 안경 쓴 얼굴을 드러냈다. 남자가 미소 지었다.

"깨어났구나." 그가 말했다.

호칸은 일어나 앉으려 했지만 밧줄이 그를 제자리에 붙들어놓았다.

"미안." 남자는 호칸이 묶여 있다는 걸 떠올리고 경악하며 재빨리 그를 풀어주었다.

남자는 밧줄을 풀면서 호칸에게 위로하는 듯한 목소리로 말을 걸었다. 발목의 밧줄까지 풀어주었을 때쯤 남자의 말도 끝났다.

호칸은 그를 빤히 보았다. 남자가 그에게 뭔가 물었다. 침묵. 남자는 안경을 벗고 다른 질문을 던져보았다. 호칸은 그의 잿빛 눈을 들여다보았다. 남자의 눈은 캐묻지는 않으면서도 호기심에 차 있었고, 깔보는 기색 없이 연민으로 가득했다. 호칸이 황야에서 보았던 모든 남자가 그랬듯 그 역시 수염을 깎지 않았지만, 그들 모두와는 달리 셔츠의 가장 위쪽 단추까지 닿는 풍성한 붉은 턱수염이 정말로 어울렸다. 머리카락은 먼지 때문에 기세가 꺾여 납작 누워 있었다. 머리카락이 깔끔해질수록 그의 인상이 더 야성적으로 보이리라는 건 상상하기 어렵지 않았다. 이 사람이야말로 평원에 있어서 상태가 더 나아지는 사람이었다. 호칸의 오른쪽 시선이 옆으로 흘러가기 시작하자 남자가 다시 안경을 썼다.

"영어 못하니?" 남자가 물었다.

"약간 한다." 호칸이 대답했다.

남자가 그에게 다른 질문을 던졌다. 영어 같지 않았다. 남자는 가래 끓는 듯한 거친 언어로 다시 시도해보았다. 호칸은 까진 손목을 문지르며 그를 보았다. 그 모습을 본 남자는 한번 더 사과하더니 환각을 보고 날뛰면서 발길질하고 허공에 주먹을 휘둘러대는 남자 흉내를 냈다. 그런 다음 호칸을 가리키고 검지로 그의 이두박근을 가리키더니 근육이 하얗게 달궈져 있기라도 한 듯 재빨리 손을 뒤로 뺐다.

"힘이 세더구나!" 남자가 그렇게 말하며 웃었다.

남자가 호칸의 물집을 살펴보는 동안 그들은 침묵을 지켰다.

"어디서 왔니?" 남자는 상처를 다 살피고 나서 안경을 고쳐 쓰며 물었다.

"스웨덴."

남자는 그 대답에 만족하면서도 곤혹스러워했다. 가만히 자기 수염을 잡아당기면서 눈을 가늘게 뜨고 과거로 손을 뻗는 듯하더니 스웨덴어로 "내 이름은 존 로리머야"와 매우 비슷하게 들리는 무슨 말을 했다. 호칸은 정신이 또렷해졌다. 로리머는 호칸의 모국어를 그 꿈결 같은 형태로 계속해서 말했다. 스웨덴어이기도 하고 아니기도 한 언어, 어떨 때는 익숙하게 들리지만 갑자기 이해할 수 없게 변해버리는 언어, 집을 떠올리게 하지만 즉시 집의 소리가 얼마나 멀리 떨어져 있는지 강조할 뿐인 언어. 나중에 로리머는 자신이 쓴 말이 영어로 얼기설기 때운 독일어와 네덜란드어의 혼합이었다고 설명했다.

로리머는 자기가 만들어낸 뒤죽박죽 언어를 열심히 써가며, 자신들이 몸 앞으로 팔을 뻗고 뻣뻣하게 걸어가는 호칸을 발견했을 때 몇몇은 그를 악마라고 생각했다고 말해주었다. 호칸에게 다가가 그의 검은 피부를 보았을 때는 또 몇몇이 그를 인디언이라고 생각했다. 그가 사실 응결된 피로 뒤덮여 있다는 게 보일 만큼 가까워졌을 때는 모두가 호칸이 치명상을 입었다고 확신했다. 호칸은 그들을 알아보지 못하는 듯했지만, 그들이 호칸을 수레로 데려가 상처를 치료해주려 하자 격렬히 맞서 싸웠다. 그를 제압하는 데 세 사람이 필요했다. 머잖아 호칸은 정신을 잃었고, 엿새 동안 아른거리는 환각 상태에 빠져 있었다. 로리머는 말라붙은 피를 닦아낸 뒤 중한 상처가 없는 걸 보고 어리둥절했다.

호칸은 영어가 간간이 섞인 스웨덴어로 클랭스턴의 여자 이야기로 시작되는 자신의 시련을 간단히 설명했다. 그는 로리머에게 여자의 부하들을 피하라고 하면서, 추격자들이 그를 다시 데려가기 위해서라면 일행 모두를 망설임 없이 살해할 것이므로 아침이 되면 떠나겠다고 말했다. 그에게 필요한 건 음식과 물뿐이었다, 그들이 조금 나눠줄 수 있다면 말이지만. 로리머는 호칸의 말을 전혀 들으려 하지 않았다. 호칸은 완전히 회복될 때까지, 또 그가 여자의 손길이 닿는 범위를 벗어났다는 게 확실해질 때까지 일행의 보호를 받게 될 거라고 했다. 일행은 어쨌든 동쪽으로 가는 중이었다. 최소한 다음 목적지인 살라딜로의 거대한 소금 호수에 이를 때까지는 그랬다. 그런 뒤 로리머와 그의 부하들은 남쪽으로 방향을 틀 예정이었다. 로리머는 그때까지 스웨덴어를 배우고 싶다고 했다. 어쨌든 조수가 필요하다고도 했다. 호칸은 눈에 띄게 염려하며 유리병 속 머리들을 보았다. 로리머는 웃으며 경계하지 말라고 하더니, 그 동물들을 잡은 건 인간을 위해서라고 설명했다.

먹을 것과 마실 것, 휴식으로 호칸은 빠르게 회복했다. 호칸은 머잖아 수레에서 나가, 로리머를 호위하며 그의 일을 도와주는 다섯 남자와 합류했다. 일행의 남는 말과 당나귀를 맡은 호칸은 할 수 있는 한 자주 로리머 옆에서 말을 달렸고, 그들은 서로에게 각자의 언어를 가르쳐주었다. 로리머는 빨리 배웠다. 스웨덴어를 연습하려는 그의 열정이 호칸의 영어에는 해로웠다. 그러나 낯선 소리의 미끄러운 진창을 그토록 오래 철벅거리고 난 뒤인지라 호칸은 모국어의 단단한 단어들이 반가웠다.

원래 스코틀랜드 남동부 출신인 존 로리머는 열한 살의 나이에 가족과 함께 아메리카로 왔다. 그들은 호칸이 이름을 기억하지 못하는, 사람들이 살지 않는 어느 땅에 농장을 세웠다. 존의 아버지는 아들이 사제가 되기를 바랐고, 아들에게 성경 전체를 암송하도록 했으며, 매주 일요일 해뜨기 전에 가족들에게 들려줄 전기적傳記的 설교를 준비하도록 했다. 그러나 야생의 모든 것에 사랑을 품고 있던 존은 천상의 일보다는 지상의 일을 좋아했다. 소년은 근처의 덤불 옆에 일종의 도시를(해자와 성곽과 거리와 가판대를) 지어놓고 딱정벌레, 개구리, 도마뱀 들을 이주시켰다. 매일 밤 성벽을 두른 구조물을 덮어두었다가 아침마다 살펴보며 어떤 동물이 사라지거나 죽었는지, 어떤 동물이 이 칸에서 저 칸으로 이동했는지, 어떤 동물이 다른 동물에게 두려움을 일으키는지 등등을 기록했다. 그는 지치지 않고 자신의 동물 도시를 가꾸었지만, 결국 아들이 오랫동안 자리를 비우는 것을 수상하게 여긴 아버지가 덤불까지 따라와 그 구조물을 걷어차 무너뜨렸다. 아버지는 그 안에 살던 동물들을 납작하게 밟아버리고 근처 나무에서 꺾어 온 나뭇가지 회초리로 그를 매질했다. 나뭇가지는—존은 그 나뭇가지를 선명히 기억했으며 나중에 그 이름을 알게 되었다—자작나무였다. 아버지는 그를 매질하면서, 존이 신성모독적인 오만에 대해 보속해야 할 거라고 속삭였다—세상을 창조할 힘을 가진 건 신, 오직 신뿐이며 다른 모든 시도는 그분이 하신 일에 대한 교만한 모욕이라면서. 몇 년 뒤, 존은 신학을 공부하라고 대학으로 보내졌지만 머잖아 식물학과 동물학이(처음에 호칸은 이런 학문을 아리송하다고 생각했다) 신학을 대체했다. 그로부터 얼마 지나지 않아 존은 네덜란드로 가서, 유럽의 선구적인 식물학자인 카를 루트비히 블루메 아래에서 공부했다. 호칸은 그 이름을 나중에까지 기억하게 되는데, 그 이름이 직업과 재미있을 정도로 잘 맞기 때문이었다.* 존은 공부를 마치고, 한 번도 묘사되거나 명명된 적 없는 서부의 생물종을 기록하겠다는 생각으로 아메리카에 돌아왔다. 그는 조사 과정에서, 이제는 오래전에 돌아가신 아버지가 알았다면 자작나무 회초리로 때리는 정도가 아니라 참나무 몽둥이로 으깨버릴 법한 이론을 떠올렸다. 이어지는 몇 주 동안 로리머는 뚝뚝 끊기는 스웨덴어로, 유리병에 든 표본과 길을 가며 잡은 새로운 동물들, 바위 속에 굳어진 채 발견된 고대 생물들의 도움을 받아 대체로 말이 없지만 당황하고 있는 게 거의 분명한 새 친구에게 자신의 이론을 참을성 있게 설명했다. 로리머는 자신의 목표가 시간을 거슬러올라가 인간의 기원을 밝히는 것이라고 했다.

로리머는 호칸이 암꿩을 잡아본 경험이 있는 만큼 거기서부터 이야기를 시작하자고 했다. 그는 호칸에게 암꿩 한 마리의 목을 비틀어 뜯어보라고 했다. 수레의 좁은 그늘에 앉아서, 로리머는 작고 날카로운 칼을 새의 몸에 찔러넣고 책이라도 되는 양 그 몸을 펼쳤다. 그러고는 호칸에게 암꿩의 부러진 척추를 보여주며 왜 그곳의 골절이(날개나 다리의 골절이 아니라) 새를 죽였는지 설명했다. 그들은 척추를 따라 뇌까지 갔고, 로리머는 친구에게 호흡에서부터 보행에 이르기까지, 생각에서부터 배설에 이르기까지 우리가 하는 모든 일이 상반신을 따라 이어지는 그 선으로

---

* '블루메(Blume)'라는 이름과 '꽃이 피다'라는 뜻의 영어 단어 'bloom'은 발음이 비슷하다.

지배된다고 말해주었다. 호칸은 이런 깨달음에 깊이 감명받았으며, 더이상의 증거 없이도 그 말이 사실이라는 걸 알았다. 호칸이 이름조차 들어본 적 없는 기관에 대한 이토록 전적으로 새로운 개념이 옳다는 걸 안 이유는 확실하지 않았다. 하지만 새가 땅바닥에 펼쳐지는 모습을 보자 의구심이 들지 않았다. 호칸은 한 번도 동물을 그런 식으로 본 적이 없었다. 너무도 깔끔하고 단순하고 질서정연해 보이는 모습이었기에, 호칸 자신이 그토록 조화로운 체계를 다스리는 법칙을 우연히도 전혀 몰랐다는 사실은 중요하지 않게 느껴졌다. 그는 로리머에게 엄청나게 많은 질문을 던졌고, 자신만의 이론도 몇 가지 만들어보았다.

로리머는 새로운 제자의 열정을 귀하게 여겼다. 몇 주가 지나면서 그때의 첫 수업은 여러 다른 수업으로 이어졌다. 둘 다 스웨덴어 해부 용어를 몰랐기에 수업은 대체로 영어로 진행됐다. 곧 호칸은 온갖 동물을 직접 해부하게 되었다. 그의 크고 부드러운 두 손에 쥐어진 메스가 작은 보석 같은 장기 위를 섬세하게 스치고 지나갔다. 알고 보니 호칸은 장기의 기능과 서로 다른 장기의 관계에 대해 극도로 정련된 직관을 가지고 있었다. 해부를 수십 번 해본 끝에 호칸은 뼈의 메커니즘에 대한 기초적 사실들을 완전히 익혔고, 근섬유와 근육의 탄력이 작동하는 방식을 이해했으며, 심장의 구조를 기본적으로 파악했고, 주요 혈관의 지도를 그렸고, 소화관의 통로와 주머니를 알아볼 수 있게 되었다. 수술 도구를 다루는 틀림없는 자신감과 한 번 힐끗 보는 것만으로도 신체의 내부 조직을 인지하는 선명한 이해력으로, 호칸은 (로리머의 신중한 안내를 받아) 놀라운 사실을 발견하게 되었다. 그 사실은,

모든 동물이 본질적으로 같다는 것이었다. 로리머는 호칸의 관심을 척추와 뇌로 이끌어 이런 진실에 대한 증명을 마무리지었다.

그들의 작은 행렬은 계속해서 움직이며 칼에 베인 새와 개, 파충류, 설치류로 이루어진 흔적을 남겼다.

수업 도중에 로리머는 종종 제자에게, 칼을 잡은 손에 진실을 찾는 눈의 인도를 받는 사랑이 어리지 않는다면 메스를 다루는 호칸의 놀라운 재능은 결국 아무것도 아니라는 점을 상기시켰다. 로리머는 돋보기 아래에서 돌과 식물, 동물이 얼어붙게 된다면 자연에 대한 탐구는 삭막해진다고 말했다. 동식물 연구자는 열렬한 사랑은 아니더라도 따뜻한 애정을 품고 세상을 바라보아야 했다. 메스가 끝내버린 생명은 그 생명체의 반복될 수 없는 개별성에 대한 깊고도 헌신적인 감사로 기려야 했다. 동시에 이런 감사는, 이상하게 보일 수는 있지만, 그 생명체가 자연계 전체를 대표한다는 사실에 대한 것이기도 했다. 주의깊게 살펴보면, 해부된 토끼는 다른 모든 동물의 부위와 특질, 더 나아가 환경까지 조명해주었다. 토끼는, 풀잎 한 장이나 석탄 한 조각과 마찬가지로, 전체의 작은 파편에 그치는 것이 아니라 그 안에 전체를 담고 있었다. 이 사실이 우리 모두를 하나로 만들었다. 다른 점을 전부 차치하더라도 우리 모두가 똑같은 물질로 만들어져 있으니까. 우리의 살점은 죽은 별들의 잔해다. 사과나 사과나무, 거미의 다리에 난 털 한 가닥 한 가닥, 화성에서 녹슬어가는 바위도 모두 마찬가지다. 아주 작은 존재 하나하나가 모든 피조물을 향해 뻗어가는 바큇살을 가지고 있다. 스웨덴에 있는 농장의 감자에 떨어지던 빗방울도 한때는 호랑이의 방광에 들어 있었다. 하나의 생명체에서 다른 모든 생명체의 속성을 예측할 수 있다. 어떤 입자든 충분히 관심을 기울여 들여다보고, 모든 것을 연결하는 사실을 따라가다보면, 우리는 우주에 도달할 수 있다. 알아볼 만큼 숙련된 눈만 갖추고 있다면 관련성이 보인다. 해부된 토끼의 내장은 온 세상의 그림을 충실하게 보여준다. 그 토끼는 만물이니 우리 자신이기도 하다. 이처럼 경이로운 조화를 이해하고 경험한 인간은, 이제 주변 환경을 살펴보며 그것이 오직 유용할 때에만 자신과 연결되는, 낯선 사물과 동물이 산재하는 표면일 뿐이라고 인식할 수 없다. 숲을 가로질러 걸어가면서도 탁자 상판밖에 고안하지 못하는 목수, 내리는 눈을 보면서도 자신의 사적인 슬픔만을 떠올리는 시인, 모든 나뭇잎에 이름표를 붙이고 모든 곤충에 핀을 박아넣는 것밖에 하지 못하는 박물학자는 모두 자연을 창고로, 기호로, 사실로 바꿔놓음으로써 모욕하는 것이다. 로리머는 자연을 안다는 것은 존재하는 방법을 배우는 것이라고 자주 말했다. 그 목표를 이루기 위해 우리는 사물이 전하는 지속적인 설교에 귀기울여야 한다. 우리의 가장 고귀한 임무는 존재의 황홀경에 더욱 잘 참여하기 위해 단어들을 기록하는 것이다.

호칸은 로리머의 가르침을 듣고 개종했다.

호칸에게 너무도 특징 없어 보이던 풍경이 이제는 기꺼이 해독해보고 싶은, 점점 커져가는 수수께끼가 되었다. 하지만 생존에 필요한 일을 하고 나면 남는 시간이 거의 없었다. 물과 장작을 보충하거나 음식을 구하려고 사냥하거나 있을지 모르는 위험요소들을 정찰할 때가 아니면, 로리머는 표본을 수집하고 정리했다. 저녁이면, 로리머는 남자들과 함께 불가에 앉아 그들이 담배를 피우고 이야기하는 동안 공책에 글을 썼다(이런 때면, 로리머는 언제나 희미하고 친절한 미소를 지었다. 그 미소가 남자들의 이야기 때문인지, 그 자신의 글 때문인지 호칸은 영영 알아내지 못했다). 평원에서의 분주한 삶이 내준 얼마 안 되는 여유 시간에 로리머는 친구에게 읽는 법을 가르치려 했지만, 호칸은 어떤 글자가 앞을 보고 있고 어떤 글자가 뒤를 보고 있는지 알아보기가 거의 불가능하다고 느꼈다. 단어 속의 문자들은 종종 알아서 움직이는 것만 같았다. 그러나 호칸의 실질적인 지식은 놀라운 속도로 늘어갔다. 머잖아 로리머는 호칸이 자신의 이론 전체를 들을 준비가 되었다고 판단했다. 그러려면 해부학에 대한 기본적 지식은 물론 편견 없는 정신이 있어야 하는데 호칸은 두 가지를 다 갖추었다고 했다.

"너는 모든 생명이 연결되어 있다는 것, 만물이 만물 안에 있다는 것, 단 하나의 존재가 전체로 뻗어간다는 것을 네 눈으로 직접 봤어." 로리머가 호칸에게 말했다. "현존하는 모든 존재가 서로에게 연결돼 있지. 그런데 이건 시간을 통틀어 볼 때도 진실이야. 모든 자연적 사건은 다른 무언가로부터 흘러나오고, 그 다른 것도 다른 무언가로부터 흘러나오고, 그렇게 계속 이어지는 거야. 수원지에서부터 솟구쳐나오는 지류와 실개울, 급류의 그물망을 이루는 거지. 자연스러운 결론은, 모든 생명이 자기 안에 모든 조상의 흔적과 기록을 품고 있다는 거다. 하지만 시간이 흐르면서 사소한 수정이 일어나고, 작은 조정과 개선이 이루어지지. 이런 과정이 어디서, 어떻게 끝날지는 아무도 알 수 없을 거야. 자연에서는 그 무엇도 결정적이지 않으니까. 새로운 시작을 품고 있기에 모든 끝은 덧없는 거란다. 하지만 한 가지 질문에는 답할 수 있을지 모르지. 그 질문이란, 첫번째 근원이 뭐냐는 거야. 생명의 원칙은 뭘까? 우리는 어디에서 왔을까?"

로리머는 질문에 답을 주지 않고 며칠 동안 호칸을 가만히 놔두었다. 어린 제자에게 직접 이런 문제에 관해 생각해볼 공간을 준 것이다.

살라딜로는 그리 멀지 않았다. 사막은 더욱 건조해졌다. 모든 식물과 눈에 보이는 동물은 사라졌다. 흙은 바위처럼 단단했고, 먼지가 없었기에 풍경에는 결정적인 고요함이 어렸다. 그 단조로움에는 어딘지 각지고 날카로운 면이 있었다.

그들은 낮을 최대한 활용하기 위해 언제나 해가 지기 직전에 야영지를 꾸렸다. 장소는 어디든 상관없었다. 그냥 말에서 내려 자리에 앉았다. 텅 빈 광활한 공간에서 자다가 눈을 떴을 때 즉시 참조할 무언가를 만들어놓느라, 길잡이는 신경써서 말안장을 앞을 향하게 놓아두었다. 음식, 물, 연료는 아껴서 소모했다. 저녁을 마련하고 나면 작은 불이 꺼지도록 놔두었기에, 온기를 보충하기 위해 손으로 짠 천과 가죽으로 몸을 감쌌다. 로리머는 일행이 모피를 두르고 누워 별들을 바라보고 있던, 이처럼 불기 없던 어느 밤에 자신의 발견을 호칸에게 밝혔다.

신은 인간을 창조하지 않았다. 신은 인간이 된 무언가를 창조했다. 시간을 충분히 거슬러올라갈 수만 있다면, 수백만 년의 세월을 거슬러올라갈 수만 있다면 우리 조상은 인간적 특징을 잃어버리기 시작할 것이다. 그들은 조금씩 조금씩 인간과는 덜 닮고 짐승과 더 닮은 모습이 되어갈 것이다. 세월의 새벽녘까지 완전히 거슬러올라간다면, 우리 모두를 잉태시킨 생명체가 심지어 우리가 본 그 어떤 동물과도 닮지 않았다는 걸 알게 될 것이다. 우리는 아버지들의 아버지인 아담이 비활성의 반투명한 젤라틴, 그외에는 아무것도 없는 황량한 바다에서 떠다니는 골수 한 방울이라는 것을 알게 될 것이다.

로리머는 끈적거리는 스펀지에서 인간으로 변형이 일어난 역사를 척추에서 읽어낼 수 있다고 말했다. 그는 호칸에게 노란 돌속에 새겨진 화석을 떠올려보라면서, 머나먼 과거에는 척추가 물렁뼈로 만들어진 유연한 관이었다고 설명했다. 골수를 싸고 있는, 고무 같던 그 관이 골화되어 우리가 오늘날 알고 있는 단단한 등뼈가 된 건 세기에 세기가 반복된 이후였다. 다만 그 물렁뼈는 단순한 도관이나 골수가 들어 있는 싸개가 아니었다. 그 자체가 화석화된 골수였다. 그리고 골수는 뇌의 투사체였다. 뇌와 골수, 척추가 다양한 단계에 있는 같은 물질이었다. 우리의 사지 전체가 척추에서 갈라져나와 척추의 지배를 받는다면, 자연스러운 결론은 우리의 전신이 뇌의 투사체라는 것이었다. 뇌가 가장 먼저 출현했다. 그러더니 로리머는 호칸으로서는 이름이 기억나지 않는 남아메리카의 박물학자가 한 말을 인용해, 이런 원칙이 자연사에도 적용될 수 있다고 추론했다. 모든 종은, 끝없이 다양한 그 모든 종은 단 하나의 근원, 즉 단순한 뇌신경절에서 솟아나왔다. 모든 존재는 바로 이 기관, 미래에 가능한 모든 형태의 생명을 자체적으로 담고 있던 원시적인 지적 물질의 확장에 불과했다. 각 종의 특징은 시간의 흐름 속 어느 지점에서 근원으로부터 갈라져

나왔는지, 그렇게 된 게 얼마나 오래전 일이었는지에 따라 결정되었다. 우리는 멀리 떨어져 있긴 하지만 직접적인 조상인, 아무 형체 없는 지적 존재로부터 진보해왔다. 신체가 없는 두뇌로부터. 수백만 년의 세월을 거치며, 그 생각하는 신경절은 자신의 형태이자 도구가 될 물질적 구조물을 스스로 만들어냈다. 달리 말하면, 뇌가 자신의 신체를 생성했다. 거의 뇌가 나머지 해부학적 구조물을 생각과 의지로 존재하게 만든 것이나 마찬가지였다. 이 시점에서 로리머는, 자신이 호칸에게 보여준 다양한 단계의 태아를 보면, 두개골 자체가 인간이라는 종의 발전을 규정하는 점진적 단계를 거친다는 점을 추론할 수 있다고 일깨워주었다. 세포막에서 신경절로, 다시 뼈로. 그렇다면 두개골은 가장 원시적이고 단단한 구조물이었다. 두개골은 적대적인 환경으로부터 보호하기 위해 뇌를 담아둔 상자로서 발전했다. 척추가 두개골로부터 유래했고(척추의 구조는 모든 척추골에서 대체적으로 반복되었다), 이 중앙의 기둥으로부터 특정한 부속물이 뻗어나왔을 것이다. 그 부속물이 나중에 뇌의 생존을 보장하는 데 필요한 팔다리가 되었을 테고. 이로부터 중대한 깨달음이 이어졌다. 인간은 가장 우월한 지적 존재이므로, 그 최초의 생각하는 물질로부터 출현하고 발전해온 최초의 생명체일 수밖에 없었다—이 행성에서 가장 오래된 존재, 모든 씨앗 중에서도 가장 초기에 존재했던 그 씨앗으로부터 앞선 모든 세월에 걸쳐 지금까지 성장하고 있는 존재. 이와 같은 생각의 피할 수 없고 충격적인 결론은 인간의 지능이 어떤 형태로든 지구의 모든 유기체보다 앞서 있다는 게 분명하다는 점이었다.

이것이 로리머가 평원을 여행하고 표본을 수집하며 찾아낸 위대한 발견이었다. 이제 그는 이 이론을 뒷받침하는 데 필요한 마지막 조각을 찾을 작정이었다. 모든 징후를 볼 때, 인간을 가장 직접적인 후손으로 둔 지능이 있는 유기체의 원형은 먼저 물속에서(보다 구체적으로 말하면 소금물에서) 생겨났을 것이다. 그곳에서 유기체는 생각을 할 수 있지만 껍데기는 없는 연체동물처럼 식물 상태로 생활했을 것이다. 물론 그 존재의 증거를 찾아 바다 밑바닥을 탐험하는 건 불가능한 일이었다. 하지만 운이 좋게도, 사람이 걸어다닐 수 있는 해저가 있었다. 그런 곳 중 하나가 살라딜로의 거대한 소금 호수였다. 과거에 육지로 둘러싸인 바다였던 살라딜로는 수백만 년 전 말라붙었고, 로리머는 이 소금 평원의 접근하기 어려운 위치와 극단적인 기후 조건을 생각해볼 때 그곳에 사람의 손길이 닿지 않았으리라고 추측했다. 최초의 생명체, 몸이 없는 두뇌의 존재를 확인할 수 있다면 아마 살라딜로에서일 터였다.

로리머의 이야기에 침묵이 이어졌다. 호칸이 방금 들은 말은 머리 위 별처럼 멀게 느껴졌다. 호칸이 배웠던 그 어떤 생각보다도 멀고, 그 자신이 떠올릴 수 있는 그 어떤 생각과도 한참 떨어져 있어서 형의 상상력조차 거스르는 이야기였다. 리누스가 한 가장 말도 안 되는 이야기도 로리머의 이야기에 비하면 온순한 수준이었다. 호칸의 머릿속에 있던 모든 것이 방금 들은 이야기를 무시할 수밖에 없게 만들었다. 성경에 대한 제한적인 지식과 상식, 그리고 무엇보다도 그 자신의 인간성 때문에 호칸은 아무리 먼 조상이라지만 자신의 조상이 동물이었다고는 믿을 수 없었

다. 로리머의 초보적인 스웨덴어를 제대로 이해한 걸까? 그보다
도 더 터무니없고 모욕적이었던 것은 그 원시적 콧물이라는 개념
이었다. 자신은 신의 형상을 따라 창조되지 않았던가? 그렇다면
신이란 무엇일까? 게다가 이런 과정이 로리머의 주장처럼 여전
히 진행중이라면, 먼 미래에 인간은 무엇이 될까? 그 머나먼 후
손들도 호칸의 뼈를 웬 원시적 짐승의 시신처럼 여길까?

그러나 호칸은 근원적인 의혹에도 불구하고 자신의 과거가 (그
가 안다고 생각했던 모든 것, 아버지의 과묵하지만 단호한 말, 의
심할 수 없는 목사의 교리, 심지어 형의 사랑스러운 이야기와 함
께) 어두운 밤으로 녹아내려, 방금 들은 인상적이고도 끔찍한 역
사의 존재 속으로 희미해져가는 것을 느꼈다.

7

빛에 숨이 막혔다. 일행은 재갈을 물고 있었다. 목구멍이 꽉 막
히고, 백색으로 질식할 듯했다. 눈물과 파닥거리는 눈꺼풀 때문
에 평원이 제대로 보이지 않았다. 평원은 얼어붙은 호수처럼 평
평했고 눈부시게 밝았다. 쿵쿵대는 열기에도 불구하고 호칸이 보
인 첫 반응은, 자신들이 충분히 두꺼운 얼음을 딛고 서 있는지 확
인하느라 아래를 보는 것이었다. 서리 내린 평원 위, 한 칸의 최
대 폭이 120센티미터쯤 되는 돋을새김된 벌집 문양이 눈이 닿는
곳까지 사방으로 뻗어 있었다. 그 형태는 놀라울 정도로 일정했
고, 2에서 5센티미터쯤 튀어나온 소금의 선은 수레바퀴 아래에서
으적거리며 무너져내렸으나 대개는 사람들이 밟아도 무사할 만
큼 튼튼했다. 지평선은 올가미였다.
　로리머는 이글거리는 광야로 일행을 더 멀리 끌고 갔다. 제임

스 브레넌이 모퉁이마다 멈춰 서서 자갈을 줍거나 흙을 냄비에 담아 황금을 찾으려 들었던 것처럼 로리머는 계속해서 잠깐씩 멈춰 소금 부스러기를 모으고 자세히 살펴본 뒤 결국 던져버렸다. 표본을 하나 버릴 때마다 점점 침울해졌다. 로리머는 너무 자주 말에서 내리다가 결국 걸어가기로 했다. 너무 자주 무릎을 꿇었기에 끝내는 그냥 네발로 기어갔다. 아직 말을 타고 있던 부하들은 당황한 표정으로 그를 보았다. 대화는 없었다. 그들은 어느 시점에도 멈춰 서서 휴식을 취하지 않았지만, 툴툴대는 길잡이의 추정에 따르면 밤이 되어 야영을 할 때까지 하루에 10킬로미터도 채 가지 못했다. 소금 호수에서 보낸 첫 하루의 실패로 시무룩해진 로리머는 저녁을 먹지 않겠다며 수레로 일하러 갔다. 그날 밤 늦게, 남자들이 작은 불꽃 주위에 모여 있는 동안(장작이 중요한 걱정거리가 되어가고 있었다) 박물학자는 둥근 빛의 가장자리에 외로운 덩어리로 남아 있었다. 호칸은 양철 머그잔을 사이에 두고 오가는 귓속말을 거의 따라가지 못했지만, 남자들의 적개심은 분명히 드러났다. 불이 점점 꺼지면서, 이런 황무지에서 보초를 두는 건 불필요한 경계라는 합의가 이루어졌다.

이어지는 며칠도 다르지 않았다. 로리머가 손에 돋보기를 든 채 쪼그리고 앉아 모든 소금 결정을 들여다보며 자신이 말한 원시 존재의 흔적을 찾아 소금밭을 몇 킬로미터씩 기어가는 동안, 남자들은 달팽이 같은 속도로 로리머보다 앞서 소금 평원을 가로질렀다. 하늘도 땅처럼 가혹하고 버려져 있었다. 남자들은 천으로 몸을 감싸고, 눈이 드러나는 작은 구멍만을 남겨놓았다. 주변 몇 킬로미터 안에 아무런 장애물이 없다는 걸 알았기에, 이따금 백색에 질릴 때면 그 구멍조차도 가려버리고 실오라기 사이로 여전히 보이는 일행의 유령 같은 흐릿한 모습을 따라갔다. 그들은 거의 말을 하지 않았다. 알칼리성의 먼지가 굳어져 입술이 갈라지고 코에서는 코피가 흘렀다. 음식 대부분에(비스킷, 육포) 소금이 들어 있었는데, 이 때문에 호칸은 음식을 한입 먹을 때마다 사막에 삼켜지는 기분이 들었다. 물이 떨어져갔다.

어느 날 아침, 새벽이 오기 전에 눈을 떠보니 로리머가 사라지고 없었다. 일행은 그림자를 꿰뚫어보는 데 도움이 되기라도 할 것처럼 손그늘을 드리우고 황혼 속을 살펴보았다. 누군가가 지평선을 향해 팽팽하게 뻗쳐놓은 밧줄에 걸려 넘어졌다. 그들은 그 밧줄을 따라 걸어갔다. 수백 미터쯤 걸어갔더니, 로리머가 밧줄 끝에 웅크리고 앉아 밧줄이 소금밭 위에 남겨둔 곧은 선을 눈으로 좇고 있었다. 로리머는 일행을 못 본 체하고 이리저리 오갔다. 어떤 표시가 되어 있는 반쯤 찬 유리병을 들고서 여기저기 멈추어, 그 병을 밧줄과 평행하게 두고 내용물을 살폈다. 결국 그는 며칠 만에 처음으로 미소를 지으며 고개를 들고, 말에게 너무 큰 부담이 되지 않는 선에서 달릴 수 있는 가장 빠른 속도로 달릴 준비를 하라고 모두에게 명령했다. 소금 평원으로 더 깊이 들어가겠다는 것이었다. 잠시 침묵이 흐른 뒤 길잡이가 목소리를 높였다. 그는 살라딜로가 얼마나 넓은지 아는 사람은 아무도 없으며, 식량과 말들이 소진되기 전에 살라딜로를 가로지를 수 있다는 보장도 없다면서, 이미 돌아갈 수 없는 지점에 거의 이른 만큼 즉시 되돌아가야 한다고 했다. 길잡이의 말에 이어, 보통은 수줍음이 많고 로리머의 권위를 존중하던 나머지 부하들도 걱정을 소리

내 말하기 시작했고, 고용주를 저버리고 말머리를 돌리겠다고 위협했다. 로리머는 호칸이 듣는 곳에서는 한 번도 써본 적 없는 완고한 목소리로 부하들에게 그들의 의무를 상기시키며, 돈을 전부 받으려면 그 의무를 다해야 한다고 말했다. 또 수레에 실린 물자 없이는 멀리 갈 수 없을 텐데, 수레를 가져가려면 훔쳐가야 할 거라고 했다. 말과 당나귀도 마찬가지이고. 이런 범죄에 대한 처벌은 다들 알다시피 교수형이었다. 잠시 침묵이 흘렀다. 그런 뒤 로리머는 좀더 침착하게 부하들에게 자신을 믿어달라며, 일행을 죽을 자리로 데려가는 건 아니라고 안심시켰다. 그는 살라딜로를 가로지르기에 충분한 물을 얻는 방법을 알고 있었다. 잠시 후, 일행은 적개심을 품은 채 출발했다.

로리머는 호칸 옆에서 말을 달리며, 둘만의 비밀스러운 언어로 이 탐험에 대한 자신의 접근법이 처음부터 틀렸다고 털어놓았다. 이토록 가혹한 환경에서 연구 장비도 제한된 가운데 로리머가 찾는 증거의 아주 작은 조각을 발견한다는 건 불가능한 일이었다. 태양이 말려버린 소금 사막에 남은 조직이라니? 불가능했다. 물. 그에게는 물이 필요했다. 원시적 생명체의 자취는 액체 환경에서만 보존될 수 있었다.

"우리가 언덕 아래로 내려가고 있다는 거, 눈치챘니?" 로리머가 물었다.

호칸은 안장에 앉은 채 움찔하며 어리둥절해서 흰 황무지를 둘러보았다.

"당연히, 경사가 가파르지는 않아. 그래도 내려가는 길은 맞아." 로리머가 말했다. "난 우리가 완만한 경사지에 있다고 생각했고, 오늘 아침에 밧줄로 그 사실을 확인했어. 너희가 나를 찾았을 때 내가 만지작거리던 그 밧줄 말이야. 난 그 밧줄을 땅 위 30센티미터 높이의 막대에 묶고 팽팽하게 쥐었어. 약 칠십 걸음을 걸어간 다음 밧줄을 좀더 긴 두번째 막대에 묶었고. 유리병으로 만든 임시 수평계로 밧줄이 평평하다는 걸 확인했어. 믿기 어렵겠지만, 여기서는 밧줄이 땅으로부터 10센티미터 정도 높은 곳에 걸려 있더구나. 이처럼 텅 빈 공간에서는 내리막을 알아차리기가 거의 불가능하지만, 확실해. 밧줄 높이가 올라간 걸 보면 여기는 분지가 분명하다. 계속해서 내리막으로 걸어가면, 해저의 가장 낮은 지점에 도착해 이 하얀 사막 한가운데의 막혀 있는 배수관에서 물을 발견하게 될 게 확실하다."

그들은 계속 나아갔다. 소금 위의 끊임없는 벌집무늬로 평원은 더욱 억압적으로 느껴졌다. 무시무시하긴 했지만 획일적이고 광활한 공간은 평온한 느낌을 주기도 했다. 호칸은 그 사실을 잘 알았다. 그는 종종 자신을 잊고 주변의 공백 속에서 아무것도 아닌 존재가 되었다. 그처럼 망각에 젖어 있는 순간만이 사막이 그에게 보여준 자비였다. 하지만 그 규칙적인 칸들에는 어쩐지 질식할 것만 같은 느낌이 있었다. 그 수를 세지 않는다는 것, 패턴 안의 패턴을 찾지 않는다는 것, 선의 두께를 비교하지 않는다는 것, 보이는 것 중 가장 크거나 가장 작은 칸을 찾지 않는다는 것, 가장 규칙적인 형태를 찾지 않는다는 것, 특정한 칸에 도착할 때까지 얼마나 걸릴지 짐작하지 않는다는 것, 지평선까지 얼마나 많은 칸이 있을지 계산해보지 않는다는 것은 모두 불가능한 일이었다. 그 모든 선, 그리고 그 선 때문에 정신이 겪을 수밖에 없는 마비를 일으키는 장난은 그들이 어떤 광활함에 도전하고 있는지를 변태적으로 상기시켰다. 격자로 이루어진 기나긴 낮을 보낸 뒤, 끝없는 밤하늘을 보면 어찌나 침착해지던지! 하늘은 물론 사막보다 컸지만, 최소한 끝이 있으리라는 충족되지 않는 약속을 전해주는 선과 칸으로 그를 놀리지는 않았다. 밤은 또한 완강한 백색으로부터 벗어나 쉴 시간을 주었다. 백색은 갈증의 색깔이었고, 갈증은 모든 것이었다. 폭력적 충돌이 벌어진 이후로는 언제나 총을 든 사람들이 물을 지켜야 했다. 여행을 이어가면서, 열기가 여느 때만큼 강렬했는데도 호칸은 더이상 누구도 땀을 흘리지 않는다는 걸 알게 되었다. 소변은 주황색이었고 소변을 보는 일은 고통스러웠다. 두 사람이 환각으로 고통을 받았다. 호칸은 이제 그들이 며칠 안에 죽으리라는 것을 알 만큼 인간의 몸을 이해하고 있었다.

지평선의 점은 환각이 아니었다. 일행 모두가 그것을 볼 수 있었다. 길잡이의 부하 한 명이 쉰 목으로 고함을 질렀다. 다른 한 사람은 웃었다. 그 점이 수레가 되었다. 말은 없었다. 수레가 부서진 잔해가 되었다. 희게 변한 수레의 잔해를 둘러싸고 있는 것은 황소의 표백된 뼈였다. 수레 밑바닥에는 아이 셋과 부모의 백골이 있었다. 남자 한 명이 울기 시작했다. 그는 울면서 슬픈 표정으로 얼굴을 뒤틀었지만 눈물은 나오지 않았다. 그가 황소의 정강이뼈를 쥐고 로리머를 후려치려 했다. 끼어들어 그를 막으려 한 사람은 호칸뿐이었다. 나머지 남자들은 살기 띤 눈을 하고 있었지만, 너무 지쳐서 조직적으로 반란을 시도하지는 못했다. 공격 미수의 충격으로부터 회복하자마자 로리머는 낡은 수레를 분해하기 시작했다. 그는 거의 들리지 않는 소리로 부하들에게 최대한 많은 널빤지를 확보하도록 도와달라고 중얼거렸다. 아무도 움직이지 않았다.

"물을 마시고 싶다며? 널빤지를 챙겨!" 로리머가 소리쳤다.

그들은 버려진 수레를 분해했다. 시신은 건드리지 않고 피해서 작업했다. 비교적 긴 널빤지를 둘 공간을 만드느라 원래 수레의 덮개를 떼어낸 뒤, 모든 목재를 싣고 떠날 준비를 했다.

"슬픈 일이지만," 다시 길을 나서며 로리머가 호칸에게 속삭였다. "이 시신은 좋은 징조인 것 같다."

그 말이 맞았다. 그로부터 얼마 지나지 않아, 일행은 땅에서 구름을 보았다. 그곳이 세상의 끝처럼 보였다. 갑자기 평원이 뚝 끊기고, 그 지점부터는 사방으로 하늘만 있는 듯했다. 심지어 아래쪽에도 말이다.

"물이다." 길잡이가 말했다.

남자들은 열광하며 하늘이 비치는 곳으로 달려갔다. 로리머는 그들을 막으려 했지만 소용없었다. 그와 호칸은 적당한 속도를 유지했다. 저수지에 이르렀을 때는 모든 남자들이 헐떡이며 땅에, 각자의 토사물 웅덩이 옆에 누워 있었다. 그중 한 명이 일어나 구역질을 했다. 로리머가 입 모양으로 뭔가 말했지만 목소리는 나오지 않았다. 그가 다시 말했다.

"소금물 웅덩이일세." 로리머가 말했다.

"물을 준다고 했잖소." 길잡이가 속삭였다.

"그랬지." 로리머가 대답했다. "널빤지로 불을 피우시오."

타는 듯한 땅에 누워 있던 남자들은 그의 말을 알아들을 수 없다는 듯 로리머를 보았지만, 각자의 당혹스러움을 극복한 뒤에는 움직이기 시작했다. 흰 평원이 불꽃보다 밝았다. 불은 그저 허공의 경련으로 작아졌다. 남자들이 일하는 동안 로리머는 가장 큰 육수 냄비 바닥을 소금물로 채우고, 가운데에 작은 빈 냄비를 둔 뒤 바위로 고정했다. 그런 다음 밀랍을 씌운 면포로 육수 냄비를 덮고 냄비 가장자리에 면포를 고정한 뒤 가운데에 돌을 놓아 천이 아래로 처지게 하여 뒤집힌 원뿔 모양을 만들었다. 그 장치 전체가 불 위에 놓였다. 머잖아 소금물이 끓기 시작했다. 로리머는 밀랍을 먹인 천을 조정했다. 남자들은 입을 쩍 벌린 채 보이지 않는 불꽃을 바라보았다. 달그락거리는 소리가 부글거리는 소리를 대신하자 로리머는 호칸에게 육수 냄비를 내리도록 도와달라고 했다. 그들은 덮개를 벗겼다. 모두에게 놀라운 일이었지만, 육수 냄비를 덮었을 때만 해도 비어 있던 가운데의 작은 냄비가 이제는 물로 가득차 있었다.

"마실 물이야." 로리머는 그 물을 텅 빈 나무통 하나에 부어넣으며 말했다. 길잡이가 의심스러운 듯 한 국자를 맛보고는 일행을 쳐다보며 고개를 끄덕였다. 모두가 경탄하며 박물학자를 보았다.

로리머는 이 과정을 되풀이할 모든 것을 준비하면서 호칸에게 자기가 한 일의 이면에 깔려 있는 일반적인 원칙을 설명해주었다—증발, 소금의 무게, 응결에 대해. 또 죽은 가족을 보고 소금물 웅덩이가 근처에 있을 게 틀림없다고 생각했다는 점도 설명해주었다. 그 가족은 거의 동시에 사망한 게 분명해 보였다. 같은 병에 걸렸을 가능성이 매우 높았다. 로리머는 그들이 모두 소금

물을 마셨을 거라고. 그리고 구역질을 한 다음에는 이미 탈수 증상을 겪던 이민자들에게 살 가망이 없었을 거라고 짐작했다.

해가 지고 있었다. 일행은 밤새 물을 몇 통 끓여 저장고를 다시 채웠다. 타는 불도 또하나의 즐거움이었다. 거의 행복할 정도였다.

다음날 아침, 로리머는 소금물 웅덩이에 무릎까지 잠겨 있었다. 분지의 독성 있는 소금물은 평원, 그리고 평원의 주변과 위에 있는 하늘이 증류된 결과였다. 그 물은 색깔이 없었고, 아무 감정 없이 생명에 적대적이었다. 박물학자는 아래쪽에 유리 마개가 막혀 있고 손잡이가 달린 위쪽은 뚫려 있는 1미터짜리 관을 가지고 있었다. 관의 유리가 달린 쪽을 물에 담그고 그 안을 들여다보면 물속을 볼 수 있었다. 로리머는 하루종일 그러고 있었다. 때로는 물에 뛰어들어 표본을 건졌다. 대부분의 자갈은 다시 물속에 던져버렸지만, 때로는 더 살펴볼 가치가 있는 표본을 찾아 웅덩이 가장자리에 두었다. 아침나절이 절반쯤 지났을 때는 (적어도 호칸의 눈에는) 똑같아 보이는 흰 자갈들이 물가에 한 줄로 놓여 있었다. 남자들은 막대와 방수포를 이용해 차양을 설치했고, 말과 당나귀 몇 마리와 그늘을 공유했다. 처음에 그들은 호기심을 품고 로리머의 움직임을 좇았지만, 머잖아 그의 작업이 얼마나 단조로운지 깨닫고는 모자를 코까지 비스듬히 내리고 졸기 시작했다. 호칸이 도와주겠다고 했지만 로리머는 어딘가에 정신이 팔린, 거리감이 느껴지는 말투로 자신에게 필요한 것이 무엇인지 설명할 시간이 없다고 말했다. 정오쯤에는 물과 소금과 햇빛의 조합이 로리머를 거의 알아볼 수 없을 정도로 태우고 망가뜨렸다. 로리머의 떨리는 입술이 괴기스러울 정도로 부풀어올랐다.

그는 점점 더 경련을 다스리기 어려워했고, 물속을 들여다보는 관 주변에 일어나는 물결은 작은 파도가 되어 있었다.

그날 밤, 로리머는 모피를 두르고 덜덜 떨며 흐느끼면서 호칸에게 남자들이 자신을 데려가지 못하게 해달라고 빌었다.

"이것도 지나갈 거야. 태양 때문이야." 로리머가 떨면서 말했다. "제발. 난 괜찮을 거야. 다시는 여기 오지 못해. 여길 떠난다면. 평생. 약속해다오. 나한테는. 아무것도. 없어. 나는 그냥. 일사병일 뿐이야. 나는. 저 사람들한테 말해줘. 돈. 나는. 아무것도. 없어. 제발. 제발."

그는 울다가 잠이 들었다.

로리머는 정신을 차리지 못했다. 새벽 무렵 그의 꿈에서 웅얼거림이 스며나오기 시작했을 때 열병은 그를 힘없는 꼭두각시로 바꿔놓았다. 호칸은 로리머를 수레에 싣고 떠나라는 길잡이의 명령에 반대하지 않았다.

8

이미 황폐한 땅에 새로운 황량함이 한 겹 더 내려앉았다. 점점 늘어만 가는 칸으로 이루어진 생기 없는 평원은 여전히 똑같았다. 태양은 언제나처럼 날카롭게, 또 뭉툭하게 찔러오며 만연했다. 그 물러서지 않는 단조로움에서 달라진 것, 납작하고 점점 더 납작해져가는 세상에서 유일하게 깊이를 갖춘 것은 단 하나, 호칸의 외로움뿐이었다. 로리머가 상자와 유리병 사이에서 시들어가는 가운데 호칸은 대서양을 가로지르는 동안 그를 사로잡았던 공허감만큼 깊은 허무를 느꼈다. 그는 리누스를 그리워했던 것과 같은 방식으로(비록 그리움의 강도는 다를지라도) 로리머를 그리워했다. 둘 다 그를 보호해주었고, 호칸이 자신들의 관심을 받아 마땅하다고 생각했으며, 심지어 호칸에게서 키워줄 가치가 있는 자질을 보았다. 무엇보다, 형과 박물학자가 공통으로 가진 가장 큰 덕목은 세상에 의미를 부여하는 능력이었다. 별, 계절, 숲—리누스는 그 모든 것에 대한 이야기를 간직하고 있었고, 삶은 이런 이야기에 담겨 살펴보고 이해할 수 있는 무언가가 되었다. 태양의 방대함에 언어로 댐을 세워줄 리누스가 없어지자 바다가 부풀어올랐던 것과 마찬가지로, 로리머가 병에 걸린 이후 사막은 끝없는 공백으로 격렬히 확장되었다. 친구의 이론 없이, 호칸의 왜소함은 눈앞의 광야만큼 거대해졌다.

길잡이는 왔던 길로 일행을 이끌어가고 있었다. 지름길이 있을 거라고 생각했지만, 음식이 거의 다 떨어졌기에 길을 잃을 위험을 감수할 수 없었다. 배급량은 아침과 저녁 모두 옥수숫가루 죽 반 컵과 비스킷 하나로 줄었다. 여행을 시작하고 며칠이 지나자 남자 한 명이 호칸이 로리머를 돌보고 있던 수레에 들어왔다. 그는 새들이 들어 있는 버들고리 새장으로 곧장 다가가 그중 두 개를 집어들더니 돌아서서 나가려고 했다. 호칸이 그의 손목을 잡고 손동작으로 새장을 내려놓으라고 명령했다. 남자는 그 명령에 따랐지만, 자유로워진 손으로 단신총을 꺼내 호칸의 가슴에 총열을 겨누었다. 호칸의 반응은(돌이켜 생각해보니 호칸 자신에게도 놀라운 일이었지만) 남자의 손목을 놓는 대신 더욱 꽉 쥐는 것이었다. 남자가 공이치기를 당겼다. 호칸은 그를 놓아주었다. 그날 밤, 남자들이 새를 구워 먹었다. 호칸은 옥수수죽을 먹었다. 이동하는 동안 남자들은 로리머의 뱀으로 스튜를 만들고 고양이들을 구워 먹었다. 개들은 아껴두었다.

로리머는 병으로 너무 약해져, 잠든 그의 가슴이 움직이는 것도 거의 감지하기 어려웠다. 그의 눈은 눈구멍 깊은 곳에서 죽은 듯이 빛을 잃고 있었다. 쪼그라든 입술은 치아에서 젖혀지기 시작했고, 초췌해진 두 뺨이 푹 꺼져 턱뼈가 드러났다. 벌써 해골 같은 모습이었다. 호칸은 자신이 구조되었을 때 받았던 치료법에 따라 로리머가 마실 물에 꿀을 넣어 영양가를 높였다. 그는 로리머에게 으깬 옥수숫가루 죽을 먹여보려 했지만, 죽은 로리머의 혓바닥에 고여 있다가 턱으로 뚝뚝 흐를 뿐이었다. 소금 평원에 처음으로 듬성듬성 흙이 자리잡기 시작한 바로 그날, 로리머는 호칸을 바라보았다. 호칸을 그대로 관통하는 것처럼 보이던 환각에 시달리는 눈길이 아니라, 부자연스럽게 커지긴 했지만 의도로 가득한 시선이었다.

"떠난 거야?" 그는 간신히 물었다.

"미안하다." 호칸이 대답했다.

로리머는 눈을 감았다가, 어느 정도 힘을 되찾은 뒤 다시 눈을 뜨고 미소를 지으려 애썼다. 호칸은 그에게 적신 헝겊으로 마실 물을 주려 했다. 친구는 고맙다는 뜻으로 고개를 끄덕이고 다시 잠이 들었다.

가끔 정신을 차리는 그런 순간 가운데 한 번, 로리머는 호칸에게 자신의 치료법에 관한 기본적인 지시 사항을 전해줄 수 있었다. 로리머는 자기에게 언제나 물을 주고, 정신을 잃었을 때는 억지로라도 물을 먹이라고 했다. 그의 지시에 따라 호칸은 식초, 용설란, 말린 청가뢰, 라벤더 기름으로 연고를 만들어 그의 물집과 고름집에 발랐다. 로리머는 호칸에게 꿀물에 소금과 특정한 토닉 몇 방울도 넣어달라고 부탁했다. 로리머가 환영에 시달리거나 불안해하면 호칸이 아편을 비롯한 진정제가 들어 있는 팅크제 세

방울을 로리머에게 주어야 했다. 로리머는 그 어떤 상황에서도 불안감에 땀을 흘려서는 안 됐기 때문이다.

붉은 흙으로 이루어진 혈관이 흰 땅을 가로지르기 시작했을 때쯤 호칸은 걷기가 점점 더 어려워졌다. 발이 커져서 클랭스턴에서 가져온 신발이 더이상 맞지 않았다. 통증에 발을 제대로 디딜 수가 없었다. 그는 로리머의 메스 중 하나를 이용해 신발의 발가락 부분을 잘라냈다. 발의 나머지 부분과 분리된 발가락은 눈먼 알비노 지렁이처럼 신발 바닥 너머로 삐져나왔다. 소금 평원은 점점 줄어들어 흙바닥에 난 수정 물결처럼 보였다. 바싹 타버린 덤불 몇 그루가 지평선에 점점이 나타나기 시작했다. 추상적이던 영역이 다시 한번 풍경이 되었다. 일행이 발견한 첫번째 산쑥이 호칸에게는 날아다니는 장난감만큼 멋지게 보였다.

아직 쇠약하기는 했지만, 호칸이 대신 적용해준 그 자신의 처방으로 로리머는 점점 더 자주 정신을 차리게 되었고, 끝내 완전히 의식을 되찾았다. 호칸이 가장 먼저 한 걱정은 로리머의 동물들에 관한 것이었다. 호칸은 로리머가 동물이 전부 사라졌다는 걸 알아차리기 전에 자신이 그것들을 보호하지 못했다고 먼저 말해주고 싶었다. 호칸은 말을 더듬으며, 두려움에 차마 떨어지지 않는 입으로 무슨 일이 벌어졌는지 박물학자에게 말해주었다. 로리머가 콧구멍으로 약하게 웃었다.

"먹었다고. 좋아. 잘됐어." 그가 다시 웃었다. "나와 함께 있다가 맞이했을 운명보다는 훨씬 더 품위 있게 갔네."

로리머는 길잡이와 의논했고, 길잡이는 로리머를 포트스커브까지 안전하게 데려다준 이후로는 의무를 면제해달라고 다른 남자들과 함께 부탁했다. 포트스퀴브는 이곳에서 북쪽으로 일이 주 정도 가면 나오는 곳의 약간 동쪽에 있었다. 그 요새는 덫 사냥꾼 과 이민자들이 이용하는 번영하는 무역 중심지였고, 로리머는 거 기에서 휴식하며 물자와 새로운 말들을 구할 수 있을 터였다. 원 한다면 심지어 완전히 새로운 일행을 꾸릴 수도 있었다. 로리머 와 길잡이는 그렇게 합의했다.

평원은 천천히 갈색, 붉은색, 보라색 특징을 되찾았다. 호칸은 갑자기 제임스 브레넌의 금광이 나타나거나 클랭스턴에 돌아가 게 된다 해도 놀라지 않을 것 같았다. 로리머는 조금씩, 조금씩 수레 밖으로 나오기 시작했고, 마침내 하루의 일부는 말을 타고 보냈다. 그렇게 말을 탔던 어느 날, 호칸이 로리머가 말에서 내리 도록 도와준 뒤에 그들은 얼굴을 마주보고 섰다. 박물학자는 당 황한 표정으로 친구를 보았다.

"너, 나보다 키가 커진 거냐?" 그가 물었다. "지난 몇 주 만에 나보다 커질 수가 있는 거야? 이리 와봐라."

로리머는 호칸의 키를 가늠해보며 못 믿겠다는 듯 고개를 저 었다.

"몇 살이랬지?"

"모른다."

"대충이라도."

"모른다."

로리머는 이어 호칸의 두개골 크기와 척추 길이, 팔다리의 길 이와 두께를 기록하며 고개를 저었다. 살라딜로에서의 실망감과 질병을 겪고 난 이후로, 작은 일이 있을 때마다 놀라고 기뻐하던 로리머의 태도는 다소 무뎌졌다. 그는 더이상 열정적인 말투로 날아올라, 달변으로 가장 높은 곳에 이르지 않았다. 하지만 어린 친구를 올려다보며, 그가 전에 품었던 열정의 일부가 다시 떠올랐다. 공책을 살펴보고 몇 가지 계산을 한 뒤, 로리머는 호칸에게 이런 일은 본 적도 없고 책에서 읽은 적도 없다고 말했다. 호칸의 성장 속도는 유례가 없었다. 로리머는 호칸에게 삶이란 아래로 잡아당기는 중력과의 투쟁이라는 점을 다시 일깨워주었다. 삶이란 모든 식물과 동물을 흙과 먼 방향으로 움직이게 하는, 상승하는 힘이라고(생명체의 도덕적 진화에 관해서도 같은 말을 할 수 있었다. 이런 진화로, 생명체는 원초적인 본능으로부터 더 높은 의식으로 이동한다). 불투명한 비존재의 웅덩이에서 기어나와 돌연변이라는 수백만 년의 과정을 따라 올라간 모든 지렁이가 바로 직립보행을 하고 인지능력을 갖춘 종이며 그 과정은 지금도 진행중이다. 나머지 인간보다 더 높이, 더 위로 뻗어나가는 호칸은 과연 미래 인간의 사례일까?

일행은 아무 사건도 벌어지지 않는 평원을 지나 계속해서 이동했다. 로리머를 돌보고 그의 토닉을 다루어온 호칸은 이제 푸른 산쑥에서 희미한 약냄새를 감지할 수 있었다. 그것 말고는, 여느 때처럼 변치 않는 사막은 그들이 한때 사막을 떠난 적이 있다는 개념 자체를 거부하는 것처럼 보였다. 로리머는 하루 대부분을 글을 쓰며 보냈다. 그는 종종 허리를 숙이고 안장 머리에 기대 놓은 공책을 들여다보았다. 길잡이를 비롯한 나머지 남자들은 멀리서, 냉담하고 형식적인 태도로 그를 호위했다.

어느 날 오후, 그들은 하늘에 휘갈겨진 연기 한 가닥을 보았다.

용기보다는 지루함 때문에 나서는 듯한 두 남자가 앞서가서 정찰해보겠다고 자원했다. 뒤에 남은 사람들은 뿔 화약통을 살펴보고 소총을 장전했다. 아무도 말하지 않았지만 그들은—총을 만지작거리는 모습이나 안장에 앉은 채 안절부절못하는 모습, 시험받은 적 없는 용기로 오만한 표정을 짓는 모습으로 미루어보건대—일종의 갈등을 열망하고 있었다. 말을 달려 떠났던 두 정찰병이 한가롭게 구보로 돌아오자 길잡이와 부하들은 실망감을 감추지 않았다.

"그냥 인디언입니다." 정찰병 하나가 그렇게 말하더니 물을 좀 마셨다.

"죽어가던데요." 다른 정찰병이 동료의 물통으로 손을 뻗으며 덧붙였다.

호칸은 인디언들이 가죽과 늙은 말을 가지고 있으며, 일행이 그것들을 쉽게 빼앗아 포트스퀴브에서 거래할 수 있다는 말을 알아들었다. 나머지 남자들이 찬성했다. 걱정어린 심각한 표정이 로리머의 얼굴에 자리잡았다. 그는 한마디도 하지 않았지만 일행의 의도에 반대하는 게 분명했다. 박물학자는 작정하고 맨 앞에서 말을 달렸고, 누구보다 먼저 인디언들에게 가고 싶어하는 듯했다. 야영지에 다가간 일행은 불길에 버틴 몇 안 되는 오두막이 까만 뼈대만 남은 채 타버린 모습을 보았다. 그 형체 없는 구조물과 흙바닥에 박힌 부러진 기둥 몇 개에, 찢어진 피부와 짐승 가죽, 무두질한 가죽 조각이 매달린 채 바람 한 점 불지 않는 허공에 축 늘어져 있었다. 사람은 단 한 명도 보이지 않았다. 폐허 사이에는 말린 고깃덩어리와 박, 색칠한 가죽, 다양한 공구, 알아볼 수 없을 만큼 망가진 다른 물건들이 흩어져 있었다. 병든 조랑말 몇 마리가 땅을 내려다보았다. 집중해서 귀를 쫑긋 세운 개 몇 마리가 낯선 이들을 바라보았다. 가장 큰 천막과 그 주변의 거처를 거의 통째로 삼킨 불이 자기 연기의 무게에 눌려 꺼져가고 있었다. 부글거리는 검은색 증기가 야영지의 뒤쪽 절반을 뒤덮고 오목하게 솟아올랐으며, 윗부분은 하늘로 흩어졌다. 개들이 나와 기수들을 맞이했다. 일부는 으르렁거렸고 일부는 반기는 듯 짖어 댔다. 대부분은 냉담한 호기심을 보였다.

"여기 있었는데." 정찰병 중 한 명이 어리둥절해하며 말했다.

길잡이를 비롯한 남자들은 대량 학살이 벌어진 야영지의 가장 자리에 멈춰 서서 무기를 준비하며, 한편으로는 벌거벗은 황무지에 은신처가 있는지 별 의미 없이 살폈다. 로리머가 연기 속으로 말을 달렸다. 호칸이 그를 따라갔다. 연기가 짙어져서 그들은 셔츠로 얼굴을 가렸다. 태양이 따끔거리는 노을로 작아졌다. 로리머는 귀엣말로 친구에게 멈춰 서라고 하더니 조용히 하라는 뜻으로 손을 들었다. 그들은 매캐하고 까칠한 알갱이가 느껴지는 소용돌이로 감싸이고 또 감싸였다. 거의 허공에서 재를 한 움큼씩 잡을 수 있을 정도였다. 세상은 각자가 탄 말의 귀 바로 너머에서 끝났다. 그들은 말에서 내렸고, 호칸은 박물학자를 따라 연기 구름 한가운데로 들어갔다. 아래쪽에서 숨죽인 기침소리가 들려왔다. 둘은 땅을 바라보았지만, 각자의 발조차 거의 보이지 않았다. 로리머가 멈춰 서서 허리를 숙이더니 무슨 꾸러미를 하나 들어올렸다. 어린아이였다. 녀석의 얼굴이 축축한 헝겊으로 완전히 감싸여 있었다. 작은 미라 같았다. 호칸은 쪼그려앉았다. 연기가 땅에서 30에서 60센티미터쯤 위에 맴돌고 있었다. 낮고도 검은 천장에 거의 짓눌린 채 흙바닥에 엎드린 몸이 열두 개는 더 있었다. 연기가 그들의 등에 머무는 듯했다. 모두의 얼굴이 천으로 덮여 있었다. 손 하나가 발목을 약하게 잡자 호칸은 움찔했다.

"아이들부터 챙겨." 로리머가 말했다.

그들은 한 명 한 명 모두를 신선한 공기가 있는 곳으로 끌어냈다. 다들 심한 부상을 입었으며 거의 의식이 없었다. 한 남자가 칼을 꺼냈지만, 그걸 사용하기에는 너무 힘이 없었다. 로리머가 그들의 상처를 살피기 시작하자 길잡이를 비롯한 세 남자가 연기 구름을 돌아 나와 말을 타고 다가왔다.

"교활한 개자식들." 그가 말했다. "기어가서 연기 아래 숨은 겁니다. 무슨 인디언 마법이라도 부려 사라진 줄 알았네."

로리머는 굳이 고개를 들지 않았다. 그는 부상자들을 돌보느라 너무 바빴다.

"가죽은 수레에 싣죠. 조랑말은 나눠 가지고." 길잡이가 덧붙였다.

"수레와 조랑말은 놔두시오. 나머지를 챙겨서 떠나시오."

길잡이는 깜짝 놀랐다. 로리머가 여기 남겠다고? 조랑말에 관한 열띤 토론이 이어졌다. 곧 둘 다 소리를 질러댔다. 호칸은 그들이 하는 말을 알아들을 수 없었지만, 논쟁은 로리머가 안장주머니에서 금화 몇 닢을 꺼내 남자들을 보내버리며 끝났다. 길잡이는 식식대며 돈을 받고 돌아서더니 남자들에게 약탈물을 챙기되 조랑말은 놔두라고 했다. 로리머는 부상자에게 돌아가기 전호칸을 마주보았다.

"내가 도와주지 않으면 이 사람들은 대부분 죽을 거야." 그가 말했다. "나는 남을 거다. 포트스퀴브는 여기서 며칠밖에 안 걸려. 저 사람들과 함께 가거라."

"남겠다."

"가."

"돕겠다."

로리머는 고개를 끄덕이고, 호칸에게 남자의 다리에 부목을 묶어달라고 했다. 이렇게 심한 부상을 입은 이 모든 사람들이 어떻게 연기 아래에 숨을 수 있었는지는 수수께끼였다. 깨진 두개골, 쪼개진 뼈, 총격에 으스러진 가슴과 팔다리, 떨리는 손으로 간신히 제자리에 잡아둔 창자. 이상하게도 아이들은 대부분 의식이 있었으며, 연기에도 별다른 문제를 겪지 않았다. 재투성이 구름이 흩어지면서 비교적 무사한 어른들이 갑자기 새로운 미지의 땅에서 눈을 뜨기라도 한 듯 주위를 둘러보기 시작했다.

그들은 모두 야위었다. 옷에는 일관성이 전혀 없었다. 가죽 망토, 판초, 바지, 허리에 두르는 천, 블라우스, 샌들, 장화, 맨발, 머리띠, 모자, 손수건. 피떡 아래 그들의 몸은 전부 극도로 깨끗했다. 호칸이 캘리포니아에 도착한 이후로 보았던 모든 백인 남녀와는 달랐다. 그 순간까지 호칸이 사막에서 마주친 모든 얼굴들은 자연의 힘에 훼손되어 있었다. 피부가 갈라지고, 그 아래에서는 살점이 역겹게도 무르익은 과일처럼 번들거렸다. 시간이 지나면 그 살점은 틀림없이 썩은 나무와 질감도, 색깔도 비슷해졌다. 하지만 이들의 얼굴에서는 환경과의 투쟁이 전혀 드러나지 않았다. 호칸은 로리머의 얼굴도 저런 얼굴 중 하나가 되기를 꿈

꾼다고 생각했다.

호칸은 이제 자신이 언제나 이 광활한 영역이 비어 있다고 생각해왔음을 깨달았다. 이 지역에 사람이 사는 건 여행자들이 지나가는 짧은 기간뿐이라고, 배가 지나가고 난 뒤의 바다가 그렇듯 기수들이 지나가고 나면 고독이 다시 봉합되리라고 생각해왔다. 호칸은 나아가 자신을 포함한 그 모든 여행자들이 사실은 침입자라는 것을 이해했다.

칼을 휘둘렀던 남자가 다시 로리머를 공격하려 했지만 통증에 쓰러졌다. 왼발이 뒤로 돌아가 있었다. 발가락이 있어야 할 곳에 발꿈치가 있었고, 피부는 뒤틀려 검은 나선을 이루다가 발목 부근에서 찢어져 뼈와 힘줄을 드러냈다. 호칸은 두려웠지만 그 공포심에는 경이로움과 호기심이 들어올 자리가 있었다. 로리머는 격노한 남자의 머리를 잡고 땀방울이 맺힌 이마를 닦아주었다.

"우린 친구입니다." 로리머가 말했다.

남자는 여전히 분노하며 올려다보았다. 로리머가 총집에서 총을 꺼내 남자에게 보여주었다. 엄지와 검지로 더러운 동물을 만지듯 총열을 잡고는 총을 옆으로 던져버렸다.

"친구." 로리머가 다시 말했다.

남자의 분노가 혼란스러움에 자리를 내주었다. 하지만 남자는 자신들에게 해를 끼칠 의도가 없다는 걸 이해한 듯했다. 로리머는 호칸에게 수레에서 장비와 약, 연고를 가져다달라고 부탁했다. 첫 조치로서 그들은 끔찍한 고통에 시달리고 있거나 수술을 받아야 하는 사람들에게 진정제를 주었다. 빠르게 회복한 사람 중에는 백발을 짧게, 아주 칼같이 다듬은 늙은 남자가 있었는

116

데, 머리가 긴 일행 사이에서 그만이 예외였다. 로리머의 작업은 그의 도움이 없었다면 불가능했을 것이다. 아무도 감히 그 남자의 조언이나 명령에 반발하지 않았다. 짧은 머리 남자는 이 공동체의 지도자이거나 그게 아니라도 필적할 자가 없는 권위자였다. 사지절단 같은 좀더 극적인 치료는 그의 지지가 없었다면 절대로 이루어지지 못했을 것이다. 알고 보니, 이 남자는 인간의 몸에 관한 섬세한 지식을 가지고 있는 훌륭한 의사이기도 했다. 그는 약탈로부터 귀한 자원을 지켜냈다—약초와 버섯을 빻아 만든 이 지역의 마취제, 기적적인 치유력을 갖춘 일종의 재, 그 밖에 진정 작용이 있는 연고와 찜질제 등이었다. 그와 로리머는 손짓, 발짓으로 모든 환자에 관해 이야기를 나누었다. 호칸은 지켜보며 배웠다.

짧은 머리 남자는 연고와 의학적 재능 외에도 두 가지 기여를 했다. 수술 방법에 대한 로리머의 이해를 바꿔놓고 호칸의 미래에도 엄청난 영향을 미친 것이다. 박물학자가 첫 수술을 하기 직전, 짧은 머리 남자는 메스가 피부를 가르기 전에 그의 손을 잡았다. 남자는 불 위에서 끓고 있는 물이 든 냄비로 가만히 로리머를 이끌었다. 그 안에는 남자가 사용하는 도구들이 들어 있었다. 그는 손짓으로 로리머에게 메스를 끓는 물에 담그라고 했다. 로리머는 혼란스러워했지만, 결국 시키는 대로 했다. 짧은 머리 남자는 수술 도구가 끓는 동안 어떤 멜로디를 흥얼거렸다. 잠시 후 그는 나무집게로 수술 도구를 꺼내되 환자의 몸과 닿을 부분은 절대로 집게가 건드리지 않도록 했다. 두번째로 한 일은 손을 씻는 것이었다. 그때 남자는 약탈로부터 지켜낸 강한 알코올음료를 사용했다. 어떤 경우에는 같은 액체로 상처를 닦았다. 매번 수술을 하기 전에 이 두 가지 과정, 즉 수술 도구 끓이기와 손 씻기가 반복되었다. 시간이 지나면서 로리머는 놀라움에 차, 감염이 신기할 정도로 적게 일어난 건 남자가 한 의식과 관계있다는 결론을 내릴 수밖에 없었다.

"우리의 상아탑에 사는 교양 있는 학자들은 이 현명한 사람이 자연을 관찰하고 알아낸 사실, 즉 부상에서 피어나는 부패와 찢어진 상처에서 꽃피는 질병을 꽃봉오리 단계에서 잘라버릴 수 있다는 사실을 알아내지 못했어. 우리는 이런 질병의 씨앗이 살점에 뿌리를 내리기 전에 그 씨앗 자체를 끓여서 없애버릴 수 있다."

첫번째 수술 이후에 벌어진 일에 대한 호칸의 기억은 짙은 핏자국에 가려졌지만, 진홍색과 검은색 소용돌이 너머 그가 떠올린 장면에는 털 한 가닥으로 만든 붓으로 그린 그림 같은 수술적 정확성이 있었다. 그들은 해가 질 때까지 살점의 가장 깊은 조직에 묻혀 있던 총알을 꺼내고, 부러진 뼈의 들쭉날쭉한 가장자리를 서로 맞추고, 장기를 다시 집어넣은 뒤 배를 꿰매 닫고, 하얗게 달군 쇠로 상처를 소작했으며, 팔과 발을 톱으로 자르고는 근육과 지방과 뼈를 감싸도록 늘어진 피부를 꿰매 둥근 그루터기를 만들었다. 호칸은 이 작업에 몰입하면서 그에게는 완전히 새로운, 감정을 배제한 돌봄 방식을 알게 되었다. 그리고 그 거리감만이 부상자를 돌보는 적절한 접근법이라고 느꼈다. 연민과 위로에서 시작하는 다른 모든 방식은 환자의 고통을 그저 상상 속의 괴로움 비슷한 것으로 만들어 비하할 뿐이었다. 또한 호칸은 동정심이란 만족을 모르는 감정이라는 것도 알게 되었다. 동정심은 자신이 얼마나 무한하고 위대해질 수 있는지 보여주기 위해 더 많은 고통을 갈구하는 가짜 미덕이었다. 이런 책임감으로부터, 로리머의 신조와 근본적으로 일치하지 않는 점이 드러났다. 박물학자는 모든 생명체가 같으며, 궁극적으로는 하나라고 주장했다. 우리는 다른 신체로부터 유래했으며 다른 신체가 될 운명이라고 말이다. 그는 여러 우주로 만들어진 우주에서는 등급이 무의미해진다고 자주 말했다. 하지만 지금 호칸은 인간 신체의 신성함을 느꼈고, 피부 아래를 힐끔거리는 눈길은 전부 신성모독이라고 여겼다. 인간은 꿩이 아니었다.

너무 어두워져서 더이상 수술을 하고 부상자들을 돌볼 수 없게 되자 로리머는 소총을 들고 자기 당나귀 중 한 마리에게 다가가 침착하게 녀석의 머리를 겨누고 총을 쏘아 죽였다. 경상을 입은 남자 두 명이 로리머를 도와 그 동물을 정육했다. 약해진 사람들에게는 마실 수 있도록 따뜻한 피를 주었다. 비교적 건강한 사람들은 각자가 먹을 부위를 선택했다. 혀와 간, 췌장을 떼어먹고 나자 대퇴골을 꺾어 골수를 빨아냈다. 갈비뼈 몇 대를 굽고 나머지 먹을 수 있는 조각에 소금을 뿌린 뒤, 로리머는 당나귀의 머리를 삶아 그 국물을 가장 약한 사람들에게 먹였다. 여자 두 명이 구불구불하게 생긴 빵을 구웠다. 반죽을 길게 원통형으로 굴린 뒤 막대기에 나선으로 빙빙 돌렸고, 다른 막대기 두 개가 X자로 걸려 있는 불 위에 그 반죽을 비스듬히 올려놓았다. 일정한 시간 간격을 두고 나선형 반죽을 뒤집자 마침내 가운데 막대기가 뽑혔다. 꼬인 빵이 주위로 전달되었고, 모두가 나선에서 고리 하나를 떼어냈다. 고리는 겉이 그을려 있을 뿐 안은 반죽 상태로 남아 있었다.

그날 밤, 진정제를 처방받은 환자들이 잠들자 짧은 머리 남자와 로리머는 긴 담뱃대로 담배를 나눠 피웠다. 집주인을 불쾌하게 하고 싶지 않다는 박물학자의 강요에 못 이겨 호칸도 담배를 몇 모금 빨아들였다. 산딸기, 오줌, 축축한 목 넘김. 호칸은 코로 몰래 기침했고, 뱃속이 뒤틀리면서 그 압박이 목젖까지 올라오는 느낌이었다.

로리머는 공격자들이 백인이었는지 알고 싶어했다. 그는 팬터마임으로, 또 숯으로 그린 그림으로 의사를 전달하려 했다. 짧은 머리 남자는 담뱃대 우묵한 곳에 담긴 내용물을 정돈하는 데 집중하느라 거의 관심을 기울이지 않았다. 로리머는 호칸과 심드렁한 늙은 남자를 배우로 활용해 무대를 재현하려 했다. 점점 더 강렬해지고 추상적으로 변해가는 일련의 시도 끝에, 짧은 머리 남자가 일어서서 로리머의 뺨에 손가락 끝을 대며 "우스트"라고 말했다. 그런 뒤 그는 호칸에게 다가가, 스웨덴 사람의 전신을 아우르는 동작을 하며 같은 단어를 반복했다. "우스트." 그러고는 둘 모두를 가리키더니 한번 더 "우스트"라고 말했다. 끝으로, 그는 로리머의 팔을 잡고 소총처럼 들더니 그림자 속에 누워 있는 부상자들을 가리키며 총을 쏘았다. "우스트."

여러 날이 지나면서 경상을 입었던 몇 안 되는 남녀가 야영지를 청소하고 다시 세우기 시작했다. 그들은 뼈바늘과 장선腸線을 이용하여 넝마를 조각보로, 조각보를 천막으로 바꾸어놓았다. 아이들도 자신들의 야영지에서 열심히 일했다. 그 야영지는 진짜 야영지를 더 작게 재현한 것으로, 가죽 쪼가리와 천조각으로 만들어졌다. 작은 모형이 주변 환경의 광활함을 강조했기 때문이겠지만, 아이들의 야영지는 실제 야영지보다 더 빽빽하고 묵직한 현실감을 담고 있는 것 같았다. 아이들은 하루에 몇 번씩 호칸에게 장난감 천막 주위를 걸어다니라고 했고, 어른들을 포함한 모두는 거대한 남자가 축소 모형 사이를 어슬렁거릴 때 더욱 확대되어 보이는 모습을 끝없이 재미있어했다.

결국 부상자 가운데 3분의 1이 사망하리라는 게 분명해졌다. 그들의 상처는 괴저로 번들거렸으며, 뇌는 감염되고 열이 나서 완전히 소진되었다. 짧은 머리 남자는 꼼꼼히 몸을 씻기고 머리를 빗기고 라일락향이 나는 기름을 발라주며 떠나는 이들을 준비시켰다. 그들의 상처가 허락하는 때마다 짧은 머리 남자는 그들에게 옷을 입히고, 약탈자들이 간과한 몇 안 되는 귀중품―색칠한 자갈, 깃털, 조각한 뼈(이런 전리품이 남겨졌다는 사실은 약탈자들이 백인, 우스트였다는 사실을 확인해주었다)―으로 장식해주었다. 제 발로 설 수 있을 만큼 힘이 있는 자들은 교대해가며 죽어가는 이를 위해 기도했다. 그들은 거의 들리지 않는 콧노래로 자장가 같은 노래를 불렀다. 대단히 아름다웠기 때문만이 아니라(노래의 부드러움은 청각보다는 촉각, 공기에서 느껴지는 따끔함과 관련된 것이었다) 대체로 그 길이와 구성 때문에 놀라운 노래였다. 노래에는 후렴이 없었다. 멜로디는(호칸이 알아듣는 한에서는 가사도 마찬가지였지만) 그 어떤 부분도 반복되지 않았다. 노래는 계속해서 변화하는 실개울처럼 앞으로 흘러갔다. 그들은 세 사람 혹은 네 사람씩 무리 지어 완벽한 합일을 이루면서, 음 하나, 박자 하나, 단어 하나 놓치지 않고 하루종일 노래했다. 한 무리의 차례가 끝나면, 다른 무리가 아주 조금의 중단이나 변화도 일으키지 않고 노래를 이어받았다. 매번, 어느 무리가 부르더라도 노래는 변화를 나타내는 눈에 띄는 신호 없이 놀라울 정도로 정확했다. 꼭 그들의 입이 단 하나의 정신으로 다스려지는 것만 같았다(호칸은 수백 마리의 새나 물고기가 갑자기 방향을 바꾸는 모습, 어떤 전조도 없이 정확히 같은 순간에 앞뒤로 소용돌이를 일으키는 모습을 떠올렸다). 노래가 원처럼 순환한다 한들 그 곡선은 너무도 길고 미묘해 반복을 감지하는 건 불가능했다. 그 노래가 영원히 끝나지 않는 노래인지, 아니면 측정할 수 없을 만큼 긴 합창으로 이루어진 노래인지는 몰라도 호칸은 그런 위대한 기억력이 어떻게 가능한 건지 상상조차 하기 어려웠다. 노래하는 사람들이 노래를 부르는 동시에 지어나가는 건지도 모른다는 생각, 그들이 일종의 암호를 공유하고 있을지 모른다는 생각이 문득 들었다. 예를 들어 특정한 길이의 특정한 소리 뒤에는 반드시 특정한 시간 동안 지속되는 특정한 음이 나와야 한다는 식으로 말이다(비슷한 방법이 가사에도 적용될 것이다). 그러니까 멜로디와 시구 전부가 첫번째 음과 가사라는 씨앗 안에 농축되어 있는 것이다. 하지만 그런 체계는 이 자장가의 풍성함과 복잡성을 거의 설명하지 못했다. 설명이 가능하더라도, 그런 규칙은 무한한 노래만큼이나 외우기 어려웠을 것이다.

첫번째 환자가 죽었다. 목과 머리가 급성 염증으로 점점 일그러져가다가 그를 질식시켰다. 박물학자는 그 남자의 눈을 감겨주고 야영지를 둘러본 뒤, 눈에 띄게 염려하는 표정으로 제자를 보았다.

"우리가 최선을 다했다는 걸 알아주면 좋겠는데." 그가 웅얼거렸다.

젊은 남자의 죽음에 대한 반응은 놀라웠는데, 치료 결과에 남자의 친구와 가족들이 분노를 느꼈기 때문은 아니었다. 분노는 없었다. 애원하는 울음도 없었다. 심지어 눈물도 보이지 않았다. 호칸은 그들의 반응이 스웨덴 사람들의 애도 방식과 놀라울 정도로 비슷해 깜짝 놀랐다. 호칸은 막내의 죽음을 선명히 기억했다. 부모님과 먼 이웃 몇 사람만이 장례식에 참석했다. 그들은 지금 죽은 젊은이가 보이지 않는 척하며 그 주위를 걸어다니는 이 사람들처럼 엄격한 슬픔을 보였다. 완고한 얼굴은 그들의 슬픔이 알려진 감정의 영역을 넘어섰으며, 따라서 고통을 묘사하는 익숙한 표현은 더이상 아무 소용이 없다는 걸 암시하는 듯했다. 그들의 눈은 눈물로 흐려지기보다는 저항하듯 단단해져 있었고, 조용한 분노는 서로를 보지 못하게 했다. 짧은 머리 남자가 시신의 옷을 벗겼고, 마침 그 근처에 있던 사람들이 뭐든 마음에 드는 것을 나누어 가졌다. 시신은 캔버스 천으로 만든 들것에 놓인 뒤 석양 속으로 운반되었다. 장례 행렬은 없었다. 짧은 머리 남자와 들것을 든 그의 동료뿐이었다. 뒤에 남은 자들은 죽은 사람이 실려간 즉시 그를 잊은 듯했다. 그들은 하던 일로 돌아가 일상적으로 수다를 떨었다. 그들의 눈이 부드러워졌다.

로리머는 환자들을 살펴보는 이 없이 잠시 내버려두어도 괜찮다는 걸 확인한 뒤 예의를 갖추어 거리를 두고 들것을 나르는 사람들을 따라갔다. 호칸도 그와 함께 갔다. 그들은 고집스러운 사막을 헤치며 5킬로미터쯤 걸었다. 먼지. 산쑥. 하늘. 때때로 소문처럼 들려오는 들것 운반자들의 대화. 태양은 삐지지 않고 졌다.

그냥 어두워지기만 했다. 백랍 같은 달빛은 어둠 속의 향기나 다름없었다. 갑자기, 여느 지점과 닮은 한 지점에서 들것 운반자들이 멈춰 시신을 내리고 들것을 말더니, 그 어떤 의례도 없이 돌아서서 떠났다. 그들은 로리머와 호칸이 있는 곳에 이르자 멈춰 서서 그들에게 육포 조금과 번들거리는 선인장 과육을 내밀었다. 여행자들이 몇 달 만에 처음으로 맛보는 단것이었다. 고무 같은 식량을 씹는 기나긴 과정이 끝나자 그들은 누군가가 대화를 시작하기를 바라듯 서로를 보았다. 짧은 머리 남자가 기울어가는 달을 쳐다보았다. 호칸과 로리머도 고개를 들었다. 말아둔 들것을 들고 있는 남자는 그러지 않았다. 짧은 머리 남자는 호칸이 "자, 그럼"이라고 해석할 법한 말을 하더니 야영지로 다시 걸어가기 시작했다. 그의 동료가 뒤를 따랐다. 로리머가 호칸에게 고개를 끄덕였고 그들은 시신으로 다가갔다. 밤하늘과 사막 사이에 버려진 훼손된 시신. 호칸은 그처럼 죽은 것은 본 적이 없었다. 썩어가는, 거기에서, 버려진 채, 이미, 무無가 되어가는.

"시신은 하늘의 모든 날짐승에게, 또한 땅의 모든 짐승에게 고기가 된다. 아무도 그 짐승들을 겁주어 쫓지 않겠지. 이것이 신의 가장 끔찍한 저주라고 생각할지 모르겠다. 하지만 주의깊게 생각해보거라. 매장은 없다. 화장도 없다. 장례식도 없다. 다른 누군가의 이빨에 씹힐 고기가 된다니," 로리머는 과거의 열정을 일부 되살리며 말했다. "상상할 수 있겠니? 그게 얼마나 마음 놓이는 일인지 상상할 수 있어? 우리는 감히 미신이라는 수의 없이 벌거벗은 시신을, 그 진실한 모습을 볼 수 있을까? 물질, 그저 물질일 뿐. 떠나버린 우리 영혼의 영원성에 정신이 팔린 나머지, 우리는 역설적으로 우리를 영생하게 만드는 것은 우리의 시체와 육신이라는 것을 잊었다. 나는 저들이 저 남자를 묻지 않은 것은 새와 짐승으로 옮아가는 걸 더욱 빠르게 하려는 것이었다고 확신한다. 추모나 유골, 무덤, 부패와 망각으로부터의 모든 헛된 보존은 신경쓰지 마라. 동료 생명체의 잔칫상이 되는 것보다 더 커다란 찬사가 무엇이겠느냐? 코요테라는 살아 숨쉬는 무덤, 혹은 독수리라는 날아오르는 유골함보다 고귀한 기념물은 무엇이고? 이보다 문자 그대로의 부활에 가까운 것이 무엇이겠느냐? 이것이 진정한 종교다. 모든 살아 있는 것 사이에 연대가 있다는 걸 아는 것 말이야. 이것을 이해하면 애도할 건 아무것도 없다. 그 무엇도 유지할 수 없다 한들, 잃어버리는 것도 없으니까. 상상이 되니?"로리머가 다시 물었다. "그 안도감이. 그 자유가."

이어지는 며칠 동안 네 명이 더 죽었고, 그들 각각이 해질녘에 사막으로 운반되었다.

살아남은 자들은 나았다. 끝나지 않는 자장가가 멈추었다. 난도질당하고 신체를 훼손당하긴 했지만, 나아가는 환자는 모두 정신을 차렸다. 그들은 엄청난 고통을 겪고 있을지라도 그 고통을 숨길 수 있을 만큼 강인했다. 신체를 훼손당한 자들 가운데는 로리머를 칼로 찌르려 한 남자도 있었다. 그의 발목에서, 뼈와 힘줄과 살로 이루어진 소용돌이에서 염증이 종아리를 타고 올라왔고, 다리는 무릎에서 절단되었다. 그는 어느 정도 기운을 찾자마자 로리머를 곁으로 불렀다. 매우 힘겹게, 고통으로 얼굴을 심하게 찡그리며 일어나 앉고는, 숨을 고른 뒤 짧지만 진심어린 진지한 연설을 했다. 그는 말을 마치더니 손잡이가 달린 가죽가방을 가져다가 내용물을 쏟아놓았다. 그의 손바닥에는 이빨 스물네 개가 있었다. 뿌리부터 완벽하게 뽑은 이빨로, 일부는 잿빛으로, 일부는 누렇게 변해 있었다. 모두 뭉툭하고 거대했다. 그중 하나는 남자의 손바닥 전체만큼 길었다.

"공포의 도마뱀이군요." 로리머가 넋이 나간 채 매료되어 말했다. "멸종된 파충류. 존재가 지워진, 용과 닮은 생명체 말입니다. 시간의 새벽이 끝나고 얼마 지나지 않아 지구상에서 사라진 것들."

이빨 일부는 부러지거나 들쭉날쭉했지만, 남자는 완벽한 상태의 큰 이빨이 몇 개 있다는 걸 신경써서 언급했다. 그는 로리머를 보며 엄숙한 말과 함께 자신의 보물을 내밀었다. 로리머는 거절했다. 남자는 대단히 열정적으로 고집을 부렸다. 이 장면이 몇 차례 반복된 끝에 박물학자는 선물을 거절하는 것이 엄청난 무례일 뿐 아니라 환자의 건강에도 해롭다는 것을 알게 되었다. 말다툼을 하느라 환자의 힘 대부분이 소진된 것이다. 로리머는 이빨을 받아들었고, 남자는 신체적으로나 도덕적으로나 안도감을 느끼며 자리에 누웠다. 남자 옆에 있던 여자가 로리머의 관심을 끌더니 자기 주머니를 내밀었다. 그녀의 이빨은 개수가 더 적었고, 엄청난 자긍심과 함께 보여준 단 하나의 이빨만이 망가지지 않은 상태였다. 그 여자의 배에 난 총상을 치료해주었던 로리머는 이번에도 그 보물을 받아달라는 부탁을 받았다. 환자들은 한 명씩 로리머를 불러 짧은 의례적 연설을 한 뒤 그에게 용의 이빨 한줌을 주었다. (양으로 보나 질로 보나) 다리가 절단된 첫번째 남자만큼 부유한 사람은 없었다. 로리머는 임시로 만든 병실을 지나면서, 받은 선물을 모자의 우묵한 곳에 넣어야만 했다. 수북이 쌓

126

인 그 상아색 파편들은 더이상 이빨이 아니라 기록된 적 없는 연체동물이나 아직 발명되지 않은 무기의 탄약처럼 보였다.

"이보다 나은 형태의 화폐가 있을까?" 수레로 걸어가며 로리머가 생각을 소리 내어 말했다. "이런 이빨은 만들어낼 수도 없고 (오래전에 사라진 이 생명체는 길러낼 수 없으니 말이야), 그 양도 극히 제한되어 있으니 절대 가치를 잃지 않을 거다. 금이나 다이아몬드에도 같은 원리가 적용되지. 하지만 이 이빨이 훨씬 더 가치 있어. 상품이 그렇듯, 모든 살아 있는 것은 서로 교환 가능하다는 바로 그 이유에서 가치가 있다는 걸 떠올리게 해주거든." 그는 단검처럼 생긴 뼈다귀를 들여다보았다. "완벽한 표준이야."

야영지의 삶은 서서히 정상으로 돌아갔다. 부상자들은 위험한 상태에서 벗어났고, 모든 천막과 오두막은 적절히 수리되었다. 모두가 로리머와 호칸에게 보여주었던 존경심은 사라졌고, 결국 이방인들은 그냥 무시되었다. 일반적인 무관심을 보이지 않는 유일한 예외는 다리가 절단된 전사, 안팀이었다. 그는 놀랍도록 건강하게 회복되어 말을 탈 수 있을 만큼 강해졌다. 그는 광신도처럼 로리머에게 헌신했으며, 가능한 모든 방법으로 그를 도왔다. 그들은 아주 많은 시간을 함께 보냈고, 박물학자는 늘 그렇듯 쉽고 빠르게 안팀이 쓰는 언어의 기초를 배웠다.

호칸은 하루 대부분의 시간에 동쪽으로 떠나고자 하는 열의에 시달렸다. 하루가 갈수록 그는 리누스와 자신을 갈라놓는 거리가 늘어나는 것을 느꼈다. 그에 더해, 호칸은 로리머가 부상자들을 치료하는 걸 도운 이후로 완전히 새로운 조급증을 느끼게 되었다. 그 순간까지 형에 대한 그리움은 두려움과 뒤엉켜, 많은 경우 두려움으로 혼동되었다. 리누스가 그리운 건 사실이었으나, 그 그리움은 보호해줄 누군가에 대한 그리움이기도 했다. 하지만 지금 호칸은 자신이 아니라 형이 더 걱정되어 두려웠다. 자신을 필요로 하는 건 리누스라는, 형을 구하러 가야 하는 건 자신이라는 압박감이 들었다(호칸은 의학적 기술이 늘수록 이런 걱정도 함께 커진다는 걸 깨달았다). 하지만 호칸은 사막을 잘 알았기에 식량과 동물 없이는 떠날 수 없다는 걸 이해했다. 그저 친구가 곧 떠나겠다는 결정을 내리기를, 그리고 동쪽으로 가기를 바랄 수밖에 없었다. 어느 날 오후, 마침내 로리머가 호칸에게 떠날 때가 되었다고 말했다.

"난 살라딜로로 돌아갈 생각이야. 안팀이 도와주겠다고 했다."

호칸은 피가 묽어지는 기분이었다. 그는 숨을 들이쉬고, 붙잡을 무언가를 찾아 평원을 둘러보았다. 로리머가 그의 어깨에 손을 얹었다.

"걱정하지 마, 이 친구야." 그가 말했다. "넌 필요한 모든 물자를 가지고 뉴욕으로 떠나게 될 테니까. 안팀이 너한테도 빚을 졌다고 느끼고 있어. 네게 자기 조랑말을 한 마리 주겠대. 네 여행에 필요한 모든 것도 내가 주마."

"그 평원으로는 제발 돌아가지 마라."

"돌아가야만 해. 너도 그건 알 텐데."

호칸은 시선을 떨어뜨릴 수밖에 없었다.

"살라딜로를 떠났을 때, 나는 원시 존재를 찾을 기회를 영영 잃었다고 생각했어. 그 황폐한 땅으로 어떻게 다시 돌아갈 수 있겠어? 그런데 이젠 안팀이 나를 그리로 다시 데려갈 수 있다는구

나. 알칼리 연못에 가도록 도와주겠다는 거야. 내가 어떻게 거절할 수 있겠니? 나는 그 생명체를 찾아야만 해. 실제로 창조된 유일한 유기체인 만큼, 피조물이라는 이름으로 불릴 가치가 있는 유일한 존재를 말이야. 나머지 우리는 그 근본적 유기체가 점점 더 왜곡되며 재생산된 결과일 뿐이야. 그런 발견이 어떤 의미일지는 너도 알지. 내가 어떻게 거절할 수 있겠어?"

호칸은 조랑말 한 마리와, 필수품을 실은 로리머의 당나귀 한 마리를 받았다. 박물학자는 동쪽으로 가기 전에 우회하라고 조언했다. 보름 정도 북쪽으로 가면 강이 나올 테고(그때쯤에는 강이 절실히 필요할 것이다), 그뒤로 며칠을 더 가면 대규모 이민자 행렬을 만나게 될 것이다. 호칸이 경로에서 벗어나더라도 대륙 동쪽 끝에서 서쪽 끝까지 이어지는 그 행렬을 놓치기란 불가능했다. 그다음에 호칸이 해야 할 일이라고는 이주민들의 흐름을 거슬러 이동하는 것뿐이었다. 그렇게 몇 달이 지나면 호칸은 대서양에 도착할 터였다. 식량이 다 떨어지고 동물들이 병든대도 이민자들이 물품을 다시 채워줄 테고, 돈이 다 떨어지면 한동안 일을 할 수도 있다(그러자면 한동안 서쪽으로 이동해야겠지만, 그런 행렬은 속도가 느리니 괜찮다). 그런 다음 다시 여행을 시작하면 된다. 끝없이 밀려오는 개척자들의 흐름 덕에 그 경로가 가장 안전한 길이 될 터였다. 그러면서 로리머는 미소 지으며, 수레와 소와 가구와 말과 물자와 여자와 가축과 함께 반대쪽으로 이동하는 이민자들의 굵직한 흐름 때문에 호칸은 제자리에 남아 있고 세상이 움직이는 듯한 환상마저 생길 거라고 덧붙였다.

헤어지는 날 아침에 박물학자는 친구에게 금과 다양한 단위의 지폐 뭉치, 윤을 낸 양철 상자 하나를 주었다.

"네 일에 필요한 도구다." 호칸이 상자를 열자 로리머가 말했다. 그 안에는 크고 작은 유리병, 메스, 바늘, 봉합용 실, 집쇠, 톱, 가위 등의 수술 도구가 들어 있었다. "아, 잊을 뻔했네." 로리머가 주머니를 뒤지며 덧붙였다. "넌 형편없는 길잡이야. 다른 재능은 있을까? 틀림없지. 하지만 방향을 구분할 생각은 하지도 마라. 네가 위와 아래를 구분할 수 있다는 것만으로도 충격적이니까! 그러니 이걸 가져가." 그는 호칸에게 은제 나침반을 내밀며 말했다. "내 스승이신 블루메 선생님이 주신 거다. 이젠 네 거야."

둘이서 함께 보낸 마지막 순간은 바늘을 내려다보면서, 로리머가 친구에게 북쪽을 찾는 방법을 설명하면서 흘러갔다.

9

작은 당나귀를 옆에 나란히 세운 채 조랑말을 타고 있는 호칸
은 거인처럼 보였다. 옷 때문에 모습이 더욱 기이했다. 야영지를
떠날 때쯤 호칸은 작아진 옷을 찢어버리지 않고는 거의 움직일
수도 없었다. 여자들이 작별의 선물로 그의 셔츠와 바지를 수선
하고 고쳐주었다. 그들은 옷의 원래 천과 구조는 유지하되, 추가
적인 재료—텐트에서 잘라낸 천, 오래된 조각보 자투리, 조각이
너무 작을 때마다 기워넣은 천—를 이어붙이는 방법을 썼다. 그
결과물로 나온 것은 별 모양은 없지만 시원하고 편안한, 출처를
판별할 수 없는 복장이었다—유럽의 소작농과 캘리포니아의 덫
사냥꾼, 방랑 인디언이 똑같은 지분을 가지고 뒤섞였다. 알고 보
니 뛰어난 갖바치였던 짧은 머리 남자는 신발 바닥에 가죽 5센티
미터를 기워넣고 신발 윗부분을 아주 부드러운 사슴 가죽으로 교

체해 호칸의 잘린 신발을 고쳐주었다. 그 결과 굽이 달린, 이상한 종류의 모카신이 나왔다. 마지막으로 아이들이 무지갯빛을 반사하는 검은색 깃털이 달린 알록달록한 리본으로 그의 중절모를 장식해주었다.

맥동하는 사막을 가로질러 이동하자니 잠들기 직전의 최면 상태로 가라앉는 것만 같았다. 의식이 남아 있는 모든 힘을 끌어내, 단지 의식 자체가 소멸하는 순간만을 기록하는 그때로. 들리는 것이라고는 얄팍한 흙―여러 계절을 거치며 분쇄된 바위, 풍파에 갈린 뼈다귀, 평원 전체에 귓속말처럼 흩어진 재―이 발굽 아래에서 좀더 갈려나가는 소리뿐이었다. 머잖아 그 소리가 정적의 일부가 되었다. 호칸은 귀가 먹지 않았다는 걸 확인하려고 자주 목을 가다듬었다. 사막의 가혹한 천박함 위로, 친절하지 않은 하늘과 아주 작은 태양이 떠 있었다. 태양은 밀도 높고 날카로운 점이었다.

그러나 그 고집스러운 동일함에도 불구하고, 호칸의 눈에 사막은 이제 완전히 다르게 보였다. 주머니에서 뜨뜻해져가는 나침반으로부터 보이지 않는 광선이 사방으로 뻗어나갔다. 평원은 더이상 비어 있지 않았다. 대신 확실한 선이 평원을 가로질렀다. 그 선들은 거리나 도로처럼 단단했고 의심의 여지가 없었다. 어디로 가는지 알고 있었기에, 지평선의 고리 너머에 있는 이민자들의 행렬을 찾게 되리라는 확신이 있었기에, 불을 피우고 그 불로 제대로 된 음식을 조리할 수 있었기에, 당나귀가 한 발을 내디딜 때마다 물통에서 물이 찰랑거리는 소리를 들을 수 있었기에, 주머니 속 가득찬 지갑의 무게가 느껴졌기에, 사막이 더이상은 그렇게 낯선 장소가 아니라고 느꼈기에—이 모든 요소와 느낌 덕분에, 평원은 공간 자체를 포함한 모든 것이 빨려나갈 수 있는 숨막히는 공백이 아니라 호칸이 가로지르고 끝내 빠져나갈 수 있는 실제 영토가 되었다.

하지만 호칸의 상황에 생긴 변화 중 말이 생겼다는 것만큼 의미 있는 변화는 없었다. 말을, 다름 아닌 자기 말을 탄 호칸은 대부분의 인간보다 높은 지위로 올라갔다. 스웨덴에서는 호칸이 만나본 가장 큰 권력자, 즉 그의 아버지에게서 돈을 걷어가던 토지관리인조차 말을 갖고 있지 않았다. 핑고—안틴의 말에 따르면 그게 그 말의 이름이었다—가 약탈자들이 남겨두고 간, 다소 병든 조랑말 중 한 마리이며 안장도 굴레도 갖추지 못했다는 사실은(대신 핑고의 턱 주변에 가죽으로 만든 끈이 걸려 있었다) 호칸에게 전혀 중요하지 않았다. 그는 더 커졌고 더 자유로워졌다. 호칸은, 아마도 살면서 처음으로, 자부심을 느꼈다. 사막에 그의 고귀해진 상태를 증언해줄 사람이 아무도 없다는 건 중요하지 않았다. 호칸의 만족감에는 구경꾼이 필요하지 않았다. 다만 그리운 시선이 하나 있기는 했다. 리누스가 그를, 밤색에 흰색이 섞인 말을 타고 풀밭을 가로지르는 그를 볼 수만 있다면! 게다가 당나귀까지 데리고 말이다! 자신이 해줄 수 있는 한에서 호칸은 핑고의 요구를 최대한 들어주었다. 그는 늘 핑고가 충분히 쉬도록 했고, 거친 캔버스 천으로 하루에 몇 번씩 녀석을 쓸어주었다. 말의 갈증이 너무 심한 게 느껴지면 자기 몫의 물을 기꺼이 포기했다. 그 보답으로 핑고는 호칸에게 거의 골칫거리를 안겨주지 않았다. 녀석은 식탐에 정신을 못 차릴 때만 아니면 온순한 동물이었다.

어쩐지 조금 더 푸르게 보이는 덤불을 발견할 때면, 호칸이 아무리 힘차게 고삐를 당겨도 땅딸막한 조랑말은 즉시 그리로 향했고 낮은 위치의 잎사귀들—비교적 작고 부드러운 잎사귀들—을 다 먹어치운 뒤에야 호칸이 밧줄을 당기는 걸 알아차리곤 했다. 핑고는 작은 조각까지 모두 먹었다는 걸 확인하려고 모래에 코를 붙여대고 땅을 판 다음, 입술로 남아 있는 잎사귀를 훑었다. 뜯어 먹을 게 더이상 없다는 걸 확인하고 나면, 녀석은 고개를 들고 호칸이 다시 방향을 통제하게 해주었다. 결국 호칸은 핑고가 덤불 아래에서 벌어지는 잔치에 얼마나 즐거워하는지 보고는(게다가 어떤 식으로든 자신의 말을 기쁘게 해줄 마음이 가득했기에) 매번 녀석이 마음대로 굴게 내버려두었다.

출발하고 며칠 뒤 핑고는 설사를 하기 시작했다. 잎사귀가 말이 앓는 질병의 원인이라고 의심한 호칸은 녀석이 잎사귀를 먹지 못하게 막으려 했다. 하지만 호칸이 아무리 핑고의 머리를 덤불에서 먼 쪽으로 잡아당기려 해도 핑고는 모래밭에 뻗어 있는 잎사귀를 흡입했다. 조랑말의 상태는 더욱 나빠졌다. 호칸은 자신의 몸에도 증상이 나타나는지 보려고 덤불 아래쪽 잎사귀를 한 움큼 뜯어먹었다. 씁쓸하고 고무맛이 났다. 죽어버린 작은 혓바닥 같았다. 호칸은 기다렸다. 아무 일도 벌어지지 않았다. 사나흘이 지나갔고, 핑고는 상당한 정도로 몸무게가 빠졌다. 녀석의 야윈 몸에서 뒷다리가 두드러졌다. 녀석의 행동도 바뀌었다. 녀석은 소변을 보고 싶은 것처럼 몸을 뻗고서 오랫동안 그 자세를 유지한 다음 땅을 발굽으로 긁다가 마침내 누운 채 굴렀다. 자기 등에 타고 있는 사람은 전혀 신경쓰지 않았다. 호칸은—몇 번 거의 뭉개질 뻔한 뒤—이런 발작의 첫 징조가 보일 때 뛰어내리는 방법을 터득했다. 결국 핑고는 타고 갈 수 없을 만큼 아파했고, 호칸은 핑고가 조금이라도 움직일 수 있을 때면 고삐를 잡고 녀석을 이끌었다. 호칸은 동물의 상태에 완전히 어리둥절해졌다. 반복해서 말의 배를 만져보았지만 이상한 건 전혀 발견되지 않았다. 그런데도 핑고가 죽어가고 있다는 건 분명했다. 그러다가 어느 날 아침, 아무 소득 없이 검사를 해본 뒤 절망에 짓눌려 있던 호칸은 치료 목적이라기보다는 사랑을 담아 말의 몸 중심부에 머리를 기댔다. 부스럭대는 소리가 났다. 모래사장에서 잔잔한 파도가 들어왔다 나가는 듯한 소리였다. 호칸은 핑고의 배에 귀를 더 바짝 댔다. 평화로운 해변. 파도 속, 모래의 몰아치는 귓속말. 말의 창자 속에 있는 평온한 바닷가. 그는 주먹으로 동물의 아랫배를 세게 눌러보고 다시 녀석의 옆구리에 귀를 댔다. 부스럭거리는 모래의 흐름이 더 커졌다. 호칸은 가죽 주머니를 비운 뒤, 그날 남은 시간 동안 말의 뒤를 따라 걸었다. 오후 늦게 핑고가 마침내 장을 비웠고, 호칸은 주머니에 표본을 수집했다. 어떤 결론도 얻지 못한 채 그 거름을 유심히 관찰한 다음, 호칸은 주머니에 물을 절반쯤 채워 묶은 뒤 흔들어 내용물이 가라앉도록 놔두었다. 잠시 후 호칸은 액체를 흩뜨리지 않으려고 조심하며 손을 밑바닥까지 쑥 집어넣었다. 모래가 두껍게 한 층 쌓여 있었다. 다음 하루 동안 호칸은 이런 검사를 몇 차례 반복했고, 언제나 같은 결과를 얻었다. 호칸은 말이 덤불 아래쪽의 연한 잎사귀를 먹다가 부적절한 양의 모래를 삼켰다고 결론 내렸다. 그때쯤 핑고는 극심한 고통을 느끼고 있었다. 호칸은 말의 배를 열어 대장에 구멍을 뚫고 모래를 씻어낸 다음 그 모든 것을 다시 봉합하는 것 말고 다른 해결책이 생각나지 않았다. 도와주는 사람 없이, 제한적인 도구만 사용해 그런 수술을 하는 건 아주 위험하다는 걸 호칸도 알고 있었다. 이토록 초보적인 수술을 받고 핑고가 살아남을 가능성은 거의 없었다. 하지만 호칸이 아무 일도 하지 않으면 조랑말이 금세 복통으로 죽으리라는 것도 알았다.

새벽에(호칸은 필요한 빛이 모두 있기를 바랐다), 호칸은 자루 가득 담긴 연한 잎사귀에 로리머의 안정제 몇 방울을 섞어 핑고에게 주었다. 머잖아 말의 눈이 가늘어지며 검어졌다. 눈을 가늘게 뜨고 내면을 보는 것 같았다. 그러더니 핑고는 사막을 향해 이빨을 드러내기 시작했다. 뒷다리를 비틀거리면서도 어떻게든 걸어가려 했다. 녀석을 멈춰 세울 수가 없었다. 녀석은 밧줄을 당겨도 느끼지 못했다. 자기 목에 매달린 채 발꿈치를 땅에 박고 서 있던 호칸을 끌고 가기까지 했다. 핑고는 늙은 암탉이나 지친 마녀처럼 아무 기쁨이 느껴지지 않는 웃음을 킬킬거렸다. 키이, 키이, 키이, 키이. 호칸은 헐떡였다. 당나귀가 그들을 보고 그 점잖지 못한 모습에 차분하게 놀란 듯했다. 핑고는 자리에 앉아, 근시안적인 눈으로 허무를 들여다보았다. 호칸은 부드러운 말로 녀석을 다시 일으켜세우려 했다. 갑자기, 보이지 않는 채찍에 얻어맞기라도 한 것처럼 말이 일어서더니 실수투성이 행진을 시작했다. 키이, 키이, 키이, 키이. 이번에도 호칸은 조랑말의 목에 매달렸다. 녀석은 혼란스러워할수록 힘이 세지는 것 같았다. 당나귀는 지평선 근처의 얼룩이 되었다. 둘이 그렇게 멀리 와버린 걸까, 당나귀가 반대 방향으로 걸어간 걸까? 호칸은 어찌어찌 핑고에게 진정제 몇 방울을 더 주는 데 성공했다. 흐물거리던 다리가 마침내 녹아내렸고, 말은 옆으로 털썩 쓰러졌다. 호칸은 혹시 몰라 조랑말의 발을 묶은 뒤 당나귀에게로 다시 달려갔다. 당나귀는 움직이지 않고 그 자리에 있었다.

호칸은 당나귀와 장비를 챙겨 말 곁으로 돌아오자마자 밀랍을 먹인 캔버스 방수포를 펼치고, 흙탕물에 수술 도구를 끓이고(짧은 머리 남자가 그랬듯 노래를 흥얼거렸다), 최선을 다해 두 손을 씻고, 모든 옷을 벗었다. 조랑말의 배를 크게 베어낸 뒤, 그는 아무 어려움 없이 대장을 찾았다. 사실, 대장은 그가 상상했던 것보다 훨씬 컸다. 인간의 허벅지보다 두꺼웠다. 호칸은 어깨 깊이까지 말의 뱃속으로 팔을 집어넣고, 주변을 한 바퀴 둘러 창자를 들어올리려 했다. 하지만 창자가 너무 무겁고 미끄러웠다. 게다가 조직이 극도로 섬세해서, 힘을 주어 다루었다가는 찢어질 게 분명했다. 호칸의 몸이 곧 땀과 피와 찐득찐득한 액체로 뒤덮였다. 그 거대한 뱀과 부드럽게 씨름한 뒤, 호칸은 말의 배에서 대장의 가장 움직이기 쉬운 부분을 꺼낼 수 있었다. 묵직한 창자가 동물의 몸통에 걸쳐져 방수포로 쏟아져내렸다. 호칸은 자기 손 길이의 구멍을 뚫고 내용물을 씻어냈다. 핑고는 엄청난 양의 모래를 삼켰다. 호칸은 창자를 깨끗하게 헹궜다. 저장해두었던 물이 거의 고갈되었다. 그런 다음, 호칸은 대장을 봉합하고 다시 뱃속에 집어넣었다. 모래를 씻어낸 지금 창자는 눈에 띄게 가벼워졌고, 호칸은 장기를 원래 자리에 넣는 데 별 어려움을 겪지 않았다.

호칸은 조심하는 차원에서 첫 이틀 동안 말을 땅에 묶어두고,

적은 양의 진정제를 주었다. 핑고가 깨어날 시간이 되었을 때 녀석은 예상보다 강해져 있었다. 그래도 호칸은 말이 예전에 매일 지나온 만큼의 긴 거리를 걸으려면 몇 주가 지나야 한다는 걸 알았다. 게다가 물도 거의 떨어진 상태였다. 로리머의 말에 따르면, 그들은 곧 강에 다다를 예정이었다. 이미 지나온 거리를 생각했을 때 강이 그리 멀 리는 없었다. 호칸은 핑고에게 먹이와 물— 물이 쏟아지지 않도록 물통을 땅에 깊이 파묻어놓았다—을 주고 녀석을 긴 줄로 튼튼한 덤불 줄기에 매어둔 뒤, 이 방법이 통하지 않을 때를 대비해 말의 움직임에 방해가 되도록 녀석의 앞다리를 밧줄로 느슨하게 묶었다. 말이 말뚝에도 묶여 있고 앞다리도 묶여 있는데도 호칸은 녀석을 떠나는 게 내키지 않아서, 움직이지 않는 녀석의 실루엣이 데워진 공기의 파도로 저멀리서 왜곡되고 지워질 때까지 계속해서 돌아보았다.

느릿느릿 흘러가는 흙탕물로 이루어진 갈색의 한 줄기 강은 겨우 이틀 거리에 있었다. 강둑의 식물은 사막이 살아 있는 모든 존재에게 요구하는 완고함을 내보였지만, 호칸은 그것들이 기운을 북돋울 만큼 푸르다고 느꼈다. 게다가 당나귀가 핑고에게 가져다줄 다발풀도 발견했다. 나지막하게 엉켜 있는 나뭇가지 속에, 주변 수킬로미터 내 유일한 은신처에 숨겨져 있는 새 둥지들에는 알이 가득차 있었다. 대부분의 알이 황토색 줄무늬가 들어간 연한 주황색이었다. 호칸은 그 알을 몇 개 먹고, 다양한 색깔과 크기의 알 스무 개 남짓을 천에 쌌다. 그는 강둑으로 돌아가 봉합사와 휘어진 바늘로 낚시를 해보려 했지만, 오래 기다린 뒤에도 물밑바닥에 사는 작고 뾰족하게 생긴 물고기 한 마리밖에 잡지 못했다. 강변을 따라 이리저리 오가자 발을 디딜 때마다 시끄럽게 우적거리는 소리가 났다. 호칸은 신발 끄트머리로 모래를 긁어보고, 지표면에서 겨우 한 뼘쯤 들어간 곳에 얄팍하게 자리잡은 홍합이 물가에 쭉 늘어서 있다는 걸 알게 되었다. 그중 하나를 비틀어 열고 안의 진흙을 살펴보았다. 홍합은 여러 부위로 이루어진 몸이라기보다는 하나의 장기처럼 보였다. 호칸은 홍합을 껍데기에서 떼어내 목구멍 안쪽으로 집어넣었다. 씹거나 맛을 보지 않으려 했다. 별다른 노력 없이 그는 엄청난 개수의 홍합을 파낸 뒤 그것들을 이미 탁한 물로 다시 채워둔 물통에 던져넣었다. 자루는 풀과 새알로 가득했고, 머잖아 호칸과 당나귀는 왔던 길을 돌아가고 있었다.

충성스럽고 불평 없는 핑고는 덤불 옆에 서서 기다리고 있었다. 호칸이 남겨놓고 간 바로 그 자리였다. 핑고는 목말라했지만 어쩐지 상태가 좋아져 있었다. 봉합선은 아무는 중이었다. 녀석은 더 활기차 보였지만 걷는 것은 극도로 고통스러워했다.

그들의 노숙지는 점차 영구적인 야영지로 변해갔다. 호칸은 커다란 덤불숲의 중심부를 비우고, 트인 곳 위쪽에 방수포를 덮어 나지막하고 그늘이 드는 은신처를 만들었다. 그는 열기에 마비된 채 대부분의 시간에 그곳에 누워 있었다. 사흘에 한 번쯤 당나귀와 함께 강으로 가서 물과 홍합, 새알, 풀을 가지고 돌아왔다. 덕분에 시간이 오래 지체되기는 했지만, 식량은 대부분 손도 대지 않은 채로 남아 있었다. 한편 핑고는 상태가 나빠지는 듯했다. 녀석은 봉합선 근처에 심한 가려움증을 느끼며 발작했다. 이빨로 흉터 부분을 긁으려고 너무 여러 번 시도해 갈빗대 일부가 벌겋

게 드러났다. 호칸은 녀석에게 자주 재갈을 물려야 했다. 단단하지만 어쩐지 약한 힘이 안쪽에서부터 밀고 나오며 봉합선 주위가 빨갛게 부풀어오르자 발작도 심해졌다. 핑고의 눈이 커졌다. 상처를 돌봐줄 때가 아니면 호칸은 녀석을 달래 물을 마시게 하거나 녀석을 위해 햇볕을 가려주려 노력했다. 대부분의 하루는 말의 목에 뺨을 대고, 털가죽 아래에서 움찔거리는 녀석의 살을 느끼며 보냈다. 결국 핑고의 다리가 풀렸다. 녀석은 주저앉았다. 녹슨 기도 안에서 시든 나뭇잎이 굴러다니기라도 하듯 숨쉬는 소리가 뚝뚝 끊기며 부스럭거렸다. 눈은 튀어나오기 직전처럼 보였다. 상처에는 나름의 생명이 생겼다. 따뜻하고 연한 자줏빛을 띠는 상처가 팽팽하게 당겨져 맥동했다.

핑고가 환각을 보기 시작한 날, 봉합선 중 한 곳 아래에서 구더기가 나왔다. 호칸이 구더기를 당겨 빼내자, 상처 안에 끓고 있는 뒤엉킨 벌레들이 보였다. 그날 늦게 핑고의 귀가 벌레들로 들끓는 것처럼 떨리기 시작했다. 그러더니 핑고는 고개를 저으며 꼬리로 등을 후려쳐 보이지 않는 파리를 쫓기 시작했다. 일어나려다가 넘어졌다. 비명을 질렀다. 호칸이 한 번도 들어본 적 없는 소리였다. 끔찍한 칼날 두 개가 서로 부딪치는 것만 같았다. 핑고는 허파가 쭈그러들 때까지 비명을 멈추지 않았다. 그런 뒤 다시 비명을 질렀다. 그리고 또 비명을 질렀다. 호칸은 말의 목을 끌어안았다. 환각에 시달리는 말의 눈은 지평선을 바라보며 눈구멍에서 뽑혀나갈 듯했다. 핑고는 계속해서 비명을 질렀다. 핏줄과 힘줄이 녀석의 목 주위에서 불거졌다. 호칸은 녀석을 꽉 끌어안고 흐느꼈다. 비명은 진정제를 많이 쓴 뒤에야 멎었다. 핑고가 의식

을 잃자 호칸은 녀석의 대정맥과 경동맥을 끊고, 방수포를 둘둘
말아 떠났다.

10

클랭스턴을 떠난 이후 호칸은 자기 얼굴을 보지 못했다. 칼날에 비친 쪼개진 모습, 뚜껑을 통해 언뜻 본 일부, 물에 비친 흔들리는 이미지, 혹은 유리에 반사된 휘어진 캐리커처뿐이었다. 자신의 이목구비를 완전히, 사실 그대로 본 적은 한 번도 없었다. 그런데 지금 그것이, 그의 얼굴이 사막에 누워 있었다.

호칸은 당나귀와 나란히 걸으며 얕은 강을 가로지른 뒤 별다른 사건 없이 북쪽으로 며칠을 이동했다. 이제 사막이 모래로부터 피워내는 환각에 익숙해졌다. 그는 멀찍이서 솟아올랐다가 다가가면 사라지는 웅덩이를 여러 개 보았다. 열기의 유령으로 이루어진 아지랑이일 뿐 아무것도 아닌 형체들이 희망을 주거나 악의를 풍기며 지평선에 맺히는 모습도 여러 번 보았다. 하지만 땅에서 나오는 눈이 멀 듯한 이 빛은 다른 무엇과도 달랐고, 그 이상

함이 현실성을 확인해주었다. 그것은 번쩍임이라기보다는 얼어붙은 돌풍처럼, 번쩍임의 절정에서 멈춘 폭발처럼 보였다. 예리한 백색이 그의 눈을 갈랐다. 호칸은 모래에서 일어나는 그 조용하고도 지속적인 폭발에 다가가며, 비록 똑바로 바라보기는 어려웠으나 그것이 살짝 솟아 있다는 걸 깨달았다. 잠시 후 그는 반사체에 이르렀다. 거대한 옷장의 열린 문에 붙어 있는 거울이었다. 거울 뒤쪽으로는 짐을 보관하는 커다란 공간이 모래에 누워 있었다. 옷장의 내용물은 비워진 상태였고, 열린 문이 비뚜름하게 경첩에 매달려 있었다. 호칸은 옷장을 만든 솜씨에 감명받았다. 감각적인 소용돌이무늬, 살아 있는 듯한 발굽과 발톱, 통통한 천사와 꽃. 구멍이 숭숭 뚫린 부석 같은 사막을 오랫동안 지나온 호칸으로서는 한 번도 만져본 적 없는, 매우 부드러운 표면이었다. 그 옷장에는 근본적으로 내밀한 무언가가, 부부생활에 관련된 무언가가 있었다. 동시에 옷장은 붐비는 세상을, 그리고 호칸으로서는 어렴풋이 상상할 수밖에 없는 도시의 세련된 느낌을 불러일으켰다. 사실 옷장은 구체적으로 표현된 문명의 이기 중 호칸이 마음대로 만지고 살펴볼 수 있었던 유일한 물건이었다. 검게 변한 나무를 손가락으로 쓸어보다가 거울에 대한 호칸의 접근법이 바뀌었다. 햇빛이 더이상 유리에 닿지 않았기에 그제야 거울을 들여다볼 수 있었던 것이다. 호칸은 잠시 후에야 눈에 보이는 얼굴을 자기 얼굴로 받아들일 수 있었다. 옛 특징이 일부 사라지고 새로운 특징이 자리잡았다. 호칸은 발치의 형상에서 자기 모습을 찾아야만 했다. 주황색 그림자 같은 콧수염이 입술 위에 맴돌았고, 머뭇머뭇 턱수염으로 자라는 듯한 점들이 아래턱과 푹 꺼진 두 뺨에 찍혀 있었다. 여위고 뼈가 불거진 자기 모습을 본 호칸은 문득 치아를 떠올렸다. 그는 엄청난 불안감을 느끼며 갈라진 하얀 입술을 벌려 잇몸을 살펴보았다. 촉촉하고 붉은 입 안쪽은 호칸의 몸 전체에서 건조한 황무지에 영향을 받지 않은 유일한 부분이었다. 치아가 여전히 건강하다는 걸 확인하고 마음이 놓인 호칸은 당황한 듯 자신을 올려다보고 있는 그 낯선 얼굴로 시선을 돌렸다. 그는 여위고 주름져 있었다. 태양이 얼굴에 깊은 홈을 파놓았다. 눈살은 영원히 구겨져 있었지만, 일부러 인상을 찡그린 결과는 아니었다. 이제는 그것이 그냥 그의 얼굴이었다. 압도적인 빛이나 해결할 수 없는 문제를 마주보느라 지속적으로 눈을 가늘게 뜨다가 주름진 얼굴. 구겨지고 고랑이 파인 이마 아래 좁은 참호에 들어 있어 거의 보이지 않는 시선은 더이상 두려움이나 호기심에 차 있지 않고 냉정한 허기를 띠고 있었다. 무엇에 대한 허기인지는 알 수 없었다.

계속 나아가기 전에, 호칸은 거울을 깨서 파편을 가져가고 싶다는 충동을 느꼈으나 옷장의 화려함에 멈칫했다. 지나고 나서 생각해보니 옷장 주인들이 어느 시점에는 분명 그 옷장을 가지러 돌아올 것 같았다. 그는 마지막으로 한 번 돌아보고 떠났다.

호칸이 계속 북쪽으로 움직이는 동안, 하루가 갈수록 다발풀이 점점 더 풍성해진 끝에 땅이 노랗게 변했다. 물이 나오는 빈도가 늘었지만 호칸은 계속 경외심을 가지고 물을 마셨다. 등에와 모기가 그와 당나귀를 채찍질했다. 매캐한 불의 보호도 받지 않고 가만히 서 있을 때는 모기떼의 공격이 너무도 지독해서, 한번은 당나귀가 통제할 수 없을 정도로 뒷발질을 하며 평원을 가로지르기도 했다. 하지만 나무와 빽빽한 덤불은 듬성듬성 자랄 뿐이어서 머잖아 연료가 다 떨어졌다. 육포와 날것의 야생 버섯이 호칸의 끼니였다. 풀로 이루어진, 하늘에 도전하는 그 평원에서 개, 설치류, 새 들이 자주 보였다. 호칸은 다시 한번 살아 있는 것들 사이의 살아 있는 것이 되는 기쁨을 느꼈다.

며칠 뒤, 사막이 평원에 자리를 내주자마자 호칸은 탁 트인 황무지에서 산들바람에 밀려 앞뒤로 끄덕거리는 안락의자와 마주쳤다. 호칸은 의자로 다가갔지만 오랫동안 그 의미를 이해하지 못했다. 꼭 그 물체 자체가 영원히 암호로 남아 있을 게 뻔한 기호들로 이루어진, 어느 책의 단어인 것만 같았다. 호칸은 계속해서 그 의자를 바라보았다. 의자라니, 무슨 뜻이지? 호칸은 손을 뻗어 의자를 만져보았다. 그 위에 앉았다. 거대한 평원이 물러났다. 호칸은 이곳에 어울리지 않는 존재가 된 느낌을 받았다. 여기에는 어쩐지 짜릿하고 우스꽝스러운 면이 있었다. 하지만 동시에, 호칸은 그 어느 때보다도 외로워졌다. 더 작아진, 더 약해진 느낌.

호칸은 시간의 흐름을 면밀히 추적하지 않았다. 그러나 로리머의 안내에 따르면 이민자 행렬을 조만간 만나게 될 거라고 생각했다. 당연한 일이지만, 흔들의자를 발견하고 나서 사나흘이 지났을 때 호칸은 결국 어떤 오솔길과 마주쳤다. 혼란스러웠다. 이민자들의 행렬이 이동하는 도시와 비슷하다면, 이 오솔길은 그저 좁은 길에 불과했고 그 깊이도 손바닥 한 뼘쯤이었다. 소와 수레가 지나가며 만든 길일 리가 없었지만, 구조와 경로가 너무도 일정해 인간이 만든 것일 수밖에 없었다. 호칸은 그 길을 따라 북쪽으로 몇 킬로미터를 나아갔다. 그러자 갑자기, 작은 언덕 맨 위의 덤불 뒤에서 처음으로 버펄로가 보였다. 버펄로는 한 마리, 한 마리가 서로의 꼬리를 따라 한 줄로 이동하고 있었다. 걸음은 느렸고 대단히 신중했다. 그 위풍당당한 행렬 뒤로, 시선이 닿는 곳까지 황야가 버펄로로 까맣게 보였다. 그들은 풀을 뜯거나 진흙투성이 분지에서 뒹굴고 있었다. 호칸이 보기에 그 짐승들은 두 개의 다른 몸을 서툴게 합쳐놓은 듯했다. 녀석들의 뒷다리와 후반신은 말과 무척 비슷해서 날씬하고 탄탄했다. 그러나 마지막 갈비뼈에서부터 변형이 시작됐다. 마치 자연이 버펄로를 반쯤 만들다가 생각을 바꾼 것처럼, 짐승의 몸은 놀랍고도 기괴한 방식으로 부풀어올라 갑자기 굵어지고 키도 더 커졌다. 버펄로의 등은 가파르게, 갑작스럽게 솟아올라 머리로 이어졌는데, 머리는 너무도 거대해서(소리조차 통과시키지 않을 듯한 저 밀도 높고 모루처럼 단단한 뼈 덩어리에 뇌나 살이 조금이라도 들어 있는 게 가능할까?), 그 짐승의 비교적 작은 후반신과 비교하면 나머지 몸에 이어붙인 꿈 같았다. 한 쌍의 날카로운 뿔 아래에서는 검은 눈이 두개골 양옆에 구멍을 뚫은 듯 박혀 있었다. 호칸이 아메리카에서 본 짐승 중 형이 지어낸 멋진 동물과 조금이라도 닮은 게 있다면 바로 버펄로일 터였다.

호칸은 계속 나아갔다. 하루하루가 지날수록 버펄로의 두개골이 점점 더 자주 보였다. 그중 일부는 풍파에 표백되고 이끼가 비늘처럼 붙어 있었다. 호칸은 개척자들이 이 짐승들을 엄청나게 많이 사냥했나보다고 생각했다. 이어지는 나날 동안 호칸이 발견한 버려진 물건들—도자기가 들어 있는 짐가방, 침대 틀, 물레,

찬장, 무쇠로 만든 스토브 몇 개, 호칸이 풀밭에 펼쳐놓은 커다란 카펫—은 행렬이 가까워졌다는 걸 확인해주는 듯했다. 때로 비가 내렸고, 그 비는 언제나 기적이었다.

호칸이 교회음악을 들은 건 어느 저녁, 그런 소나기가 내린 뒤였다. 음악은 바람에 실려서, 너덜너덜한 넝마로서, 찢긴 깃발처럼 다가왔다. 그 소리에는 교회음악의 질감과 맛이 있었지만, 멜로디는 여태 호칸이 들어본 어떤 소리와도 달랐다. 슬프고도 이해하기 어려웠다.

호칸은 간헐적인 오르간 음악을 따라가다가 인디언 오두막 세 채를 발견했다. 그는 절대 눈에 띄지 않으려고 수백 미터 떨어진 곳에 멈춰서 꼼짝도 하지 않고 있었다. 자신의 접근이 기습으로 받아들여질 리 없다는 게 확실해지자마자 그는 천막으로 나아갔다. 연기가 가운데 오두막의 꼭대기 천 덮개에서 뻐끔뻐끔 솟아나왔다. 누군가 고기를 요리하고 있었다. 호칸이 가까이 다가가니 땅에 누워 있는 남자 너덧 명이 보였다. 그들 옆에 앉아 있는 한 남자가 하모늄*을 연주하고 있었다. 그는 키가 크고 유연했으며, 빈틈없이 깔끔했다. 머리카락은 말아올려 뒤통수에 얹었고, 다양한 크기의 주화로 만든 헐렁한 가슴 가리개가 목에서부터 내려와 있었다. 장식품 아래의 가슴은 벌거벗은 채였지만, 어깨에는 흰색으로 변한 버펄로 망토를 걸치고 있었다. 그는 왼손으로 악기를 펌프질하고 오른손 손가락으로는 천천히 건반을 오가면서 변덕스러운 멜로디를 연주했다. 이따금 연주를 멈추고 물병에

---

* 풀무로 바람을 내보내 소리를 내는 건반악기.

들어 있는 것을 마셨는데, 때로는 그 물병을 건반 위에 굴리며 공기를 진동하게 하는 조화롭지 못한 소리의 무리를 만들어냈다. 그는 취해 있었다. 머잖아 흙바닥에 의식을 잃고 쓰러져 있는 일행과 합류하게 될 것이 분명했다. 그는 호칸의 존재를 잠시 의식하더니 무시했다. 천막 주변에는—천막이란 막대로 만든 뼈대에 버펄로의 너덜너덜한 가죽을 걸쳐놓은 것이었다—털로 만든 밧줄과 가죽끈에 고기가 걸려 건조되고 있었다. 호칸은 오두막 주위를 돌다가 여자 몇 명을 발견했다. 그들은 무릎을 꿇은 채 날카로운 숫돌로 새로 벗겨낸 가죽에서 털을 제거하는 중이었다. 가죽 안쪽에서 갈색 살점을 문질러 떼어내고, 버펄로의 뇌를 그 가죽에 문질렀다. 아마 가죽을 연하게 만들려는 듯했다. 그들은 호칸을 보고도 놀라지 않았다. 호칸은 어느 천막으로 초대받았으며, 밧줄에 매달아 불 위에 걸어두었던 구운 고기를 받았다. 여자들이 앉아서 호칸이 먹는 모습을 지켜보았다. 불이 낮게 가라앉기 시작하자 누군가가 버펄로 지방 한 덩이를 석탄 위에 던졌다. 사나운 불길이 확 솟구치며 천막 안에 있던 모든 물건을 드러냈다. 돌로 만든 망치, 은식기, 코르셋을 입은 여자의 초상화, 가죽과 망토 더미, 다면 유리 뚜껑이 달린 디캔터, 화살, 장식줄이 달린 샹들리에, 활, 유리 돔 안에 들어 있는 박제 올빼미, 박격포, 강보에 싼 아기, 재봉틀, 새와 버펄로로 장식된 방패, 빈병과 물병. 오르간 음악이 멈추었다. 호칸은 식사를 마무리했고 여자들은 그를 밖으로 내보냈다. 취한 남자들이 어두운 땅에 얼룩처럼 묻어 있었다. 호칸은 여자들에게 감사의 표시로 밀가루를 조금 주고 어둠 속으로 나아갔다.

어느 날 아침, 잠에서 깬 호칸은 자신이 잠든 곳이 임시로 만든 무덤에서 팔 뻗으면 닿을 거리였다는 걸 알게 됐다. 묘비, 그러니까 땅에 똑바로 꽂아놓은 널빤지 세 장에는 달군 쇠로 그을려 적어넣은 단어들이 있었다. 호칸은 그 단어들을 읽을 수 없었으나 그 불안정한 선에서 절망을 볼 수 있었다. 묘지 두 개는 아주 어린 아이들을 위한 것이 틀림없었다. 무덤 세 곳의 흙이 모조리 굶주린 발에 파헤쳐지고 뒤집혀 있었다. 호칸은 무덤의 즉흥적이고 영구적이지 않은 속성과, 무덤 안에 있는 자들의 결정적이고도 확실한 상태 사이의 대조를 대단히 슬프다고 느꼈다. 이어지는 며칠 동안 얕은 무덤과 평원에 흩어져 있는 보기 흉하고 실용적이지 않은 물건들의 더미가 점점 더 자주 보였다. 무덤 가운데 야생동물의 침범을 받지 않은 것은 거의 없었다. 그러다가 냄새가 났다. 아무 악취가 없던 사막에서 길고 긴 시간을 보낸 뒤였기에(호칸은 자신의 몸과 동물들, 자신이 피운 불에서 나는 특유의 몇 가지 냄새를 오래전부터 알아차리지 못했다) 문명의 악취는 기체라기보다는 단단한 덩어리처럼 그를 후려쳤다. 그 냄새는 미끄러운 동시에 가시 돋쳐 있었고, 찌르는 듯하면서도 걸쭉했다. 그러나 썩고 부패한 것이기는 해도 그 독기는 살아 있다는 감각을 되돌려주었다. 역한 고기, 배설물, 상한 우유, 땀, 포리지, 식초, 썩은 이, 베이컨, 이스트, 발효되는 채소, 소변, 지글거리는 라드, 커피, 질병, 밀랍, 곰팡이, 피, 수프. 점점 부풀어오르는 악취를 거슬러 여행한 끝에, 호칸은 평원의 가장자리를 따라 그어진 길고 나지막하게 기어가는 선을 보았다.

11

행렬의 시작과 끝이 지평선 너머로 휘어져 있었기에, 멀리서 보면 행렬은 움직이지 않는 것처럼 보였다. 묵직한 장비를 걸친 채 엄청나게 무거운 수레를 끄는 짐승들과 그 옆에서 터덜터덜 걸어가는 수많은 남자, 여자, 아이, 개 들을 호칸이 알아본 것은 행렬에 가까워진 다음이었다. 뭔가를 타고 이동하는 사람은 소수였다. 거의 모든 안장이 비어 있었고, 대부분의 좌석에는 주인이 없었다. 수레를 끄는 짐승들 옆에서 행진하는 기수들은 기다란 채찍으로 짝 소리를 내며(때로는 채찍으로 때리기도 했다) 멍에를 멘 짐승들을 응원하거나 모욕했다. 모두가 젊었지만 모두가 늙어 보였다. 대부분의 여행자들은 앞으로 나아간다는, 모든 정신을 쏟아야 하는 일에 참여하고 있었다―소들에게 박차를 가하고, 굴레를 조정하고, 망가진 죔쇠를 다시 조이고, 바퀴를 교체하고, 타이어를 새로 끼우고, 바퀴 축에 기름을 칠하고, 짐승 무리의 방향을 잡아주고, 아이들을 몰아가고. 일부는 움직이는 수레에 탄 채로 가정사에 참여했다. 가족끼리 식사하고 기도하고 음악을 연주하고, 심지어 학교 수업을 하기도 했다. 사람들은 이 무리에서 저 무리로 오가며 거래하고 흥정했다. 그리고 사방에 개들이 있었다. 어떤 개들은 햇볕을 피해 수레 아래에서 게으르게 걸어갔지만, 대부분은 무리 지어 뛰어다니면서 말과 소들의 다리 사이를 껑충거리고 물어뜯을 듯 짖어대며 소들을 귀찮게 하고 음식을 찾아 공기를 킁킁거리고 서로에게 시비를 걸다가, 인내심을 잃은 누군가의 장화에 갈비뼈를 걷어차였다. 바큇자국 옆에서는 이민자 몇 명이 망가진 수레 옆에 멈춰 서서 통나무로 새로운 바퀴 축을 만드는 데 도움을 주고 있었다. 안전하지만 행렬과 최대한 멀리 떨어진 곳에서는 여자들 한 무리가 원을 그리고 서 있었다. 그들은 모두 바깥쪽을 보고서 치마를 양옆으로 펼쳐 둥글고 얼룩덜룩한 막을 만들었다. 여자 한 명이 나와 옷을 정리하면 다른 여자가 들어갔다. 때로는 소총소리가 멀리서 들려왔으나 그런 보고는 무시되었다. 정찰대원들은 끊임없이 행렬을 떠났다가 되돌아왔다. 호칸이 행렬을 하나하나 지나쳐 걸어갈 때마다 사람들이 조용해져서 모자와 보닛 아래로 그를 바라보았다. 모자챙이 드리운 가느다란 그늘에 가려 그들의 눈은 보이지 않았다. 이런 짧은 침묵이 이어지는 동안 호칸이 들을 수 있었던 것은 쇠바퀴가 갈리는 소리, 굴레가 덜그럭거리는 소리, 나무가 나무에 건조하게 부딪히는 소리, 방수 처리한 캔버스 천이 뻣뻣하게 펄럭거리는 소리뿐이었다.

바큇자국 양옆은 남자와 여자들이 계속해서 양동이 가득 담긴 배설물을 부어대는 하나의 긴 변소였다. 여기저기서 불규칙한 표지석이라도 되듯 썩은 베이컨과 고기 더미가 진창에서 솟아올랐다. 죽은 암소와 말이―그중 일부는 가죽이 벗겨져 있었다―햇볕에서 쭈그러들어갔다. 호칸은 수레의 흐름을 거슬러 계속 걸어갔다. 북적거리는 행렬에 끝이 있다고는 도저히 상상할 수 없었다. 로리머는 이민자 행렬이란 쭉 늘어나 가늘게 기어가는 선이 된 거대한 도시라고 했었다. 그 말이 맞았다.

몇몇 여행자들은 서로의 옆구리를 쿡 찌르며 호칸의 옷을 보고 히죽거렸다. 하지만 대체로 그들은 입을 다문 채 호기심을 띠고 그를 쳐다보았다. 아무도 그에게 인사하지 않았다. 호칸은 젊은 부부를 보고서는―호칸이 생각하기에 자신보다 나이가 훨씬 많지는 않았다―수줍음을 극복하고자 방향을 바꾸어 끈적한 물길 건너편에서 그들과 나란히 걷기 시작했다. 부부는 은근히 그를 보더니 눈에 띄지 않게 걱정스러운 귀엣말을 주고받았다. 결국 호칸은 그들에게 말을 걸 용기를 냈다. 자기소개를 했다. 그들은 예의바르게도 호칸의 이름을 알아듣는 척했고, 호칸도 그들의 이름을 알아듣는 척했다. 긴 침묵이 이어졌다. 남자가 수레를 끄는 짐승들을 독려했다. 호칸은 그들에게 팔 만한 말이 있느냐고 물었다. 그들은 자신들이 가진 말은 내줄 수 없다며 수레 몇 개 떨어진 곳의 한 남자에게 호칸을 소개해주었다. 그 남자는 일행 중 누구보다 많은 가축을 데리고 있다고 했다. 호칸은 부부에게 고맙다고 인사하고는 그 남자를 따라잡았다. 짧게 의사소통을 시도해보고 실패한 뒤, 호칸은 자신의 요구 사항을 말했다. 남자는 엄청난 액수를 불렀다. 호칸의 자본 전체가—지금껏 호칸은 그 돈이 꽤 많다고 생각해왔다—무의미하게 느껴지는 액수였다.

남은 오후 시간에 호칸은 행렬을 앞뒤로 오가며 팔 만한 말을 가진 사람이 있느냐고 물었다. 판매자들은 언제나 절대로 맞출 수 없는 가격을 불렀다. 가격은 대중없었다. 어떤 사람은 다른 사람이 요구했던 이미 터무니없던 가격의 거의 백 배를 요구했다. 샌프란시스코에 상륙한 이후로 호칸이 목격했던 모든 상업적 거래는 말도 안 되는 조건으로, 언제나 상황에 따라 다르게 이루어졌다. 사막의 채굴자들이 금을 주고 샀던 베이컨 1파운드가 오늘 이민자들의 행렬에서는 버려진 채 썩어갔다. 덫 사냥꾼의 관심조차 끌지 못했을 단순한 나뭇조각이, 나무가 부족한 이 평원에서는 망가진 바퀴 축을 갈아끼우기 위해 송아지 한 마리와 물물교환되었다. 그러나 말은 이런 극적인 썰물과 밀물로부터 영향을 받지 않는 유일한 상품이었다. 말은 계속해서 얻을 수 없는 존재로 남아 있었다. 그뿐만이 아니었다. 전체적으로 말은 상거래에서 제외되었다. 사람들은 제시된 총액과는 무관하게 자신의 말과 헤어지는 것을 꺼렸고, 어쩔 수 없이 말을 팔아야 할 때가 오면 받은 돈이 터무니없이 고액이라도 언제나 자신이 사기를 당했다고 생각했다. 아마 이미 판 재산을 대체할 수 없으리라는 걸 알기 때문일 터였다. 이 모든 것을 알았기에 핑고를 잃은 일은, 이미 고통스러운 일이기도 했지만 거의 견딜 수 없게 느껴졌다. 매일 자신의 말을 타고 다닐 때 경험했던 우쭐함이, 시간을 넘어서까지 물결치며 현재에 찰싹찰싹 부딪힐 만큼 강렬했던 감정이 그를 찾아왔다(호칸의 신체는 그 감정을 거의 억누르지 못했다).

이상적인 상황이라고는 하기 어렵겠지만, 호칸은 걸어서 뉴욕에 가는 것도 그렇게 말이 안 되는 생각은 아니라고 믿었다. 비가 충분히 자주 내렸고, 이민자 행렬을 거슬러 걸어간다면 여행에 필요한 물자를 찾는 문제도 해결될 터였다. 호칸이 체념하고 이 계획을 받아들였을 때, 무장한 기수 한 명이 그에게 다가왔다. 그는 신중하게 거리를 두고 멈춰 섰다.

"좋은 저녁이야." 남자가 말했다. 그의 턱수염은 먼저 존재했을 게 분명한 콧수염을 별로 따라잡지 못한 상태였다. 그 무성한 덤불 안에서 침착하지만 강렬한 미소가 빛났다. 빽빽한 한 쌍의 눈썹 아래에서는—눈썹은 콧수염으로부터 도망친 새끼처럼 보였다—반짝이는 청록색 눈이 번뜩였다. 그 눈은 호칸에게 예리하게 초점을 맞추고 있으면서도, 쥐처럼 안절부절못하며 양옆으로 흔들렸다. 그의 용모에는 어딘지 화창하고, 심지어 음악적인 면이 있었다. 그는 호칸이 아메리카에 도착한 이후로 보았던 사람 중 가장 행복한 사람처럼 보였다. 아마 호칸이 살면서 본 사람 중에서도 가장 행복한 사람이었을 것이다. 호칸은 그에게 마주 인사를 건넸고, 남자는 반가운 듯 연설로 화답했다. 호칸은 그 말을 거의 이해하지 못했다. 그래도 호칸은 남자의 목소리에서 느껴지는 어조나 억양, 박자가 그의 얼굴과 어울리지 않는다는 것만은 알아차렸다. 남자의 이목구비가 배치된 타고난 방식은 명랑해 보이는 어떤 결과물을 만들어냈지만, 내면의 상태를 반영하지는 않았다. 의사소통에 실패하고 나서 남자는 신참의 영어에 한계가 있다는 걸 알고 천천히 말을 건넸다. 사람들이 외국인을 상대할 때 그러듯 큰 소리로 말하기도 했다. 호칸은 남자의 질문에 최선을 다해 대답했고, 그러는 동안 남자는 턱을 찍어댈 때마다 스웨덴 사람이 놓친 단어를 허공에서 파낼 수 있다는 듯 고개를 끄덕였다. 자기소개가 이루어졌고(호크? 매라는 뜻인가? 매가 할 수 있다고? 매가 뭘 할 수 있다는 거야?) 자비스는 호칸에게 자기 가족과 함께 저녁을 먹자고 했다.

계속해서 나아가면서, 이 특정한 행렬에는 시련과 적개심이 널리 퍼져 있다는 것이 분명해졌다. 행렬에는 최소 두 개의 파벌이 있었다. 자비스가 지나가면 따뜻하게 인사를 건네는 파벌과, 적대적으로 인상을 찡그리며 그를 외면하는 파벌이었다.

"말을 찾고 있다고 들었는데." 남자가 말했다.

"그렇다."

"내 걸 가지려나?"

"얼마?"

"배가 고프겠군."

걱정으로 지친 채 언제나 체크무늬 담요를 두르고 있는 자비스의 아내 애비게일에게는, 남편의 얼굴이 아마도 제 뜻과는 반대로 내보이는 기쁨과 즐거움이 완전히 빠져 있었다. 그녀는 뼈만 앙상한 어머니로, 피로와 억울함 때문에 약간 볼썽사나운 모습이었다. 그녀의 아이들은 그녀를 짜증나게 했다. 날씨도 그녀를 짜증나게 했다. 남편도 그녀를 짜증나게 했다. 동물들도 그녀를 짜증나게 했다. 호칸이 그녀를 짜증나게 했다.

곧 해가 질 터였다. 공동의 합의에 따르기라도 한 듯 행렬 전체에서 야유와 함성이 울려퍼졌고 행렬은 멈춰 섰다. 수레를 몰던 사람들은 어렵사리, 그러나 대단히 질서정연하게 바큇자국으로 이루어진 길에서 벗어나 행렬로부터 산개했다. 평원에 휘파람소리가, 그리고 소들이 이해하는 듯한 몇 마디 말이 메아리쳤다— 자, 그렇지! 야! 자, 그렇지! 워! 수레들은 점진적이고도 놀랍도록 우아한 모습으로(힘들고 꾸준한 노력이 필요하긴 했지만) 넓은 원을 그려나갔다. 뒤쪽 차축이 끌채와 사슬로 연결되었다. 수레를 끌던 소들이 풀려나, 즉흥적으로 만들어진 이 거대한 울타리 안에서 대부분의 소떼와 함께 자유롭게 돌아다닐 수 있게 되었다. 한편 사람들은 나머지 가축과 말들이 다리에 밧줄이 매인 채로 한가로이 풀을 뜯을 수 있게 놔두었다. 천연고무로 만든 천이 땅에 펼쳐졌고 취사도구도 내왔다. 남자들이 원 외곽에 위태위태한 천막들을 펼치는 동안 여자들은 자루와 상자에서 단단한 갈색 원반을 꺼내 불쏘시개와 함께 쌓아올리고 불을 붙였다. 호칸은 애비게일의 더미를 보고 그 특이한 케이크가 뭐냐고 물었다. 애비게일은 못 들은 척했다. 호칸은 애비게일의 가방에서 그 원반을 하나 집어들어 냄새를 맡아보았다. 똥이었다. 자비스는 호칸이 원반을 살펴보는 걸 보고는, 호칸도 이미 알았겠지만 평원에서는 목재를 찾기 힘들기에 말린 버펄로 배설물을 연료로 써야 한다고 설명했다. 점점 가늘어지는 형태의 버펄로 고기 꼬치에서 지방이 뚝뚝 떨어질 때마다 똥 연료는 더 밝게 빛나며 안정적이게, 연기를 내지 않고 탔다. 시간이 지나며 호칸도 알게 되었듯이, 버펄로 기름으로 베이컨이나 옥수숫가루와 함께 튀긴 그 고기가 그들이 매일 먹는 메뉴였다. 절대로 완전히 깨끗해지지 않는 양철 그릇에서 매일 합쳐지는 이 음식물은 모든 냄비와 프라이팬, 그릇 밑바닥에 굳어져 딱딱한 껍질이 되었고, 그 안에 들어 있는 것을 무엇이든 같은 맛으로 우려냈다(여기에는 가끔 먹는 피클과, 특별한 행사 때 마시는 따뜻한 브랜디에 절인 말린 사과도 포함되었다).

자비스는 저녁을 먹으며 호칸에게 그에 관해, 또 그의 여행에 관해 모든 것을 물었다. 그들은 서로를 쉽게 이해하지 못했지만, 자비스는 외모를 제대로 활용해 끈기 있게 즐거운 분위기를 유지했다. 그는 클랭스턴의 여자와 그녀의 패거리에 관해 유독 호기심을 보였다(남자는 몇 명? 무기는 어떤 것? 마을이 정확히 어디에 있지?). 로리머의 길잡이와 그 부하들의 정확한 목적지도 그가 계속해서 다시 캐묻은 또 한 가지 문제였다. 역으로, 호칸이 한 질문에 대한 그의 답은 모호했다. 그는 느슨하게 손을 휘젓는 것으로 자기 자신에 관한 모든 질문을 일축했다. 그들의 뒤쪽, 불꽃이 드리운 빛 너머에서 어린애 하나가 허리띠로 맞고 있었다. 호칸이 세번째나 네번째로 클랭스턴의 위치를 말하려 노력하던 중―그의 한정된 어휘와 고질적인 길치로서의 특징 때문에 이런 노력은 실패할 수밖에 없었다―건장한 농부 한 사람이 모자를 벗어 긴장한 듯 두 손으로 비틀어 짜며 다가와 말을 끊었다.

"피킷 씨, 아니, 피킷 님." 덩치 큰 남자는 쑥스러움을 거의 이기지 못하고 웅얼거렸다.

"자비스라네." 호칸을 초대한 남자는 다시 한번 명랑한 얼굴에 의지해 대답했다. "호칭은 그만두게나. 언제나 그냥 자비스라 부르라고 했을 텐데." 다정하게 충고하는 말투였다.

"자비스 씨, 아니, 자비스 님." 곰 같은 남자가 작은 주머니를 내밀며 웅얼거렸다. "제 아내가 보낸 겁니다, 자비스 님. 찬사를 담아서요."

그는 자비스에게 선물을 건네려고 무릎을 굽혔는데 그 모습이 꼭 무릎을 굽혀 인사하는 것처럼 보였다. 자비스는 방수포 위에 앉은 채 지나치게 형식을 차려 그 선물을 받아들었다.

어두운 곳에서 채찍 휘두르는 소리와 숨죽인 울음소리가 들렸다.

"에드워드." 자비스가 진지하게 고마워하며 말했다. "고맙네. 정말로 고마워."

에드워드는 목을 조르듯 틀어쥔 자신의 모자를 내려다보았다. 자비스가 자루를 열어 설탕을 입힌 피칸 한줌을 쏟아냈다. 그는 하나를 먹어보았다. 큼지막한 금발 콧수염이 으적거리는 소리에 맞춰 춤을 추었다. 에드워드는 계속해서 모자를 비틀어 짜는 자기 손을 보았다. 채찍소리, 우는 소리.

"금이야. 이게 바로 황금이지. 이걸 마지막으로 먹어본 게 언제더라? 몇 년은 됐던가?"

"제 아내가 만든 겁니다, 자비스 님."

"뭐, 그럼—그러면—감사를 전해주게." 그는 피칸을 하나 더 먹으려다가 자제했다. "미안하군." 그가 자루를 내밀며 말했다. "자."

"감사합니다만 괜찮습니다, 자비스 님."

호칸도 거절했다. 자비스는 어깨를 으쓱하고 피칸을 한 알 더 먹더니 주머니를 자기 옆에 내려놓았다. 에드워드는 잘 자라고 인사하고 뒤로 몇 발짝 물러난 뒤 돌아서서 떠났다.

자비스가 호칸에게 같은 질문을 하고 또 하는 동안, 저녁 내내 손님과 공물만 바뀌며 비슷한 장면이 수없이 벌어졌다("그래서 그 사람들은 어디에 있다고? 그러니까 소총과 권총이란 말이지? 몇 명이 있다고 했더라?"). 아첨하는 남자와 여자들이 공물―차, 홍합, 펜나이프, 말린 호박, 담배, 은화―을 가지고 소심하게 자비스에게 다가왔다. 매번 자비스는 겸손하게 굴면서도 그런 공물을 받을 자격이 있는 사람처럼 행세했다.

"그래서, 말 얘긴데," 자비스는 여동생도, 딸도 될 수 있을 법한 아기를 안고 있던 소녀에게서 담요 선물을 받은 뒤 말했다. "자네한테 줄 말이 한 필 있어."

"얼마?"

"아, 됐네." 자비스가 친근하게, 모욕당했다는 듯한 말투로 말했다.

잠시 침묵이 이어졌다. 자비스는 아마 호칸이 한번 더 가격을 물으며 침묵을 깰 줄 알았을 것이다.

"총 쏘는 법은 아나?" 소강상태가 어색하게 길어지자 자비스가 물었다.

호칸은 혼란스러운 표정이었다.

"총 말이야." 자비스는 엄지와 검지로 권총 쏘는 모습을 흉내내며 다시 말했다.

호칸은 고개를 저었다.

"봐." 자비스가 말했다. "이 사람들 대부분은 나를 지독하게 좋아해. 자네도 직접 봤지. 내 말은." 그는 선물을 가리키더니 어깨를 으쓱했다. "하지만 어떤 사람들은. 봐. 여기 이 사람들은 열심히 노력하는 사람들이라네. 여기 이건 그 사람들이 가진 전부고. 그런데 어떤 사람들은 초조해해. 난 그 사람들이 내 목숨을 탐낼까봐 두렵고."

호칸이 시선을 떨어뜨렸다.

"넌 덩치가 크지. 혼자서 다니고. 재산도 없고. 가족도 없어. 나한텐 네가 도움이 될 거다. 그냥 나랑 함께 말을 달리자. 몇 주면 거기 도착할 거야. 그럼 넌 말을 갖게 될 테고. 허비한 시간을 벌충하기도 쉽겠지. 어때?"

"모르겠다."

호칸은 그들의 위치를 확실히 알지 못했고(이곳은 과연 태평양 연안과 뉴욕 중 어느 쪽에 가까울까?), 자비스를 따라갔다가 말을 타고 허비한 시간을 벌충하는 게 그만한 가치가 있는 일인지, 혹은 즉시 걸어서 동쪽으로 출발해야 할지 판단할 방법도 없었다. 한편으로는 호칸이 요청받은 진짜 일거리와 거기에 따를 위험이라는 문제도 있었다. 행렬을 둘러싼 불만족의 구름은 명백히 눈에 보였고, 많은 사람이 자비스에게 느끼는 적개심은 분명했다. 하지만 여행하며 만난 변덕스러운 채굴자들이나 클랭스턴의 갱단, 로리머의 길잡이와 길잡이의 부하들과는 달리 이 사람들은 가족과 함께 다니는 남자들이었다. 그들은 열심히 일했고 자녀를 돌보았으며 성경을 읽었다. 얼마나 불만을 품고 있는지는 몰라도, 호칸은 그들이 냉혈한이 되어 누군가를 쏘아죽이는 모습은 상상할 수 없었다. 게다가 많은 사람이 자비스를 좋아했다. 공물이 그 증거였다. 험담꾼들이 험담하는 이유가 뭔지는 몰라도, 호칸으로서는 자비스가 앙갚음을 당하리라는 두려움을 느낄 만한 행위를 저질렀다고 상상할 수 없었다. 호칸은 리누스를 떠올리며, 한 번도 우유부단함을 보인 적이 없는 형이라면 어떻게 했을지 생각해보았다. 형이라면 이 딜레마의 요소들—총과 말, 반란, 황야—을 완벽하게 예상 가능한 상황으로 받아들이고, 그에 따라 답을 준비해두었을까? 호칸이 아는 것은, 지금이 자신이 말을 얻을 수 있는 유일한 기회라는 것뿐이었다.

"이러면 어떻겠나. 일단 이틀 정도만 함께 가는 거지. 생각해봐. 안장도 끼워줄 테니."

불이 꺼져갈 때쯤에는 자비스의 캔버스 천 위에 상당한 양의 물건이 쌓여 있었다. 자비스는 자기가 받은 담요로 그 모든 것을 싸고 호칸에게 잘 자라고 인사한 뒤 수레로 물러났다. 한동안 멈추었던 매질이 어둠 속에서 다시 시작되었다.

"기상! 기상! 기상!" 새벽 첫 빛과 함께 날카로운 소리가 하늘을 채웠다. 그 고함과 함께 당나귀들이 울기 시작했다. 그 바람에 가장 깊게 잠들어 있던 사람조차도 어쩔 수 없이 눈을 뜨고 밖으로 나와 일을 시작했다. 천막이 걷혔다. 밀가루와 물을 섞은 반죽이 라드 속에서 지글거렸다. 사람들은 밧줄을 맨 황소들과 씨름하며 녀석들에게 다시 굴레를 씌웠다. 짐승들이 각자의 수레에 매였다. 캔버스 천 덮개가 수레 천장에 맞춰졌다. 이 모든 준비는 빠르게 해체되어가는 야영지를 어슬렁거리는 개들의 면밀한 감시 속에 이루어졌다. 이제 평원 전체에 울려퍼지는 고함은 "올라타! 올라타! 올라타!"였다. 그렇게 수레들은 다시 길에 올라 천천히 나아가기 시작했다.

그날 늦게, 자비스가 삽을 들고 안장에는 부러진 수레바퀴를 매단 채 호칸을 말에 태웠다. 그들은 길에서 벗어나 남쪽으로 향했고, 행렬이 등뒤로 사라지자 멈추었다. 자비스는 말에서 내린 뒤 호칸에게 바퀴 일부를 묻고 돌로 받쳐 땅에 세우는 걸 도와달라고 했다. 바퀴가 자리를 잡자 그들은 열다섯 걸음 정도를 걸어갔다. 자비스는 안쪽 가슴주머니에서 호칸이 여태 본 것 중 가장 이상하게 생긴 권총을 한 자루 꺼냈다. 손잡이나 방아쇠는 특이할 게 없었지만, 총의 나머지 부분은 마치 어떤 섬뜩한 질병으로 굵어지고 일그러진 양 기괴하게 커진 모양이었다. 중앙의 축을 중심으로 원형으로 설치된 여섯 개의 커다란 총열이 있었다. 앞에서 보면 여섯 개의 총열은 회색 꽃 같았다. 그 꽃에서 기름과 유황 냄새가 났다.

"맞아." 자비스가 꿈꾸듯 총을 보고 미소 지으며 말했다. "아마 페퍼박스는 본 적 없을 거야."

자비스는 장전되지 않은 권총의 공이치기를 반복해서 당겼다. 자비스가 찰칵찰칵 방아쇠를 당길 때마다 공이치기가 솟아오르며 총열이 회전해, 새로운 관이 다음 격발 순간에 딱 맞게 축 아래로 들어왔다.

"봤나? 재장전을 하려고 멈출 필요가 없어. 빌어먹을 수발총은 필요 없어. 그딴 총을 쓰다간 죽을 뿐이야. 두 번이나!" 그가 씩 웃었다. "그런 낡은 총을 준비하는 동안, 상대가 자네를 두 번이나 죽일 거라고." 그러는 내내 자비스는 계속해서 방아쇠를 당겼고 총열은 계속해서 회전했으며 공이치기는 계속해서 텅 빈 약실을 때렸다. "아니, 안 되지. 그 빌어먹을 수발총은 안 돼. 그냥 이것들만 여기에 넣어두면," 그는 각 총열의 끝에 총알을 넣으며 설명했다. "준비된 거야. 한 발도, 두 발도 아니고 여섯 발이." 그는 총알을 장전한 뒤 말했다. "보게."

자비스는 바퀴를 조준하고 연달아 빠르게 총을 쏘았다. 총격의 날카로움은 그들을 둘러싼, 휘어진 것처럼 보일 만큼 광활한 대지에 무뎌졌다.

바퀴는 상처 없이 남아 있었다.

"뭐, 조준이 쉬운 총은 아니야. 앞이 너무 무거워서 말이지. 안장 머리에 기대서 쏴야 해."

그는 다시 장전하기 시작했다.

"시간이 좀 걸린다네. 하지만 여섯 발을 쏠 수 있지." 긴 침묵이 흘렀다. "여섯 발." 긴 침묵. "놈들은 총알이 필수 장기를 꿰뚫는 것을 느낄 새조차 없을 거야."

호칸은 땅에 앉았다. 말들이 그를 빤히 보았다.

"좀 가까이 가세." 자비스는 장전을 마치고 말했다.

그들은 수레바퀴를 향해 일고여덟 걸음 정도 걸어갔다. 자비스가 조준하고 쏘았다. 이번에는 좀더 신중하게 쏘았고, 여섯 발을 쏘면서 한 발을 쏠 때마다 잠깐 멈췄다. 하지만 수레바퀴에는 아무 흔적도 남지 않았다.

"총알이 바퀏살 사이로 나갔으려나?" 자비스가 큰 소리로 말했다.

그는 말이 있는 곳으로 돌아가 안장 뒤에 말아두었던 담요를 집어들더니 반쯤 묻힌 바퀴로 가서 그 위에 천을 펼쳤다. 그러고는 다시 한번, 재장전하는 긴 과정을 시작했다.

"자네도 알겠지만, 사람들이 내게 투표했다네. 난 선출된 거야. 우리 일행의 대장으로." 자비스는 총에서 한 번도 시선을 들지 않았다. "다른 일행과 함께하던 사람들이 우리에게 합류했지. 그게, 난 대륙 반대편의 사람들을 알거든. 중요한 사람들 말이야. 난 도착하는 대로 320에이커의 땅을 주겠다고 보증할 수도 있다네. 최소 320에이커. 난 길도 잘 알아. 이 년 전에 서부로 갔다가, 아내와 아이들을 데리러 돌아온 거거든. 그러니까 합쳐서 세번째 여행을 하는 거지. 말하자면, 길도 알고 여행이 끝난 뒤에는 뭔가를 줄 수도 있는 남자가 있는 거야. 그런데도 논쟁이 벌어지고 반대와 불신이 일어난다네. 질투일까? 모르겠군."

그는 두어 걸음 걸어가며, 총과 수레바퀴 사이에 겨우 1, 2미터쯤 거리를 남겨두고 총을 똑바로 겨누어 쐈다. 바퀴 테에서 담요가 정신 나간 유령처럼 춤을 추었다. 다섯번째 총알과 함께 바퀴가 쓰러졌다. 자비스가 걸어가, 마지막 한 발로 그 장치를 끝장내버렸다.

힘겨운 행진, 소떼를 가둬두기 위해 수레를 원형으로 세워놓는 밤의 일과, 짧은 식사시간, 아침의 황급한 준비는 변화 없이 매일 반복되었다. 자비스의 요청에 따라 호칸은 언제나 완전히 보이도록 총을 들고 다녔다. 대체로 자비스와 호칸은 함께 다녔고 사람들은 둘과 거리를 두었다. 자비스가 허락해줄 때마다 호칸은 행렬을 따라 이리저리 움직였다. 시간이 지나면서, 호칸은 처음 자비스와 함께 수레 곁을 지나갔을 때 자비스가 받았던 대우를 이런 나들이를 할 때마다 자신도 받게 되리라는 걸 알았다. 즉, 어떤 사람들은 극도의 존경심을 보이겠지만(몇몇 사람들은 모자까지 벗었다) 다른 사람들은 눈을 부라리며 그를 맞이할 터였다(때로 호칸은 등뒤에서 침 뱉는 소리를 들은 것 같았다). 애비게일은 시들시들한 적개심을 유지했지만, 자비스는 늘 그렇듯 밝았다. 그는 매일 저녁 엄숙하게 감사하는 태도로 동료 여행자들이 발치에 놓아두는 공물을 받아들였다.

주의를 돌릴 만한 대상은 거의 없었고, 모든 것을 흡수하는 여행의 단조로움은 매일의 깊이를 전부 빨아냈다. 바뀌지 않는 풍경에 내딛는 모든 발걸음은 직전의 발걸음과 닮아 있었다. 모든 행동은 아무 생각 없이 벌이는 반복이었다. 모든 남녀가 머리로는 잊었으나 여전히 기능적인 메커니즘에 따라 움직였다. 그리고 일행과 도저히 다다를 수 없는 지평선 사이에는 먼지가 있었다. 언제나 먼지가 있었다. 그 먼지가 사람들의 눈에 불을 붙이고 콧구멍을 틀어막고 입을 말렸다. 손수건으로 얼굴을 가리고 있어도 목구멍이 부식되고 폐가 쪼그라드는 느낌이었다. 빨갛고도 불확실한 태양 자체가 움직이지 않는 구름 뒤에서 질식해갔다. 하루에 몇 번씩, 날씨가 잔잔할 때도 먼지 때문에 수레에서 황소를 보는 것조차 불가능했다. 그런 경우에는 움직이지 않는 느낌, 아무 변화가 없는 느낌이 완벽해지며 공간과 시간 모두가 파괴되는 것만 같았다—주위에서 바람이 소용돌이치며 모든 흙을 알갱이로 바꿔놓고 일행이 눈을 감은 채 나아갈 수밖에 없도록 만들 때는 더욱 그랬다. 비는 축복이었다. 비로 인해 가끔 발생하는 곤란한 진창을 감수할 가치가 있었다. 비가 내리면 먼지가 가라앉고 더러운 냄새가 씻겨나갔으며(젖은 옷, 짐승, 식량이 햇볕에서 김을 뿜기 시작하면 복수하듯 돌아오긴 했으나), 그들에게 잠깐이나마 작은 동물이 우글거리지 않는 마실 물을 주었다.

행렬에 내린 마지막 큰비는 며칠이나 이어졌다. 수평으로 내리는 빗줄기가 끊임없이 그들의 얼굴을 후려치며 손과 발을 두드려댔다. 등에 닿는 옷이 차갑고 무거워졌다. 불을 피울 수 없어서 주식인 버펄로 고기를 끓일 수 없었다. 깊은 진창, 끈적끈적한 진창, 미끄러운 진창. 길은 밀도 높은 수렁이 되었고, 발굽과 장화를 진흙에서 끌어내는 부항 같은 쩍쩍 소리는 울부짖는 폭풍 아래에서도 언제나 들렸다. 순종적이고 강인한 짐승들은—그들은 비 때문에 검은색으로 흐릿하게 보였다—행렬을 계속 움직이게 했지만, 속도는 달팽이 같았다.

물을 더이상 흡수할 수 없었던 길은 얕은 개울이 되었다. 짐승과 수레가 늪처럼 변한 바큇자국에 빠졌다. 어떤 수레는 바퀴 축이 있는 곳까지 가라앉았다. 매일 남자들은 한 번 이상 진흙에 무릎까지 파묻힌 채로 수레가 진창에서 빠져나오도록 짐을 모두 내렸다가 다시 싣고 황소들을 막대기로 때렸다. 그러고는 몇 걸음 가서 다시 진창에 빠져 모든 짐을 내려야 하는 상황이 벌어지지 않기를 바라며 계속 나아갔다. 어느 추운 아침, 일행을 후려치던 빗방울이 잠시 진눈깨비로 바뀌었을 때 자비스의 수레 앞에 있던 수레가 유독 깊은 구멍에 빠지고 말았다. 남자 한 무리가 아무 말도 없이(그들 중에는 자비스와 호칸도 있었다) 수레에서 짐을 내리도록 도와준 다음, 누군가가 한쪽 바퀴 밑에 널빤지를 놓는 동안 바퀴를 땅에서 들어올려 앞으로 밀었다. 미끄러지는 발굽, 비명, 채찍질. 늘 그렇듯 주위에는 아이들이 몇 명 있었다. 아이들은 신나서 도와주겠다며, 수레를 한 번 밀 때마다 엄청난 자만심을 띠고서 허리에 양손을 얹고 몸을 부풀렸다. 몇 번 시도한 끝에 수레가 드디어 풀려나 덜컹하며 앞으로 움직였다. 호칸을 비롯한 몇 사람은 갑작스러운 움직임에 얼굴부터 진창에 처박혔다. 모두가 환호했다. 호칸은 자리에서 일어나며, 시야를 흐리는 진흙과 물 너머로 작은 손을 보고 소년이 일어나게 도와주려 손을 내밀었다. 그 팔이 어찌나 가벼운지 끔찍한 느낌이었다. 방금 벌어진 일을 깨닫자 놀란 외침이 한데 모여들었다. 몇 걸음 떨어진 곳에, 호칸이 들고 있는 잘린 팔의 주인인 소년의 몸이 무력하게 늘어져 있었다.

정신을 잃은 아이는 수레로 운반되었고, 호칸은 수술 도구를 가지러 달려갔다. 자기 당나귀에 다다른 뒤에야 호칸은 팔을 가져왔다는 걸 깨달았다. 그는 달려서 돌아갔고, 아버지에게 아들의 팔을 돌려준 뒤 수레에 오르려 했다.

"가시오." 남자가 말했다. "피킷 씨의 경비견은 필요 없으니까."

"도울 수 있다." 호칸이 대답했다.

남자가 호칸의 면전에서 방수포를 닫아버렸다.

"도울 수 있다." 호칸이 다시 말했다.

답이 없었다. 구경꾼 몇 명이 수레 주위로 모여들었다. 호칸은 캔버스 천을 당겨 걷었다가, 아버지의 절망적이고도 노여운 시선과 마주쳤다. 소년의 어머니라기에는 너무 어려 보이는 여자가 이렇다 할 목적 없이 미쳐 날뛰며 수레 주변을 허둥지둥 돌아다녔다.

"도울 수 있다."

호칸이 양철 상자를 열어 남자에게 수술 도구를 보여주었다. 질척한 혼란의 와중에도 수술 도구는 질서와 청결함을 약속하듯 빛났다. 호칸이 보기에도 그 도구는 미래에서 온 부적 같았다. 남자가 그를 안으로 들였다.

"불." 호칸은 소년의 남은 팔에 부목을 대며 말했다. "당장!"

"뭐? 비가 오는데. 어떻게?"

"당장, 불! 여기에. 불을 피워라. 물을 끓여라."

호칸의 결단력 있는 모습과 소년의 상처를 치료하는 정확한 움직임이 남자에게 깊은 인상을 남긴 게 틀림없었다. 그는 이상한 요구에 의문을 제기하는 대신 즉시 그 말에 따랐다. 우유를 짤 때 쓰는 의자 한 개와 나무상자 하나를 커다란 망치로 박살낸 뒤, 쪼개진 나무를 모아 커다란 수프 냄비에 집어넣었다. 나무가 너무 젖어 있었다. 그는 미친듯이 주머니를 더듬으며 불쏘시개를 찾아 주위를 두리번거렸다. 모든 것이 너무 크거나 너무 젖어 있었다. 호칸은 불안한 눈으로 소년에게서 고개를 들었다. 남자는 헐떡이며 수레를 뒤지다가, 갑자기 어떤 깨달음이 찾아왔는지 우뚝 멈추었다. 그는 상자 안에 들어 있는 상자를 꺼냈다. 여자가 헛숨을 들이켜며 두 손으로 입을 틀어막았다. 남자는 안쪽 상자에서 꾸러미를 하나 꺼냈다. 그 꾸러미 안에는 가족의 성경이 안전하게, 젖지 않고 들어 있었다. 남자는 망설임 없이 종이 몇 장을 찢어냈다. 너무 가늘게 찢어서, 불을 붙이기 전 남자의 손에서부터 종이가 타닥타닥 소리를 냈다. 냄비 속 지저깨비 아래에 둔 종이는 유령처럼 보라색 빛을 내며 타올랐고, 머잖아 나무에 불이 붙었다.

"빗물을 끓여라. 너무 많이는 말고." 호칸이 말했다.

남자는 밖에, 수레 뒤에 걸려 있던 양동이 하나를 가져와 손가락 두세 개 정도 깊이의 물을 작은 냄비에 부었다. 그런 다음 장

168

작이 타고 있는 수프 냄비 위에 얹힌 그릴에 그 냄비를 올렸다. 머잖아 물이 끓었고 호칸은 조용히 흥얼거리며 수술 도구를 그 안에 담갔다.

"술?" 마침내 호칸이 끓는 냄비 안에 계속 시선을 둔 채 물었다.

남자가 그를 빤히 보았다.

"술." 호칸은 고개를 들고, 손을 반원형으로 오므려 만든 상상 속의 유리잔으로 뭔가 마시는 시늉을 하며 그 말을 되풀이했다.

남자가 양동이에 담겨 있던 유리병 하나를 호칸에게 주었고, 호칸은 강한 냄새가 나는 투명한 액체로 두 손을 문질렀다. 밀랍과 곰팡이의 흔적이 약하게 들어간 것을 제외하면 그 액체는 거의 알코올로만 이루어져 있었다. 아버지와 딸은 계속해서 지켜보았다. 그들의 얼굴은 사고의 충격과 호칸의 요청이며 행동이 불러일으킨 당혹감으로 일그러져 있었다. 호칸은 끓는 물에서 수술 도구를 꺼내 식힌 뒤 작업을 시작했다.

그는 로리머와 짧은 머리 인디언이 사지절단술을 하는 걸 도와주었으나, 이렇게 심한 경우는 보지 못했다. 한때 팔꿈치가 있던 자리에서 몇 센티미터 위쪽을 수레바퀴가 갈아버려 살은 검은 곤죽이 되었고 뼈는 파편과 조각으로 박살난 상태였다. 호칸은 극도로 주의를 기울여 알코올로 상처를 닦고, 뭉툭한 팔 끝의 너덜너덜해진 살과 신경을 잘라냈다. 그런 다음 주요 혈관과 동맥을 찾아 봉합사로 묶은 뒤, 팔의 건강한 부분에 네 개의 구멍을 세로로 길게, 근육을 관통하여 뼈가 있는 곳까지 뚫었다. 그런 다음 피부로 이루어진 두 개의 자락을 만들었다. 그가 이두박근을 밀어올리자 살이 함께 밀려났고, 덕분에 호칸은 박살난 지점 바로 위의 뼈를 톱으로 썰 수 있었다. 젊은 여자가 그 소리에 흐느꼈다. 위팔뼈를 다듬고 갈아낸 뒤 호칸은 살이 내려오도록 놔두고, 뼈 위로 근육을 꿰맨 뒤 근육 위에는 늘어진 살을 꿰매고, 짧은 머리 남자가 준 연고 중 하나를 뭉툭한 그루터기에 발랐다.

빗방울이 방수포를 두드리고 양동이를 달그랑거렸다. 때때로 천둥이 쳤다. 소녀는 부드럽게, 새로운 천으로 소년의 창백한 이마를 닦은 뒤 아이의 몸에서 진흙을 씻어내기 시작했다. 호칸은 잠시 넋을 놓고 그 장면을 보았다. 그는 한 번도 그런 식의 손길이나 돌봄을 받아본 적이 없었다. 호칸은 정신을 차리고 수술 도구를 닦아 치우는 데 집중했다. 냄비 안의 불은 꺼진 뒤였다. 소년의 아버지가 떨리는 손으로 술병을 집어들어 한 모금 마시더니 호칸에게 내밀었고 호칸은 거절했다. 그런 다음, 남자는 소녀의 머리카락을 어루만지고 소년의 이마에 입을 맞추더니 호칸의 어깨를 꽉 쥐었다.

"주님께서 복을 내리시길." 남자가 호칸의 눈을 들여다보며 말했다.

"모른다." 호칸이 소년을 내려다보고, 그다음에는 멀리 바닥을 보면서 말했다.

"내가 압니다. 그래도 혹시 모르니까. 고맙습니다."

그들은 자리에 앉았다.

"당신을 개라고 부르면 안 되는 거였는데."

호칸은 가만히 손을 내저어 그 문제를 일축하고는, 자비스에게서 이런 손동작을 배웠다는 걸 깨닫고 놀랐다. 그는 창피한 마음에 시선을 돌렸다.

소녀는 동생을 편안하게 만들어주는 데 신중히 몰입해 있었다. 호칸은 소녀가 자신의 이마를 닦아주고 베개를 매만져주고 입술에 입맞추게 할 수만 있다면 자기 팔이라도 내놓겠다고 생각했다. 소녀가 고개를 들자 호칸은 즉시 고개를 떨어뜨렸다. 남자는 무례했던 행동에 대해 계속해서 사과했다. 그는 자기 아들의 이런 모습을 보고 제정신이 아니었다. 게다가 자비스와의 상황이 한계에 이른 것도 사실이었다. 호칸은 어리둥절해 고개를 들었다. 소년의 아버지는 그게 아니라면 자비스가 왜 커다란 총을 든 커다란 남자를 거느리고 다니겠느냐고 물었다. 호칸은 잠시 후에야 그가 말한 커다란 남자가 자신이라는 걸 깨달았다.

"처음에는 우리 모두가 서로 싸웠습니다. 하지만 그자가 웬 나쁜 장난질을 꾸미고 있다는 걸 알고서는 우리 중 많은 수가 그자와 맞서 싸우기 시작했소."

호칸의 입술이 떨렸다. 그는 질문을 던지고 싶었지만 어디에서 시작해야 할지 몰랐다.

"그럼 당신은 아무것도 모르는 거군요." 남자가 말했다.

몇 달 전, 처음 출발하고 얼마 지나지 않았을 때 행렬에는 이미 서부에 다녀온 한 남자가 그곳에 땅을 가지고 있으며 그 땅을 나눠주고 있다는 소문이 퍼졌다. 처음에 자비스 피킷은 빙긋 웃으며 모두에게 아니라고, 그건 전부 소문이라고 했다. 그러다가 며칠이 지나자 몇몇 사람들에게 땅이 조금 있는 건 사실이라고 인정하며 그 땅 대부분이 먼지와 바위로 이루어져 있어 그 땅을 원할 사람은 아무도 없을 거라고 말했다. 그런 뒤에는 소수의 사람에게만 사실 그 땅은 기름진 계곡으로, 그와 비할 곳은 에덴동산

밖에 없으며 자신은 선택된 사람들과 함께 그곳에 식민지를 세울 생각이라고 털어놓았다. 그런 뒤 자비스는 지도와 땅문서를 내놓고, 자기 주변에서 가장 충성스러운 사람들에게 땅을 나눠주기 시작했다. 그는 모두가 이 사업의 동업자라고 주장하며 누구에게서도 돈을 받지 않았다. 그들을 동료 식민지 개척자라고 불렀다. 그들은 자비스를 대장으로 선출했다. 누군가가 비위를 거스르거나 불쾌하게 하면, 자비스는 그 사람의 이름을 땅문서에서 지워버렸다. 이런 일이 벌어질 때마다 남는 자리가 생겼다는 소문이 퍼졌고, 기대감에 찬 청원자들이 자비스에게 선물을 쏟아부었다. 그는 사람들을 서로 맞붙여, 최고의 땅을 놓고 선물과 호의로 경쟁을 벌이도록 했다. 몇 주가 지나자 일행 중 친구는 남아 있지 않았다. 그런데 몇몇 사람들이 지도와 땅문서를 의심하기 시작했다. 자비스의 대답은 늘 자기가 사람들에게서 도둑질을 하고 싶었다면 그냥 땅문서를 주는 대가로 돈을 받았을 텐데, 지금까지 자신은 한 푼도 받은 적이 없다는 말이었다. 그래도 그들 일행은 나머지 모든 행렬보다 느리게 움직이는 것 같았다. 그들은 강에도 더 오래 머물렀고, 정당한 이유 없이 몇 차례 멈춰 섰으며, 계속해서 그들을 추월하는 수레들을 한 번도 따라잡지 못했다. 많은 사람들은 대장이 계속 공물을 모으려고 시간을 끌며 여정을 지체시키고 있다고 생각했다. 이 말에 자비스는 자신이 무언가를 요구한 적은 한 번도 없다고 답했다. 그러나 그때쯤 자비스의 무리에 속한 사람들 대부분은―의심하긴 했어도 자발적으로―자비스에게 너무 많은 것을 내준 뒤였다. 그들에게는 목적지에 도착해서 뭔가를 시작할 만한 자본이 전혀, 혹은 조금밖에 남아 있지 않았다. 그들의 유일한 희망은 자비스가 주겠다고 약속한 땅 뿐이었다. 자비스와 가장 가까운 사람들, 그에게 가장 많은 것을 내준 사람들이 그를 가장 불신했다. 자비스에 대한 의존이 절대 적이라는 이유 때문이었다. 심한 폭우가 내리기 직전에 긴장감은 피부로 느껴질 만큼 강해졌고 공기에는 반란의 기운이 떠돌았다. 자비스는 불신으로 가득차게 되었다. 몇몇 불쌍한 등신들이 더 많은 선물로 그의 비위를 맞추려 했다. 좀더 불만이 많고 대놓고 적대적인 경쟁자들의 자리를 대신하고 싶다는 마음에서였다. 그 때 호칸이 나타난 것이었다.

다음날, 태양이 하늘의 자기 자리를 다시 차지했고 머잖아 발 밑의 길을 더욱 단단하게 구워냈다. 소년이 사고를 당하고 나서 이틀이나 사흘쯤 지난 날 아침, 일행이 야영지를 해체하고 다시 길을 나설 준비를 하고 있을 때 자비스가 상자 두 개를 딛고 서서 모두에게 주목하라고 했다. 그는 모두가 조용해질 때까지 기다렸 고, 그런 다음에는 그의 생기 있는 콧수염이 농담을 던졌다. 누군 가가 웃었다. 자비스가 진지해지더니―그러면서도 어떻게 그랬 는지 명랑한 모습은 유지했다―일행에게 중요한 발표가 있다고 말했다.

"친구들." 자비스가 말했다. "며칠 전 무슨 일이 일어났는지 우리 모두가 봤네. 우리 미래는, 우리 아이들은 기다릴 수 없어. 한 걸음 한 걸음이 중요하네."

웅성거림.

"우리 아이들은 기다릴 수 없어." 그가 되풀이했다. "우리는 이 느린 길을 따라가거나 여기서 방향을 돌릴 수 있네. 난 지름길을 알아."

환성과 당돌한 질문들.

"그래, 지름길 말이네." 자비스는 누군가를 설득하려 애쓰는 게 아니었다. 그냥 좋은 소식을 공유하는 듯했다. "원한다면 이 길을 계속 따라가게. 아니면 나를 따라오거나."

이 마지막 선언은 점점 더 높아지는 목소리의 파도에 잠겼다. 경쟁하는 양측의 분열이—지금까지는 그저 귓속말로만 전해졌지만—잠시 노골적으로 드러났다. 자비스를 지지하는 사람들은 그에게 감사하며 행운이 따른 서로를 축하했다. 반면 그를 험담하던 사람들은 시무룩한 표정으로 땅과 하늘을 보았다. 하지만 대부분의 남자들은 어느 파벌에 속해 있는지와는 관계없이 바큇자국 바깥에 머물며 남쪽을 가리키는 자비스의 손가락을 따라갔다. 수레 세 대, 혹은 네 대는 가던 길을 계속 가기로 했다. 자비스를 제외한 모두가 놀랐다. 자비스는 탈주자들을 못 본 척했다.

그날 저녁, 밤을 나려고 수레로 원을 그려놓고 난 뒤 자비스의 불가 앞에는 그에게 공물을 주려고 몸을 낮추고 기다리는 사람들의 긴 줄이 늘어섰다. 그중 일부는 심지어 말을 가지고 왔다.

12

머리가 처지고 코에는 거품이 이는 황소들은 수레를 끌다기보다는 온 지구의 딱딱한 껍질을 발굽으로 뒤집으려는 듯했다. 발길이 닿지 않은 평원을 헤치고 나아간다는 건 놀랍도록 걸쭉한 물질을 헤치고 움직이는 것과 비슷했다. 풀밭에 숨겨진 채 바퀴 축과 테를 끊임없이 위협하는(그리고 자주 망가뜨리는) 바위나 구멍에 더해, 바위로도 발굽으로도 다져진 적 없는 흙이 주는 저항도 있었다. 그들은 평소의 절반도 못 미치는 속도로 나아갔다. 누군가는 행렬의 속도가 하루에 11킬로미터, 심지어 8킬로미터까지 떨어졌다고 생각한다고 말했다. 자비스는 여느 때처럼 밝았다. 그는 지름길의 1킬로미터가 그 고집스러운 방랑자들이 걸어가는 길의 20킬로미터와 맞먹는다고 말했다.

피를 흘려 약해지긴 했지만, 팔이 잘린 소년은 잘 회복하고 있었다. 소년은 며칠 동안 진정된 상태였고, 지속적으로 미열이 났다. 호칸은 그것을 소년의 몸이 질병을 태워 없애버리는 좋은 징조라고 보았다. 소년은 잠든 채 때때로 미친듯이 시트를, 사라진 팔이 있던 곳을 긁어댔다. 호칸은 필요 이상으로 자주 상처를 살피러 왔다. 그가 봉합선을 살펴보고 난 뒤에는 소녀가 종종 음식이나 우유 한 잔을 주며 호칸이 조금 더 머물도록 했다. 호칸은 얼굴을 붉히며 조용히 먹거나 마셨다. 그가 시선을 들 용기를 끌어냈을 때는 가끔 소녀가 그를 보고 있었다. 호칸은 소녀의 표정이 동경의 표정이라 생각하고 싶었다.

햇빛에 따라 소녀의 머리카락은 구릿빛이거나 금색을 띠었다. 머리카락과 함께, 그녀의 눈도 녹색에서 회색으로 변했다. 그녀의 주근깨는 늘어났다가 사라졌다가 다시 나타났고, 호칸이 찾아올 때마다 별자리처럼 이리저리 움직였다. 호칸은 그 어떤 인간도 이토록 관심 깊게 바라본 적이 없었다. 그랬기에 그 모든 변형이 진짜로 일어난 것인지 아니면 자신의 감각이 예민해진 결과인지 궁금했다. 호칸은 대부분의 밤을 뜬눈으로 보내며, 다음날에는 소녀가 어떤 모습일지 상상했다.

호칸에게만 맡겨진 일이었다면 그는 절대로 소녀의 이름을 알아내지 못했을 것이다. 그녀는 호칸이 대화를 하기에는 너무 수줍음이 많거나 겁을 먹었다는 걸, 그리고 어떤 형태로든 부추기는 행동은 그를 더욱 위축시키리라는 걸 아는 듯했다. 하지만 그녀는 작은 손짓으로 자신의 마음이 열려 있다는 걸 전달하는 데 성공했다. 헬렌이 호칸의 이름을 묻지 않고 알아서 자신의 이름을 알려준 것은 바로 이런 마음에서였다. 눈에 띄게 망설인 뒤 호칸은 자기 이름이 호크, 매가 아니라 호칸이라고 설명했다. 헬렌은 실제로 그 이름을 발음하려고 노력한, 아메리카의 몇 안 되는 사람 중 한 명이었다. 그녀는 낯선 모음의 정확한 형태를 찾으려다가 웃었지만, 호칸은 따라 웃으면서도 자신의 이름을 감싸며 움직이는 그녀의 입술을 보며 엄숙한 꿈결에 빠졌다. 그날 헬렌은 철자를 확신하지 못하면서도 그의 이름을 종이에 적기도 했다. 호칸은 몇 년 동안이나 그 종이를 간직하며, 그 종이를 볼 때마다 자신이 바로 거기에—되찾을 수 없는 과거가 현재까지 어떻게든 지속되는, 그 노랗게 변해가는 포장지의 흐릿해져가는 선에—존재한다고 생각했다. 그의 몸보다도 더 강렬한 방식으로. 한번은 호칸이 말린 과일과 사탕을 가져왔다. 그들은 감히 그것을 건드리지도 않았다.

매번 찾아올 때마다 호칸은 아이의 아버지를 피하려 애썼다. 호칸은 자비스의 사기에 관한 이야기가 사실이라고 생각했지만, 그래도 허리에 큰 총을 차고 다녔다. 그래서 남자와 형제애를 쌓기가 어려웠다. 호칸은 고용주와의 관계를 기꺼이 끊을 생각이었지만, 총을 돌려줄 경우 자비스가 그 총을 다른 누군가에게, 아마 좀더 기꺼이 방아쇠를 당길 사람에게 주리라는 걱정이 들었다. 호칸이 생각하기에, 자신이 총을 가지고 있는 한은 우려할 무기가 하나 줄어드는 셈이었다. 호칸 자신이 걱정되는 건 아니었다. 그는 이미 자비스 일행을 떠나기로 마음먹었다. 효율적인지 아닌지는 몰라도 지름길은 호칸을 계획 이상으로 지체시키고 있었다. 호칸이 보기에는 말을 주겠다는 약속이 실현될 가능성이 없다는 점과 이민자 행렬로 어떻게든 돌아가 흐름을 거슬러 뉴욕까지 걸어가는 게 낫다는 점이 확실해졌다. 그러니까 총과 관련된 상황은 호칸 자신의 안전과는 아무 상관도 없었다. 그는 다친 소년과 그 아이의 누나를 걱정했다. 그들은 어떻게 될 것인가? 누가 헬렌을 위해 맞서줄까? 처음으로, 호칸은 형에 대한 충심과 새로운 사람에 대한 헌신 사이에서 갈팡질팡했다.

양옆에 나지막한 언덕이 있긴 했지만, 그들이 지나가는 대단치 않은 분지는 계곡이라고 하기 어려웠다. 산등성이 너머에서 나타난 기수들을 처음으로 발견한 건 어떤 소녀였다. 행진이라도 하듯 남자들이 하나씩 하나씩 나타나더니, 앞으로 400미터 정도 떨어진 계곡 양옆에 여섯 명씩 늘어섰다. 호칸은 뒤를 돌아보았다. 비슷한 대형이 일행의 뒤쪽 끝에서 수백 걸음쯤 떨어진 곳에도 나타나고 있었다. 호칸은 그들의 조심스럽고 적대적인 눈길을 느낄 수 있었다. 비탈을 달려내려온다면, 그들은 쉽게 일행을 끊어놓을 수 있었다. 행렬은 멈춰 세워졌다. 작은 언덕 뒤로 몇 명의 기수가 더 나타났다.

"원을 그리게! 원!" 자비스가 소리쳤다.

공기 중에 감도는 긴급함과 모순되는 느릿한 속도로, 수레들이 이동해 원을 그렸다. 누가 명령을 내린 건지는 분명하지 않았지만 남자들은 수레 사이의 틈새에 상자, 탁자, 술통, 곡물과 밀가루 자루를 쌓아 바리케이드를 치기 시작했다. 여자들은 총을 장전하고—대부분 단발 권총과 화승총이었다—곤봉, 칼, 심지어 보습으로 만든 장검을 꺼냈다. 대화는 거의, 혹은 전혀 오가지 않았다. 기수들은 언덕 가장자리를 따라, 바리케이드를 친 개척자들 쪽으로 천천히 움직였다. 북쪽 끝의 양옆에 자리잡은 무리가 소리를 질렀다. 남쪽 무리가 응답했다. 기수들은 사방 네 곳에서 점점이 달려내려왔다.

"인디언이다!" 그들이 가까워지자 누군가 소리쳤다.

버펄로 가죽을 두른 남자들은 얼굴에 색깔을 칠하고 머리에는 깃털을 꽂고 있었다. 그들이 행렬을 에워싸더니 가죽 덧옷 아래에서 기다란 소총과 화승총, 나팔총을 꺼냈다.

"모두 엎드려!" 한 여자가 소리쳤다.

또 한번 함성이 일더니 모든 기수가 동시에 사격했다.

폭발음이 메아리치며 멀어지는 가운데, 이어진 침묵을 목쉰 신음이 힘겹게 갈랐다. 호칸이 고개를 들어보니, 황소 한 마리가 무릎을 꿇었다가 옆으로 털썩 쓰러졌다. 개들이 황소에게 달려가 고여가는 피를 마셨다.

"여긴 애들도 있소!" 한 남자가 소리쳤다.

"발사!" 자비스가 외쳤다.

이민자들이 응사했다. 공기가 화약 연기로 매캐해졌다. 아무도 맞지 않았다.

기수들은 재장전이라는 긴 과정을 시작했고, 여자들도 마찬가지였다. 그들은 꽂을대와 화약 주머니를 준비해 들고 있었다. 한편 남자들은 바리케이드를 보강했다. 총이 준비되자 그들은 각자의 위치로 돌아갔다.

잠시 침묵이 흐르고 함성이 일어난 뒤 일제사격이 뒤따랐다.

이민자들이 응사했다.

아무 일도 일어나지 않았다. 몇몇 수레 덮개에 구멍이 생긴 걸 제외하면, 양측의 총격은 없었던 것이나 다름없었다.

포위자들은 대형을 무너뜨리고 의논하러 모였다.

"저들은 절대 우릴 맞히지 못해." 자비스가 일행 모두가 들을 수 있도록 크게 속삭였다. "가까이 다가올 수가 없네. 불가능해."

"하지만 우리가 얼마나 버틸 수 있을까요?" 한 여자가 물었다.

"아, 몇 주는 버티지." 자비스는 별것 아니라는 듯 손을 내저으며 대답했다. "하지만 저놈들은 몇 주씩 버티지 않을 거야. 그럴 가치가 없으니까."

오른쪽으로 수레 몇 대 떨어진 곳에서 한 남자가 자기 아내와 말다툼하기 시작했다. 호칸이 이해한 바로는 아내가 남자를 설득해 안전한 이민자 대열에서 벗어나게 한 모양이었다.

갑자기, 뒤도 돌아보지 않고 기수들이 언덕으로 향했다. 그들은 비탈을 올라가더니 가장자리 너머로 사라졌다. 이민자 일부가 환성을 터뜨렸다. 자비스는 사람들을 조용히 시켰다.

"이렇게 끝나지는 않을 거야." 그가 말했다.

남자들은 경비를 섰다. 여자들은 꽂을대로 냄비를 저으며 점심을 만들었다. 아무도 입을 열지 않았다. 현재에 대한 감각이 예민해져 있었다. 호칸은 음식을 먹으며 자신이 무언가에 작별인사를 하고 있다고 느꼈다.

인디언 절반가량이 돌아왔다. 이번에도 그들은 수레 행렬을 둘러쌌다. 침묵과 그에 이어진 함성 이후로, 그들은 총을 쏘았다. 이민자들이 응사했다. 아무도 맞지 않았다. 모두가 재장전했다. 또 한번 일제사격이 이루어졌다. 총알은 형편없이 표적에서 벗어나며 휘파람소리와 흐느끼는 소리를 냈다. 시끄럽지만 전혀 해롭지 않은 이런 상호작용이 서너 차례 이어졌다.

갑자기 백인 남자 한 무리가 비탈을 달려내려왔다. 그들은 고함을 지르고 포효하며 소총을 휘둘러댔다. 인디언 무리에 혼란과 두려움이 번졌다. 수레에서, 그리고 새로 도착한 구원자들이 주변에 그리고 있는 더 넓은 원에서 퍼부어지는 총탄에 끼인 인디언들은 함성과 비명을 지르기 시작하더니 계곡을 따라 남쪽으로 내달렸다. 새로 온 사람 몇 명이 그들을 쫓아갔지만, 인디언들이 오른쪽으로 방향을 틀어 서쪽 언덕 너머로 사라지자 추격을 중지했다.

바리케이드 안에서는 포옹과 눈물, 기도가 한바탕 이어졌다. 누군가 자비스를 축하했다. 호칸은 헬렌과 소년을 보러 갔다. 아이는 소동에도 방해받지 않고, 놀랍도록 깨끗한 침대에 잠들어 있었다. 호칸은 아이의 이마를 손으로 짚었다. 여전히 미열이 있었다. 헬렌이 호칸의 손에 자기 손을 얹었다. 그 부드러움, 그 경이로움, 그 욕망이 모든 것을 대신했다—세상도, 호칸 자신도. 헬렌은 호칸의 어깨에 머리를 기댔다. 호칸은 엄지로 그녀의 손을 쓰다듬으며, 헬렌이 그 손길을 불쾌하게 여기지 않았으면 좋겠다고 생각했다. 헬렌이 더 다가왔다. 둘의 허벅지가 스쳤다. 그들은 앉아서 소년을 바라보았다. 움직이는 수레 소리는 무시했다.

"호크!"

자비스가 그를 찾았다. 호칸은 모든 용기를 그러모아 헬렌을 보았다. 헬렌의 눈은 여전히 소년에게 닿아 있었지만, 그녀의 얼굴에 떠오른 미소는 호칸을 위한 것이었다.

호칸이 수레에서 내렸다. 자비스는 구원자들을 들이려고 원에 뚫어놓은 구멍에서 호칸을 손짓해 부르고 있었다.

"사람들이 오고 있어. 자네가 여기 있으면 좋겠네."

이민자들은 가족끼리 모여, 기대감에 차서 한 줄로 늘어섰다. 태양이 벌어진 상처처럼 따끔거렸다. 홀레붙은 개 두 마리가 낙심해 경건하게 고개를 들었다. 어린 소년이 카빈총처럼 생긴 막대로 언덕을 쏘았다. 새 몇 마리가 죽은 황소 위쪽에서 원을 그렸다.

"고맙소, 친구들! 어서 오시오! 고맙소!" 남자들이 트인 원으로 들어오자 일행 모두를 대신해 자비스가 소리쳤다.

여자 몇 명이 앞치마 주름을 폈다. 남자 몇 명은 모자를 바로잡았다. 기수들은 조용했다.

"고맙습니다." 자비스는 그 어느 때보다 환하게 다시 말했다. "자. 우리가 뭘 해드릴 수 있을까요?"

"빵. 오랫동안 빵을 먹지 못했다." 지도자가 말했다. 그는 정수리 부분이 종 모양으로 푹 꺼진 모자를 쓰고 있었다. 한편, 그는 은밀한 손짓으로 일행을 특정한 위치에 배치했다.

"누가 좀 가져오게! 빵 말이야!" 자비스가 소리쳤다.

사람들이 잠시 머뭇거렸다. 마침내 여자 두 명이 각자의 수레로 다가갔다. 그들은 치마를 든 채 짧은 보폭으로 걸었다. 기수 중 한 명이 호칸의 옆, 원의 트인 부분에 자리잡았다. 아무도 말을 하지 않았다. 호칸의 발치에 개미집이 있었다. 그는 곤충들을, 그다음에는 하늘을 올려다보고 이어서 자기 옆의 남자를 보았다. 방금까지 쨍한 빛이 이글거리는 하늘을 쳐다보았던 호칸의 눈앞에서 기수의 얼굴은 노란색, 빨간색, 파란색 얼룩으로 춤추며 아롱졌다. 호칸은 눈을 깜빡였다. 춤추는 얼룩이 희미해졌다. 호칸은 다시 눈을 깜빡였다. 춤추는 얼룩이 사라졌다. 그런데도 기수의 얼굴에는 노란색, 빨간색, 파란색 얼룩이 있었다. 물감 얼룩이었다. 호칸은 현기증이 났다. 무릎이 떨렸다. 그는 휘청거리며 개미집을 밟았다. 어린 소년이 막대기 카빈총을 발사했다. 여자들이 치마를 들어올린 채 둥근 빵 덩이를 가지고 작은 보폭으로 돌아왔다. 헬렌이 수레 밖을 내다보며 호칸에게 미소 지었다. 기수가 그녀의 시선을 따라 호칸을 내려다보더니, 호칸이 자신의 노란색, 빨간색, 파란색 물감 얼룩을 보았다는 걸 알아차렸다. 두 남자 모두 서로를 인식한 이 순간 얼어붙었다. 기수는 얼굴에서 물감을 문질러 닦아내고 자기 손가락을 보았다. 원 저쪽에서는 빵을 반으로 가르던 지도자가 이 장면의 마지막 부분을 보았다. 그의 눈이 실금처럼 작아졌다. 그는 빵을 떨어뜨리고, 늘어서 있던 이민자들을 소총으로 겨누었다.

"예후*의 이름으로, 돌격!" 그가 소리쳤다.

그들은 사선에 서 있는 모든 사람을 쏘았다. 무장했든 하지 않았든, 남자든 여자든, 어른이든 아이든. 호칸 옆의 기수는 그 자리에 굳어 있었다. 호칸은 권총을 뽑아 그의 심장을 쏘았다. 두려움에 살갗이 얼얼해졌다. 호칸은 숨을 쉴 수 없을 만큼 겁에 질린 채로 곡물 자루 뒤에 숨었다. 연기. 귓속의 메아리. 기어다니는 실루엣. 말의 울음소리. 겁먹은 개들과 욕심 많은 개들. 고함. 맥동하는 호칸 자신의 피. 현기증.

바로 옆의 언덕 너머에서 가짜 인디언들이 다시 나타나 원 안으로 쏟아져들어오더니, 기수들과 합류해 이민자들에게 총을 쏘

---

* Jehu. 성경 열왕기에 나오는 이스라엘의 왕.

왔다. 인디언 사칭범 중 하나가 가슴에 총을 맞고 호칸 옆에 쓰러졌다. 그는 살아 있었지만 곧 자기 피에 익사했다. 호칸은 그에게로 기어갔다. 축 처진 허파가 그의 갈비뼈 안에서 털썩 떨어지는 소리가 들렸다. 호칸은 마지막으로 얕은 숨을 내쉬는 남자의 푸른 눈을 들여다보았다.

총격이 산발적으로 변했다. 재장전할 시간이 없었다. 총이 칼로, 곤봉으로, 주먹으로 바뀌었다. 팔이 잘린 소년의 아버지가 자기 황소들로부터 몇 걸음 떨어진 곳에 죽어 있었다. 호칸은 세 남자가 헬렌과 헬렌의 남동생이 있는 수레로 기어드는 모습을 보았다. 호칸은 일어서서 수레에서 나온 헐거운 킹볼트를 움켜쥐었다. 인디언 사칭범 중 하나가 그를 방해했다. 그는 칼을 가지고 있었다. 살면서 처음으로, 호칸은 살 속에서, 뼛속에서, 모든 팔다리에서 완전히 펼쳐진 자신의 덩치와 그 덩치에 딸려오는 힘을 느꼈다. 그는 팔을 쳐들고 킹볼트를 휘둘러 남자의 뇌를 쳐 쏟아냈다. 그러고는 칼을 집어든 뒤 수레로 다가가 안을 보았다. 소년의 목이 베어 있었다. 허리 아래로 옷을 벗은 남자 두 명이 헬렌 위로 웅크리고 있었다. 세번째 남자가 그녀의 목에 칼날을 겨누고 있었다. 아무도 호칸을 눈치채지 못했다. 그는 헬렌 위에서 앞뒤로 움직이고 있던 남자를 찔렀다. 칼을 든 남자가 놀라서 헬렌의 목을 그었다. 호칸은 총을 뽑아 둘 모두를 쏘았다.

호칸은 수레 야영지를 중심으로 여전히 짜여나가는 폭력의 소용돌이로 인해 수레에서 끌려나왔다. 그는 비명을 지르며, 약탈자들과 싸우면서 아이처럼 흐느꼈다. 파괴해야 할 눈앞의 몸뚱이 하나하나만을 의식했다. 나중에 호칸은 그날 자신이 한 행위를 뚜렷이 떠올릴 수 없었지만, 어렴풋한 인상은 지속됐다. 그는 권총에 들어 있던 세 발의 총탄 모두를 의미 있게 쓰면서, 비명을 지르느라 일그러지고 붉어진 자신의 얼굴에 대해 생각했던 순간을 기억했다. 양심의 새로운 부분이 생겨났다가, 총의 손잡이로 한 남자의 뇌를 으깨버리며 사라졌던 게 생각났다. 누군가의 간을 칼로 찌르며, 더이상 자기 자신이 아니게 된 순간을 예리하게 기억했다. 그는 자신이 몇 명의 남자들을 죽이고 불구로 만들었다는 걸 알았지만, 머릿속에 가장 생생하게 남아 있는 것은 각각의 행동과 함께 찾아온 슬픔과 무의미의 감각이었다. 지킬 가치가 있는 사람들은 이미 죽었고, 그의 살인 하나하나는 자기 보존을 위한 그의 투쟁을 정당화하기 어렵게 만들었다.

그들은 취해 있었다. 노래 한 곡이 계속해서 돌아와 그들의 시끌벅적한 장광설을 끊어놓았다. 호칸은 단어를 알아들을 수 없었지만, 어떤 이유에서인지 그 소리를 듣자 결혼식이 생각났다. 그들이 호칸의 머리에 화환을 얹고 그걸 왕관이라고 불렀다. "호크를 위하여." 그들은 매번 술을 마시기 전에 그렇게 소리쳤다. 자비스는 호칸이 그들과 함께 축하해야 한다고 고집을 부렸고, 호칸은 고약한 유리병을 입술에 대고 한 모금 마시는 시늉을 하는 것으로만 그를 막을 수 있었다. "매를 위하여!" 호칸은 불길이 오직 그의 시선만을 연료로 삼아 타고 있다는 듯 불을 바라보았다.

땅은 단단하고 바위투성이였다. 그들은 죽은 자들을 얕은 무덤에 묻었다. 부모와 배우자를 잃은 사람들은 각자의 흙더미를 바라보았다. 호칸은 헬렌을 나머지 무덤과 멀리 떨어진 곳에, 그녀의 가족과 함께 두었다. 헬렌의 이마에 입술을 대려다가, 그녀가 죽은 지금 입맞춤이 더욱 쉽게 느껴진다는 걸 깨닫고 역겨워졌다.

적들은 썩도록 내버려두었다. 대부분은 호칸의 손에 죽었다. 자비스는 약탈자들이 근접전에서 이길 가망이 없다는 걸 알고 바로 퇴각했다고 말했다. 호칸 덕분이라고 했다. 호칸 때문에 놈들은 약탈에 지나치게 비싼 값을 치르게 되었다던가. 뭐 그런 비슷한 말이었다. 호칸은 확실히 기억나지 않았다. "호크를 위하여!"

그들은 남겨진 유일한 생존자를 취조했다. 호칸은 죽어가는 남자가 하는 말 대부분을 알아들었다. 그는 천천히, 숨을 고르느라 오랫동안 쉬어가며 말했다.

"예후의 군대. 분노의 천사. 우리는 더 많다." 그가 반항하듯 말했다.

"어디에?" 자비스가 물었다.

"예언자의 의병. 우리는 언제라도 분지 가장자리에서 너희를 꺾을 거다. 너를. 저주받은 다른 모든 기독교인들도. 너희 대장도. 가장자리 너머에서. 형제들이."

"어디서? 다른 형제들이 어디에 있는데?" 자비스가 고집스럽게 물었다.

남자가 미소 지었다.

"우릴 왜 공격하지? 우리한텐 아무것도 없어. 우린 가난해." 이민자 중 한 명이 말했다.

"예언자께서 말씀하셨듯 가난한 자는 세 종류가 있다." 고통에 지쳐 있었는데도 남자는 아직 말할 수 없는 단어에 기쁨을 느끼는 게 분명했다. 그가 기침하며 쌕쌕거렸다. "예언자께서는 말씀

하셨다. 가난한 자에는 세 종류가 있다. 주님의 빈자, 악마의 빈자, 가난한 악마." 그가 웃으며 기침했다.

"여기, 이 사람이 널 고쳐줄 수 있다." 자비스가 호칸을 가리키며 말했다. "말해."

"가장자리 너머에서."

남자는 뭔가에 가로막힌 듯한 기침을 연달아 하더니 밤하늘을 바라보고, 걸쭉한 검은 피를 한 움큼 토하고는 죽었다.

빛나지 않는 빛이 동쪽에 떠다녔다. 야영지 여기저기에 흩어진 채, 희미해져가는 잉걸불 옆에서 잠들어 취기를 떨쳐내는 이민자들의 몸뚱이에는 어쩐지 불길한 면이 있었다. 여자 몇 명은 이미 일하고 있었다. 쓰러진 공격자들의 말은 다리를 밧줄로 묶어 한데 모아두었다. 호칸은 그가 죽인 첫번째 남자의 것이었던 구렁말을 발견했다. 그는 등자를 조절하고, 말을 데리고서 짐을 실은 자신의 당나귀에게로 다가갔다. 자비스가 근처에 누워 있었다. 호칸은 그의 옆에 총을 놔두었다. 여자들은 일하다 말고 보닛의 검은 구멍으로 호칸을 바라보았다. 호칸은 말에 올라 천천히 멀어져갔다.

13

과연 언젠가는 리누스에게 그가 한 일을 털어놓게 될까? 호칸은 형의 잘난 척하는 이야기, 영웅적인 업적과 용기의 과시로 가득한 그 이야기들을 떠올렸다. 리누스가 그의 살인에 감동할 거라는 생각만으로도 슬퍼졌다. 직접 폭력을 경험한 지금, 호칸은 그 모든 어린 시절의 이야기가 지어낸 게 틀림없다는 것을 깨달았다. 그 누구도 그토록 야만적인 행위를 그토록 경박스럽게 저지르거나 목격할 수는 없었다. 호칸은 형이 유혈사태에 그토록 가벼운 즐거움을 느꼈다고 조금이라도 생각하느니 그 이야기들이 거짓말이었다고 생각하고 싶었다. 어느 쪽이든, 리누스의 거짓말 혹은 즐거움에 처음으로 형의 이미지가 어두워졌다. 하지만 너무도 많은 시간이 흘렀다. 리누스에게도 아주 많은 일이 일어났을 게 틀림없었다. 당연히 지금쯤 리누스는 다른 사람이 되었을 것이다. 그 새로운 인간은 동생의 죄악에 대해 뭐라고 생각할까? 호칸은 자신이 죄를 저질렀다고 믿었다. 존재감이 점점 흐릿해졌기에 더이상은 생각도 나지 않는 신에게 죄를 지은 게 아니라, 호칸이 너무도 최근에 입문했다가 겨우 몇 달 만에 완전히 훼손해버린 인체의 신성성에 죄를 지었다. 이런 훼손에는 어떤 예외도, 핑계도, 희석도 있을 수 없었다—아무리 헬렌 때문이라도. 게다가 그는 헬렌도 구하지 못했다. 그런 살육으로 호칸은 무엇이 되어버린 걸까? 어떤 존재가 될까?

다른 사람들을 보고 싶지 않았기에, 호칸은 이민자들의 행렬로부터 남쪽으로 며칠 떨어진 거리에 있는 평행한 선을 따라 동쪽으로 이동하며 물자가 떨어질 때만 행렬로 다가가기로 했다. 하지만 이런 행로에 오래 머물지는 않았다. 호칸의 정신은 길을 헤매곤 했고, 변덕스러운 행로를 정한 건 대체로 그의 말이었다. 그들 셋―당나귀와 말, 기수―은 종종 평원 한가운데에 그냥 서 있었다. 이따금 한숨을 쉬거나 곤충을 쫓으려고 대강 손을 저을 때를 제외하면, 그들은 가만히 서서 허공을 바라보았다. 갈색 평면, 푸른 벽. 자신의 동물들에게서, 그들의 평온하고도 슬픈, 눈이 툭 불거진 시선에서 호칸은 입을 쩍 벌리고 공간을 들여다보는 방법을 배운 듯했다. 동물들의 멍한 표정에, 호칸은 처진 아래턱을 더했다. 그들은 아무것도 아닌 것에 완전히 몰입해 그냥 서 있었다. 시간이 하늘에 녹아들었다. 풍경과 구경꾼 사이에는 별다른 차이가 없었다. 서로 안에 존재하는, 무감각한 것들. 그러다 갑자기, 호칸은 오랫동안의 혼미한 상태에서 빠져나와 나침반을 살펴보고 다시 출발하곤 했다. 그래 봐야 잠시 후에는 공허한 생각에 빠져 다시 한번 통제권을 구렁말에게 넘겨줄 뿐이었지만. 그는 거의 먹지 않았다―육포, 비스킷 하나. 밤에 피운 불은 작았다. 잠도 거의 오지 않았다. 그는 시간을 전혀 헤아릴 수 없게 되었고, 자신이 어디에 있는지도 확실히 알 수 없었다. 그래도 그는 행운과 추가적인 노력만 있으면 몇 주 안에 뉴욕에 다다를 수 있으리라고 믿었다. 그런데도 빨리 가고 싶다는 욕망은 느껴지지 않았다. 호칸의 생각은 점점 약해지다가 그의 의식을 흐리는 짙은 안개 속의 무력한 경련이 되었다. 그의 이성은 점점 조용해져 웅얼거리는 소리가 되었다가 마침내 멎었다.

호칸은 적극적으로 모든 것을 삼키는 공허함에 압도되었다. 부식성 그림자가 진행중인 세상을 지워버렸다. 평화와는 아무런 관련이 없는 고요함, 완전한 황폐함을 욕망하는 왕성한 침묵, 모든 것을 식민화하는 전염성 강한 허무. 그 소리 없고 황량한 자취 속에 남겨진 것이라곤 거의 감지할 수 없는 진동뿐이었다. 하지만 다른 모든 것이 존재하지 않는 가운데 희미하게 윙윙거리는 그 소리만큼은 견딜 수가 없었다. 호칸은 그 소리를 멈추게 할 의지도(행로를 유지하거나 음식을 요리하는 등 목적의식을 띠고 수행하는 단순한 과업이라면 충분했을 것이다), 그것을 견뎌낼 힘도 없었다. 호칸은 박박 긁어낼 수 있었던 의식의 마지막 찌꺼기로 물이 약간 있고 괜찮은 목초지로 둘러싸인 그럭저럭 쾌적한 장소를 찾아냈다. 그는 말과 당나귀를 긴 밧줄에 매고 양철 상자를 짐에서 내린 뒤, 그 안에 보관한 작은 유리병 중 하나에 들어 있던 로리머의 진정제 몇 방울을 썼다.

잠깐은―너무도 짧은 시간이었다―그가 중요하지 않게 되었고, 그 사실조차 중요하지 않았다. 하늘이 있었다. 몸뚱이가 있었다. 그 몸뚱이 아래의 행성도. 그 모든 것이 사랑스러웠다. 그것도 중요하지 않았다. 호칸은 한 번도 행복한 적이 없었다.

그것도 중요하지 않았다.

당나귀는 스핑크스처럼 호칸 옆에서 몸을 뻗었다. 호칸은 당나귀가 눕는 모습을 한 번도 본 적이 없었으므로 꿈이라고 생각했다. 그들은 서로를 보았다. 지평선에서 새벽이 흥얼거렸지만, 오늘의 해가 뜨기까지 몇 번의 밤이 지났는지는 알 수 없었다. 찌르는 듯한 태양의 화상이 뼛속까지 이르렀다. 주변의 사물—덤불, 동물, 그의 발—을 규정하는 선은 깨지기 쉬웠다. 몸이 얼얼하고 텅 빈 것처럼 느껴졌다. 그는 연못으로 걸어가 흐리고 뿌연 물을 마셨다. 동물들에게 필요한 모든 것이 있는지 확인한 뒤 육포 조금과 설탕 한 덩이를 먹었다. 담요와 안장, 가방 몇 개로 햇볕을 막을 단순한 은신처를 지었다. 그 아래로 기어들어가 진정제를 한번 더 먹었다.

이번에는 무관함의 축복을 경험하지 않았다. 그냥 의식이 꺼졌다. 눈이 뒤로 넘어갔지만, 어둠 속에서도 눈으로 볼 수 있다는 걸 알고 놀랐다. 눈은 호칸의 두개골 안쪽을, 그 자신의 뇌를 들여다보았다. 보는 과정과 관련되지 않은 인지능력의 일부로, 호칸은 자신의 뇌가 그 뇌와 연결된 눈으로부터 이미지를 받아들이고 있다는 걸 이해했다. 뇌는 잠깐 시간이 흐른 뒤에야 이 상황이 얼마나 특별한 것인지 이해했다.

'자기 모습을 본 뇌가 어디 있어?' 뇌는 생각했다.

또 뇌는 자신의 주름과 색깔, 질감이 독특하면서도 과거에 연구했던 다른 어떤 인간의 뇌와도 완전히 다르다고 생각했다. 잠깐, 뇌는 뇌 안에 들어 있는 자신의 이미지를 보는 이 혼란스러운 상황이 현기증이 나는, 심지어 즐거운 일이라고 생각했다. 그러다가 뇌는 주의를 기울여 배워야겠다고 생각했다. 그 생각과 함께 뇌의 표면은 회색에서 갈색으로 변했다. 진줏빛 파도는 형태를 유지하면서도 곤두선 둔덕이 되었고, 끈적거리던 표면은 흙과 산쑥으로 거칠어졌다. 버펄로 무리가 눈 뒤에서 나와 느릿느릿 언덕을 가로질렀다.

이제 호칸은 자신이 꿈을 꾸고 있다는 걸 알고 관심을 잃었다. 그는 소멸의 상태로 가라앉았다.

불안정한 은신처가 무너지며 담요가 호칸의 상체에 저절로 감겼다. 미끄러운 땀이 가슴과 목을 찔러왔다. 오후였다. 어느 오후. 연못이 줄어들어 소금기가 있는 웅덩이가 되었다. 별다른 이유 없이, 호칸이 지금까지 며칠 동안 지내온 익숙한 땅뙈기가 이제 그를 아프게 했다. 그는 머물고 싶지 않았으나 계속 나아갈 의지도 없었다. 무감정에서 빠져나올 유일한 방법은, 호칸이 생각하기에 진정제를 몇 방울 더 써서 자기 자신을 꺼버림으로써 무감정에 더 깊이 들어가는 것이었다. 하지만 동물들에게 줄 물이 없다는 사실이 더이상의 부재를 불가능하게 만들었다. 호칸은 약하고 불안정한 손길로 당나귀에 짐을 싣고 말에 안장을 채운 다음, 햇볕과 땀, 벌레 물린 자리에 가려워하며 길을 나섰다. 얼굴을 긁다가 턱수염이 이제는 무성하게 잔뜩 자랐다는 것을 깨달았다.

다음날 아침, 흙은 서리로 단단해져 있었다. 하늘이 낮아졌고 태양은 우유부단했다. 호칸은 이민자들이 따뜻한 계절을 골라 여행한다는 것과 그들의 길이 곧 버려지리라는 걸 알았다. 겨울이 찾아오기 전에, 남은 여행에 쓸 식량을 구하러 북쪽으로 갈 시간이었다. 그는 가는 길에 힘과 선명한 정신을 되찾기를 바라며 한가롭게 말을 탔다. 차가운 공기가 머릿속을 갈랐다. 매일 저녁, 호칸은 제대로 된 저녁식사를 했고 잠을 잘 잘 수 있도록 주위를 따뜻하게 했다. 해가 뜨면 떠났다. 동물들의 힘을 아끼기 위해 늘 서두르지 않는 속도로 움직였다. 전혀 예상하지 않는 순간에, 아무 소리 없는 폭발음처럼 살육의 장면들이 압도적으로 생생하게 그를 후려치며 주변의 물리적 현실을 지워버렸다. 호칸은 종종 그날 있었던 사건 몇 가지를 자기도 모르게 재연했다(말을 타고 가다가 갑자기 보이지 않는 칼을 휘두르거나 손등으로 눈을 가리거나 비명을 지르거나 몸을 숙였다). 행렬을 떠난 이후로 느꼈던 지속적인 진동, 그 윙윙거리는 소리가 아직 존재했지만 이제는 그 소리를 누르고 자신의 생각과 목소리를 들을 수 있었다.

호칸이 얼마나 오랫동안 혼자 지내왔는지 알 방법은 없었다. 길고도 공허한 기간, 약물의 영향을 받으며 보낸 나날, 전반적인 멍함에 모든 계산이 무의미해졌다. 하지만 공기가 식고 날이 짧아진 것으로 보아, 몇 주 동안은 헤매고 다닌 듯했다. 그는 추위가 결정적으로 자리잡기 전에, 마지막까지 행렬에 남아 있을 낙오자들을 따라잡을 수 있도록 속도를 높였다. 며칠 뒤에는 빈약한 행렬의 끊어진 선이 눈에 들어왔다. 그는 천천히 행렬로 다가가 수레 곁에서 한동안 말을 달렸다. 이민자들과는 몇백 걸음쯤

거리를 두었다. 행렬은 사람 수가 훨씬 적었고, 몇 달 전과는 달리 일행 사이에 충분한 공간이 있었다. 어느 정도 시간이 지나 이민자들이 그가 혼자이고 해롭지 않다는 걸 알게 되자 호칸은 행렬 쪽으로 방향을 틀었다. 그때쯤 호칸은 평원에서 낯선 사람이 어떤 느낌을 주는지 잘 알고 있었다. 자신의 복장이, 그리고 무엇보다도 자신의 키가 불러일으키는 반응에도 익숙해져 있었다. 하지만 이번에는 뭔가 달랐다. 평소의 당혹감 사이로 한줄기 인식이 흘러갔다. 사람들은 과거를 꿰뚫어보려는, 눈을 가늘게 뜬 특유의 시선으로 호칸을 보았다. 정확히 이유를 짚을 수는 없어도 어쩐지 그를 익숙하게 여기는 듯했다. 한편 남자 몇 명은 삽과 도끼를 들고 모여 섰다. 몇 명은 소총을 가져왔다. 여자들이 아이들을 모아들였다. 무장한 이민자 한 무리가 말에 올라 호칸을 마중하러 왔다. 그들이 다가오자 호칸은 두 손을 들고, 말을 탄 채 원을 그리며 자신이 무장하지 않았다는 걸 보였다. 그들은 서로 신중하게 거리를 두고 멈춰 섰다.

"당신이 호크요?" 한 남자가 물었다.

이 몇 마디 말로 현실이 뒤집혔다. 어떻게 이럴 수가 있을까? 황야에 나온 이 남자들이 어떻게 그의 이름을 알 수 있을까? 놀라움의 파도가 안에서부터 호칸의 피부를 간지럽히다가, 끔찍한 깨달음에 길을 내주며 흩어졌다. 아마 그가 한 짓에 대한 이야기가 자비스 일행으로부터 이민자들의 행렬로 전해져, 이 수레에서 저 수레로 전달된 모양이었다. 진실만으로도 끔찍했지만, 전달되는 과정에서 이야기가 어떻게 왜곡되었을지 또 누가 알겠는가? 호칸은 어떻게 반응해야 할지 몰랐다. 거짓말은 가망이 없었다.

호칸의 외모가 너무 두드러졌으니까.

"호칸." 그가 대답했다. "나는 호칸이다."

"그래, 호크." 누군가가 대답했다. "당신이 그 모든 사람을 죽였지."

호칸은 시선을 떨어뜨렸다. 살인 이후 처음으로, 그는 고통과 죄책감이 아닌 무언가를 느꼈다. 그는 수치스러웠다. 수치심이 그토록 타는 듯이 느껴지지만 않았더라도, 고통이 수치심으로 바뀌었다는 데 안도감을 느꼈을지 모른다. 부끄러움, 창피함, 더러움. 모두의 앞에서 더럽혀진 느낌.

"문제삼고 싶지는 않소." 남자 중 한 명이 떨리는 목소리로 말했다.

"무슨 소리야? 이 사람은 영웅이라고!" 다른 누군가가 더 확신에 찬 목소리로 말했다. "거기서 당한 게 우리의 딸일 수도 있었어!"

열띤, 그러나 숨죽인 토론이 이어졌다. 호칸은 고개를 들 수 없었다. 벌거벗은 채 더럽혀지는 느낌이었다. 그는 한 번도 시선을 들지 않은 채 돌아서서, 손을 들어 말을 도닥인 뒤 당나귀를 데리고 구보로 떠났다. 잠시 후, 그는 소수의 기수들에게 따라잡혔다. 그들 모두가 멈추었다. 호칸의 타오르는 얼굴은 계속 땅을 보고 있었다. 기수들은 물자가 든 자루 몇 개를 호칸의 말 옆에 놓아두고는, 그 악당들을 처치해준 호칸에게 감사인사를 전한 뒤 행운을 빌어주고 각자의 가족에게로 돌아갔다.

14

호칸은 몸싸움으로 말과 당나귀를 쓰러뜨리는 방법을 배웠다. 그 동작은 뺨을 동물의 목에 갖다대며 포옹처럼 시작됐다. 그런 다음에는 온 몸무게를 실어 동물을 아래로, 옆으로 누르는 동시에 다리로 동물의 앞쪽 무릎 중 하나를 억지로 굽혔다. 처음에는 다툼이 있었지만, 시간이 지나자 짐승들은 포옹과 가벼운 떠밀기만으로도 옆으로 누워 호칸이 일어날 때까지 그대로 있어야 한다는 것을 이해했다. 호칸은 둥그런 지평선 위로 누군가의 모습이 엿보일 때마다 그렇게 했다. 호칸과 그의 짐승들이 눈에 띄었다 해도 멀찍이 떨어진 여행자들은 사라지는 실루엣을 신기루로 생각했을 것이다. 하지만 그런 여행자들은 없었다. 호칸이 멀리서 거의 매일 보았던 움직이는 그림자들은 환영이었다. 그는 이민자 행렬에서도, 추위에서도 벗어나려는 이중의 의도를 가지고 며칠

간 남쪽으로 이동했다. 어떤 정착지나 오솔길도 지나지 않았고, 덫 사냥꾼이나 채굴자, 인디언의 흔적도 없었다. 몇 주 동안 눈에 보이는 인간의 형태라고는 호칸 자신의 손끝과 발끝, 그리고 그 자신의 그림자뿐이었다. 주위의 평원은 어떤 매복이나 기습도 허락하지 않았다. 소리는 얼어붙을 듯한 공기를 통해 더 멀리까지 전달되는 듯했다. 호칸의 눈을 벗어나는 무언가가 있다 한들 그의 귀에는 금방 들어왔다. 가장자리가 없는 평원에서 호칸의 고독은 완전했다. 그래도 걱정스러웠다. 지평선에 아주 조그만 동요라도 일면, 덤불숲에서 아주 약하게 부스럭거리는 소리라도 나면 호칸은 동물들과 함께 엎드렸다. 그들은 땅에 귀를 붙이고, 코에는 흙이 들어간 채 조용히 있었다. 호칸은 말의 목이라는 살아 있는 가죽 아래에서 느껴지는 맥박을 통해 시간을 헤아렸다. 맥박이 최소 백 번 뛰고 나면(위협이 심각하다고 생각되면 그 두 배를 기다렸다) 고개를 들었다. 그러면 셋은 다시 일어서서 행진을 시작했다.

자신과 자신이 한 행위에 대해 아는 사람을 만날지도 모른다는 두려움이 너무 커서, 호칸은 동물들과 함께 몸을 피하게 만드는 환각 같은 그림자 외에도 사방에서 인간의 흔적을 보기 시작했다. 부러진 잔가지(산쑥이 가득한 스텝 지대에는 부러진 잔가지가 많았다)는 호칸에게 기수가 지나갔다는 신호였다. 상당히 규칙적인 패턴(호칸은 사방에서 패턴을 보았다)에 따라 놓인 돌멩이 몇 개는 바람에 재가 흩어지고 남은 모닥불을 의미했다. 잡초가 없고 희끄무레한 땅의 자취(그런 자국은 평원 사방에 줄무늬를 만들었다)는 오솔길로 받아들였다. 쇠풀 다발에 생긴 제대로 그려진 원형 자국(호칸의 종잡을 수 없는 생각이 평원 전체에 무수히 많은 원을 그렸다)은 둥글게 배치한 수레들 안에서 풀을 뜯도록 소떼를 풀어놓았다는 의미였다. 호칸은 하루에도 몇 번씩 말에서 내려 마른 배설물을 집어들고, 그게 말의 똥이 아닌지 확인했다. 혹시라도 그게 말의 배설물이라면, 얼마나 오래된 것인지 살폈다. 그는 시체와 표백된 뼈를 살펴보며, 그 몸뚱이가 인간의 방식으로 도륙되었다는 증거를 찾아보았다. 호칸이 늘 아무 냄새가 나지 않는다고 느끼던 공기는 이제 옥수수빵에서부터 화약에 이르기까지 온갖 종류의 인간 냄새를 실어나르는 듯했다. 수많은 것들이 호칸의 현실이라는 권역을 벗어나거나 이제 막 침범하려는 듯했다. 다가오는 추위와 함께 땅은 더욱 단단해졌고, 익숙한 이끼가 감싸주던 발소리와 발굽소리에는 이제 나무 같은 울림이 생겼다. 호칸은 방수포로 주머니 여덟 개를 만들어 건초와 오래된 넝마로 채운 뒤 말과 당나귀의 발을 그것으로 싸고 주머니 입구를 녀석들의 발목에 동여맸다. 이 장화로 발굽소리는 들리지 않게 되었다. 그래서 여행은 실현되지 않은 이념처럼 가벼워졌다. 대체로 호칸은 두 발을 한쪽 옆으로 늘어뜨린 채, 한쪽 귀를 앞으로 향하게 하고 말을 탔다. 아무 소리도 들리지 않는 평원에서 다른 여행자들의 소리를 들으려 애썼다. 처음에는 황량하고 동질적이라 도저히 꿰뚫을 수 없을 것처럼 보였고 그다음에는 지식의 원천으로 보이던 평원이 이제는 암호화된 표면, 단 하나의 의미를 가리키는 기호 메시지로 가득한 곳이 되었다. 단 하나의 의미란, 타인의 존재였다. 썩고 오염된 상태에 놓인 호칸을 볼 인간의 존재. 그들은 언제나 지평선 바로 너머에 있었다. 겨울도 마찬가지였다.

이민자 행렬의 마지막 낙오자들과 우연히 만나는 일을 피하고 비교적 온화한 날씨를 찾고자 호칸은 남쪽으로 향했다. 방향은 언제나 살짝 동쪽으로 기울어 있었다. 겨울은 먼 곳에서 몸을 움츠렸다가, 어둠과 얼음으로 이루어진 소용돌이로 작디작은 기수를 망가뜨리고 쓰러뜨릴 태세로 평원 위로 솟구치는 거인이었다. 이미 그 거대한 파도가 드리운 그림자가 호칸을 따라잡았다. 낮이 짧아졌다. 태양은 권위를 잃었다. 갈색 풀은 서리로 아삭거렸다. 장작은 부싯깃에 면역이 생겼다. 물이 유리 거미줄 아래에서 찰랑거렸다. 사냥감은 희귀해졌다. 식량을 나눠두어야 했다. 호칸은 병을 앓게 하는 다양한 식물을 먹은 끝에, 칼자루로 짓이겨 달고 쏩쓰름하며 약간 짠맛이 나는 곤죽으로 만들 수 있는 즙이 많은 줄기를 발견했다. 그 식물을 보니 호칸의 평생 동안 어머니가 딱 세 번, 엄청나게 격식을 차려서 주었던 감초 사탕이 떠올랐다. 호칸은 그 감초 사탕을 좋아하는 척했었다. 한동안은 귀뚜라미를 먹었지만, 머잖아 공급이 거의 끊어졌다. 결국 추위가 찾아오면서 귀뚜라미는 완전히 사라졌다.

인디언들이 만들어준 뒤죽박죽 겉옷을 감쌀 것이라고는 담요 몇 장밖에 없었기에, 모피가 곧 고기만큼 귀중해졌다. 대부분의 동물은 겨울을 맞아 남쪽으로 이동하거나 구멍에 틀어박혔지만 개와 설치류, 고양잇과 동물 몇 마리는 허기와 절망으로 눈이 툭 불거진 채 정처 없이 돌아다녔다. 호칸은 올가미 덫을 이용해 처음으로 오소리와 쥐를 잡았다. 묵직한 돌을 가지고 털과 살덩어리로 으깨버린 비교적 작은 동물들—호칸의 사냥감 대부분이 그

런 동물이었다―은 가죽을 벗기기가 어려웠고 먹을 수도 없었
다. 어느 날 오후, 호칸은 유독 심하게 망가진 토끼를 버리려다가
아버지의 아교풀을 떠올렸다. 일 년에 몇 번씩, 아버지는 죽은 짐
승의 가죽과 시체를 모아서(대체로 집 주변에 친 덫으로 잡은 쥐
와 산토끼였지만, 한번은 숲에서 찾은 썩어가던 엘크의 일부를
활용하기도 했다) 가죽을 긁어낸 다음, 물을 최소한으로만 부어
가며 깎은 털을 뼈, 꼬리, 힘줄과 함께 이틀쯤 끓였다. 그러면 모
든 것이 줄어들어 송진과 크게 다르지 않은 끈적끈적한 시럽으로
변했다. 그런 뒤 아버지는 뼈를 제거하고 그 풀을 사소한 수선에
썼다. 한번은 아버지가 결과물에 유독 만족스러워하며 리누스에
게 그 혼합물로 이어붙인 널빤지 두 개를 쪼개보라고 했다. 리누
스는―어른 취급을 받아 우쭐한데다가 기꺼이 힘자랑을 하고 싶
어서―널빤지를 집어들었고, 딱히 눈에 띄는 노력도 들이지 않
고 뚝 떼어내버렸다. 너무 순식간에 벌어진 일이라 힘을 쓸 준비
를 하면서 크게 들이마셨던 숨을 내쉬지도 못했다. 처음에는 놀
랐지만, 리누스는 자랑스럽게 미소 지었다. 그러다가 고개를 들
고 아버지의 얼굴을 보았다. 아버지는 아이들에게 쓰레기를 치
우라고 하더니 돌아서서 가버렸다. 풀은 나무를 붙일 만큼 강하
지 않았지만, 호칸은 그것을 작은 사냥감을 잡는 데 쓸 수 있을지
도 모른다고 생각했다. 풀을 만들 때 가장 어려운 점은 내내 불
을 피워두는 것이었다. 장작이 부족하고 바람이 강한 것만이 문
제가 아니었다. 가장 큰 문제는, 불을 피웠다가는 눈에 띌 가능성
이 커진다는 사실이었다. 연료를 모으며 보낸 이후의 며칠 동안
호칸은 담요, 그리고 바람으로부터 불을 가려줄 뿐 아니라 어둠

속에서 빛을 가려준다는 이중의 장점이 있는 방수포를 이용해 막을 만들었다. 깎은 털과 곤죽이 된 사냥감 찌꺼기를 거의 이틀간 끓인 뒤 풀을 방수포에 붓고 비스킷 미끼를 놓았다. 첫번째 희생양인 땅다람쥐는 탈출에 성공했다. 두번째 땅다람쥐도 끈적끈적한 덫에서 풀려났지만, 속도가 느려졌다. 호칸이 녀석의 머리를 깔끔하게 후려칠 수 있었다. 대부분의 동물은 발밑에서 느껴지는 갑작스러운 걸쭉함에 혼란스러워하기는 했어도 비스킷을 가지고 도망치는 데 성공했다. 호칸은 실망했지만 실패할 때마다 아버지와 가까워진 느낌이 들었다. 시간이 지나면서 그는 올가미 덫과 풀(풀은 일단 식혀놓으면 여러 번 녹여서 다시 쓸 수 있는 호박색 덩어리가 되었다)로 상당수의 프레리도그와 페럿, 족제비, 오소리, 쥐, 토끼, 심지어 작은 개까지 잡을 수 있었다.

그는 가죽으로 코트를 만들기 시작했다. 로리머의 감독을 받으며 했던 수많은 해부 덕에 호칸은 뛰어난 갖바치가 되었다. 몇 군데밖에 구멍을 뚫지 않았는데도 모피가 몸체에서 거의 미끄러지듯 떨어져나왔다. 꼭 모피에 비단 안감이 대어져 있고, 모피가 덮고 있는 살점은 밀랍으로 만들어진 것만 같았다. 때로는 빈 가죽을 거의 온전하게 남길 수 있었는데, 그러면 가죽 안의 몸이 그냥 녹아서 증발한 것만 같은 느낌이 들었다. 호칸은 사냥감의 가죽을 벗긴 뒤 가죽에서 살점과 지방을 긁어내고, 말의 안장주머니나 당나귀의 엉덩이 위에 건조되도록 펼쳐놓았다. 남편들이 술에 취해 뻗어 있는 동안 버펄로 가죽을 햇볕에 말리던 인디언 여인들을 떠올린 호칸은 새로 잡은 동물의 뇌를 뻣뻣한 모피에 문질러 모피를 부드럽게 만들었다. 대부분의 뇌는 너무 작아서, 으깨어 물과 섞었다. 가물었던 기간에 호칸은 자신의 소변을 사용하는 게 더 나은 결과로 이어진다는 걸 알게 되었다.

비교적 큰 동물의 건조된 힘줄은 좀 두드리면 쪼개져 섬유가 되었다. 호칸은 그 섬유를 갈라서, 수술용 바늘을 가지고 무두질한 서로 다른 가죽을 꿰매 붙이는 실로 썼다. 이 과정(사냥, 무두질, 실 만들기, 꿰매기)은 느렸고, 첫눈은 이미 내린 뒤였다. 총이 없으니, 멀리서 호칸이 남겨놓은 시체를 먹고 있다가 가끔 눈에 띄는 마지막 곰이나 큰 고양잇과 동물을 잡을 가망은 없었다. 한번은 호칸이 몸에 피를 칠한 뒤 누워서 다친 척했다. 그의 뒤를 밟고 있는 살쾡이를 칼로 찌를 수 있으면 좋겠다는 바람에서였다. 살쾡이는 다가오지 않았다. 하지만 그리 여러 날이 지나지 않아, 그보다 나은 무언가가 이 실패를 보상해주었다.

땅에 닿기 전에 녹아버리는 가벼운 눈송이 너머로 아기 울음소리가 들렸다. 늘 그랬듯, 호칸의 첫 반응은 말과 당나귀를 몸싸움으로 쓰러뜨리는 것이었다. 울음은 안개 속에서 계속되었다. 작고 가뿐한 눈이 호칸의 얼굴 위쪽을 맴도는 차가운 후광처럼 느껴졌다. 그 빛이 그의 뺨 아래에서 움찔거리는 말의 근육으로부터 나오는 따뜻한 빛과 대조를 이루었다. 남자나 여자의 목소리는 들리지 않았다. 굴레가 잘그랑거리는 소리나 스프링이 삐걱거리는 소리도 나지 않았다. 수레가 우르릉대는 소리나 동물의 발굽소리도 없었다. 그냥 외로운 울음뿐이었다. 말이 초조해했지만, 호칸은 목을 눌러 녀석이 누워 있도록 했다. 긴 시간이 지났다. 울음은 멈추지 않고 언제나 흰 안개 속 같은 자리에서 들려왔다. 그 울음을 제외하면 완전한 침묵이었다. 눈이 그쳤다. 안개가 짙어졌다. 호칸은 쥐가 나고 젖은 몸으로 일어서서 말에 오른 뒤 기어가는 구름 속으로 말을 달렸다. 한 걸음 갈 때마다 울음소리가 더 커졌다. 평원은 안개가 밀어내는 대로 줏대 없이 밀려났다. 호칸은 칼을 꺼냈다. 움직일수록 완전한 흰색이 희미해져 현실이 되었다. 그러다가 어떤 덤불의 약간 꺼진 곳에서 사자 한 마리가 형태를 갖추었다. 놈은 눈이 내려 색이 밝아진 자기 피 웅덩이에 누워 있었다. 그 옆에서 눈도 뜨지 못한 새끼가 울부짖고 있었다. 녀석의 목이 쉬어갔다. 호칸은 말에서 내렸다가, 쿠거가 뒤집힌 채 태어난 두번째 새끼를 낳던 도중 죽었다는 걸 즉시 알아차렸다. 그 새끼는 아직도 반쯤은 산도에 끼어 있었다. 호칸은 어미를 굴려 뒤집고, 울고 있던 새끼에게 어미의 젖을 물렸다. 뻗어 있는 뒷다리부터 머리까지 합하면 사자는 호칸보다 키가 컸다. 새끼는 탐욕스럽게 젖을 빨았다. 잠시 후, 녀석은 아무것도 나오지 않는다는 걸 깨닫고 다시 울기 시작했다. 호칸은 사자의 젖을 짜보려 했다. 그런 다음 식량을 뒤져 자기가 가지고 있던 모든 것을 새끼에게 주었다. 육포, 설탕물, 다양한 동물의 말린 고기, 귀리, 베이컨, 적신 비스킷. 이제 새끼의 절망적인 울음에서 분노의 감정이 들렸다. 호칸은 자기 아래팔에 상처를 내고 새끼의 주둥이에 피를 갖다댔지만, 녀석은 피를 맛보지 않으려 했다. 호칸은 울고 있는 입을 들여다보고 굴곡이 진 입천장과 날카롭고 작은 이빨, 분홍빛 혀에 돋친 흰 비늘을 보았다. 빈 뱃속에서 나오는 깨끗한 숨의 냄새를 맡았다. 그런 다음 호칸은 녀석의 촉촉한 눈을 들여다보며 목을 비틀었다. 어미와 새끼 모두 가죽을 벗겼다.

호칸의 동물들은 지쳐 있었고 먹을 것을 제대로 먹지 못했다.

그러나 호칸은 북쪽에서 다가오는 추위보다 빠르게 달리는 것 말고는 희망이 없다는 걸 알고 있었다. 그는 동쪽으로 가겠다는 꿈을 아주 작은 부분까지 모두 포기했다. 지속적인 돌풍 때문에 걸어간다기보다는 넘어지는 것 같은 기분이 들었다. 얼굴이 바람에 그을렸다. 두 손에는 딱지가 생겼다. 두 발은 동상에 걸렸다. 말은 고개를 낮게 숙여, 거의 가슴에 닿도록 구부린 채 걸어갔다. 때때로 호칸은 멈춰 서서 방향을 틀고, 머릿속에 단 한 가지 생각을 할 공간조차 남겨주지 않는 무자비하고 귀청이 떨어질 듯 시끄러우며 광기어린 바람을 피해야 했다. 불을 피울 방법은 전혀 없었다. 호칸은 사자 가죽으로 몸을 감싸고 잤다. 그걸로 부족하면 씨름하듯 말을 눕히고 녀석 옆에 웅크렸다. 어느 날 밤, 말이 누워 있지 않으려 했을 때 호칸은 당나귀가 기꺼이 자기 몸통 옆에서 호칸을 재워주려 한다는 것을 알았다. 그렇게 그들은 몇 차례 폭풍이 불어닥치는 동안 서로 온기를 나누었다. 그런 나날에 호칸이 안도감을 느꼈다면 그건 오직 모든 것을 지워버리는 이 비명 속에서 다른 사람을 만날 가능성이 무척 낮다는 생각 때문이었다. 그의 외로움은 완벽했다. 몇 달 만에 처음으로, 그 모든 포효와 채찍질에도 호칸은 평온해졌다.

나지막한 산맥이 지평선 위로 출현했다. 사막과 납작해진 풀밭을 몇 달 동안, 기나긴 거리에 걸쳐 겪고 나니 하늘을 향해 솟아오른 울퉁불퉁한 파동은 다른 세상의 현상처럼 느껴졌다. 일부 봉우리는 낮은 구름에 가려져 있기까지 했다. 믿을 수 없게도, 산의 옆면은 푸르렀다. 아마 거기에서는 은신처를 찾을 수 있을 터였다. 산 너머에서는 바람이 좀더 순할지도 몰랐다. 이틀 뒤, 호칸은 가장 접근하기 쉬운 산등성이를 절반쯤 올라간 상태였다. 변함없이 평평하던 스텝 지대로부터 변화가 생겨 안도감을 느낀 호칸은 기쁜 마음으로 말을 타고 올라갔다. 나무가 있었다. 상록수. 세로로 긴 나무. 나무가 드리운 캐노피 속에서는 친근한 새들이(가끔 평원 위를 날아가던, 시체를 뜯어먹는 처절하고 정신 나간 새들이 아니었다) 지저귀며 열심히 둥지를 만들었다. 나뭇가지와 바늘잎으로 베이고 트인 회색 햇빛은 이끼가 붙은 돌 위에 가늘고 독립적인 광선으로 내려앉으며 그 밝음을 일부나마 되찾았다. 덤불에서는 생명이 부스럭거렸다. 다람쥐, 지렁이, 여우, 곤충 들. 호칸은 어느 전나무 옆에서 리누스와 함께 따곤 했던 꾀꼬리버섯이 생각나는 고소한 버섯을 발견했다. 스웨덴에서는 겨울에는 나지 않는 버섯이었다. 하지만 호칸은 그중 하나를 따서, 신선하면서도 무르익은 냄새를 알아보고 조심스럽게 깨물었다. 눈물이 고여 흐느낌을 눌러 참았다. 해질녘에는 좁은 동굴을 찾아, 그 안에서 라드에 버섯을 넣어 요리한 뒤 눈을 감고 먹었다. 다음날에는 휴식을 취했다. 길고도 이끼 긴 잠에서 깨어나서는 덫을 몇 개 놓고 코트를 수선하기 시작했다.

코트는 불가피하게 사자 가죽을 중심으로 만들어졌다. 호칸은 사자 가죽의 형태를 온전히 보전하기 위해 최대한 적게 구멍을 뚫으며 주의깊게 가죽을 벗겨냈다. 모피를 뒤집었을 때 숨겨지는 몇몇 필수적인 부분에(귀, 이마, 주둥이, 아래턱) 가죽 조각을 꿰매거나 풀로 붙이자 너덜너덜했던 쿠거의 머리는 위엄 있는 모습을 일부나마 되찾았다. 머리는 착용자의 목뒤로 늘어졌지만 불길한 두건처럼 쓸 수도 있었다. 목 주변으로 휙 걸친 앞다리는 스카프처럼 두르기 위한 것이었다. 흙과 자갈을 채운 앞발의 무게로 다리를 고정해둘 수 있었다. 사자의 등이 호칸의 등 위로 늘어졌다. 고양잇과 동물의 꼬리가 인간의 척추에서 이어진 것처럼 보였다. 호칸은 지금까지 소매가 없던 이 망토로 제대로 된 코트를 만들고 싶었고, 그러기 위해 오는 길에 무두질한 작은 가죽 전부를 꿰매어 붙였다. 동굴에서 머무는 동안 한 마리만으로 거의 소매 한쪽을 다 만들 수 있는 여우를 잡았다. 쿠거의 가죽이 호칸의 몸을 거의 전부 덮어주었고 작은 산속 숲에는 사냥감이 풍부했기에, 이제는 가죽이 남았다. 호칸은 남는 가죽으로 접을 수 있는 작은 은신처를 만들었다.

목초지가 그렇게 드물지만 않았어도 호칸은 겨울 전체를 그곳에서 보냈을 것이다. 평화롭게 바느질하고, 덫을 놓고, 여행하는 동안 알았던 모든 곳 중 가장 집과 비슷한 곳으로 빠르게 변해가는 동굴에서 버섯 스튜를 먹으며.

산꼭대기를 넘어 남쪽 사면으로 내려가자마자 호칸은 움직이길 잘했다고 생각했다. 산의 반대쪽 면에서는 바람이 더 온화했고 풀은 더 부드러웠으며 태양도 덜 멀었다. 때때로 눈이 내렸고 밤은 길고도 가혹했지만, 호칸의 계산에 따르면 겨울은 반쯤 지난 상태였다. 이게 최악이라면 그는 살아남을 게 확실했다. 호칸은 계속 남쪽으로 가고 있었지만 진로를 살짝 동쪽으로 틀었다. 산은 정복할 수 없는 높이라고는 하기 어려웠지만, 어쩐지 호칸은 자신과 이민자들의 행렬 사이에 그 산이 가로놓여 있다는 것이 편안하게 느껴졌다. 그는 요즘에도 인간의 흔적을 찾아 평원을 훑어보았다. 불이나 도구, 소떼가 남긴 흔적은 하나도 없었다.

호칸은 과거에도 아무 표시가 없는 평원을 가로질러왔지만, 이번에는 뭔가가 잘못돼 있었다. 바로 호칸 자신이었다. 자신은 이 풍경에 속하지 않았다. 저 들판이 누군가의 의식에 마지막으로 포착된 게 언제일지 궁금했다. 그는 풍경이 자신을 마주 노려보는 것을 느꼈고 그 만남을 의식했다. 이런 식의 시선을 받는다는 것이 어떤 느낌인지 기억하려고 애썼다.

"그레스Gräs." 호칸이 큰 소리로 말했다. 흔들리며 땅의 가장자리에 닿는, 그 모든 개별적인 풀잎을 '그레스'라는 단 하나의 단어가 다스리는 영토 안에 처음으로 집어넣자니 경이로움과 부당함이 느껴졌다.

호칸은 일몰이 두려웠고, 종종 밤에 대해 걱정하며 낮 전체를 보냈다. 장작이 부족하고 일부 돌풍이 너무 격렬해, 가끔은 불을 피우기가 불가능했다. 그는 이 점을 예상하고, 산속의 동굴에 있을 때 신중하게도 작은 텐트를 만들어두었다. 낭창낭창한 막대와 가죽과 조각보로 만든 그 텐트는 양쪽 면이 불룩하고 구멍이 뚫려 있는, 길쭉하고 휘어진 삼각형 형태였다. 뱃머리 방향이 뒤집힌 작은 나룻배처럼 보였다(아니면 어떤 물고기의 대가리나 특정한 새의 부리 같기도 했다). 호칸은 바람이 불어오는 쪽으로 텐트를 치고 안에 기어들어간 다음 텐트가 움직이지 않도록 바닥에 누워 있었다. 텐트는 호칸의 상체만을 가렸지만 유선형의 뱃머리가 돌풍을 갈랐다. 뒤집힌 배는 아무 움직임이 없는데도 현기증 나는 속도로 움직이는 것처럼 보였고, 바람은 언제나 그 배의 작은 선체를 부숴버릴 것처럼 불어왔다. 호칸이 이처럼 불도 없는 거친 밤을 보내는 동안 잠을 잔 건 전부 작은 은신처 덕분이었다.

해뜰 때부터 해질 때까지 호칸은 한 번도 뭔가를 먹으려 말에서 내리지 않고, 말이나 당나귀의 기운을 북돋울 개울이나 고인 물에 이를 때에만 잠시 멈추며 계속 움직였다. 이렇게 멈출 때면 덫을 몇 개 놓곤 했다. 미지의 땅을 지나 남쪽으로 정처 없이 나아가자 몸속에서 느껴지는 불편함이 점점 커졌다. 그 느낌에는 추상적인 기원이 있었다. 정체 모를 액이 장에서부터 올라와 식도를 지나며 점점 진해지다가 흉골이 끝나는 지점, 쇄골 사이에서 뭉쳐 덩어리가 되는 것만 같았다. 호칸은 반쯤 단단한 그 덩어리를 토하고 싶었다. 그는 썩은 고기와 너무 많은 해로운 식물을 먹었지만, 자신의 질병이 먹은 것에서 유래한 게 아니라는 걸 어쩐지 알고 있었다. 이런 질환의 근원은 호칸의 외부에 있었다. 평원. 허공을 헤치며 나아가는 끊임없는 움직임. 제대로 된 음식과 휴식이 부족해 더 상태가 나빠졌을지도 모르겠지만, 기본적으로는 굴곡진 넓은 땅 자체가 구역질을 일으켰다. 평원을 보는 것만으로도 덩어리는 더욱 응축되는 듯했고, 스텝 지대를 가로지르기 시작하자 더욱 단단해지며 호흡곤란을 일으켰다. 갈색, 작은 산, 웅성거림, 이글거리는 태양, 먼지, 발굽, 지평선, 풀, 손, 하늘, 바람, 생각, 이글거리는 태양, 발굽, 먼지, 작은 산, 손, 지평선, 갈색, 웅성거림, 하늘, 바람, 풀에 속이 메스꺼워졌다. 때로 억지로 토하려 해보았지만 토악질할 때마다 머릿속 혈관이 불거지며 터질 듯 위협해오는 느낌만 들었다. 사소한 사건―버펄로, 무지개―이 구역질나는 단조로움을 방해했지만 그것들이 흩어지고 나면 질병은 한껏 새로워진 힘으로 돌아올 뿐이었다.

호칸은 몇 주 동안 계속 남쪽으로 이동했다. 공기가 따뜻해지며 삶이 더 쉬워졌다. 비교적 온화한 날씨에도 불구하고 식물이 드물어지는 걸 보니 놀라웠다. 풀은 단단하고 면도칼처럼 날카로운 모습으로 군데군데 자랄 뿐이었다. 덤불은 거칠어지고 적대적으로 변했다. 머잖아 비늘 있는 동물들이 털 달린 동물보다 많아졌다. 붉은 사막이 갈색 사막을 삼켜갔다. 계속 나아가자 땅은 익숙한 특징을 띠었다—들쭉날쭉한 지평선에 이르러 보랏빛으로 색이 연해져가는 진홍빛 먼지, 하늘에 난 흰 구멍에서 나오는 열기, 생명에 대한 일반적인 무관심. 전에도 여기에 온 적이 있던가? 이곳을 보니 호칸은 브레넌 가족과 함께 움직였던 여정이 일부 떠올랐다. 아니, 로리머 일행이 약탈당한 인디언들을 발견한 황무지일까? 호칸은 자신이 그 두 장소를 구분할 수 없다는 걸 깨닫고 충격을 받았다. 혼란이 두려웠다. 정기적으로 나침반을 확인했는데도 왠지 길을 잃고 만 걸까? 이미 갔던 그 두 장소 중 한 곳으로 돌아온 걸까? 한 나라에 사막이 몇 군데나 있을 수 있을까? 로리머는 감각이 알려주는 모든 것과는 반대되게도 지구가 둥글다고 가르쳐주었다. 벌써 지구를 한 바퀴 돌아온 걸까? 남쪽으로(그리고 약간 동쪽으로) 가는 여행이 호칸을 저멀리 북서쪽까지, 그가 왔던 곳까지 되돌려놓은 것일까? 케이프 혼에서부터 북쪽으로 배를 타고 아메리카로 올 때 걸린 시간과 말을 타고 이동한 시간을 견주어보면 말이 됐다. 호칸은 흐느꼈다. 아무 이유 없이 세계를 한 바퀴 돌았단 말인가? 더 무시무시한 생각이 파고들었다. 그가 이성을 잃고 있는 걸까? 뇌가 아픈 걸까?

식물도, 연료도, 물도 없었다. 여기가 어디인지 알 수 없었다. 자신이 제정신인지도 알 수 없었다. 유일한 선택지는 뒤로 돌아

초원으로 돌아간 뒤, 무슨 일이 있어도 동쪽으로 곧장 가는 것이었다.

15

벌. 벌은 말의 귀 주변을 맴돌고 호칸의 목뒤에서 윙윙거리더니 한동안 그들을 따라오며 안장주머니와 당나귀의 짐을 조심스레 살펴보았다. 호칸이 처음으로 한 생각은 이제야 봄이 왔다는 것이었다. 그러고는 즉시, 몇 년 동안 벌을 한 마리도 보지 못했다는 걸 깨달았다. 사실 호칸이 스웨덴을 떠나온 이후로 마주친 첫번째 벌이었다. 지금까지 미국의 황야는 극도로 다른 여러 환경에서 사치스러울 정도로 다양한 생물 종이 번성하는 와중에도 벌 한 마리를 내지 못했다. 호칸은 다양한 기후에서 모든 계절을 경험했다. 그리고 이 초원은 그가 아주 오랫동안 말을 타고 지나온 초원과 똑같았다. 적어도 행렬에서 이민자들과 처음 만난 이후로는 말이다. 그렇다면 지금 와서 왜 갑자기 벌이 나온단 말인가? 농장. 호칸이 떠올릴 수 있는 유일한 설명이었다. 샌프란시스코에 상륙한 이래로 호칸은 땅을 일구는 사람을 한 명도 보지 못했다. 쟁기질도, 파종도, 수확도 없었다. 울타리도, 건초 더미도, 방앗간도 없었다. 벌집도 없었다. 그러니 근처에 농장이 있는 게 틀림없었다. 이 땅과 기후가 시작된 이래로 다른 모든 것은 지속적이었으니, 꿀벌이 예상치 못하게 나타난 것을 설명할 방법은 틀림없이 그것뿐이었다.

호칸은 지금도 다른 사람들에 대한 걱정이 있었지만, 살인 이후로 그토록 오랜 시간이 지났으니 자신이 잊혔기를 바랐다. 때로 기분이 아주 좋을 때면 자신이 그 현장에서 너무 멀리 떨어져 있어 누구도 무슨 일이 일어났는지 모를 거라는 믿음이 생겼다. 그 소식이 이 지역까지, 행렬로부터 이렇게 멀리 떨어진 곳까지 이르렀을 리는 없었다. 게다가 그토록 낮은 가능성이 실현되더라도—호칸이 저지른 부끄러운 짓에 대한 소식이 계절과 평원을 지나 전달되었더라도—호칸은 자신이 더 강해졌으며, 진실을 알고 있는 누구와도 직면할 준비가 되어 있다고 생각했다. 이런 주장에 설득되지 않을 때면, 호칸은 자신이 미치거나 길을 잃은 채 행렬과 사막 사이의 거대한 초원에 갇혀 있으며, 리누스를 다시보고 싶다면 조만간 동쪽으로 방향을 틀어야 할 것이고, 가는 길에 다른 사람을 한 명도 만나지 못한다 한들 뉴욕이라는 큰 도시에서는 수많은 사람들을 마주해야 할 게 분명하다고 자신을 타일렀다.

하지만 지금 이 순간은, 그 벌이—또 그 벌에 뒤이어 나타난 수많은 다른 벌들이—문명의 존재를 알리는 것이라 해도 눈에 보이는 농장이나 마을은 없었고 호칸은 아무 방해도 받지 않고 앞으로 나아갔다. 게다가 위협적인 의미를 띠고 있었음에도 벌들은 그에게 큰 기쁨을 주었다. 첫번째 표본을 발견하고 며칠 뒤, 호칸은 쓰러진 통나무 위를 날아다니는 벌떼가 공기 중에 빽빽한 것을 보았다. 벌들은 나무둥치에 난 구멍 위로 줄지어 날아다녔는데, 알고 보니 그곳에 벌집이 있었다. 호칸은 엄청나게 조심했지만 몇 번 쏘이는 건 피하지 못한 채 야생 벌꿀에 손을 뻗었다. 벌집 한 조각을 입으로 가져가는 동안 아래팔은 둥그스름한 노란색 물집으로 화끈거렸다. 호칸은 그 맛을 벌꿀맛이라고 거의 느끼지 못했다. 문제는 맛보다 촉감, 냄새, 생김새였다. 밀랍으로 이루어진 매끈한 페이스트가 즉시 호칸의 코로 들어갔고, 호칸은 천 송이의 꽃을 보았다.

호칸은 모피를 벗으면서 말과 당나귀의 방수포 장화도 벗겼다. 작년 겨울의 고난은 기억이, 생생하면서도 부분적인 일련의 회상이 되었다. 그때 자신이 추웠다는 건 알았지만 뼛속으로 그 추위를 불러올 수는 없었다. 바람이 많이 불었다는 건 알았지만 살에는 바람을 다시 살아낼 수는 없었다. 마찬가지로, 호칸은 자신이 다른 사람들과 마주치는 것을 지속적으로 두려워하며 살았다는 것을 알았고 절대 끝나지 않는 경계로 얼마나 지쳤는지 기억했지만 두려움 자체를 불러낼 수는 없었다. 이런 것들—얼얼한 추위, 피부를 갈아내는 듯한 모래투성이 돌풍, 무자비하고 모호한 공포—은 단어나 그림처럼 다시 불러올 수는 있었지만, 경험으로 불러올 수는 없었다. 봄이 자리잡은 지금, 동료 피조물들을 만날 준비가 되었다는 생각을 하게 된 건 바로 이런 불가능성 때문이었다.

푸르게 변해가는 평원에서 사막의 마지막 붉은 흔적이 없어질 때까지 북쪽으로 이동한 호칸은 갑자기 동쪽으로 방향을 틀었다. 은제 나침반을 살펴볼 때마다 뿌예진 뚜껑에 반사된 자신의 얼굴 일부가 언뜻 보였다. 뚜껑은 시간이 지나며 호칸의 손가락이 닿아 검게 변해 있었다. 호칸은 늘 치아를 가장 먼저 살펴보았다. 얼룩 하나 없이 흰 치아는 호칸의 몸 중에서 예전의 그를 떠올리게 하는 유일한 부분이었다. 호칸이 입을 다무는 순간 그 유물은 턱수염이라는 노란색과 주황색의 무질서 아래로 사라졌다. 호칸은 언제나 자기 얼굴에 돋친 그 사나운 존재를 보고 깜짝 놀랐다. 눈은 너무 자주 가늘게 뜨는 바람에 작아졌고, 튀어나온 광대와 언제까지나 주름져 있는 이마 사이의 푹 꺼진 부분 밑바닥에 자리해 거의 보이지 않았다. 희끄무레한 나침반 뚜껑으로 얼굴을 살펴보면 이목구비는 오직 한 부분씩만 드러났다. 얼굴 전체를 보려고 나침반을 뒤로 멀리 가져가면 얼굴 전부가 사라졌다. 호칸은 사람들이 그 얼굴을 어떻게 생각할지 궁금했다. 황야가 얼굴에 무슨 짓을 했을까? 살인이 얼굴 표면에 그려져 있을까? 정착민이나 여행자들의 흔적은 여전히 보이지 않았지만, 호칸은 곧 이런 질문에 대한 답을 알게 되리라고 예견했다.

태양이 자신이 드리운 붉은빛 위로 막 떠올랐을 때, 호칸은 동일한 거리를 두고 서로 떨어져 있는 네 개의 질서정연한 연기 기둥을 발견했다. 이유는 알 수 없었지만 연기의 밀도와 질감, 색깔이 어쩐지 난로와 스토브에 대해 이야기하는 것 같았다. 긴급하게 피운 불이 아니라 안락한 불이었다. 호칸은 머뭇거리며 잠시 멈추었다가 다시 행진하기 시작했다. 좁은 수직 기둥 모양의 구름 쪽으로 말을 달려가자 과수원이 눈에 들어왔다. 나무들 너머로 교회의 첨탑이 맺혔다. 망치 두드리는 소리, 호칸이 오랜만에 처음으로 들은 인간이 만든 소리가 머리 위에서 울렸다. 멀리 떨어진 곳의 손이 무언가를 하늘에 못질하는 것만 같았다. 호칸은 빵, 사과꽃, 개, 잼의 냄새가 공기에 맴도는 것인지, 머릿속에서 나온 것인지 확신할 수 없었다. 여자 웃는 소리가 들렸던가? 걸어가야 덜 위협적으로 보이리라고 생각한 호칸은 말에서 내린 뒤 말을 끌고 마을 쪽으로 걸어갔다. 그렇기도 하고 아니기도 하고, 나무 위쪽 가지가 손을 흔들었다. 호칸은 집 몇 채를 알아볼 수 있었다. 집들은 스웨덴의 붉은색으로 칠해져 있었다.

호칸은 누군가 자신을 볼 수 있는 경계선에 다다랐다는 걸 느끼고 멈추었다. 흰 리넨 천이 빨랫줄에 걸려 너울거렸다. 딱지와 흉터로 뒤덮인 그의 두 손 중 하나가 다른 손을 긁었다. 붉은 벽 뒤에는 침대가 있었다. 빨랫줄에 말리고 있는 이불이 깔릴 침대가. 호칸은 오랫동안 방에 들어가본 적이 없었다. 어쩌면 시트 중 일부는 식탁보일지도 몰랐다. 붉은 벽 뒤에는 탁자도 있었다. 의자도 있었다. 소파도 있을지 몰랐다. 병에 든 우유가 있었고, 도자기가 있었다. 바닥을 쓰는 누군가가 있을지도 몰랐다. 침대에 누워 있는 아이들이 있을지도 몰랐다. 어떻게 말을 걸지? 어떤 이야기를 전하지? 혼자 평원에 나와 있는 비참한 남자라니. 이런 상태를 어떻게 설명해야 할까? 거짓말을 할 수 있을까? 호칸은 붕대를 동여맨 모카신을 내려다보았다. 대화를 할 생각을 하자—그리고 자신이 어떤 형태의 속임수도 성공시킬 수 없다는 걸 알고 있었기에―귓속에서 심장이 뛰었고 피가 온 얼굴에 기어다녔다.

과수원에서 무언가가 움직였다. 두번째 망치 소리가 합류했다. 태양이 희고 시큼하게 변해 있었다. 호칸은 말에 올라 돌아섰다. 처음으로, 그는 속도를 높여 출발했다.

빠르고 건조한 바람에 호칸의 눈이 물기를 머금었다. 호칸은 자신이 뛰어난 기수가 아니라는 것을 알았지만, 말에서 떨어질지 모른다는 두려움은 그가 따돌리려는 두려움에 비하면 아무것도 아니었다. 말은 자기 자신에 대한 무언가를 떠올리고 기분이 좋아진 듯했다.

평원이 그들을 다시 받아들였다.

말이 멈추기로 했을 때 숨을 헐떡거린 건 호칸이었다. 늘 말을 아껴 타야 한다는 소리를 들어왔던 그는 구보 이상의 어떤 것에도 탐닉한 적이 없었다. 살면서 한 번도 경험해본 적 없던 속도감은 질주가 멈추었을 때도 멈추지 않았다. 그는 헐떡이면서, 수평으로 곤두박질치는 그 감각을 여전히 느꼈다. 웃음을 터뜨릴 수도 있었다. 조금씩 조금씩 호흡이 고르게 변했고, 호칸은 세상이 정물화가 되었다는 것을 알았다. 마침내 슬픔이 그를 따라잡았다. 그는 절대 다른 사람들을 마주볼 수 없을 것이다. 한번 더, 혼자서, 텅 빈 공간에 서 있는 지금은 확실히 알 수 있었다. 하지만 그렇다면, 그와 뉴욕 사이에 놓여 있을 게 분명한 그 모든 마을을 어떻게 지나야 할까? 거대한 도시에 버글거리는 사람 떼거리를 어떻게 헤치고 리누스를 찾아야 할까? 설령 그렇게 한다 해도― 어떻게든 수백, 수천, 수백만 번의 만남을 하나하나 처리하는 데 성공한다 해도—호칸은 형을 마주봐야 할 터였다.

문득 그는 당나귀를 두고 왔다는 걸 깨달았다. 돌아간다는 건 생각도 할 수 없는 일이었다. 호칸은 마을 가장자리로 돌아가느니 당나귀와 당나귀가 싣고 있는 짐을 포기할 각오로 기다렸다. 잠시 후 당나귀가 눈에 들어왔다. 녀석은 체념했으면서도 위엄 있는 태도로 동료들을 향해 걸어왔다.

다시 서쪽. 풀, 지평선. 날씨의 폭정. 선명하지 않은 환각은 머릿속을 헤집고 다니면서도 생각이 되는 경우는 거의 없었다. 호칸은 말에 대한 통제력을 포기했다. 거의 먹지 않았다. 자기 자신을 다시 떠올리기 위해 목을 가다듬었다. 햇볕에 입은 화상. 가끔 그의 몸에서 나는 냄새. 꽃과 곤충에 대한 모호하고도 공허한 관심. 충분한 비. 흔적도, 위협도 없었다. 가끔, 그의 손가락 아래에서 팔짝팔짝 뛰어오르는 불꽃. 영원히 존재하는 당나귀와 말. 무언가를 하는 그의 손. 말 타기. 숨쉬기, 어떻게든. 멍하지만, 점점 짙어져가는 쓸쓸함으로부터 쉬지는 못하는 정신. 매일 밤 별이 총총한 하늘에 빨려들기.

여름이 왔다. 뚜렷한 목적지나 목표가 없으니 마비를 일으키는 열기 속에서 터덜터덜 움직일 이유도 없었다. 말이 그를 웅덩이로 이끌자 호칸은 야영지를 마련했다. 방수포, 기름 먹인 천, 가죽을 낮은 덤불 군락 위에 펼쳐놓고 그 아래로 기어들어간 다음 일어나 앉을 수가 없어서 하루의 대부분을 누워 있었다. 리누스가 닿을 수 없는 곳에 있게 된 지금, 호칸은 지금 이곳에서, 덤불 속에서 쇠약해져가며 자신의 나날을 끝내버리지 않을 이유를 떠올릴 수 없었다. 세월이 지날 것이다. 그의 동물들은 죽을 것이다. 그러고 나면 어떤 피조물도(아마 곤봉에 맞은 새나 덫에 걸린 쥐는 예외겠지만) 다시는 그의 눈을 들여다보지 않을 것이다. 노령이 그를 장악할 것이다. 질병이 그의 내장을 쪼그라뜨릴 것이다. 짐승과 구더기가 그의 살을 처리하고 나면, 뼈 일부는 그가 살았던 날보다 더 오래 평원에 흩어져 있을 것이다. 그런 다음, 그는 지워질 터였다.

호칸은 태양이 지긋지긋했다. 태양을 보지 않으려고 자주 배를 깔고 엎드려 있었다. 잠이 왔고, 낮게 늘어진 가죽과 캔버스 천 아래의 퀴퀴한 공기 때문에 열이 날 정도였다. 그래도 태양은 호칸의 은신처를 뚫고 들어와 두개골을 파고들고, 호칸과 그가 여행하는 내내 만났던 다른 모든 사람들을 사냥하고 모욕했던 과거의 태양 전부에 불을 붙였다. 포츠머스의 기만적이었던 태양, 브레넌의 광산 위에 무자비하게 떠 있던 태양, 클랭스턴의 창문에 냉담하게 닿던 태양, 소금 호수 건너에서 비명을 지르던, 수레 덮개 너머에서 공모하던, 원하지 않을 때는 과도하게 존재하고 가장 필요할 때는 자신의 피조물로부터 멀리 떨어져 있던 태양. 호칸은 다른 곳으로 관심을 돌리려고 나무딸기의 이리저리 얽힌 무질서한 모양을 바라보았다. 수많은 곤충이 그 미로의 비교적 어둡고 후미진 곳에 집을 파놓았다. 처음에는 거의 알아보지 못했지만, 호칸은 그 곤충들의 일상적 습관을 연구하기 시작했고 산만한 정신으로 그들의 일과를 그려냈다. 천천히, 하루하루가 갈수록 흥미가 깊어졌다. 호칸은 어느 순간 자기도 모르게 딱정벌레들을 모으고 있었다. 손으로 둥근 돔을 만들어 딱정벌레를 포획한 다음 집어들고 관찰했다. 녀석들은 어떤 짓을 당하든 똑같이 미쳐 날뛰었다. 그러다가 호칸이 봉합용 바늘로 그것들을 꿰뚫었다. 호칸은 구멍에서 스며나오는 흰 점액이 일종의 액체 장기일 거라고 생각했다. 하지만 그건 스쳐지나가는 생각이었다. 호칸이 유연하지 않은 그 몸뚱이 전부를 수집한 동기는 박물학자로서의 호기심이 아니었다. 호칸이 그런 행동을 한 건, 그것들이 보기 좋았기 때문이었다. 무지갯빛으로 빛나는 등딱지들을 다양한 패턴으로, 하지만 언제나 색깔과 크기에 따라 정리하면서 호칸은 완전히 새로운 일종의 기쁨을 경험했다. 그는 한 번도 색깔에서 즐거움을 느낀 적이 없었다. 각 색조가 자신의 반향에 따라 진동하는 방식, 특정한 광택은 빛을 내뿜고 다른 광택은 그 빛을 흡수하는 것처럼 보인다는 사실, 근처의 색조가 서로에게서 이끌어내는 무언가—이런 것들은 전부 호칸에겐 참신한 기적이었다. 호칸은 딱정벌레를 정리하는 데서 느껴지는 기쁨에, 자신의 시각을 자극하는 것 말고는 아무 목적도 없는 노력에 몰두하는 데서 느껴지는 기쁨에 놀랐다. 때로 잠에서 깨어보면 돌풍이 수집품 전체를 흩어놓거나 그가 배치해놓은 것을 흩뜨려놓은 뒤였지만 처음부터 다시 시작해야 한다는 게 거의 고맙게 느껴졌다. 시간이 지나자 그는 야영지 주위를 걸어다니며 새로운 표본을 찾았다. 의식하지 못했지만, 종종 주위를 헤매고 다니며 하루를 통째로 보냈다. 갈 때마다 점점 멀리 갔다. 예전의 활력을 일부 되찾았다. 그는 덫 놓기를 부분적으로 다시 시작했고, 더 나은 음식을 먹었다. 새로운 가죽을 무두질했고, 한번 더 코트 손질을 시작했다.

그래도 계속 여행하고 싶은 욕구는 없었다. 여기에, 덤불 속에 머물기로 결정한 건 아니었다. 하지만 그렇다고 전진하기로 한 것도 아니었다. 다른 사람들을 생각하는 것만으로도 심장이 목구멍에서 뛰는 것 같았다. 게다가 지금도 여기가 어딘지 알 수 없었다. 남쪽으로 가면서 마지막으로 본 사막이 북쪽에서 가로지른 사막과 같은 곳일까? 만일 그렇다면, 어느 쪽으로든 평원을 가로지르는 건 무분별한 일일 터였다. 그는 그냥 세계를 한 바퀴 돌아서, 초원에서 황무지로 갔다가 돌아오게 될 것이다(그 중간에 이민자 행렬을 만나게 될 테고). 서쪽으로 더 멀리 나아가면 채굴자와 이주 농민들을 마주칠 테고, 심지어 우연히 샌프란시스코에 들어가게 될지도 몰랐다.

딱정벌레를 잡으러 탐험하던 중, 호칸은 뱀에 물렸다. 오른쪽 발꿈치를 물렸으나 처음에는 왼쪽 잇몸에 감각이 전해졌다. 그 찌릿함에 펄쩍 뛰었다. 땅에 내려서면서 다른 발로 뱀을 밟은 것이 행운이었다. 덕분에 호칸은 뱀을 고정해놓고 찌를 수 있었다. 뱀에 물린 자리에 칼로 X자를 새기고 상처에서 독을 헹궈내야 한다는 말을 들은 적이 있었으므로 호칸은 그렇게 했다. 야영지로 돌아가 뱀의 가죽을 벗겼다. 그걸로 코트를 훌륭하게 장식할 수 있으리라고 여겼다. 뱀의 살로는 스튜를 만들었다. 저녁을 먹은 뒤, 자리에서 일어나려는데 발이 퍼렇게 부어 있었다. 추위가 느껴졌다. 그는 얼얼해진 발을 끌고 가 불에 장작을 더 집어넣고 그 옆에 누웠다. 뱀고기가 몸에 맞지 않는 것 같았다. 뱃속이 소용돌이의 중심처럼 느껴졌다. 온몸이 그것을 중심으로 빙빙 돌기 시작했다. 억지로 토했다. 몇 번의 시도 끝에 모든 것을 게워냈다. 도움이 되지 않았다. 그 어느 때보다 추웠는데, 동시에 몸이 토하느라 땀으로 젖어 있었다. 머릿속이 흔들렸지만 그렇게 떠는 사이사이의 파편적인 짧은 침묵 속에서 호칸은 자신의 상태가 음식과는 아무 상관이 없다는 걸 알 수 있었다. 부목을 대기는 너무 늦었다. 호칸이 할 수 있는 일은 기다리며 독이 치명적이지 않기를 바라는 것뿐이었다. 불에 시선을 고정한다. 불꽃 안에서 친근한 얼굴들을 찾아보려 노력한다. 그러다 움찔하며 자신이 숨쉬는 일을 잊고 있었다는 걸 깨달았다. 호칸은 숨을 헐떡거리고 몸을 웅크리며 불에 집중하려 했다. 하지만 몸이 숨을 쉬지 않으려 했다. 어마어마한 의지력을 행사해야만 숨을 들이쉴 수 있었다. 그의 폐는 움직이지 않는, 동떨어진 존재였다―완전히 외부에 있는 장치, 그가 손으로 펌프질해야만 하는 풀무. 호칸은 다음 호흡을 적극적으로 만들어내지 못하면 죽을까봐 두려웠다. 모닥불이 두 개로 늘어났다. 그 너머에서 당나귀 두 마리와 말 두 마리가 무관심하게 풀을 뜯었다. 썩어 건조해진 혀가 부스러져내리는 목구멍으로 침을 밀어 넘기려고 무의미하게 애썼다. 몸을 떨며 연못 쪽으로 기어가기 시작했다. 연못 가장자리가 겨우 몇 걸음 떨어진 곳에 있었지만, 그 여행은 아메리카를 횡단해온 여행 전체보다도 길게 느껴졌다. 호칸은 독이 곧 그의 심장을 물어뜯고 그를 죽일 거라고, 아니면 자신이 추워서 죽을 거라고, 아니면 야생동물들이 그를 먹어치울 거라고, 아니면 자신이 기절해 얕은 연못에서 익사할 거라고 생각했다. 머릿속의 그 어두운 물결을 생각이라고 하기는 어려웠지만. 위쪽의 어둠이 그를 차지할 것이다. 두려움은 언제나 그에게 시끄럽게 굴었다. 그 느낌이 주도권을 쥐는 순간 온몸에 몰아치는 혈액과 공기 때문에 아무 소리도 들을 수 없었다. 그러나 지금은 처음으로 두려움이 조용한 허공에 떠 있었다. 멀찍이 떨어진, 힘겨운 호흡 사이사이로 호칸은 자신의 심장이 뛰는 것을 간신히 느낄 수 있었다. 때로 그의 동물들이 풀을 뜯는 소리가, 녀석들의 어금니가 내는, 물속 자갈에서 나는 듯한 소리가 들렸다. 이 고요한 두려움에는 거의 평화로운 무언가가 있었다. 그러다가 갑자기 공기가 벌컥 들어오면, 호칸은 풀을 한 움큼 쥐고서 앞으로 기어가 그 자리에서 숨을 쉬지 않은 채 엎드려 있곤 했다. 거의 남지 않은 의식은 전부 공기를 받아들이고 공황을 느끼는 데 쓰였다. 그래도 한 가지를 알아내는 데는 성공했다. 그건 자신이 죽음을 두려워한다는 사실이었다.

호칸의 목에 깊이 파고들던 태양이 참수당하는 악몽에서 그를 깨웠다. 정오였다. 호칸은 연못까지 가지 못했다. 발이 나아진 것처럼 보였다. 그는 정상적으로 숨을 쉬고 있었다. 호칸은 물을 좀 마시고 야영지를 둘러보았다. 몇 달 동안 그는 덤불 속에서 기어 다니며 존재해왔다. 사실상 아무것도 결정하지 않고 그곳에 머물면, 움직이지 않는 오솔길을 따라 비활성 상태라는 평화로 돌아갈 수 있으리라고 기대했다. 그러나 죽음이라는 선물이 주어지자 호칸은 중독된 근육을 마지막 하나까지 사용해 그 선물을 밀어냈다. 이런 깨달음을 얻은 지금 그토록 타락한 상태로 계속 지낸다는 건 불가능했다.

호칸은 여름이 끝난 그때 동쪽으로 출발했다.

16

가을이 단단해져 겨울이 되었다. 호칸은 천천히 전진해왔다. 여행자와 정착민들과의 피할 수 없는 만남에 앞서 자세를 가다듬는 데 마지막 남은 온화한 날씨를 이용한 것이다. 문명의 첫 징표를 보았을 때쯤 그는 코트를 입어야 할 정도로 날이 추워졌다는 걸 다행으로 여겼다. 코트는 안전한 느낌을 주었다. 호칸이 몸을 돌릴 때마다 사자는 신화 속 피조물이 된 것처럼 여우, 산토끼, 땅다람쥐와 하나가 되었다. 목을 두르고 가슴을 따라 내려오는 것은 뱀의 은색 줄무늬였다.

지평선 위로 암소 몇 마리가 떠올랐다가 가라앉았다.

행렬과 멀리 떨어진 평원에서 소떼를 본 건 그때가 처음이었다. 하지만 잠시 후에는 소떼가 호칸 쪽으로 방향을 틀었다. 호칸은 멈추었다. 음매 소리와 방울소리. 호칸이 뭘 해야 할지 고민하는 동안 소떼는 다시 방향을 바꾸어 지평선을 따라 머리를 수그린 채 나아갔다. 어느 정도 시간이 지난 뒤 기수 한 무리가 먼 곳의 빛을 받아 아른거리며 시야에 들어왔다. 호칸이 여러 계절 만에 처음으로 본 인간의 형상이었다. 카우보이들도 호칸을 알아보았다. 그들은 잠시 망설였을지는 몰라도 멈추지 않았고, 곧 시야에서 벗어났다.

며칠 뒤, 호칸은 도시를 보았다.

어느 시점에 발밑에 길이 나타난 건지 알 수 없었다. 먼지투성이 줄무늬는 평원을 둘로 나눔으로써 평원이 무한하다는 감각을 없애버렸다. 이제는 길의 이쪽 편과 저쪽 편이 있었다. 그리고 그 길 끝에 도시가 있었다.

몇 명의 기수와 몇 대의 수레, 심지어 마차가 양방향으로 호칸을 지나쳐갔다. 호칸은 고개를 숙였다. 인사를 건네는 그 누구에게도 대꾸하지 않았다. 시선을 흙에 고정하고 있는데도 사람들이 그에게 고개를 돌리는 것이, 빤히 쳐다보는 시선이 느껴졌다. 장기를 부식시키는 거품처럼, 두려움이 몸속에서 솟아올랐다. 돌아서서 겁에 질린 채 질주하고 싶어질 때마다 호칸은 억지로 덤불속의 누추한 은신처와 그곳에서 살았던 짐승 같은 삶을 떠올렸다. 이대로 밀어붙이지 않으면, 그것만이 호칸의 선택지가 될 터였다.

호칸은 턱을 가슴에 붙인 채로 마을에 들어가는 데 성공했고, 주요 거리를 따라 나아갔다. 작은 도시가 몇 골목 지나 다시 평원으로 녹아드는 광경이 보였다. 푹 꺼진 눈두덩이로 은밀히 힐끔거리니 건물들이 클랭스턴과 그리 다르지 않다는 게 드러났다—

최대 3층 높이의 단순한 나무상자 같았고, 대부분은 흰색이거나 색을 칠하지 않았다. 다만 한 가지 다른 점은, 이곳에서는 대부분의 집이 그 주위를 걸어다니는 사람보다 나이가 많다는 사실이었다. 더 웅장한 몇 채의 건물은 벽돌로 만들어져 있었다. 호칸은 그것들이 아메리카에서 보낸 오랜 세월 만에 처음으로 본 벽돌 구조물이라는 걸 깨달았다. 또하나 놀라웠던 것은 사각기와 현수막, 삼각기 등 온갖 종류와 크기의 깃발들이 별다른 이유 없이 아주 많았다는 점이었다. 나중에 호칸은 파란색 바탕의 흰 별 여러 개와, 번갈아가며 나타나는 빨간색과 흰색의 줄무늬가 함께 있는 깃발이 미합중국의 국기라는 것을 알게 되었다.

거리를 한두 골목 나아가자 무언가가 바뀌었다. 그때까지만 해도 멈춰 서서 그를 보고 입을 쩍 벌리던 사람들이 이제는 그의 모습에 허둥지둥 달아나 가게나 선술집으로 몸을 피했다. 그래도 호칸은 모두가 어두운 창문 너머에서 자신을 응시하고 있다는 걸 느꼈다. 호칸이 더럽고 거칠기 때문일까? 사자 코트 때문일까? 그들이 살인자를 보았기 때문일까? 놀랍게도 두려움은 잠시 무관심에 길을 내주었다. 호칸은 이곳에 머물 생각이 없었다. 동쪽으로 가는 여정의 장애물에 불과한 이 마을은 그저 사회에서 자신을 시험해볼 기회일 뿐이었다. 순식간에 등뒤로 영원히 사라져버릴.

마구 가게가 시선을 사로잡았다. 너무도 많은 무두질과 바느질을 해온 탓에 호칸은 가죽에 대한 흥미를 품게 되었고, 더 나은 재료와 도구가 있으면 무엇을 할 수 있는지 궁금했다. 창가에 장화 한 켤레가 놓여 있었다. 호칸은 사실상 맨발이나 다름없었다.

너무 작아진 그의 모카신은 지난겨울부터 이미 얼얼한 감각과 동상을 막아줄 수 없었기에, 캔버스 천과 가죽으로 만든 위태로운 싸개로 대체된 뒤였다. 게다가 뉴욕이 생각보다 가까울 수도 있는데 신발도 없이 그 커다란 도시를 가로질러 형을 만나고 싶지는 않았다. 이런 주장에는 별 설득력이 없었지만, 어쨌든 호칸은 동물들을 매어두고 가게로 들어갔다. 로리머가 준 돈이 충분하기를 바라는 마음이었다. 문에 달린 섬세한 종에 호칸은 깜짝 놀랐다. 문지방을 넘어 향수가 들어간 밀랍 냄새를 맡자마자 호칸은 자신이 이곳에 머물 수 없으리라는 걸 알았다. 깔끔하게 진열된 상품, 윤을 낸 휘어진 카운터, 번쩍이는 가죽, 전반적인 질서의 느낌이 호칸을 압도했다. 호칸은 살면서 한 번도 가게에서 뭔가를 사본 적이 없었다. 가게에 들어가 익숙하지도 않은(심지어 뭐라 적혀 있는지도 읽을 수 없는) 화폐로 거래를 한다니. 대체 왜 그런 짓이 너무도 오랜 고독 이후에 하는 첫번째 상호작용으로 좋을 거라고 생각한 걸까? 호칸이 떠나려는데 뒤쪽 문이 열리며 가게 주인이 나왔다. 주인은 놀랍도록 키 큰 남자를 보고 멈춰 섰다. 그가 뒷방에서부터 가지고 나온 미소는 지금 그의 눈을 휘둥그렇게 만든 경외심과 어울리지 않았다. 호칸은 막 돌아서려다가, 벽에 붙은 자기 그림을 보았다. 저게 정말 그의 얼굴일 수 있을까? 굵은 글자와 숫자 아래의 저것은 호칸의 초상화인 듯했다. 초보적인 실력으로 그려져 있었고 호칸이 오랫동안 자신의 얼굴을 보지 못한 것도 사실이었지만, 그의 중요한 특징이 거기 있었다. 당연히 우연이었다—다른 사람이 틀림없었다. 그러나 호칸은 그 닮은 모습에 놀라, 돌아서서 가게를 나섰다.

이제 거리에는 사람이 없었다. 그에게 소총을 겨눈 남자 세 명만이 예외였다.

"총 내놔."

그렇게 말한 남자가 손을 내밀었다. 푹 꺼진 두 뺨은 천연두 자국으로 움푹움푹 파여 있었고, 머리는 선반 위에 둔 공처럼 그냥 어깨 위에 얹혀 있는 것 같았다. 목이 없었다. 깡마른 가슴에서 은색 별이 빛났다. 그의 목소리를 들으니, 호칸은 리누스가 상상 속의 숲 사람, 마녀, 잔가지 인형을 연기할 때 가끔 썼던 끽끽대는 목소리가 생각났다.

"총 없다." 호칸은 언어가 작동한다는 걸 알고 놀라며 말했다.

"그러시겠지. 그럼 그 사자는 어떻게 잡았나?"

"잡았다."

"잡았다고?"

"그래."

"총 없이?"

"그래."

"맨손으로?"

"그래."

남자는 짜증이 나서 한숨을 쉬더니, 고개를 끄덕이며 조수들 중 한 명에게 호칸의 몸을 수색하라고 했다. 그중 한 명이 호칸에게 다가갈 듯한 몸짓을 했지만, 발걸음을 떼기도 전에 눈에 띄게 겁을 먹어 멈춰 섰다. 이제는 더욱 짜증이 난 남자가 직접 호칸의 몸을 수색했다.

"이름이 뭐냐?"

"호크."

"그놈이 맞네." 남자가 자기 동료들에게 말했다.

처음에 남자들은 호칸의 키에 위협을 느꼈고, 그의 이름을 알게 된 지금은 호칸에게 다가가는 걸 더욱 꺼리는 듯했다. 별을 단 남자가 물러나더니 난데없이 소총 자루로 호칸의 배를 후려쳤다. 호칸은 흙바닥에 쓰러졌고 더이상 움직이지 않을 때까지 걷어차였다.

호칸은 흙을 한줌 쥔 채 깨어났다. 그 바람에 자신이 아직 거리에 있다고 생각했지만, 실제로는 나무 바닥에 누워 있었다. 좁은 공간이 점점 선명해져 감방이 되었다. 등유 냄새 너머로 담배와 양파, 개들의 냄새가 풍겨왔다. 호칸의 두 손은 금속 막대에 족쇄로 연결돼 있었으며, 그 막대는 사슬로 벽에 연결되어 있었다. 두 발에도 족쇄가 채워져 있었다. 철창 너머로 장화 신은 발이 돌아다녔다. 고개를 들려다 고통을 느낀 호칸의 머리가 다시 바닥으로 향했다. 몸속이 부러지고 찢기고 뚫렸을까봐 두려웠다. 구타가 이루어진 이후로 상당한 시간이 지난 게 틀림없었다. 피부와 옷의 피가 응결해 작은 사막 풍경을 이루고 있었다. 호칸은 하나씩 하나씩, 천천히 팔다리를 시험해보았다. 아프긴 했지만 골절된 것 같지는 않았다.

"놈이 움직입니다, 보안관님." 누군가가 말했다.

더 많은 장홧발이 방으로 들어왔다. 그들은 호칸의 감방 앞에 일렬로 섰다. 열쇠가 잘그랑거리는 소리가 나고 자물쇠가 돌아가더니 누군가가 호칸의 얼굴 바로 옆에 섰다. 호칸은 그 사람이 목 없는 남자라는 걸 알았다. 누군가가 소총의 총열로 호칸의 어깨를 쿡 찔렀다.

"호크." 끽끽대는 목소리가 말했다. "그 무시무시하고 유명한 호크야."

잠시 침묵이 흐른 뒤, 그는 호칸으로서는 이해할 수 없는 말을 덧붙였다. 누군가가 웃었다.

"그럼 사실이군." 보안관이 다시 말을 시작했다. "영어를 못한다더니. 아니면 머리가 무른 건가? 여보세요? 이봐? 여보세요? 여보세요?"

낄낄대는 소리.

"말해. 왜 그 사람들을 전부 죽인 거냐?"

호칸은 공기가 없는 심연으로 빨려들어갔다. 그들이 알고 있었다. 모두가 알았다. 어쩌면 지금쯤은 리누스까지 알지도 몰랐다.

"아니. 잠깐만." 보안관이 스스로 말을 끊으며 불쑥 내뱉었다. "왜는 문제가 아니지. 어떻게. 어떻게 그 사람들을 다 죽였지? 형제들을, 이민자들을, 그 여자와 어린애들을 말이야."

호칸의 내면 어느 먼 곳에서 이 말이 들려왔다. 내면이 그토록 광활하고 황폐한지 몰랐는데.

"심지어 그중 일부와는 즐기기도 했던데. 그러면서도 모두를 도륙하고, 다치지 않은 채 도망치는 데 성공했어. 거인이나 할 수 있는 일이겠지?"

코웃음.

"이해가 안 되는 게 하나 더 있어. 어째서 그 지방을 떠난 거냐? 거기서는 아무도 널 잡을 수 없었을 텐데. 물론 형제들은 노력했지. 하지만 어디부터 시작하겠어? 게다가 거긴 법도 없다.

법이 없으면 범죄도 없지. 그런데 여기는 말이야. 여기에는 법이 있다고. 미합중국의 법. 그게 헌법에 적혀 있어. 그런데 너는 그 법을 대부분 어겼어. 신의 법은 말할 것도 없고. 너는 망가지고 저주당할 거다. 미국에 들어오다니. 하! 머리가 물러서 그런 거겠지. 넌 목이 매달릴 거야. 내 영혼을 걸고, 내가 직접 너를 죽이고 네 짐승 같은 뼈를 태워버릴 거다. 하지만 형제들이 너를 원해. 산 채로 데려가면 더 많은 돈을 주지. 그게 내가 네 얼굴을 망가뜨리지 않은 이유야. 그래야 형제들이 너라는 걸 알 수 있으니까. 심지어 네가 의사라는 증거로 이 양철 상자도 확보했다. 형제들은 네가 의사가 되려 한다고 했지. 의사라니! 살인자 거인 의사라니! 카인의 저주 같은 게."

히죽거림.

"주님의 선량한 사람들을 도륙하다니." 갑자기 엄숙해진 보안관이 말했다. "정직한 살인자라면 난 참아줄 수 있어. 하지만 이런 건? 좋은 말씀을 전하는 형제들을 도륙하다니." 그는 범죄의 어마어마한 규모를 생각하며 잠시 말을 멈추었다. "형제들은 널 반드시 일리노이로 데려오라고 했어. 주님의 선량한 사람들이지."

호칸은 그제야 겨우 고개를 돌려 어깨 위에 놓인 머리를 보았다. 그 머리가 경멸을 담아 호칸을 내려다보았다.

"여보세요? 이봐? 여보세요? 여보세요?" 보안관이 갑자기 빠르게, 연달아 꽥꽥댔다.

웃음.

호칸 내면의 공간이 계속해서 부풀어올랐다. 이제 그는 불이 꺼진 우주였다. 어떻게 세상을 거대한 곳이라고 생각할 수 있었을까? 세상이란, 점점 커져가는 그의 공허함에 비하면 아무것도 아니었다. 한때 호칸의 관심을 끌었던 세부 사항은 그 허공 속으로 사라졌다. 보안관이 호칸더러 새로운 나라에 왔다고 말했던가? 그렇다면 전에는 어디에 있었던 걸까? 그가 저지르지도 않은 사악한 행위에 대한 이야기는 누가 지어냈을까? 형제들은 누구일까? 이 모든 질문이 헬렌의 모습 뒤로 희미해져갔다. 그녀는 한때 호칸의 손을 어루만졌다. 리누스가 멀리서 그를 바라보았다. 하지만 이런 마지막 장면들은 아른거리는 넝마로 갈가리 찢겨 어둠 속으로 사라졌다.

"그래서, 양철 상자. 어디 좀 볼까? 작은 집게, 작은 칼, 작은 유리병. 우스꽝스러운 바늘이군. 실도 있고. 넌 아주 많은 사람들을 치료했어. 어쩌면 이젠 내가 널 치료할 수 있을지 모르지. 너도 알겠지만, 넌 아프니까. 넌 마음이 나빠. 넌 마음이 나쁘니 내가 고쳐주겠어."

호칸은 뒤집혀 위를 보게 되었다. 한쪽 눈밖에 보이지 않는다는 걸 깨달았다. 물기어린 장막 너머로 보안관이 그의 바늘 중 하나에 봉합사를 꿰는 모습이 보였다.

"난 의사가 아니지만 네 아픈 마음을 고쳐주겠어." 보안관은 실을 꿴 다음 다시 말했다. "네 마음에서는 예수님이 사라졌어. 넌 그래서 아픈 거야. 하지만 내가 바로 다시 꿰매주지. 놈을 잡아라."

보안관이 무릎을 꿇고 호칸을 내려다보더니 그의 가슴에, 심장 바로 위에 바늘을 찔러넣었다. 잠시 통증이 호칸의 의식과 수치심, 슬픔을 지웠다. 하지만 호칸의 울부짖음과 함께 그 모든 것이 되돌아왔다. 바늘이 반대편으로 나왔고, 호칸은 살갗을 가르며 지나가는 실이 타오르는 것 같다고 느꼈다.

"알아, 알아." 끽끽대는 목소리가 말했다. "하지만 나아질 거야."

또하나의 바늘땀, 또 한번의 비명.

"넌 나을 거야. 악행의 찌꺼기로부터 정화될 거다. 치료되는 거지."

또하나의 바늘땀, 또 한번의 비명.

"제기랄! 방금 갈비뼈였지? 말해보세요, 의사 선생님. 갈비뼈 위로 꿰매야 합니까, 아래로 꿰매야 합니까? 어디 보자. 이런 젠 장! 아니지. 그냥 위로 꿰매야겠어. 그걸로 됐으면 좋겠네. 딱 한 번만." 바늘땀. "둘." 바늘땀. "그리고." 바늘땀. "셋. 이젠 가로 로 꿰매기만 하면 돼."

호칸은 헛숨을 들이켜며, 트롤처럼 생긴 구름을 닮은 천장의 얼룩을 빤히 보았다. 놀라운 고통. 바늘을 들고 있는 건 보안관이 었지만 고통은 호칸의 것이었다. 어떻게 호칸의 몸이 그 자신에 게 이런 짓을 할 수 있을까?

"조사이아, 여기에 물을 좀 부어. 진흙 때문에 내가 뭘 하는 건 지 안 보이잖아. 좋아. 바로 여기에 다시 바느질을 해줘야겠어."

그 순간은 영원이었다. 고통, 뒤에도 앞에도 아무것도 없는 현재.

"자. 누구든 구원받을 수 있어. 그냥 예수님을 다시 마음에 받 아들이기만 하면 돼."

호칸은 기절하기 전 간신히 고개를 들고, 심장 바로 위 가슴 전 체에 바늘로 꿰매진 조악하고 둘쭉날쭉한 십자가를 보았다.

한밤중에 차갑고 위로가 되는 천이 이마에 닿아 눈을 떴다. 호칸을 붙잡은 자들 중 한 명이 부드럽게 그의 이마를 닦고 있었다. 남자는 호칸의 입술에 손가락을 대고 쉿 소리를 냈다. 그들은 서로의 눈을 들여다보았다. 남자의 시선에는 간청하는 듯하면서도, 동시에 무언가를 내주는 기색이 어려 있었다. 그는 호칸의 얼굴을 닦은 뒤 가슴을 닦았다. 호칸보다 작기는 해도 그는 키가 컸으며, 호칸을 부축해준 단단한 손길로 미루어보아 힘도 셌다. 그의 선명한 이목구비는 신뢰를 불러일으켰다. 마치 그 질서정연하고 비율이 잘 맞는 얼굴이, 그 이면의 정신에 의해, 그 정신의 형상을 따서 조심스럽게 설계된 것 같았다.

"내가 네 상자를 가져왔어." 그가 속삭였다. "네가 스스로 치료할 수 있어?"

호칸은 연고를 가리켰고, 손짓으로 남자에게 그 연고를 바느질한 자리에 찍어 바르라고 했다. 그런 다음 진정제를 달라고 했다.

"두 방울." 호칸은 입을 열며 웅얼거렸다.

쌉쌀한 맛부터가 안도감을 주었다.

"난 그 사람들을 죽였다." 호칸은 숨죽여 간신히 말했다.

"조용히 해." 남자가 작게 말했다.

"하지만 소녀는 아니다. 친구들은 아니다. 그냥 그 남자들만 죽였다. 다른 사람은 안 죽였다."

"알아."

"하지만 그 사람들은 죽였다."

호칸은 남자의 품에서 잠들었다.

땡그랑 소리와 가슴의 통증이 동시에 호칸을 깨웠다. 보안관이 곤봉으로 철창을 때리고 있었다. 약 때문에 모든 것이 욱신거렸다. 현실이 꼭 잠들어버린 팔다리인 것 같았다.

"일어나! 일어나! 일어나! 일어나! 서커스가 왔다! 일어나! 일어나! 일어나! 일어나!"

호칸을 잡은 자들 중 한 명인 조사이아가 낄낄거렸다. 다른 사람, 그러니까 호칸의 은인은 어두운 구석에서 바라보고 있었다. 보안관이 감방으로 걸어들어오더니 낄낄대는 남자가 호칸의 머리에 총을 겨누고 있는 동안 그의 사슬을 풀었다.

"의상을 갖춰 입어야지." 보안관이 호칸에게 코트를 던지며 말했다. 코트는 호칸의 얼굴에 떨어졌다. "오, 주여. 냄새 한번 구리군." 보안관은 조사이아의 셔츠 등판에 두 손을 문질러 닦으며 덧붙였다.

그들은 호칸을 일으켜세웠다.

"에이서!" 보안관이 소리쳤다. "넌 대체 거기서 뭘 하는 거냐? 이리 와! 저 멍청이는 거인이라고, 네가 잊었을까봐 하는 말이지만."

에이서가 그늘진 구석에서 나와 호칸이 일어서도록 도와주었다. 그들은 호칸의 두 손을 밧줄로 묶고, 휘청거리는 그를 데리고 계단을 내려가 눈이 멀 듯한 아침햇살 속으로 떠밀었다.

비명보다 썩은 채소와 달걀이 먼저 호칸을 후려쳤다. 호칸은 한쪽 눈으로 앞을 보았다. 신중하게 거리를 두고, 그러나 가져온 쓰레기로 호칸을 맞힐 수 있을 만큼 가까이 서 있는 시끄러운 군중이 눈에 들어왔다. 보아하니 쓰레기를 가져온 목적은 호칸에게 던지는 것뿐인 듯했다.

"맞소!" 보안관이 상자 위에 올라서서 선언했다. "저놈이오! 거인 죄인! 말했다시피 내가 직접 잡았지! 거인 살인자를 말이야!"

욕설, 식식대는 소리, 야유. 누군가가 돌을 던졌다. 보안관은 두 팔로 자기 머리를 가리며 상자에서 뛰어내려 호칸과 군중 사이를 막아섰다.

"얼굴은 안 돼! 얼굴은 맞히지 못하게 해라!" 그가 부관들에게 말하자 부관들이 호칸의 허리를 눌러 수그리게 했다. "돌은 안 됩니다, 신사 숙녀 여러분. 쓰레기만. 우리 모두에게 죄가 있다는 걸 기억합시다. 그러니 돌은 안 되오."

에이서가 부드러우면서도 단단한 손으로 최대한 오래 호칸의 허리를 눌렀다.

"그렇소." 보안관은 호칸의 머리채를 쥐고 그를 다시 일으키며 말을 이었다. "형제 살육자! 짐승! 한번 보시오! 진짜 짐승 아닙니까?"

보안관은 호칸의 등에서 사자의 머리를 들어올려 호칸의 머리에 두건처럼 씌웠다. 호칸의 얼굴이 어둠 속으로 사라졌다.

헛숨 들이켜는 소리, 갑작스러운 침묵.

"그렇소. 바짝 다가오시오, 신사 숙녀 여러분! 한번 보란 말입니다! 우리 들판을 맴돌다가 우리 형제를 죽여버린 바로 그 짐승이오." 침묵. "당시에 영광을 누리던 사람이 참 많았는데." 그는 애석하다는 듯 하늘을 보더니, 새로 활기를 띠며 호칸을 가리켰다. "하지만 이 짐승이 지옥에서 올라왔소! 우리 양떼를 도륙한 포식자, 사자를 보시오! 이자는 범죄자가 아니오. 동물이지! 아직 교수형을 당하지 않은 이 짐승은 말도 거의 할 줄 모르오. 이 자를 보시오!"

군중은 조용히 경외감을 느끼며 서 있었다.

"이 아모리인*을 정복한 건 나요. 여러분이 보다시피 키가 삼 나무처럼 큰데다, 분명히 말하지만 힘은 참나무 같은 자인데. 자, 나는 이 악당을 사냥했으니 일리노이주의 형제들에게 이자를 데려가겠소. 거기에서 이자는 법의 끔찍한 위엄을 마주보게 될 것이오."

산발적인 찬성의 웅성거림.

"거기서, 이 벨리알**의 아들은 법정의 심판을 받고 교수형을 당할 것이오. 자, 여기 이 양동이에 형제들의 교수대를 위한 기부금을 내시오. 누가 내시겠소? 기부할 사람? 여기, 우리의 비둘기를 먹고 산 매가 있소. 놈의 목을 비틀어버립시다. 형제들의 교수대를 위한 기부금이오만? 이 부정한 괴물을 바깥의 어둠으로, 울부짖음과 갈아대는 이빨밖에는 없는 곳으로 내던집시다. 쑥스러워할 것 없소!"

한 명씩 한 명씩, 농장 일꾼과 가정주부, 가게 주인, 학교에 다니는 아이를 비롯한 마을 사람들이 양동이로 다가와 돈을 넣었다. 절대로 돈을 던지지 않고, 언제나 조심스럽게 양동이 밑바닥에 두었다. 돈이 부러질 수도 있다는 듯이. 어떤 사람들은, 대체로 여자였는데, 잠시 멈춰 서서 은근슬쩍 호칸을 보았다. 그러나

---

* 고대 중동에 살았던 민족으로 키가 크고 힘이 센 것으로 알려져 있다.
** 성경에 나오는 악마.

대부분은 기부금을 낸 뒤 감히 죄수를 쳐다보지 않고 발걸음을 서둘렀다.

"고맙소. 모두 고맙소이다." 군중이 흩어지기 시작하자 보안관이 말했다. "형제들의 이름으로 감사를 전하오."

그는 양동이에서 돈을 꺼내 세어보더니 자기 주머니에 잘 넣어두었다.

호칸은 잡힌 이후로 당나귀를 보지 못했지만, 사람들은 그를 같은 말에 태웠다. 알고 보니 호칸이 데려간 수말은 피해자 유족 중 한 사람이 귀하게 여기던 말이었다. 게다가 도망자를 그 말과 함께 데려가면 추가적인 보상이 주어졌다. 죽은 상태, 살아 있는 상태, 말과 함께 있는 상태에 따라 상금이 올라갔다.

"말값은 너희가 반씩 나눠도 돼." 보안관은 죄수를 호송해 주 경계선을 가로질러야 하는 두 조수를 설득하느라 말했다.

호칸은 안장 머리에 두 손이 묶여 있었고 의식이 거의 없었으므로, 그에 대한 경계도 느슨했다. 끝없이 넓은 땅에는 도망칠 곳이 없었고, 호칸은 어쨌거나 뭐라도 시도하기에는 너무 약하고 비참한 상태였으므로 대체로 혼자 남겨졌다. 가끔은 생각과 비슷한 무언가가 호칸 내면의 어둠 속에서 맥동했다. 대체로 그가 바란 것은―어둠 속의 그 소리 죽인 맥동이 희망 비슷한 무언가가 될 수 있다면 말이지만―리누스가 이별 이후 호칸이 스웨덴에 돌아갔다고 생각하는 것이었다. 아니면 호칸이 죽었다고 생각하든지. 이처럼 모호한 환상을 제외하면, 호칸은 가슴에서 느껴지는 고통과 또다시 볼록한 평원에 왔다는 점을 어렴풋이 인식했을 뿐이었다. 그러나 무감각으로 곤두박질친 것은 망가진 정신과 학

대당한 몸의 결과물만이 아니었다. 매일 밤, 에이서가 호칸은 물론 자신의 위험까지 감수하며 호칸에게 진정제를 두 방울씩 주었다. 아무도 호칸에게 베풀어준 적 없는 큰 친절이었다.

시간이 호칸과 함께 얼어붙었지만, 어떻게 그랬는지 외부의 현실은 엄청난 속도로 움직이고 찢기고 분해되어 허무가 되었다. 빠르게 움직이는 구름처럼. 호칸 내부의 진공 상태와 주위에서 간헐적으로 펄럭이는 현실의 넝마는 빈약하게 연결되어 있을 뿐이었다. 깜빡거리는 이해랄까(이건 몸이고, 저건 몸이 아니고, 이 손은 저 손을 만질 수 있고, 저 태양은 만질 수 없고).

그 며칠 동안 일어난 일의 대부분은 나중에 듣고 안 것이었다.

그들은 어떤 마을에 이르렀다. 사람들은 그 마을의 큰길을 따라 호칸을 행진시켰다.

"와서 보시오!" 보안관이 말했다. "형제 살해자요! 와서 짐승을 보시오! 내가 직접 잡았소! 거인과 사자를 모두 쓰러뜨린 용감한 베나이아*처럼. 바짝 다가오시오, 신사 숙녀 여러분! 보기만 하시오! 이집트 거인처럼 키가 5큐빗**은 될 거요. 게다가 눈 내리는 구덩이 속 사자처럼 사납기도 하다오."

그들은 술집 앞에 멈추었다. 보안관은 호칸이 마구 가게 앞에서 보았던 것과 똑같은 초상화를 내붙였다.

"그렇소! 윈스럽 계곡에서 발견했소. 몰래 다가갔지. 총을 쐈소. 총알을 다 써버렸소. 놈에게는 칼이 있었지만, 내가 놈의 눈에

---

* 성경 사무엘서, 열왕기, 역대기 등에 등장하는 용감하고 뛰어난 전사로, 다윗왕의 부하다.

** 고대에 사용하던 길이 단위로, 1큐빗은 약 45센티미터에 해당한다.

흙을 던지고 무장해제를 시켰소. 그런 다음 일대일 전투에서 놈을 압도했소. 놈을 보시오! 그야말로 짐승이지! 나도 죽을 뻔했지만, 놈에게 덩치가 있다면 내겐 꾀가 있소. 거인 블레셋을 상대로 싸운 이스라엘의 왕처럼! 하지만 다윗과는 달리 나는 이 골리앗의 머리를 취할 수 없었소. 형제들이 이놈의 머리를 원하니까. 그렇소, 우리는 이자를 일리노이로 데려가는 중이오. 거기서 이자는 공정한 재판을 받은 뒤 교수형에 처해질 거요. 자, 여기 이 양동이는 형제들의 교수대를 위한 기부금 통이오. 기부하고 싶은 분? 이 죄인을 꺼지지 않는 불과 유황으로 타오르는 호수에 담가 버리도록 도와주시오. 기부하실 분? 이자를 죽지 않는 벌레에게 먹이로 줍시다. 이 괴물이 더이상 우리가 밟고 다니는 땅과 숨쉬는 공기, 우리를 보호하는 하늘에 해악을 끼치지 못하게 합시다. 형제들의 교수대를 위한 돈이오만? 자, 쑥스러워하지 마시오!"

그는 돈을 주머니에 넣고 초상화를 둘둘 만 뒤 부하들과 죄수를 데리고 마을을 나섰다.

황무지로 돌아온 뒤에는 별로 대화가 이루어지지 않았다. 호칸이 먹기를 거부하자 보안관은 어쨌든 찌꺼기와 쓰레기를 더 좋아할 게 분명한 동물에게 음식을 낭비하면 자신이 말라죽고 말 거라고 말했다. 호칸은 그냥 제자리에 앉아 있었다. 정신은 멍하고 눈은 살짝 휘둥그레진 채였다. 매번 식사가 끝나면 쓰레기가 그의 무릎에 버려졌고, 조사이아는 그럴 때마다 처음인 양 재미있어했다.

며칠 이동하고 나서 또다른 작은 마을이 지평선 위에 쌓이기 시작했을 때, 보안관은 일행을 말에서 내리게 하고 조수들에게 호칸을 단단히 붙잡으라고 했다. 호칸의 조용한 무력감을 생각하면 쓸데없는 예방 조치였다. 보안관은 손으로 자갈 몇 개의 무게를 달아보더니, 마침내 주먹으로 단단히 쥘 수 있는 돌 하나를 찾았다. 침을 뱉고 호칸을 올려다보며 온 힘을 실어 팔을 휘둘렀다. 호칸의 광대뼈 부위가 자두처럼 터졌다. 상처에서 피가 잠시 머뭇거리다가 쏟아져나왔다.

"왜 이러는 겁니까? 이봐요!" 에이서가 놀라고 역겨워 주춤하면서 할 수 있었던 말은 그게 전부였다.

"뭐가?" 보안관이 얼음장처럼 차갑게 물었다.

그들은 말을 타고 달려 마을에 이르렀다. 그곳에서 보안관은 한번 더 호칸을 내보이고 모두에게 자신이 혼자서 극악무도한 네피림*을 잡았다고 말했다. 이 악마가 미쳐 날뛰며 울부짖는 사자처럼 덤벼들었다면서. 이번에 호칸에게는 그를 잡은 사람의 용기와 힘을 보여주는 새로운 흉터가 나 있었다. 보안관은 기부금을 요청하며, 잊지 않고 그 상처를 가리켰다.

마을을 나서려는데, 짧은 길의 마지막 골목에서 작은 가게 하나가 보안관의 관심을 끌었다. 창문이 온갖 색깔의 보석으로 반짝거렸고, 온갖 크기의 진주가 금은 목걸이, 손목시계, 반지, 브로치, 로켓, 소형 권총, 넥타이핀, 팔찌, 담뱃갑에 박혀 있었다. 가게는 너무 작아 보석함처럼 보였다. 감탄할 순 있지만 절대 들어갈 수는 없는 현란하고 작은 세상 같았다. 그래도 보안관은 모두

---

* 성경 창세기와 민수기에 등장하는 고대의 거인 혹은 강력한 전사로, 정확히 무엇을 지칭하는지에 대해서는 다양한 해석과 논란이 있다.

에게 멈춰 서서 말에서 내리라고 명령한 뒤 구경꾼이 있는지 신중하게 주위를 둘러보며 옷 주름을 펴고 보석 가게로 들어갔다.

부하들은 꽤 오랜 시간을 땡볕에서 기다렸다.

마침내 보안관이 잘난 체하는 미소를 지으며 가게에서 나왔다. 조끼의 단춧구멍에서 늘어져 시계 주머니로 쏙 들어가는 체인에 매달린 금시계를 지닌 채였다.

다시 평원으로 나간 보안관은 옷 속 깊이 숨겨둔 주머니에서 돈을 조금 꺼내더니 부하들을 불렀다.

"자, 이 녀석들아. 보상을 받기 전에 맛을 좀 봐라."

조사이아는 온순한 탐욕을 보이며, 수없이 감사인사를 하면서 돈을 받아갔다. 에이서는 예의바르지만 거의 보이지 않는 손짓으로 돈을 거절하고, 보안관이 얼굴에 차오르는 분노를 터뜨리기 전에 돌아섰다. 이 사건 이후로 에이서와 보안관은 며칠 동안 거의 한마디도 나누지 않았다. 한편, 조사이아와 그의 상관은 더욱 가까워졌다. 조사이아는 상관에게 대단히 비굴하게 알랑거리며 굴종했다.

그들은 평원을 지나는 여행을 계속했다. 호칸은 계속해서 먹기를 거부했고, 에이서의 부드러운 간청에도 물만 조금 마시겠다고 했다. 며칠이 지나 그들은 또다른 마을에 도착했는데, 그곳에서 보안관은 다시 한번 호칸을 초상화 옆에 내보이며 그를 포획한 순간을 자세히 설명했다. 이번에 보안관은 엄청난 영웅적 행동을 통해, 이 베헤못*만이 아니라 자연의 법칙마저 몇 가지 꺾는

---

* 성경 욥기에 등장하는 동물로, 거대하고 강력한 존재로 여겨진다.

데 성공했다고 떠들었다. 사람들은 후한 기부금을 내놓았다.

이제는 호칸이 너무 약해져 안장에 앉아 있을 수도 없었기에 그를 말에 묶어야만 했다. 그는 음식을 전혀 먹지 않으려 들었다. 그들은 심지어 찌꺼기와 쓰레기로 호칸을 놀리는 짓조차 포기했다. 보안관이 마지막 두 마을에 들르려고 돌아가지만 않았어도 그들은 이미 일리노이주의 형제들에게 도착했을 것이다. 보안관이 반대 방향으로 이어지는 도시로 가겠다고 말하자 마침내 에이서가 목소리를 높였다.

"일벌백계하지 않고 이 물건을 처형하는 건 죄악이야." 보안관이 설명했다. "난 이놈을 처리하기 전에, 우리와 형제들 사이에 있는 모든 마을의 모든 사람의 사기를 북돋우려는 거다."

"그러면서 돈도 많이 벌고요."

"입조심해라, 이 불한당 놈아."

"저 사람은 죽을 겁니다."

"당연하지."

"도착하기 전에 죽을 거라고요."

"내가 지킬 거다."

"아뇨. 배고파서 죽는다고요."

"픽이나!"

"절대 못 갑니다. 보세요."

보안관은 남의 명령에 따르는 사람이 아니었으므로, 그가 땅에 고꾸라진 몸뚱이를 돌아본 것도 원해서 한 일은 아니었다. 에이서의 말을 이해한 것도 아마 그의 의지와는 반대되는 일이었을 것이다. 보안관은 호칸을 붙잡고 부축해 세운 뒤, 남은 음식 한 숟가락을 그의 얼굴에 들이밀었다.

"일어나, 냄새나는 죄악덩어리 같으니! 먹어!" 그는 호칸의 입을 억지로 열고 음식을 쑤셔넣으며 꽥 소리를 질렀다. 음식은 그냥 그 자리에, 삼켜지지 않고 남아 있었다. "먹어라, 이 지옥에서도 싫어할 저주받은 고약한 놈아!"

음식을 뒤집어쓴 호칸은 얼굴을 이리저리 후려쳐대는 손길을 느끼지 못하는 듯했다.

"그만하세요." 에이서가 명령했다.

보안관은 대답하는 은총을 베풀어주지 않았다. 대신 단호한 손가락으로 에이서의 가슴을 가리키며 고집스럽게 그를 노려보았다. 멍해진 조사이아가 몇 걸음 물러나 바라보았다. 보안관은 혼자 웅얼거리며 자기 말로 다가가더니 안장주머니 하나를 뒤져서 호칸의 양철 상자를 가지고 돌아왔다. 그리고 그 상자에서 메스를 꺼냈다. 한 손에는 숟가락을, 다른 손에는 메스를 들고 호칸 위로 허리를 숙였다.

"한 숟가락을 먹지 않을 때마다 살에 표시를 하나씩 해주겠다."

이번에도 그들은 호칸에게 음식을 먹이려 애썼다. 이번에도 음식은 호칸의 턱에서 가슴으로 뚝뚝 떨어졌다. 보안관이 호칸의 소매를 걷어올리고 그의 아래팔에 깊은 선을 새겼다.

"하나."

지방과 뼈의 부연 흰색이 잠시 보였지만, 상처는 곧 피로 채워지고 흘러넘쳤다.

"이게 두번째다." 보안관이 낄낄대며 숟가락을 호칸의 입에 쑤셔넣었다.

"보안관님!" 조사이아가 소리쳤다.

보안관은 고개를 돌렸다가, 그의 머리에 총을 겨눈 에이서를 보았다. 뒤를 보고 있는 머리는 그 어느 때보다도 그루터기에 얹어놓은, 형체 없는 덩어리처럼 보였다. 둘은 조용히 서로를 노려보았다.

"에이서, 에이서. 넌 교수형을 당할 거다."

"물러나세요, 보안관님."

"아아, 에이서, 에이서." 보안관은 허세를 부리며 침착하게 말했지만, 그의 분노는 시체처럼 단단했다.

"저 사람은 내가 데려가겠습니다."

"아아, 에이서. 형제들이 이 말을 들으면 어떻게 될까."

"그러게요, 형제들이 이 말을 들으면 어떻게 될까요. 내게서 이야기를 듣게 될 텐데요. 나는 이 사람을 형제들에게 바로 데려가, 당신이 형제들의 이름을 팔아 이익을 취했다고 말할 겁니다. 삼촌에게 말씀드릴 거예요. 장로님들은 내 말을 들으실 겁니다."

"여기 내 돈이 있어. 이게 다야. 제발 가져가." 조사이아가 말했다. 그는 갑자기 돈이 뱀이나 거미로 변하기라도 한 양 두려움에 질려 돈을 땅에 던졌다.

"돌았구먼." 보안관이 눈을 가늘게 뜨고 에이서를 보며 식식댔다.

"주님께서도 아시지만, 당신이 그 돈을 받는 걸 본 사람은 많습니다." 에이서는 보안관의 방해를 무시하고 말을 이었다. "애초에 당신에게 돈을 준 게 그 사람들이니까요. 당신이야 좋은 뜻으로, 장로님들을 대신해서 그 돈을 받았다고 주장하겠죠. 나는 장로님들을 당신의 그 시계를 제작한 사람에게 보내겠습니다."

"보상금을 독차지하려는 거지? 이 태어나지 말았어야 할 탐욕스러운 사냥개 같으니."

"가장 가까운 마을은 플래츠빌입니다. 걸어서 닷새쯤 될까요? 당신이 거기 도착할 즈음이면, 이미 나는 장로님들께 모든 걸 말씀드렸을 겁니다."

"네놈 사지를 찢어서 돼지들에게 먹이고, 그 똥에 오줌을 누겠다."

"아니, 그렇게는 안 될걸요. 당신은 도망칠 겁니다. 사람들이 당신을 잡으러 갈 테니까요. 당신은 숨게 될 겁니다."

분노로 구겨지고 일그러진 보안관의 얼굴에서, 일순간 그 역시 에이서의 말이 옳다는 걸 안다는 기색이 드러났다.

에이서는 보안관과 조수의 머리에 자루를 씌운 뒤 호칸이 말에 오르도록 도와주었다. 조사이아의 알아들을 수 없는 간청은 자루 때문에 무뎌져 조용하고 축축하게 웅얼거리는 소리가 되었다. 자루를 가르고 나오는 날카로운 목소리의 주인공인 보안관은 조사이아에게 닥치라고 말했다. 준비가 끝나자 에이서는 호칸을 데리고, 말 두 마리를 끌고서 출발했다. 보안관이 두건을 걷고 기수들에게 욕설을 내뱉었지만, 그들은 이미 너무 멀어져 있었기에 보안관의 새된 욕설은 평원만을 향해 내뱉는 듯 보였다. 조사이아는 그들이 시야에서 사라졌을 때도 머리에 자루를 쓰고 있었다.

17

파란색과 추위는 하나였다. 호칸은 상쾌한 푸른 하늘이 피부와
눈에 닿는 것을 느꼈다. 시각과 촉각의 이런 일치로, 의식이 돌아
왔다는 걸 깨달았다. 팔다리에 쥐가 난다는 건 그가 상당히 오랫
동안 정신을 잃고 있었다는 신호였다. 그는 다른 감각을 시험해
보았다(풀에서 나는 쉭쉭 소리, 오래된 석탄과 거름의 냄새, 입
속에 남은 잠의 시큼한 맛). 발아래 땅의 단단함을 확인해보았다
(그가 며칠 동안이나 천천히 미끄러져내리던 점액질의 구덩이와
는 너무도 달랐다). 몇 가지 기억을 떠올렸다(친근한 장면은 마
음대로 떠올렸다가 물리칠 수 있었지만, 꿈속에서 그를 괴롭히
는 유령들은 달랐다). 머릿속에서 언어를 시험해보았다(야그 에
르 헤르 데르풔르 아트 야그 칸 텡카 아트 야그 에르 헤르[*]). 하
늘을 더 깊이 들여다보려 하자 거기에서 환하기는 하지만 규정할

수 없는 색깔의 점들이 불쑥 튀어나왔다가 사라졌다. 그는 여전히 평원에 있었다.

"아파?"

에이서가 뒤에서 다가와 곁에 앉았다. 호칸은 그 질문을 받기 전까지는 아프지 않았다. 이제는 가슴에서 불이 타오르기 시작했고, 아래팔의 상처가 나름의 생명을 갖춘 듯이 맥동했다.

"그렇다."

"견딜 수 있으면 진정제는 끊어야겠어. 널 잃는 줄 알았어."

"그래."

"알려줘."

"그래."

호칸은 아래팔을 보았다. 어쩌다 다쳤는지는 모르겠지만, 상처가 초보적이나마 효율적으로 씻기고 붕대로 감싸여 있는 것이 눈에 들어왔다. 에이서가 적신 크래커를 입술에 대주었다. 호칸은 즐겁게 받아먹었다. 에이서는 스튜도 숟가락으로 떠먹여주었다. 누군가가 자신을 위해 스튜를 만들어주었다고, 호칸은 졸기 전에 생각했다.

호칸이 눈을 떴을 때는 지평선에 남은 마지막 인광이 사라져가고 있었다. 불이 피워져 있고 에이서가 그 옆에 잠들어 있었다. 잉걸불 가장자리에서 냄비가 부글거렸다. 오래 굶고 나서 소량의 음식을 먹자 식욕이 되살아났다. 기침을 하자 가슴이 쪼개질 것 같았다. 에이서가 일어났다.

---

* '내가 여기 있다고 생각할 수 있으니 난 여기 있다'라는 뜻의 스웨덴어.

"좀 나아 보이네. 배고파?"

"그렇다."

에이서는 바닥에 내려놓은 안장으로 호칸의 몸을 받쳐주고, 그에게 스튜를 한 컵 주었다. 그들은 조용히 먹었다. 호칸은 감방에서 바느질을 당한 이후 일어난 일을 흐릿하게밖에 기억하지 못했지만, 형제들이 그를 교수형에 처할 수 있도록 일리노이주로 끌고 가던 중이었다는 점만은 기억했다. 보안관은 어디에 있는 거지? 천연두로 두들겨맞은, 그 끽끽대는 머리는 꿈에서 본 걸까? 왜 손이 더이상 묶여 있지 않은 거지? 감히 물어봐도 될까?

"여기가 어디냐?" 호칸이 마침내 물었다. 사과하는 말처럼 들렸다.

"다시 영토로 돌아왔어."

호칸은 어리둥절했다.

"서쪽으로. 우린 미국을 떠났어." 에이서가 설명했다.

"일리노이주인가?"

"일리노이주는 아니야."

"보안관은?"

"보안관은 없어."

에이서가 무슨 일이 일어났는지 말해주었다.

"난 널 믿어." 에이서가 호칸의 컵을 채워주며 결론을 내렸다. "우리 중에는 그 길에서 이민자들에게 벌어진 일을 추측한 사람이 많아. 분노의 천사들이 한 짓이겠지. 그자들은 몇 년 동안 지방을 떠돌아다니면서 모든 비유대인과 전쟁을 벌이고 있어. 그자들이 형제들의 민병대야. 지금은 그냥 무법자 패거리지만. 장로

중에도 그들을 지지하는 사람이 있지만, 대부분은 전혀 얽히고 싶어하지 않아. 우리 삼촌도 장로야. 삼촌은 예후의 군대와 조금도 얽히기 싫어하셔. 너랑 네가 한 일에 관해서 온갖 얘기가 돌았어. 하지만 그러다 내가 널 만났고, 그 얘기가 사실일 리 없다는 걸 알았지. 그래도 사람들은 죽은 형제들을 위해 널 잡고 싶어할 거야. 그래 봤자 우리를 영영 찾을 수 없겠지만."

호칸의 목구멍에서 괴로움과 안도감이 혼란스럽게 뒤섞였다. 거의 숨을 쉴 수가 없었다. 구원은 불가능했지만, 최소한 그가 헬렌과 그 모든 결백한 사람들을 죽이지 않았다는 걸 누군가는 알고 있었다. 눈이 흐려졌다. 호칸은 공기를 들이마시기 위해 침을 삼키려 애썼다.

"어쨌든 난 서부로 떠날 생각이었어." 잠시 침묵이 흐른 뒤 에이서가 말했다.

저녁이 깊어져 밤이 된 터라, 에이서의 얼굴이 꺼져가는 잉걸불의 빛으로는 거의 보이지 않았다. 그는 불을 들쑤셔, 거품처럼 솟아나는 불똥 사이에서 푸른 불꽃이 하늘로 솟구치게 했다.

"네 얘기를 해줄래?" 에이서가 수줍게 물었다. 그 질문에 대한 답이 호칸보다는 그 자신에 대한 무언가를 드러내리라고 생각하는 듯했다.

호칸은 한참 만에 침을 삼키고 눈을 문질러 닦아냈다.

"난 스웨덴에서 왔다. 형을 잃어버렸다. 형을 찾으러 뉴욕에 갈 거다. 행렬의 사람들. 난 그 사람들을 만났다. 그 사람들. 그다음에."

목에 맺힌 덩어리가 굵어졌다. 기침을 하자 폐가 상처를 뚫고 터져나올 것만 같았다. 고통에 눈물이 나왔다.

"내가 받쳐줄게." 에이서는 호칸의 등에 팔을 두르고 접은 담요를 받쳐주며 말했다.

"피곤하다." 호칸이 조용히 신음하며 말했다. 눈물 너머로 그의 얼굴이 일그러졌다.

에이서가 그를 더욱 꽉 끌어안았다.

"피곤하다."

호칸은 흐느끼며 에이서의 어깨에 머리를 기댔다.

"너무 피곤하다."

에이서는 다른 팔을 호칸의 가슴에 둘렀다.

"너무 피곤하다."

그것이 호칸의 첫 포옹이었다.

그들은 계속해서 서쪽으로, 대체로 침묵하며 이동했다. 하지만 때로는 각자의 말에 탄 채 서로를 보며 아주 잠깐 미소 짓곤 했다. 아무도 호칸에게 그런 식으로, 아무 이유 없이 미소를 지어준 적은 없었다. 기분이 좋았다. 얼마 후 호칸은 마주 미소 짓는 법을 배웠다. 매일 저녁, 야영하면서 불을 피우고 저녁을 만들 때면 호칸은 누군가의 눈에 보인다는 것, 누군가의 뇌에 들어간다는 것, 누군가의 의식 안에 살아간다는 것을 거의 기적이라고 느꼈다. 게다가 에이서의 존재는 평원에도 영향을 주었다. 평원은 더 이상 그토록 오랜 시간 동안 호칸의 외로운 시선에 존재 여부가 맡겨져 있던 위압적인 광활함이 아니었다.

호칸은 여전히 약했지만, 최대한 빨리 가슴에서 바늘땀을 제거

하겠다고 우겼다. 구더기에 감염된 핑고의 봉합선에 대한 기억이
그를 괴롭혔다. 에이서가 그 일을 하겠다고 나섰지만 호칸은 치
료를 직접 하고 싶었다. 그러자면 진정제를 쓸 수 없었는데도 말
이다. 호칸이 족집게로 바늘땀을 하나하나 뜯고 메스로 봉합선을
가르는 동안 에이서는 호칸을 긴장하게 만들 뿐인 혼란스러운 응
원의 말을 하며 지켜보았다. 하지만 일단 수술을 마치고 고통이
잦아들자 호칸은 에이서의 존재가 얼마나 큰 도움이 되었는지 깨
달았다.

에이서는 음식을 무척 좋아했다. 호칸은 이런 쾌락을 전적으로
당혹스럽다고 느꼈다. 물론 호칸도 다른 음식보다 좋아하는 음식
이 있었고(그을린 프레리도그보다는 우유와 곁들여 먹는 딸기가
좋았다) 그가 좋아하는 음식을 만나게 되면 즐겁게 먹었다. 하지
만 그는 한 번도 이런 즐거움을 추구한 적이 없었고, 특정한 갈망
을 느껴본 적조차 없었다. 먹는다는 것은 살아남기 위해 해야만
하는 일이었다. 그래서 호칸은 에이서가 매번 식사를 준비할 때
마다 들이는 공에 놀랐다. 에이서는 하루종일 재료를 고르고, 계
속 걸음을 멈추며 허브와 꽃, 버섯, 새알을 모았다. 냄비에 들어
가는 건 호칸이 잡은 사냥 고기 중 가장 좋은 것뿐이었다. 에이
서는 언제나 다양한 조리법을 실험했다—굽기, 훈제, 담그기, 절
이기. 에이서는 호칸에게 로리머가 시체를 볼 때와 비슷한 방식
으로 음식을 보게 했다—아무것도 없었던 곳에서 깊이와 의미를
알게 한 것이다(그러나 음식에 관해서라면 호칸은 해부학에 보였
던 것과 같은 끌림이나 적성이 부족했다). 그리고 로리머와 있을
때 그랬듯, 에이서의 열정은 호칸이 지금까지는 단조로운 황무지

에 불과했던 곳에서 기적을 발견하게 했다. 표면적으로 텅 빈 이 공간에서, 에이서는 다양한 재료를 얻어내는 데 성공했다. 그는 허브와 양념이 부족한 상황에서 꽃으로 음식을 양념하는 방법을 알아냈다. 다양한 종과 군 사이의 미묘한 차이를 구별할 수 있었을 뿐 아니라 꽃의 각 부분을 어떻게 써야 하는지 정확히 알았다. 그는 꽃 전체를 요리에 집어넣는 경우가 거의 없었고, 이 꽃의 꽃잎과 저 꽃의 꽃술을 쓰되 다른 꽃에서는 꽃가루만 가져다 뿌리는 편을 더 좋아했다. 양념도 부족했지만 단것은 마지막 벌들을 떠나온 이후로 찾기가 거의 불가능했다. 여행 내내 에이서는 일종의 난쟁이 나무를 찾아다녔고 그런 나무를 찾은 뒤에는 울퉁불퉁한 가지에 나사송곳을 박아넣어 수액을 뽑았다. 그렇게 거칠고 가지가 굵은 덤불에서 그토록 달콤한 수액이 나올 수 있다니 상상하기 어려웠다. 에이서는 수액을 케이크와 당과에 사용했고 나머지는 끓여서 설탕을 만들었다. 평원에서 사탕을, 잠시나마 평원의 광활함을 없는 것으로 만들어버리는 무언가를 먹는 일은 어딘가 특별한 경험이었다. 다른 면에서는 대단히 규율 있는 여행자인 에이서에게, 꿩과 비슷한 어떤 새는 가던 길을 한참 벗어나게 하는 재료였다. 다른 대부분의 새와는 달리 이 새들은 잡기가 거의 불가능했다. 심지어 그 새들은 추격자를 놀리는 버릇까지 있었다. 마지막 순간까지 기다렸다가, 누군가가 실을 매서 끌어올린 것처럼 이상하게 수직으로 날아올랐다. 에이서는 이 새를 발견할 때마다 말에서 내려 미친 사람처럼 뛰어다니면서 새에게 담요를 씌우려 하거나, 새가 도망칠 때마다 나직하게 욕설을 했다. 조롱을 일삼는 성격과 어울리게도, 꿩은 날아갔다가 에이서가 계속 기대를 걸 만한 아슬아슬한 거리에 내려앉았다. 하지만 그런 치욕을 감수할 가치가 있었다. 그 연한 새들은 밤과 휘핑크림 맛이 났다. 에이서의 말을 빌리자면, 다름 아닌 그들을 둘러싼 하늘의 맛이었다. 에이서가 가장 좋아하는 요리는 꿩과 버섯을 넣은 스튜였다. 호칸은 요리사로서의 에이서의 정확성에, 그리고 무엇보다도 그렇게 긴 시간과 노력을 들여 잡은 재료를 다루는 그의 자신감에 감탄했다.

요리할 때면 에이서는 자신의 작업에 너무 몰입해 말을 하지 않았다. 하지만 식사하는 동안 둘은 짧은 대화를 나누었다. 보통은 여행 일정이나 당장의 계획에 관한 이야기였다. 뒷정리를 하고 나면 그들은 친근한 침묵에 다시 빠져들었다. 어느 날 밤, 불이 꺼지고 한참이 지났을 때 에이서가 호칸 옆으로 다가와 누웠다. 처음에는 에이서의 몸이 가까이 있다는 사실에 겁이 났다. 호칸은 감히 움직이지 못하고 별을 올려다보며, 완벽히 고요하게 등뒤에서 자신을 안고 있는 에이서도 깨어 있는 건지 고민했다. 이유는 알 수 없었지만, 호칸은 에이서와 호흡을 맞추었다. 그들은 함께 숨을 쉬었다. 천천히, 호칸은 안전하고 따뜻하고 행복하게 잠들었다. 그날 이후로, 언제나 가장 어두운 시간에, 잉걸불이 재 밑으로 희미해진 뒤에, 에이서는 호칸에게 다가와 그의 곁에 누웠다.

그들은 언제나 해뜨기 전에 일어나 야영지의 모든 흔적을 지우고 활기찬 걸음으로 출발했다. 그즈음 형제들은 소문을 듣고 호크가 잡혔다는 이야기와 보안관이 사기를 친 사연, 에이서와 호칸의 탈출 이야기를 꿰맞췄을 게 분명했다. 이미 두 사람을 찾고 있을지도 몰랐다. 에이서의 계획은 저멀리 서쪽으로 가서 한동안 숨어 지내는 것이었다. 그런 뒤 일 년이나 이 년이 지나면, 여행을 계속해 캘리포니아에서 운을 시험해볼 수 있을 터였다. 일자리를 구하고 저금을 하고 재산을 불리고—에이서는 그들의 새 출발을 도와줄 캘리포니아 사람들을 알았다. 하지만 호칸을 눈에 띄지 않게 캘리포니아로 데려갈 방법에 대해서는 몰랐다. 어떻게든 둘이 함께 그곳에 가리라는 것만은 확신했지만.

땅을 잘 아는 사람, 추적자로서의 눈을 가진 사람과 함께 여행하면서 평원에 대한 호칸의 인식은 바뀌었다. 호칸이 한때 위협과 만연한 적들의 흔적을 보았던 곳에서 에이서는 아무것도 보지 않았다. 고기를 훈연하는 데 이상적으로 쓰일 향기로운 나무의 일종이나 귀한 뿌리채소, 에이서가 임시로 구덩이 오븐을 만들 때 쓰려고 언제나 집어드는 동석 비슷한 돌멩이를 보면 모를까. 역으로, 호칸은 에이서가 텅 빈 것처럼 보이는 장소 한가운데에서 멈출 때마다 놀랐다. 호칸이 보기에 그곳은 아무것도 없다는 점에서 사방의 여느 땅과 비슷했다. 에이서는 말에서 내려 주위를 둘러보고 새로운 방향을 가리켰으며, 희미하긴 하지만 자신이 보기에는 기수의 존재를 설득력 있게 나타내는 흔적으로부터 두 사람을 빠르게 빼냈다. 이처럼 갑작스러운 멈춤과 방향 전환으로 그들은 어쩔 수 없이 복잡하게 구불구불 나아가는 패턴을 그려야 했지만, 에이서는 나침반이 없는데도 틀림없이 서쪽으로 방향을 잡았다. 평원을 해독하는 능력과 완벽한 방향감각보다 더욱 인상적이었던 것은 수많은 여행을 통해 얻은 땅에 대한 에이서의 지식 덕분에 그가 여행의 모든 단계를 예상할 수 있다는 점이었다.

지금까지 호칸은 과거로부터 멀리 여행해왔으나 미래로 향하지는 않았다. 그는 지속적인 현재에 남아서, 풍경과 사람들을 떠나되 결코 예견할 수 있는 특정한 목적지로 향하지는 못했다. 그의 유일하고 진정한 목적지인 뉴욕은 어느 머나먼 달의 도시처럼 추상적이고 환상적일 뿐 머릿속 눈으로 내다볼 수 있는 뚜렷한 장소가 아니었다. 지금까지 그는 그저 한 곳에서 다른 곳으로 이동했을 뿐이었다. 제임스 브레넌은 흙에서 찾은 금의 흔적을 따라가며 지방을 헤맸다. 존 로리머는 호칸처럼 이 지역에는 처음 온 것이었다. 자비스 피킷의 길안내는 믿을 만하지 않은 것으로 드러났다. 앞으로 닥쳐올 세상을 반복적으로 예견할 수 있었던 사람은 에이서뿐이었다. 내일은 강에 도착할 거야. 사흘쯤 지나면 좋은 장작을 구할 수 있어. 저쪽으로 말을 달리면 해가 지기 전에 마을에 도착할 거야. 지구가 공처럼 둥글다는 것과 세상을 한 바퀴 돌 수 있다는 것을 배웠을 때 세상의 생김새는 상상도 못했던 방식으로 변했다. 사실, 이 점을 생각할 때마다 호칸은 자신의 정신이 이 새로운 생각을 어떻게든 받아들이느라 휘어지는 듯한 기분이었다. 미래를 예견하는 에이서의 능력에도 비슷한 효과가 있었다. 현실은 더이상 지평선에서 끝나지 않았다.

보안관에게 잡히기 전에, 호칸은 자신이 뉴욕을 지나쳐 세계를 한 바퀴 돌았으며 평원과 사막 사이에 영원히 갇힌 걸지도 모른다고 두려워했다. 그는 나침반을 따라왔으므로, 그가 생각한 다른 가능성은 자신이 미쳐가고 있다는 것이었다. 호칸은 며칠이 지나서야 머릿속에 질문을 만들고 그 질문을 던질 용기를 끌어낼 수 있었다.

"세상은 둥글다." 호칸이 말했다. 에이서의 반응을 제대로 파악하지 못한 호칸의 말투는 진술과 질문, 둘 다에 해당했다.

에이서가 아래를 보았다. 고개를 끄덕인 것일 수도 있고, 호칸이 말을 잇기를 기다리는 것일 수도 있었다.

"배 다음에, 우리는 걸었다. 그런 다음에 나는 사막에 있었다. 오랫동안. 첫번째는 붉었다. 그다음에는 흰색이었다. 그다음에는 다시 붉었다. 나는 오랫동안 사막에 있었다. 혼자서. 그런 다음에는 평원에 있었다. 이번에도 아주 오랫동안. 그런 다음에 다시 사막을 보았다." 그는 더 잘 설명해야겠다고 느꼈다. "보안관과 너 이전에, 나는 사막을 다시 보았지만 돌아섰다."

호칸은 자신이 한 말이 별로 말이 되지 않는다고 생각했다. 애초에 말하지 말 걸 그랬다는 생각이 들었다. 긴 침묵.

"내가 세상을 한 바퀴 돈 건가?"

에이서는 누군가가 머리채를 잡고 뒤로 당기기라도 한 것처럼 고개를 들더니 잠시 호칸을 보았다. 호칸은 당혹감에 눌려 얼굴을 붉혔다. 그는 미친 게 아니었다. 그냥 바보였다. 에이서가 미소 지었다.

"아니. 넌 세상을 한 바퀴 돈 게 아니야. 그냥 나라가 커서 그래."

겨울의 그림자가 모여들고 있었다. 머잖아 그들은 살을 에는 기나긴 밤에 빠지게 될 터였다. 보안관이 코트를 입혀 행진시켰기에 호칸은 여전히 코트를 가지고 있었지만, 처음에 짧은 여행인 줄 알고 길을 나섰던 에이서는 계속해서 어깨에서 미끄러지는 닳아빠진 담요 한두 장 아래에서 덜덜 떨어야만 했다. 호칸은 덫사냥이 가장 중요한 작업이라고 에이서를 설득했다. 이미 에이서에게 줄 코트를 만들기 시작했지만, 계속해서 이동하고 있는 터라 작업이 어려웠다. 그들은 남쪽으로 가파르게 방향을 틀어 사냥감이 더 풍부한 따뜻한 땅으로 향했다. 이렇게 돌아가면 두 사람의 속도가 느려지겠지만 덕분에 추격자들도 당황할 터였다.

그들은 거친 갈색 숲에 이르자마자 야영지를 꾸리고 일주일 정도 덫을 놓았다. 에이서는 뛰어난 사냥꾼이었다. 그들은 훌륭한 진전을 이루어냈고, 호칸은 그 점이 거의 유감스러울 지경이었다—이렇게 쉬면서, 어떤 면에서는 집에 와 있는 것 같은 느낌을 받는 게 좋았다. 그 며칠 동안 호칸은 에이서가 그의 기술에 감명받는 걸 보고 대단히 기뻤다. 가죽을 벗기고, 동물을 해체하고, 무두질하고, 실을 만들고, 꿰매고. 리누스 이후로 호칸은 한 번도 누군가를 이렇게 감탄하게 만드는 데 관심을 두지 않았다. 심지어 헬렌도. 이제 호칸은, 스스로도 놀랄 일이었지만, 에이서에게 깊은 인상을 남기고 싶었다. 그리고 성공했다. 대부분의 경우에 호칸은 섬세하게 가죽을 뚫고 죽은 동물이 모피를 벗게 되어 고마워하는 것처럼 보일 정도로 쉽게 가죽을 벗겨내면서 에이서가 자신을 지켜보고 있다는 걸 모르는 척했다. 하지만 때때로, 메스를 화려하게 마음껏 휘두르고 난 다음에는 참지 못하고 고개를 들어 에이서가 경탄하며 자신의 움직임을 따라왔는지 확인했다. 그런 뒤에는 에이서의 휘둥그레진 눈을 마주보며 미소 짓고, 얼굴을 붉히면서 다시 아래를 보았다. 호칸은 쑥스러움을 극복할 수 있을 때마다 다양한 장기와 그 해부학적 기능을 짚어주었다. 그는 에이서가 물러서서 못 믿겠다는 듯 고개를 저을 때마다 무언가가 에이서에게 깊은 영향을 주었다는 걸 알았다. 호칸에게는 에이서가 아니라고 고개를 젓는 것보다 훌륭한 평가란 없었다.

어느 날 밤, 에이서가 자신의 지식에 보여준 존경심에 용기를 얻은 호칸은 로리머의 생각을 에이서와 공유하기로 했다. 그는 할말을 며칠 동안이나 머릿속에서 연습했다. 가장 좋은 기회는 저녁을 거의 다 먹었을 즈음, 에이서가 더이상 요리나 맛보기에 완전히 몰입해 있지 않고 그냥 마지막 한입을 즐기고 있을 때였다. 그럴 때면 늘 에이서는 특히 평온한 상태가 되었다. 이런 목적을 위해 아껴둔 뼈와 장기의 도움을 받아, 호칸은 박물학자의 이론에서 중요한 측면을 개략적으로 설명했다. 에이서는 주의깊게 들었지만, 호칸이 하는 말에 집중하는 건지 음식에 집중하는 건지는 확실하지 않았다. 지각이 있는 작은 물질 덩어리의 성질과 그것이 진화해 보호를 위한 껍질을 형성하고 그런 다음에는 그 물질의 생명을 연장하기 위해 몸과 팔다리가 그 주변에 생성되는 과정을 설명하는 것은 쉽지 않았다. 호칸은 이런 설명의 가장 어려운 지점에 이르렀다. 신이 인간을 창조했다는 것을 의심해야 하는 지점 말이다. 호칸은 잠시 말을 멈추었다. 장작 사이로 재가 떨어지며 송진이 식식대는 소리가 들렸다. 호칸이 다시 설명을 시작했다. 그는 때로 말을 더듬고 버벅거렸지만, 로리머의 체계를 분명하고 충실하게 설명했다고 확신했다. 호칸이 말을 마쳤다는 사실이 분명해지자 에이서는 접시를 내려놓고 혀로 치아를 닦더니 천천히 웃기 시작했다. 그의 키득거림에는 악의도, 조롱도, 경멸도 없었다. 그는 그냥 웃었다. 순진무구하게, 진심으로, 좋은 뜻에서. 마치 호칸이 자신과 농담을 나누었다는 듯이. 호칸은 혀가 바싹 말랐고 두 손이 얼얼했다. 새로운 감정—

모공에서 날카로운 가시털이 솟는 느낌—이 온몸을 휩쓸었다. 호칸은 전에 한 번도 분개한 적이 없었다. 그는 에이서를 바라보며, 에이서가 갑자기 너무도 멀게 느껴진다는 점에 충격을 받았다. 로리머가 한 발견의 중요성을 전달하지 못한 자신에게도 실망했다. 노골적인 반대, 심지어 경멸이라도 에이서의 솔직한 웃음보다는 나았을 것이다. 호칸을 기분좋게 만들어준 유일한 것은 에이서의 웃음조차 로리머의 진실에 대한 자신의 믿음을 흔들 수 없다는 사실이었다.

그들에게는 필요한 가죽이 모두 있었다. 그중 몇 장은 며칠 더 말려야 했는데, 그 말은 호칸이 그사이에 코트를 마무리하게 되리라는 뜻이었다. 호칸은 겨울 돌풍에 대비해 더 많은 모피와 낭창낭창한 가지들을 가져다가 이동식 은신처를 하나 더 만들었다. 두 사람이 들어갈 수 있을 만큼 큰 은신처였다. 머무는 내내 에이서는 가죽을 벗긴 동물 여러 마리를 훈제해 육포를 충분히 만들어두었다. 숲에서 찾은 씁쓸하고 기름진 견과류가 들어 있는 커다란 자루와 함께 버섯도 모아서 말려두었다.

서쪽으로 이동할수록 풀이 더 건조해지고 날카로워졌다. 그들은 말을 더 자주 갈아탔고, 물과 먹이가 있는 곳으로 빈번히 방향을 틀어야 했다. 이제 에이서는 모피 조끼를 입고 있었다. 호칸은 그 조끼에 소매를 다는 작업과 텐트 만드는 작업을 하고 있었는데, 텐트는 첫번째 눈보라가 몰아치기 겨우 며칠 전에 완성되었다. 그들은 첫날밤을 폭풍에 두들겨맞는 은신처 안에서, 온기를 위해 서로를 끌어안고 보냈다. 바람이 비명을 지르며 가죽 틀을 흔들었다. 호칸은 같은 지붕 아래에서 누군가와 함께 잠을 잔 것은 그때가 처음이라는 생각이 들었다. 그리고 등뒤에서 깨어 있는 에이서가 비슷한 생각을 침착하게 하고 있다는 걸 알았다.

"왜 이렇게 하나?" 호칸이 물었다.

"뭘?"

호칸은 에이서의 부드러운 숨결을 느꼈다. 그 숨결이 처음에는 호칸의 목에, 그다음에는 코에 닿았다. 따뜻하고 축축한 흙냄새가 났다.

"이거."

"뭐?" 에이서가 숨죽여 웃었다.

"이거. 나를 도와준다. 보안관에게서. 그런 다음 나와 함께 도망친다. 모든 것을 떠난다. 그리고 이젠 여기에 있다. 왜?"

"너 때문에."

"하지만 왜?"

"널 보고 알았으니까."

18

거대한 산맥을 따라 북쪽으로 나아가며 길을 찾다가 다시 남쪽으로 방향을 돌려 처음에 있던 곳까지, 다만 산맥의 반대편으로 돌아오는 데는 온 겨울이 소요되었다. 그들은 산맥을 가로지른 뒤 서쪽으로 곧장 나아갈 생각이었으나 길이 꽤 붐볐다. 몇몇 사람이 호칸을 알아보았다. 머잖아 덫 사냥꾼, 채굴자, 이주 농민 들이 웅성거리며 이야기를 늘어놓았다. 사제 일곱 명을 목 졸라 죽인 거인. 사자를 죽인 자. 무방비 상태였던 그 모든 여자와 아이들을 살해한 괴물. 어마어마한 현상금에 대한 이야기도 돌았다. 호칸과 에이서는 즉시 떠나 밤새 말을 달렸다. 남쪽으로 더 내려가서, 행렬과 여행자들에게서 멀어져서 고독하게 서쪽으로 가는 여행을 다시 시작할 수 있기를 바랐다. 그렇게 호통을 치고 위협적인 눈길로 쏘아보면서도 정작 그들을 따라온 사람은 아무도 없었다.

봄이 오면서, 에이서는 마지막으로 서쪽으로 밀고 나가 호칸을 캘리포니아까지 안전하게 데려다줄 계획을 짜야 한다고 생각했다. 하지만 몇 가지 장애물이 있었다. 에이서는 자신의 본능을 믿었지만 산맥 너머의 길은 잘 몰랐다. 더 큰 문제는 호칸의 악명이 더욱 높아져 신화가 되었다는 사실이 길에서 만난 여행자들로부터 증명되었다는 것이었다. 호칸은 더이상 사자 코트를 입지 않았지만, 거대한 덩치 때문에 남의 눈에 띄지 않기란 힘들었다. 그들의 소재지에 관한 소문이 형제들에게, 그리고 위험을 감수할 정도로 진지한 현상금 사냥꾼들에게 이르는 건 시간문제였다. 이런 문제에 대한 해결책을 고심하던 중 또하나의 난제가 떠올랐다.

에이서는 주위를 더 잘 살펴보고 그들이 이동하던 유난히 거친 땅을 가로지르는 지름길을 찾아보려고 절벽을 기어올랐다. 그러다 내려오는 길에 미끄러져서 절벽 아래로 굴러떨어졌다. 바위에 부딪히고 튕겨나오는 그는 꼭 물건 같았다. 호칸은 멀리서 그 모습을 보았고, 사건이 벌어지는 순간 현실의 무게감이 세상에서 빠져나가는 것 같았다. 나중에 호칸은 자신이 처음으로 한 생각이 이제는 완전히 다시 혼자가 되었다는 것이었음을 떠올리고 부끄러워졌다. 최초의 충격을 극복한 호칸은 에이서가 누워 있는 절벽 아랫부분으로 달려갔다. 에이서는 심하게 멍든 채 피를 흘리고 있었으나 의식은 있었다. 왼쪽 정강이뼈가 들쭉날쭉하게 골절되어 일그러져 있었다.

"내가 도울 수 있다." 호칸은 에이서의 머리를 두 손으로 잡고 헐떡였다.

에이서는 대답하지 않았다. 눈을 인간적으로 만드는 모든 것을 고통이 없애버렸다. 에이서의 두 눈은 미친듯이 움직이며 아무것도 보지 못했다. 그의 가슴이 들썩였다. 그는 물고기처럼 헐떡였다.

호칸이 에이서의 바지를 찢었다. 뼈가 거의 피부를 찢고 나왔다. 호칸은 자신이 뼈를 바로잡을 수 있을지도 모른다고 생각했으나 이런 상처에 종종 뒤따르는 열과 부패가 걱정됐다. 에이서는 떨기 시작했다. 치아가 딱딱 부딪쳤다. 말들은 여기까지 올라올 수 없었다. 호칸이 그를 데리고 가야 할 터였다. 들것을 만들어야 했다. 하지만 뼈가 먼저였다. 진정제가 필요했다. 호칸은 에이서의 머리를 가슴에 꼭 끌어안은 뒤 아주 살살 내려놓았다. 에이서의 눈은 계속해서 흔들리며 하늘 너머를 보았다. 호칸이 한 발짝 물러났다. 에이서를 여기에, 혼자 내버려둘 수는 없었다. 잠깐이라도. 호칸은 에이서에게 뭘 해야 할지 물을 수 있으면 좋겠다고 생각했다.

"돌아오겠다." 호칸이 말하고는, 다시 의심으로 마비되기 전에 돌아서서 말들이 있는 언덕 아래로 달려갔다.

그는 양철 상자와 담요, 밧줄을 챙긴 다음 달려서 돌아왔다.

에이서의 아래턱이 이제 꽉 다물려 불길한 미소를 짓고 있었다. 꼭 아주 멀리 떨어진 어떤 존재가 살펴볼 수 있도록 치아를 내밀고 있는 것만 같았다. 방향을 잃은 것처럼 보였다. 전에 에이서는 한 번도 방향을 잃은 것처럼 보인 적이 없었다. 그의 몸통이 흔들렸다. 호칸은 에이서의 입가로 진정제 몇 방울을 간신히 흘려넣었다. 떨림이 줄어들었다. 호칸은 골절 위쪽의 피부를 만져보았다. 피부가 꽉 찬 방광처럼 팽팽했다. 처음으로 호칸은 신체가 두려웠다. 그 신체를 다치게 할까봐 두려웠고 신체의 취약함이 호칸 자신에게 행사하는 크나큰 위력이 두려웠다. 호칸은 부드럽게 에이서를 담요에 내려놓은 뒤 그를 나무 쪽으로 끌고 갔다. 에이서를 일으켜서 등을 둥치에 기대앉혀놓고 다른 담요를 겨드랑이와 가슴에 댄 다음 에이서를 나무에 묶었다. 호칸은 골절을 자세히 살펴본 뒤 산을 보고, 하늘을 보고, 아래를 보았다. 눈을 감고 두 손으로 얼굴을 가렸다. 매가 소리쳤다. 다른 매가 응답했다. 호칸은 얼굴에서 두 손을 치웠다. 잠에서 깨어나듯, 그는 눈을 뜨고 에이서의 발치에 무릎을 꿇었다. 에이서의 발목을 움켜잡고 그 발목을 위아래로, 양옆으로 세심히 움직인 다음 갑자기, 급작스러운 폭력을 담아 잡아당겼다. 살을 찢으며 움직이는 뼈에서 말들이 옥수수를 씹는 것 같은 소리가 났다. 호칸은 계속해서 발목을 당기고 비틀었다. 숨을 참았다. 땀에 눈앞이 보이지 않았다. 그는 깊은 신음과 함께 발목을 놓았다. 뼈가 제자리로 돌아간 듯했지만, 피부 아래에 피가 계속해서 고였다. 주요 혈관이 찢어지지 않았기를 바라는 수밖에 없었다. 호칸은 나뭇가지와 담요, 밧줄로 임시 들것을 만든 뒤 에이서를 그 위에 올려놓고 야영지까지 끌고 갔다. 비탈에는 날카로운 돌이 잔뜩 흩어져 있었다. 그들은 천천히 아래로 내려갔다. 말들이 있는 곳까지 돌아왔을 때는 해가 지고 한참이 지난 뒤였다. 호칸이 야영지를 마련했다.

다음날 아침, 에이서는 열이 났다. 헛소리를 하며 계속해서 일어나 사다리를 수리하겠다고 했다. 중요한 사다리라고. 고쳐야한다고. 사다리 없이 뭘 할 수 있겠느냐고. 호칸은 랜싯으로 에이서의 다리에서 느릿느릿 흘러나오는 검푸른 피를 빼냈다. 고름이 나올까봐 줄곧 걱정이 됐다. 낮시간은 대부분 에이서의 이마와 입술과 손목에 대준 압박붕대를 식히러 근처 계곡까지 오가며 보냈다.

한동안 공존한 뒤 달이 태양을 이겼다. 호칸은 불을 피웠지만 조리를 하지는 않았다. 에이서는 밤새 혼자 몸부림쳤지만, 마침내 침착해져 잠들었을 때는 얼굴에 고요하고도 완고한 표정이 떠올랐다. 얼굴에 드러난 그 평온한 힘을 보니 호칸은 왕이 생각났다. 그 순간까지 왕이라는 단어는 다른 수많은 단어와 마찬가지로 호칸에게 아무 그림과도 연결되지 않는 의미일 뿐이었다. 그는 한 번도 왕을 본 적이 없었다. 왕의 초상화조차도. 하지만 지금, 잠들어 있는 에이서를 지켜보자니 왕이라는 단어의 소리가 그의 얼굴과 영원히 융합되었다. 호칸은 에이서가 밧줄로 입은 열상에 연고를 좀 바른 뒤 그의 옆에 누워 가슴에 머리를 기댔다. 에이서의 심장이 천천히 뛰었다. 의식을 잃은 상태에서도 그는 호칸을 위로할 수 있었다. 어둠 속에서, 심장이 뛰는 사이사이에 리누스의 얼굴이 머릿속에 떠올랐다. 형의 모습, 호칸을 배고픔과 추위, 고통으로부터 보호해주던 형의 모습은 언제나 안전 그 자체를 나타내는 모습으로 다가왔다. 지금까지는 그랬다. 이번에는 리누스의 이목구비가 뚜렷해지면서 다른 무언가가 보였다. 그것은 아이의 모습이었다. 호칸이 사랑하고 잃어버린 리누스는 어린아이였다. 리누스가 호칸을 보호하고 돌봐준 것은 사실이지만, 호칸은 당시의 형이 얼마나 어리고 순진했는지 한 번도 이해하지 못했다. 형의 이야기, 형의 허세, 형의 지식, 형의 끝없는 자신감

은 어린 소년이 헛되이 만들어낸 것이었다. 그 깨달음에 호칸은
울음이 나왔다. 그가 형보다 크고 말았다. 다시는 리누스의 모습
에서 위안과 안전을 구할 수 없을 것이다. 그는 에이서의 침착한
심박에 귀기울이며, 자신의 관자놀이에 닿는 맥박을 느꼈다. 에
이서는 어린아이가 아니었다. 호칸은 아주 잠깐, 리누스가 에이
서를 어떻게 생각할지 궁금했다. 리누스는 그들 둘을 어떻게 생
각할까? 호칸은 지금도 형을 끔찍이 사랑했지만, 형이 뭐라고 생
각하든 상관없다는 걸 알게 됐다.

다음날 아침, 에이서는 깨어났다. 그는 배가 고프다고 했고 열
도 내려 있었다. 호칸은 안도감에 무릎이 휘청거릴 지경이었다.

"너는 살 거다." 호칸은 눈물이 차오르는 것을 느끼고는 에이
서에게서 돌아서며 말했다.

아침을 먹은 뒤, 에이서는 호칸에게 출발할 준비를 해달라고
했다. 호칸은 거절했다. 상처가 악화해 다시 열이 오르는 위험을
무릅쓸 수 없었다. 에이서는 듣지 않았다. 형제들이, 분노의 천사
들과 현상금 사냥꾼, 법이 곧 들이닥칠 터였다. 에이서는 유일한
희망은 캐니언에 가는 것이라고 생각했다. 그곳에서 길을 잃지
않을 수만 있다면, 추격자들은 확실히 따돌릴 수 있을 터였다. 에
이서가 말에 오르려 하면서 이 토론은 끝났다. 호칸은 매우 어렵
게 에이서를 말에 실어줄 수 있었다. 에이서가 안장에 앉았다. 그
의 얼굴이 고통으로 일그러졌다. 다친 다리가 움직이는 말에 닿
아 튕겨대기 시작하자 그의 얼굴은 백지장처럼 변했다. 호칸은
에이서가 기절하기 전에 말에서 내리도록 도와주었다. 그들은 다
양한 부목과 끈을 사용해보았지만, 일단 안장에 앉으면 고통이

언제나 지나치게 강렬했다. 에이서는 낙담한 채, 몇 주 동안 지낼 수 있는 좀더 외지고 후미진 곳을 골랐다.

　시간은 천천히 흘렀다. 처음에 호칸은 쾌적한 곳에서―민물이 가깝고, 수많은 나무와 덤불로 둘러싸여 있으며, 손쉽게 잡을 수 있는 사냥감이 지나다니는 길목에 위치한 곳에서―휴식을 즐길 수 있을 거라 생각했지만, 첫 며칠 동안은 에이서가 부상으로 너무 고통스러워했기에 거의 아무 말도 하지 못했다. 호칸은 에이서가 좋아하는 재료를 찾아서 짧게 원정을 다녀왔다. 대부분의 시간에 그들은 불구덩이 옆에서 시시한 농담을 하곤 했다. 점점 에이서의 짜증은 불안으로 바뀌었다. 그는 호칸이 절벽 주변의 좁은 공간 너머로 가지 못하게 했다. 그들이 온다고 했다. 틀림없다고. 누군가가 오고 있다고. 시간문제라고. 호칸은 그의 말을 믿었다―늘 그랬듯이 말이다. 어쨌든 호칸은 에이서에게 목숨만이 아니라 세상까지, 살인 이후로 잃었던 세상까지 빚지고 있었다. 호칸은 지금도 자신이 빼앗은 목숨을 잊지 못한 채 시무룩하고 낙담한 기분을 느꼈다. 거의 모든 사람에게 살인자로, 여자를―헬렌을―죽인 살인자로 존재한다는 수치심만으로도 호칸은 인간의 세상을 영원히 피할 운명이었다. 하지만 세상이 돌아왔다. 에이서가 의미와 목적으로 찰랑거리는 세상을 다시 가져다주었다.

　지속적인 불안과 우울한 기분에도, 에이서는 한 번도 빼놓지 않고 호칸의 치료 능력에 감탄과 감사를 표했다. 비슷한 상황에서―낙상, 골절, 출혈, 괴저, 사지절단, 망상, 죽음―너무도 많은 사람들이 죽는 것을 보았기에 호칸의 재능을 가볍게 여기지 않았다. 그는 호칸이 자신의 다리를 바로잡은 이야기에 매료되었고, 그 이야기를 아무리 여러 번 들어도("다리가 어땠는지랑 네가 한 치료에 대해서 얘기해줘." 에이서는 어린애처럼 호칸에게 계속해서 부탁하곤 했다) 언제나 입을 쩍 벌린 채 경탄하며 귀기울였다. 호칸이 붕대를 감고 연고를 발라줄 때마다, 사혈을 하고 봉합을 할 때마다 에이서는 엄숙하게 몰두하며 그 처치를 받아들였다.

호칸은 음식을 찾거나 에이서의 상처를 돌볼 때가 아니면 온갖 재료를 깎고 꿰매고 이어붙여 새로운 목발이나 다양한 부목을 만들었다. 마침내 에이서가 다시 요리를 시작했다. 그들은 황량한 캐니언으로 떠나는 여행을 위해 훈제한 고기와 보존 처리된 식량을 비축해야 했다.

"캐니언이 우리의 유일한 희망이야." 에이서는 매일 저녁 되풀이해 말했다. "여기에서 시간을 너무 많이 허비했어. 추격자들보다 앞서서 달려갈 수는 없을 거야. 하지만 놈들이 우리를 놓치게 할 수는 있지."

어느 날 밤, 호칸은 많이 망설이다가 이렇게 오래 기다린 것이 바보 같다고 느끼며 물었다. "캐니언이 뭔가?"

"나도 가본 적은 없어." 에이서가 대답했다. "사람들 말로는 세상 어디와도 다른 땅이래. 악몽 같다던데. 오래전에 사라진 강이 새겨놓은 붉은 땅굴이라더라. 땅에 난 오래된 흉터 같대. 아주 깊고. 엄청나게 길게 이어져 있고. 거기 들어가는 사람은 거의 없어. 빠져나오는 사람은 더 없고."

그날 밤늦게, 잠자리에 들고 나서 한참 뒤에 호칸은 눈을 떴다. 등뒤에서 생각에 잠겨 있는 에이서의 존재가 느껴졌다. 에이서의 생각이 호칸을 깨운 터였다. 호칸은 자신이 깨어 있다는 걸 에이서도 안다는 것 또한 느낄 수 있었다.

"지금 캘리포니아에 갈 수는 없어." 마침내 에이서가 말했다. 그런 뒤 오랫동안 침묵한 끝에 말했다. "놈들이 널 찾고 있을 거야. 넌 절대 거기까지 갈 수 없어. 캐니언으로 가자. 거기서 기다리는 거야." 에이서는 한동안 침묵했다. 그 침묵이 기다림의 작은 표본인 것만 같았다. "그런 다음에는 샌프란시스코로 가는 거야. 방법은 모르겠지만, 우린 해낼 거야." 다시 침묵. "거기에서 내 친구들을 찾자. 친구들이 우리를 배에 태워줄 수 있을 거야." 다시 침묵. "뉴욕으로 배를 타고 가는 거야. 아무도 거기는 찾아보지 않을걸. 거기 가면 넌 안전할 거야. 우린 괜찮을 거야." 침묵. "그리고 너희 형을 찾자."

호칸의 마음속 무언가가 녹아내렸다. 그 무언가가 말랑말랑해져 증발한 지금에야 호칸은 자신이 가슴속에 얼어붙은 덩어리를 품고 몇 년 동안 살아왔다는 걸 깨달았다. 리누스를 다시 보게 되리라는 걸 안 지금에야―에이서의 도움을 받는다면 리누스를 다시 보게 될 게 틀림없었으니까―호칸은 그 차가운 파편이 얼마나 큰 고통을 일으켜왔는지 느꼈다. 그리고 그 순간까지는 자신에게 형을 찾을 확률이 전혀 없었다는 것도 깨달았다. 뉴욕에 간다고? 그 무한한 도시에서 리누스를 찾는다고? 그런 일이 어떻게 일어나겠는가? 호칸은 사랑과 그리움으로 계속 움직여왔다. 하지만 에이서가 곁에 있는 지금, 그때까지의 탐색이 얼마나 가망 없는 일이었는지 알 수 있었다. 에이서의 도움이 없다면 그 탐색이 실패할 운명이었다는 것도.

에이서의 말에 어떻게 답할 수 있을까? 마법의 주문이라도 되는 것처럼, 그 말은 내뱉는 것만으로 현실을 바꿔놓았다.

19

마침내 떠날 시간이 왔다. 에이서의 다리는 호칸이 만들어준 목발 한 쌍을 짚고 돌아다닐 수 있을 만큼 나아졌다. 호칸은 뼈와 나무, 가죽, 방수포를 가지고 에이서가 더 쉽게 말에 탈 수 있도록, 또 말의 옆구리에 다리가 닿는 충격을 무디게 해주는 한편 뼈가 제자리에 있도록 도와주는 연결식 보철도 만들었다. 남는 말 두 마리에는 지난 몇 주 동안 모아들인 물과 식량을 실었다.

날씨가 더 따뜻하고 붉고 건조해졌다. 사슬처럼 이어진 산은 줄어들어 몇 개의 휘어진 기둥이 되었다. 숲은 죽어 사라졌고, 때때로 가시 돋친 잿빛의 뭔가가 싹을 틔울 뿐이었다. 새들은 더이상 무리 지어 날지 않았다. 가끔 새 한 마리가 보이고 나서 한참 뒤에 한 마리가 더 보일까 말까 할 뿐이었다. 공기가 긴장한 것처럼, 하늘 전체가 숨을 참은 채 호흡을 들이쉬고 몸을 젖히는 것처

럼 느껴졌다. 태양은 언제나 태양이었다. 하늘에서는 작고, 땅에
서는 거대하고.

에이서는 캐니언 사이로 약 100리그* 정도 이동하게 될 거라고
생각했다. 중간쯤에, 숲에 이르기 전에 한 번 멈추겠다고 했다.
말들이 그의 주요 관심사였다. 그 지역에는 물을 마실 곳이 거의
없었고, 먹일 것도 거의 없이 황량했다. 다행히도 동물들은 먹을
수 있는 사막의 덤불과 살이 통통하고 거의 무해한 종류의 선인
장을 빠르게 찾아냈다. 녀석들은 잡초와 관목도 먹었으며, 뒤틀
린 형태의 소나무 잎과 아주 작은 유카나무를 먹어도 된다는 걸
알게 되었다. 다른 모든 것이 없어지면, 녀석들은 소금기어린 바
위를 핥고 흙을 먹었다. 녀석들의 갈비뼈가 드러나기 시작했다.
불거진 눈에 점점 광기가 어려갔다. 그래도 녀석들은 계속 나아
갔다. 그중 한 마리는, 그러니까 보안관의 것이었던 말은 지하수
를 찾아내는 훌륭한 재능을 가지고 있었다. 녀석은 멈춰 서서 코
를 킁킁거리다가 앞다리로 땅을 파헤치곤 했다. 호칸이 땅파기를
도와주었다. 말은 한 번도 틀리지 않았다.

갑작스러운 일이었다. 어째서인지, 어딘가를 기어오른 적도 없
는데 일행은 아래를 내려다보고 있었다. 눈이 아래쪽의 어둠에
적응하는 데는 어느 정도 시간이 걸렸다. 서늘한 공기가 깊은 곳
에서 불어왔다. 그 감각이 너무도 기분좋아서, 호칸은 어두운 균

---

* 과거 유럽과 라틴아메리카에서 사용하던 길이 단위로, 나라마다 차이가 있으나
1리그는 약 4킬로미터에 해당한다.

열 안으로 몸을 날리는 자신을 상상하고는 한 발짝 물러나야만 했다. 여러 갈래로 갈라져 각진 개천으로 흘러가는 그 깊은 골짜기는 수평으로 가로놓인 검은 번개 같았다.

그들은 절벽 가장자리를 따라 걸으며 각진 갈림길에 이를 때마다 아래로 내려가는 길이 있는지 찾아보았다. 하지만 말들이 내려가기에는 언제나 경사가 너무 가팔랐다. 호칸은 이런 규모의 황폐함을 한 번도 목격한 적이 없었다. 그가 지금까지 횡단해온 사막도 이 풍경에 비하면 살아 있는 것처럼 느껴졌다. 사막도 황무지이긴 했지만 사막은 그런 식으로 창조된 것이었다. 아마 사막의 공허함은 무성한 미래로 향하는 긴 과정의 첫번째 단계에 불과한 건지도 몰랐다. 사막은 완벽한 공백이라 약속으로 가득차 있었다. 하지만 캐니언은 끝장난 상태였다. 어떤 위대한 힘이 이미 창조를 시도해본 곳이었다. 그 힘이 빵 덩어리를 집어들듯 땅을 뜯어올렸다. 그리고 어느 시점에서인가 그 골짜기에 물을 부어넣었다. 그 힘은 심지어 작은 협곡과 개천을 기분좋은 패턴으로 배치하기도 했다. 그런 다음, 어떤 이유에서인지 단념하고 물러났다. 강은 말라버렸다. 흙은 단단해지고 누레지고 붉어졌다. 남은 것은 장엄한 절망뿐이었다.

태양이 지고 있었다. 그들은 여전히 캐니언 아래로 내려가는 길을 찾지 못했다.

갈증 탓에 약해지기보다는 화가 난 말들은 계속 나아가기를 거부했다. 그들은 절벽 가장자리에서 야영하며 육포를 조금 먹고 잠자리에 들었다. 하지만 다음날 아침에는 운의 방향이 바뀌었다. 정오가 되기 전에 그들은 상당히 완만한, 산 사면의 무너져내린 비탈을 발견했다. 벼랑 아랫부분까지 땅을 할퀴며 내려가자마자 보안관의 말이 모퉁이를 빠르게 돌았다. 그곳에 작은 개천이 있었다. 에이서가 웃었다. 그는 전날 밤 자리에 누우면서 며칠 뒤면 모두 죽으리라 생각했다고 고백했다. 말들이 물을 마시고 호칸이 몸을 씻는 동안 에이서는 캐니언을 따라 걸어올라갔다. 잠시 후 그는 이루 말할 수 없이 신이 나서 돌아왔다. 강 상류에 말들이 먹을 수 있는 덤불과 작은 나무들이 있었다. 그들에게 필요한 것은 샘과 덤불에 가까운 은신처뿐이었다. 밤이 내릴 즈음 그들은 일종의 회랑으로 이어지는 휘어진 통로를 발견했는데, 그통로의 일부는 매끄러운 주황색 돔으로 덮여 있었다. 인간적이라기에는 너무나 장엄하고, 자연적이라기에는 너무도 내밀한 그 돔은 으스스하면서도 마음이 가는 공간이었다. 그곳은 완전히 감싸여 있지도, 완전히 트여 있지도 않았다. 막힌 공간의 4분의 3가량을 덮은 궁륭은 일행과 말들에게 은신처를 제공하고 그들을 숨겨줄 만큼 컸지만, 은신처의 저쪽 끝은 트여 캐니언을 내려다보았으므로 통로로 들어오는 입구를 위에서부터 지켜볼 수 있었다. 그러므로 아무도 눈에 띄지 않고 다가올 수는 없었다. 그들은 동굴로 접근하는 길을 바위 몇 개로 감추었다. 필요할 경우 쉽게 치울 수 있는 바위였다. 에이서는 이보다 안전한 은신처는 꿈도 꿀수 없다고 말했다.

며칠, 몇 주가 지나갔다. 에이서는 오랫동안 기다리면, 환경이 얼마나 적대적인지 확인한 추격자들이 가던 길을 버리고 두 사람보다 앞서 서쪽으로 갈 거라고 믿었다. 추격자보다 뒤에 가는 것만큼 좋은 일은 없다고 했다.

호칸은 돔 안에서의 절제된 삶에서 축복을 찾았다. 그들은 산에서 모아온 식량을 먹으며 검소하게 살았고, 거의 완전한 침묵 속에 하루하루를 보냈다. 에이서는 캐니언에서 소리가 빠르게, 시끄럽게, 멀리까지 전달되는 만큼 최대한 소음을 내지 말아야 한다고 말했다. 호칸이야 나쁠 것 없었다. 분홍색과 보라색의 대리석무늬가 들어간 주황색 궁륭은 낮에는 공기를 시원하게, 밤에는 따뜻하게 해주었다. 호칸은 아침 전체를 에이서와 함께 누워 돔을 바라보며 보내는 것이 좋았다. 그렇게 누워서 속삭이는 소리로, 둥근 지붕의 정교한 소용돌이무늬에서 휙 나타났다가 사라지곤 하는 얼굴과 동물들, 온갖 종류의 환상적인 장면을 짚어냈다. 벽에 있는 알록달록한 층을 살펴보다가 몇몇 놀라운 화석을 발견했지만(다리가 달린 등딱지, 나선형 조개껍데기, 가시 돋친 물고기) 에이서에게 보여주지는 않았다.

하루에 한 번, 협곡 밑바닥에 그림자가 드는 오후에(그럴 때는 위에서 이곳이 눈에 덜 띄었다) 그들은 먹이를 먹는 곳으로 말들을 데려가고 샘에서 물을 길어왔다. 입구를 막고 감추는 바위는 안에서만 치우거나 옮길 수 있었으므로 둘이 번갈아 그 일을 해야 했다. 처음에 에이서는 아예 호칸을 내보내지 않으려 했다. 에이서는 그때가 둘이 발견되어 살해당할 수 있는 유일한 순간이라고 했다. 하지만 호칸이 고집을 부렸다. 둘이 위험을 나누어야 한다고 했다. 결국 에이서는 마지못해 동의했다. 호칸은 에이서와 떨어져 있을 때 에이서가 그리웠지만, 하루에 한 번 있는 고독의 시간이 즐겁기도 했다. 그때 호칸은 말들과 함께 골짜기를 내려가 아래에서부터 땅을 살펴보거나, 돔 안에 남아서 아주 조용히 콧노래를 흥얼거리며―시냇가에 간 에이서가 그의 목소리를 들을까봐 걱정됐다―어슬렁거렸다. 그는 전혀 예상하지 못한 모퉁이에서 튀어나오는 자신의 목소리에 귀기울였다.

혼자 흥얼거리던 호칸이 크게 소란스러운 소리를 들은 것은 바로 이런 오후, 에이서가 동물들을 데리고 나갔을 때였다. 말 달리는 소리. 수많은 말들. 에이서의 함성. 총성. 또다른 총성. 에이서의 고함. 말 달리는 소리. 호칸은 그림자 속에 몸을 숨긴 채 입구를 볼 수 있는, 은신처의 탁 트인 끝으로 기어갔다. 발굽소리와 비명, 총성이 점점 커졌다. 한 메아리가 다른 메아리를 누르고 울려퍼졌기에 어디에서 소리가 들려오는 건지, 어떤 순서로 그 소리가 만들어진 건지 알 수 없었다. 원인과 결과, 과거와 미래가 반향 속에 뒤집히고 뒤섞였다. 에이서의 비명이 아직 공기 중에 맴돌고 있었지만, 소리의 소용돌이 속에서 잠시 호칸은 에이서가 이미 총을 맞은 건지도 모른다고 생각했다. 하지만 메아리의 파도가 솟구치는 동시에, 에이서가 모퉁이 뒤에서 나왔다. 그는 전속력으로 질주하고 있었다. 등자를 딛고 일어선 몸이 앞으로 숙여져 말의 목에 닿았다. 밧줄로 동물을 채찍질하지 않을 때면 말의 눈앞에 밧줄을 휘둘러댔다. 그 바람에 말도 기수처럼 미쳐 날뛰었다. 에이서는 숨겨진 입구 근처를 빠르게 지나, 호칸이 내려다보고 있는 어두운 발코니 쪽으로 고개를 들었다. 에이서가 호칸을 보았을 리는 없다. 하지만 위를 향한 그의 시선과 은근한 미소, 찰나의 순간 따뜻하고도 평온하게 느껴졌던 그 미소를 본 호칸은(그 짧은 순간에는 추격도, 소음도, 세상도 멈추었다) 자신이 에이서를 지켜보고 있다는 걸 에이서도 알고 있음을 깨달았다. 찰나가 지난 뒤, 에이서는 시야를 벗어났다. 그 즉시 세 명의 기수가 빠르게 근처를 달려갔다. 그들도 사라졌다. 비명과 총성이 이어졌다. 그런 다음 멈추었다.

호칸은 이어진 침묵에 분쇄되어 흩뿌려졌다. 그 침묵 안에 호칸을 위한 공간은 없었다―아니, 호칸을 위한 그 무엇도 존재하지 않았다.

누군가가 웃었다. 에이서는 아니었다.

공기가, 빛이 너무 많았다.

먼 곳에서 발굽이 메아리쳤다. 걷는 소리. 다가오는 소리. 그런 다음, 세 명의 기수가 한가롭게 골짜기를 따라 내려갔다. 수다를 떨며. 웃으며. 에이서의 말을 끌고. 에이서의 몸이 그 말에 묶여 있었다. 호칸 바로 아래에서. 에이서의 머리가 피로 번들거렸다.

호칸은 그 자리에 가만히 있었다. 해가 지고 별이 뜨고 아침이 밝는 동안, 그 과정이 세 번 반복되는 동안.

20

캐니언을 떠난 이후로 몇 년이 흘렀는지 호칸은 몰랐다. 몇 해 전 겨울, 머리카락에서 처음으로 새치 몇 가닥을 발견했다. 그가 아무 어려움 없이 들어올리곤 했던 통나무와 바위 중 몇 개는 이제 그에게서 신음을 끌어냈다. 어느 시점에, 기침할 때만 들었던 호칸 자신의 목소리가(콧노래를 흥얼거리거나 혼잣말로 몇 마디를 하는 드문 경우에도 들었지만) 늙은이의 목소리처럼 들리기 시작했다. 아마 아버지보다 나이가 많은 것 같았다.

호칸은 사는 곳을 거의 떠나지 않았다. 오래전, 처음으로 그 지역에 정착했을 때 호칸은 땅을 파서 그 아래 집을 짓기로 했다. 그러면 은신처가 눈에 덜 띌 거라고 생각했다. 끝부분이 대략 정사각형 모양의 방인 주요 참호를 파는 데는 몇 달이 걸렸다. 호칸은 참호의 크기가 몸이 들어갈 정도에 이르자마자 그 구멍 안으로 이사해, 이후로 쭉 그곳에 살면서 은신처를 확장하고 개선했다. 참호가 길어지면서 참호를 덮은 비스듬한 지붕도 길어졌다. 초기에 지붕은 땅에서 거의 튀어나오지 않았다. 호칸은 그처럼 튀어나온 구조물이 있다는 것이 불안했다. 하지만 곧 땅굴에서 제대로 배수가 이루어지게 하려면 길이가 1.2미터쯤 되는 지붕이 필요하다는 것을 알게 되었다. 처음 맞은 우기에 호칸은 바닥과 벽에 물이 차 땅굴이 무너지지 않도록, 어쩔 수 없이 돌과 통나무를 사용해 바닥을 포장하고 벽을 덮어야 했다. 알고 보니 호칸은 이런 타일 작업에 특별히 재주가 있었다. 그는 심지어 다양한 디자인을 생각해내는 데에서 기쁨을 느끼기도 했다. 아마 이것이 호칸이 오랜 세월에 걸쳐 계속해서 은신처를 확장한 여러 이유 중 하나였을 것이다. 계절과 관계없이 그는 벽과 바닥을 건조하게 유지하기 위해 동시에 여러 군데에, 최소한 한동안 불을 피워두었다. 이 작업에 매일 상당한 시간이 들었지만 호칸은 신경쓰지 않았다. 덕분에 할일이 생겼으니까. 매일 피우는 불과 타일은 땅굴과 방을 살 만한 공간으로 만들었고 그 안의 공기에서 나는 악취를 줄여주었다. 호칸은 심지어 송풍관과 연결된 가죽 깔때기도 고안했다. 이런 굴뚝 몇 개가 땅굴 전체에 걸쳐 설치되었다.

그곳에 사는 한, 호칸은 계속해서 땅을 팠다. 더 큰 주거지가 눈에 더 잘 띈다는 건 알았지만, 여러 갈래로 갈라지는 참호를 늘려가는 데서 얻은 설명할 수 없는 안전감이 상식을 압도했다. 주요 통로와 사각형 방을 완성하고 설비와 가구 비치를 끝낸 다음 (바닥, 벽, 굴뚝, 소박한 침대, 탁자와 의자로 사용하는 나무 그루터기 몇 개와 바위) 호칸은 방의 측면에 다른 곳과 연결된 새로운 땅굴을 파기 시작했다. 새로운 참호의 가장 먼 곳에서부터 시작해, 마지막에 그 참호를 이미 완성된 구조물과 연결하는 방식으로 조금씩 작업을 해나갔다. 그러면 그가 사는 공간이 공사 도중에도 깨끗하게 유지되었다.

호칸은 거칠고 단단한 표면 아래의 땅이 쉽게 손볼 수 있는 점토층으로 이루어진 곳을 발견하고는 그 자리를 선택했다. 맨 위층을 깨기 위해 긴 나뭇가지와 묵직하고 뾰족한 바위를 이용해 일종의 공성 망치를 만들었다. 그는 망치를 몇 번 휘둘러 자갈, 뿌리, 마른 흙으로 된 덩어리를 깬 다음 속을 비운 다양한 종류의 나무둥치를 사용해 흙을 파냈다. 진흙층에 이르면, 종종 진흙을 퍼내는 대신 크고 납작한 삼각형 돌을 사용해 점토를 가르고 커다란 판을 단번에 제거했다. 그는 삼각형의 가장 날카로운 끝부분을—크고 매끄러운 화살촉 모양이었다—살짝 기울여 땅에 박은 다음 막대 두 개의 도움을 받아 그 위에 올라서서 모서리 위에서 뛰었다. 삼각형이 완전히 파묻히면 커다란 진흙덩어리가 떨어져나오곤 했다. 호칸은 끊임없이 일했다. 땅을 파고 나무를 베며 시간 감각과 자신에 대한 감각을 잃어갔다. 호칸이 어둠 속에서 흙을 파헤치는 사이 밤은 눈에 띄지 않게 찾아왔다. 일단 잠자리에 들면, 낮에는 발견하지 못했던 상처를 종종 발견하곤 했다.

호칸은 강박증 때문에 동시에 다양한 통로 작업을 시작했다. 몇 달 뒤에는 복잡하게 얽힌 땅굴 망을 갖추게 되었다. 어떤 참호는 서로 연결되어 있고 어떤 참호는 완전히 고립되어 있었다. 몇몇 참호는 사각형 방으로 연결되었다. 수많은 땅굴은 좁은 도랑, 좀더 야심찬 시도의 스케치에 불과했다. 그러나 그토록 거대한 미로가 무너지지 않도록 할 방법은 없었다. 그곳에는 사태沙汰를 막을 만큼 많은 바위와 들보가 없었고, 진흙을 말리는 데 필요한 불을 전부 계속 피워둔다는 것도 불가능했다. 환경이 승리했다. 비교적 먼 땅굴은 황폐해졌고 홍수와 사태가 벌어진 이후에는 주저앉았다. 그 굴의 바깥 부분 중 많은 수가 시간이 지나며 비슷한 운명을 맞았다. 결국 호칸은 원래의 사각형 방으로 물러나, 몇 개의 보조 땅굴만을 유지했다. 그는 버려진 참호를 메우며 몇 달을 보냈다.

에이서가 죽은 이후 호칸은 겨울이 올 때까지 돔 안에 남아 있었다. 거의 먹지 않았고, 막힌 공간에서는 물을 길어올 때만 한 손에 꼽을 정도로 나섰다. 세상이 궁륭에 나타난 주황색 형체들로 줄어들었다. 모든 순간은 과거 쪽도, 미래 쪽도 철창으로 가로막힌 감옥이었다. 지금-여기, 지금-여기. 귓속에서 심장이 그렇게 두근거렸다. 자신과 자신의 운명에 대한 호칸의 무관심은 완전했다. 강렬하고도 귀가 먹을 듯 시끄러운 자신의 고통이 다른 누군가의 비명처럼 머나먼 메아리로 다가왔다.

나중에, 그 몇 달을 돌아보며 호칸은 자신을 바위 표면에 새겨진 화석 중 하나로 상상했다.

어느 날 밤, 호칸은 추위로 죽을 뻔했다. 주황색 돔은 어둠이 차지한 지 오래였다. 바위 속 소용돌이무늬에서 어른거리며 나타났다가 사라지는 변덕스러운 형상 대신, 호칸이 아는 사람들이 보였다. 부모님, 토지 관리인, 이웃 농부들. 동물들도 보였다. 아버지가 방앗간 주인에게 판 망아지. 사막 하늘을 얼룩지게 만든 움직임 없는 말뚱가리. 그를 포로로 잡았던 여자와 그녀의 경비병들, 뚱뚱한 남자. 자비스 피킷과 짧은 머리의 인디언. 흰 돼지. 학교 아이들 옆에서 버터를 젓던 여자. 학교 아이들. 그가 형제들에게서 빼앗은 말. 로리머, 안팀, 해변의 갈색 도시는 뉴욕이 아니라고 말했던 선원, 길잡이, 브레넌 가족, 보안관, 리누스, 포츠머스에서 점심을 먹던 중국인 선원. 바로 그 순간, 호칸이 어둠 속을 들여다보고 있던 그때에 그 사람들 대부분은 아마 살아 있었을 것이다. 바로 그 순간, 그들 대부분은 무언가를 하고 있었을 것이다. 이제 젊은이가 된 학교 아이들은 밭을 갈고 소젖을 짰을 테고, 선원들은 계류삭을 묶고 있었을 것이며, 말들은 허공을 들여다보고 있었을 것이다. 리누스는 붐비는 거리를 걸어가고 있었을 테고, 남자들과 여자들은 잠을 자고 있었을 것이다. 일부는 아팠을 것이다. 그들 모두가 머릿속에 어떤 그림을 품고 있었을 것이다. 몇몇은 말을 하고 있었을 테고, 몇몇은 차가운 물을 한 모금 마시고 있었을 것이다. 하지만 에이서는 죽었다. 호칸의 뻣뻣하고도 떨리는 몸이 갑자기 늘어졌다. 호칸은 자신의 의식이 재 속으로 사라지는 탁하고 붉은 잉걸불처럼 가라앉는 것을 느꼈다. 자신이 이처럼 기분좋은 해방감에 맞서 싸우는 이유를 알 수 없었다. 하지만 다음날 아침, 그는 길을 나섰다.

에이서를 죽인 자들이 말들도 데려갔으므로 호칸은 가볍게 여행해야 했다. 그는 가죽끈과 캔버스 천으로 어찌어찌 담요와 식량, 총, 도구를 등에 질 수 있었다. 등에는 모피 코트를 걸친 채였다. 그는 캐니언에서 걸어나와 북서쪽으로, 에이서의 말에 따르면 나무와 강이 있다는 곳으로 향했다. 그는 전처럼 이민자 행렬이나 인간 존재의 모든 흔적을 피했다. 하지만 이번에 호칸을 움직인 것은 두려움보다는 피로였다. 질문, 비난, 위협, 평결. 이야기. 호칸은 이야기를 원하지 않았다. 뚜렷한 목적지도 없고, 고독 말고는 다른 목표도 없었기에 모두를 피하기가 더 쉬웠다. 걸어 다닌 덕분에 호칸은 다른 방법으로는 갈 수 없었던 거친 길을 여행할 수 있었다.

그는 사막과 여울진 강을 가로지르고 산을 오르고 평원을 횡단했다. 물고기와 프레리도그를 먹고 이끼와 모래 위에서 잠을 잤으며 카리부와 이구아나의 가죽을 벗겼다. 그의 얼굴은 여러 번의 여름으로 주름지고 여러 번의 겨울로 고랑이 파였다. 한 해, 또 한 해 화상을 입고 동상에 걸린 두 손을 선과 주름이 가로지르고 또 가로질렀다. 언젠가 호칸은 바다를 보았다. 그러나 해변에 정착지가 있으리라는 생각에 즉시 돌아섰다. 호칸이 멈추는 곳은 어디든 쾌적하지 않은 위치였다―절대 초원이나 수원지 근처, 기름진 땅은 아니었다. 그는 간신히 야영지를 차렸다. 불을 피우는 경우는 드물었다. 머릿속은 죽은듯 고요했다. 그는 당장 손닿는 일이 아니면 그 무엇에 대해서도 거의 생각하지 않았다. 무게감 없는 현재 아래에서 여러 해가 사라졌다.

수없이 많은 서리와 해빙을 지나, 그는 국가보다도 넓은 원을 그리며 걸었다.

그런 다음 멈추었다.

거의 맨발로 몇 년 동안 여행한 그의 발은 검고 울퉁불퉁한 무언가가 되었다. 물집, 가시, 상처가 걸음걸이에 영향을 주었다. 이제 그는 대체로 발바닥의 바깥쪽 가장자리에 기대어 걸었다. 이런 안짱다리 걸음 때문에 무릎이 상했고, 그 결과 다리는 예전만큼 민첩하지 않게 되었다. 시간이 지나면서 그는 거의 아무것도 없이 지내는 방법을 배웠다. 그래도 언제나 등에 몇 가지 필수품을 지고 다녔기에 이제는 척추와 목에서 만성적으로 느껴지는 불편함으로 괴로웠다. 그러나 잔뜩 지치고 기진맥진하긴 했어도, 이런 것이 그가 멈춘 이유는 아니었다. 그가 멈춘 것은 멈출 때가 되었기 때문이었다. 그는 어디에도 도착하지 않았다. 그냥 더이상 디딜 발걸음이 없었다. 그래서 물건을 내려놓고 땅을 파기 시작했다.

흙의 말랑말랑한 성질을 차치하면, 그곳에 특별한 점은 전혀 없었다. 그것이 호칸이 그 자리를 고른 까닭이었다. 군데군데 작은 언덕이 있어서, 주변의 평평한 땅을 두고 여행자들이 굳이 이 길을 고르지는 않을 거라고 확신했다. 근처에 수원지가 있었지만 목마른 방랑자들과 우연히 마주칠 만큼 가까운 건 아니었다. 사냥감, 열매, 견과류, 버섯은 누군가 가던 길에서 벗어날 만큼 풍부하지는 않았으나 얻기가 어렵지도 않았다. 날씨는 적대적이지 않았지만 매력적이지도 않았다. 봄은 며칠 만에 모든 식물에서 녹색을 태워버리는 무더운 여름에 항복해 짧게 스쳐지나갔다. 추운 계절에는 언덕과 잡초, 주위의 나무 몇 그루가 녹으로 얼룩진 강철로 변했다. 일 년에 몇 주 동안 흙은 단 하나의 커다랗고 깨뜨릴 수 없는 바위가 되었다.

침묵과 고독이 시간 감각을 흐렸다. 단조로운 삶에서는 한 해와 한순간이 같았다. 계절은 지나갔다가 돌아왔고, 호칸의 일은 한 번도 바뀌지 않았다. 버려진 도랑은 메워야 했다. 더 많은 아교풀을 끓여야 했다. 참호가 무너져 황폐해졌다. 옛 통로를 연장해야 했다. 덫을 놓아야 했다. 도랑이 넘쳤다. 타일이 빠졌다. 마실 물이 필요했다. 코트를 수선해야 했다. 지붕을 덜 새게 만들었다. 상하기 전에 고기를 육포로 만들어야 했다. 가죽 굴뚝이 너무 썩어 있었다. 장작을 모아야 했다. 새로운 도구를 만들어야 했다. 바닥에 깔아놓은 돌이 헐거워졌다. 이런 일 중 하나가 마무리되기 전에 다음 일이 호칸의 주의를 끌었으므로, 그는 언제나 잡일 중 하나에 몰두해 있었다. 그리고 시간의 흐름과 함께, 이런 잡일들은 호칸의 눈에는 보이지 않으나 알아서 반복되는 일종의 순환 주기 혹은 패턴을 이루었다. 호칸은 이런 일들이 일정한 간격을 두고 벌어진다고 확신했다. 이처럼 반복되는 임무가 모든 하루를 그전의 하루와 비슷하게 만들었고, 각 하루의 안에서는 해가 뜰 때부터 해가 질 때까지 시간을 구분할 표지가 거의 없었다. 호칸은 심지어 규칙적인 시간에 식사하지도 않았다. 사실, 그의 식단은 생명 유지에 필요한 절대적 최소량으로 줄었다. 에이서가 죽은 이후로 그는 음식을 싫어하게 되었다. 호칸은 현기증이 나고 설명할 수 없는 이유로 화가 날 때만 빠르게, 소량의 식사를 했다―육포, 뭐든 땅에서 나는 것, 꼬치에 꿰어 구운 듯 만 듯한 새나 설치류 같은 것. 에이서가 좋아했던 꿩이 땅굴 근처에 아주 많았고, 그 사실이 그 새들의 조롱하기 좋아하는 취향을 확인해 주었다. 처음에 그 새들은 존재만으로 호칸을 격분시켰다. 시간이 지나면서 호칸은 그것들을 무시하게 되었다. 그는 단 한 번도 그 새들을 잡으려 하지 않았다. 하지만 다른 동물들은 덫을 놓아 잡았다. 사냥감이 부족해져 땅굴에서 멀리 나가야 할까봐 두려웠던 호칸은 언제나 고기를 훈제하고 햇볕에 말렸다. 여기저기에, 몇몇 땅굴의 가장자리나 멀찍이 떨어진 불가 옆에는 갈색으로 변해가는 기다란 살코기와 사체 전체가 십자가나 선반에 걸려 있었다. 말린 고기는 조심스레 저장했다. 하지만 한 번도 허기는 느끼지 않았다. 그냥 몸이 곧 무너질 거라는 신호인 현기증과 짜증만이 느껴졌다. 때로 호칸은 자신이 이토록 원기 왕성하게 건강하다는 사실에 놀랐다. 그는 치아 하나도 잃지 않았다. 치아가 전부 다 있는 어른은 만나본 적도 없었는데 말이다. 이런 현상은 호칸의 생각엔 똑같이 혼란스러운 다른 사실로만 설명할 수 있었다. 자신이 몇 살인지는 모르겠지만 인간의 몸이 성숙해 쇠퇴하기 시작하는 나이에 이르렀음이 분명한데도 성장이 멈추지 않았다는 것. 새로 몸이 불쑥 커지는 첫번째 징조는 신발이 꽉 끼는 것이었다. 신발은 만들기 어려웠고, 호칸은 옛 신발을 수선하거나 없다시피 한 재료로 새 신발을 꿰맞춰야 했다. 그는 대부분의 시간을 땅굴에서 보내기 시작했으므로 가죽, 캔버스 천, 모피로 발을 감싸는 것으로 어찌어찌 버틸 수 있었다. 하지만 드물게 계곡 너머로 외출할 때는 더 많은 보호구가 필요했고, 이럴 때 신는 신발은 몇 번만 발에 맞은 뒤 크기를 늘리거나 교체해야 했다. 넝마와 가죽을 혼란스럽게 뒤섞은 옷은 너무 헐렁해 작아지지는 않았으나, 모피 코트의 소매만큼은 몇 차례 늘었다. 그러나 호칸의 성장을 측량할 가장 좋은 기준을 제공해준 건 땅굴 자체였다. 호칸이 너무 커져서 방이나 참호에 들어갈 수 없었던 것은 아니지만, 어느 시점에는 전에 편안했던 몇몇 공간들이 답답하게 느껴졌고 결국은 너무 꽉 끼었다. 호칸은 머리를 둘 곳을 마련하기 위해 땅을 더 깊이 파거나, 특정한 방이나 땅굴을 넓히기 위해 측면을 파야 했다. 호칸이 추가로 판 통로 몇 군데는 이런 갇힌 느낌 때문에 탄생한 것이었다. 비슷한 일이 몇 안 되는 가구에도 일어났다. 어느 날 저녁에는 돌의자에 앉았더니 구부린 무릎이 너무 높이 올라왔다. 어느 날 아침에는 발꿈치가 침대 끝에 닿는다는 것을 알게 되었다. 호칸은 몇 년 동안 다른 인간을 본 적이 없었으므로 다른 사람 옆에 섰을 때 자신이 얼마나 클지는 전혀 짐작하지 못했으나 사람들 눈에 띄리라는 것만은 알았다. 남들 눈에 보이지 않는 곳에서 지내는 또 한 가지 이유였다. 하지만 이런 건 그저 스쳐지나가는 생각일 뿐이었다. 호칸은 자신의 몸이나 상황에 대해 거의 생각하지 않았다. 하긴, 그 무엇에 대해서도 별로 생각하지 않았다. 존재하는 일 자체가 그의 시간 전체를 잡아먹었다.

언젠가 리누스를 찾는다는 생각, 뉴욕으로 간다는 생각은 오래전에 전부 그를 떠나버렸다. 실질적인 문제—그는 눈에 띄지 않을 리 없는 현상수배범이었고, 목표를 이룰 돈이나 수단이 전혀 없었으며, 말도 없었다—는 전혀 상관없었다. 그냥, 더이상의 목표나 목적지가 존재하지 않았다. 살면서 겪은 가장 파괴적인 비극 이후에 경험했던 죽고 싶다는 욕망조차 느껴지지 않았다. 그는 그냥 계속해서 나아가는 무언가였다. 뭔가를 원해서가 아니라, 그렇게 만들어졌기 때문에. 최소한만 가지고 계속 나아가는 것이 가장 저항이 적은 노선이었다. 그런 삶은 자연스러웠기에 비자발적이었다. 다른 모든 것에는 결정이 필요했을 것이다. 그리고 호칸이 내린 마지막 결정은 땅굴을 파겠다는 것이었다. 호칸이 무한히 이 일을 계속한다면, 그건 단지 멈추겠다는 결정을 내리는 데 필요한 힘을 끌어내지 못하기 때문이었다.

그곳에서 지낸 오랜 세월 동안 한 사람도 근처를 지나가지 않았다. 처음에 호칸은 기수들이 오는지 경계했고, 심지어 나무 위에서 좀더 편하게 주변을 내려다볼 수 있도록 작은 단상을 만들기까지 했다. 그는 거의 불을 피우지 않았고, 하루의 대부분은 발굽소리와 수레 소리를 들으려고 바람에 귀기울이며, 연기나 소떼가 있는지 지평선을 살펴보며 보냈다. 계절이 지나갈수록 호칸의 땅은 모든 길과 통행로로부터 멀리 떨어져 있으며, 그 불모의 잿빛 땅을 차지하겠다는 의도를 가지고 이곳에 노골적으로 찾아올 사람은 아무도 없다는 점이 분명해졌다.

두려움은 조금씩 조금씩 흩어졌고, 그는 자신의 미로로 물러나 그곳을 거의 떠나지 않았다. 그곳을 벗어난다 해도 호칸의 세상은 계곡을 크게 넘어서지 않았다. 그는 오솔길이 나는 것을 피하려고 언제나 다른 경로로 계곡에 갔다. 물을 길어올 때 말고는 주위를 돌아다니며 덫을 놓고 자신이 남겼을지 모르는 모든 흔적을 지우느라 인근을 살폈다. 하지만 대체로 그는 땅굴을 떠나는 일을 피했다. 일생 대부분을 야외에서 걸어다니며 보냈기에 실내에 있는 것이 좋았다. 광활한 공간이 두려웠던 것은 아니다. 오히려 그는 비에 대해 느끼는 감정을 탁 트인 공간에 대해서도 느꼈다―그곳에서 벗어나는 편이 더 좋았다. 그러나 땅굴에서 지낸다는 게 움직임 없는 삶을 뜻하지는 않았다. 호칸은 하루종일 지붕으로 덮인 참호를 이리저리 걸어다니며 타일을 수리하고 땅을 파고 모닥불에 연료를 넣었다. 언제나 소나무 천장에서 나는 송진향을 맡았다. 아마 당시에는 몰랐겠지만, 나중에 그는 자신이 집을 떠나지 않고도 계속 걸어다닐 수 있도록 하필 그런 형태의 주거지를 선택한 것이라고 생각했다. 밤은 일하고 있던 그를 포획하곤 했다. 몸은 피로로 욱신거렸다. 그러나 잠은 기나긴 최면 상태에 빠진 채로 방치된 불꽃을 들여다본 이후에야, 그 불꽃이 가라앉아 잉걸불이 되고 잉걸불이 가라앉아 재가 되고 재가 가라앉아 어둠이 된 이후에야 찾아왔다. 머릿속은 비어 있었지만, 어째서인지 그 공백이 모든 관심을 요구했다. 호칸은 공백이 모든 것을 직접 차지하고 싶어한다는 걸 알았다―우주적 허무를 끝내

는 데에는 아주 작은 원자 하나면 충분했다(아니면 잠깐의 생각
이나). 진공상태에 기진맥진한 호칸은 자주 자리에서 일어나 땅
굴 어딘가에 새로 불을 피우고 타일 작업을 하든지, 벽의 바위와
널빤지 주변에 자갈을 박아넣었다. 이 작업은 점토가 무너지지
않도록 하는 데 그럭저럭 도움이 되었지만, 어느 정도 즐겁기도
했다. 미리 정해놓은 디자인은 없었다. 호칸은 그냥 작은 돌들을
최대한 가깝게 박아넣은 뒤 한 발 물러나 우연하게 생긴 무늬를
보는 게 좋았다. 돌을 찾고 분류하고 박아넣는 과정은 느렸고, 보
통은 더 급히 돌봐야 할 일이 있었으므로 몇몇 땅굴의 일부 구역
과 주요 방의 일부만이 완성되었다.

　단조로운 삶에서는 한 해와 한순간이 같았다. 계절은 지나갔
다가 돌아왔고, 호칸의 일은 한 번도 바뀌지 않았다. 도랑이 넘쳤
다. 타일이 빠졌다. 상하기 전에 고기를 육포로 만들어야 했다.
버려진 도랑은 메워야 했다. 마실 물이 필요했다. 참호가 무너져
황폐해졌다. 바닥에 깔아놓은 돌이 헐거워졌다. 옛 통로를 연장
해야 했다. 더 많은 아교풀을 끓여야 했다. 지붕을 덜 새게 만들
었다. 덫을 놓아야 했다. 새로운 도구를 만들어야 했다. 코트를
수선해야 했다. 가죽 굴뚝이 너무 썩어 있었다. 장작을 모아야 했
다. 이런 일 중 하나가 마무리되기 전에 다음 일이 호칸의 주의를
끌었으므로, 그는 언제나 잡일 중 하나에 몰두해 있었다. 그리고
시간의 흐름과 함께, 이런 잡일들은 호칸의 눈에는 보이지 않으
나 알아서 반복되는 일종의 순환주기 혹은 패턴을 이루었다. 호
칸은 이런 일들이 일정한 간격을 두고 벌어진다고 확신했다. 이
처럼 반복되는 임무가 모든 하루를 그전의 하루와 비슷하게 만

들었고, 각 하루의 안에서는 해가 뜰 때부터 해가 질 때까지 시간을 구분할 표지가 거의 없었다. 호칸은 심지어 규칙적인 시간에 식사하지도 않았다. 사실, 그의 식단은 생명 유지에 필요한 절대적 최소량으로 줄었다. 에이서가 죽은 이후로 그는 음식을 싫어하게 되었다. 처음에, 아직 여행을 하던 때에 호칸은 에이서의 숟가락을 보곤 했다. 그 존재의 거의 청각적인 강렬함에 울음이 났다. 헬렌이 그의 이름을 적은 종잇조각은 여전히 의료 도구를 담아둔 양철 상자에 들어 있었다. 호칸은 그 기호들을 읽을 수 없는 게 적절한 일이라고 생각했다. 그 기호를 그린 사람도, 그 기호로 지칭된 사람도 더는 존재하지 않았으니까. 시간이 지나면서 호칸은 헬렌과 에이서의 얼굴을 더이상 떠올리지 않았고, 둘은 그들을 차지한 암흑 속으로 더 멀리 물러났다. 가끔 아주 잠깐씩 돌아오기는 했지만. 호칸은 언제나 그런 순간을 환영했다. 이런 방문은 짧았으나 너무 생생해서, 주위의 현실성에 도전장을 던졌다. 다른 형상들도 간간이 호칸의 뇌리에 출몰했다. 그가 죽인 남자들이 꿈에서 그를 노려보았다. 때로는 로리머의 얼굴이 안경을 중심으로 나타났지만—안경이 먼저 나타나고, 그의 미소를 둘러싼 턱수염이, 그다음에는 온화하면서도 거친 나머지 얼굴이 이어졌다—이 유령은 죽은 자들이 남겨두는 메아리와는 달랐다. 죽은 자들의 메아리는, 주변 공간과 사물이 유령과 결합하여 진동할 때 살아 있는 듯한 울림으로 공명한다. 박물학자는, 그보다는 의문처럼 돌아왔다. 호칸은 로리머가 살아 있다고 확신했다—그저 그가 어디에 있는지 궁금할 뿐이었다. 시간이 지나면서 이런 방문은 점점 드문드문해졌고, 이제는 대체로 로리머에 대한 기억이 호칸의 머릿속에서 흩어진 것 같았다. 과거가 호칸에게 돌아오는 경우는 거의 없었다. 점차 현재가 자리를 차지했고, 각각의 순간이 절대적이고도 나눌 수 없는 존재가 되었다.

흙에 박힌 자갈이 밟힐수록 납작해지고 건조되면서 땅굴의 원래 구역이 가장 편안한 구역이 되었다. 그곳 벽의 진흙은 무수히 여러 번 피운 불에 단단하게 구워져 도자기 같은 질감을 띠었다. 그곳에 내려갔을 때 들려오는 소리는 단단하고 작은 물건처럼 느껴졌다. 아무것도 메아리치지 않았다. 삶은 웅얼거림으로만 존재했다. 시끄러운 소음은 캔버스 천이 펄럭이는 소리와 가죽이 찌걱거리는 소리에 조용해졌다. 때때로 나무가 나무에 닿는 딱 소리나 돌이 돌에 닿는 잘그락 소리에 호칸의 아래팔 털이 기쁨으로 곤두섰다. 불의 모든 면면은 귀로 들을 수 있었다. 와지끈 소리가 나는 불쏘시개, 부스럭거리는 잎사귀, 딱딱 튀는 불꽃, 식식대는 수액, 팡팡 터지는 솔방울, 부스러져내리는 장작, 숨을 내쉬는 숯. 호칸이 기침을 하거나 큰 소리로 어떤 단어를 말할 때마다 그 자신의 목소리가 꼴사나운 거인이 내는 괴물 같은 소리로 들렸다. 호칸은 자기 집의 침입자가 된 것만 같았다. 진흙 벽이 이처럼 어색한 으르렁거림을 즉시, 아무런 흔적도 남기지 않고 빨아들인다는 사실에 마음이 놓였다. 지하의 이 고요함 속에서, 호칸의 움직임은 더욱 의도적이고 부드러워졌다. 모든 것에 시간이 더 걸렸고, 모든 행동을 수행할 때는 그에 대한 완전한 의식意識이 이루어졌다. 꼭 그가 갇혀 있는 현재를 확장하려는 것처럼 말이다. 양철 컵은 그냥 탁자 위에 놓아둔 것이 아니라, 대단히 주의를 기울여 그곳에 배치되었다. 그래서 양철과 나무가 닿을 때는 그 순간이 연장되어 약간은 기적적인 느낌을 주면서, 낯선 세상이 서로 만나는 부드럽지만 중대한 인상을 만들어냈다. 호칸은 실내에서 장작 패는 것을 꺼렸다. 시끄러운 딱딱 소리에 뭔가 불경스럽고, 심지어 천박한 점이 있다고 느껴졌다. 스튜나 풀을 만들 때는 냄비 벽에 부딪히는 쨍그랑 소리를 내지 않고 액체를 저으려고 주의를 기울였다. 처음에는 완전히 의식하지 못했지만, 그는 종종 자신이 소리를 즐기느라 턱수염을 긁곤 한다는 걸 알게 되었다.

쏟아지거나 부스러지거나 심지어 붕괴하며 더 큰 사태를 일으킬 위험이 있는 점토 벽도 지속적인 관심을 요했지만(포장하고 또 포장하고, 지지대를 대고 받쳐야 했다) 비스듬한 지붕은 그 이상의 작업을 필요로 했다. 지붕은 대체로 솔가지로 만들었는데, 경험을 통해 호칸은 아직 푸르고 유연할 때 그 가지들을 엮어야 한다는 걸 알게 되었다. 그는 필요한 곳에 가죽을 써가며 가지들을 엮었다. 그 결과물은 통로 바닥을 대체로 건조하게 해줄 만큼 촘촘한 이엉이었지만, 충분히 방수가 되는 경우는 거의 없었다. 호칸은 어느 참호나 방에 들어가더라도 밀랍을 바른 방수포나 유포로 지붕을 강화했다. 또 양*으로 엮은 막대로 직사각형의 틀을 만든 뒤 가죽을 씌워, 이동시킬 수 있는 판을 만들었다. 그중 일부는 가죽 경첩을 활용해 여닫을 수 있었다. 다양하게 조합된 나뭇가지, 천, 가죽판은 참호 양옆에 비스듬하게 묻어놓은 들보에 얹어, 가죽끈을 꼬아 만든 밧줄로 마룻대에 연결했다. 세월이 지

---

* 소나 돼지 등의 위 중에서 고기로 쓰이는 부분.

나며 완벽해진 그의 풀은 서로 다른 부분들 사이의 틈을 메웠다. 이런 구조물은 상당히 위태로웠다. 오랜 세월 지속되어온 호칸이라는 존재의 동일성을 방해한 드문 사건 중 몇 가지는 지붕 문제로 일어났다. 때로는 비나 눈의 무게로, 혹은 나무가 썩었다는 단순한 이유로 지붕 일부가 무너져내렸다. 한번은 들보와 장선長線을 비롯한 구조물 전부가 자고 있던 호칸 위로 무너졌다. 커다란 가지가 다리를 찔러, 노란 지방 너머로 대퇴골이 보였다. 처음에는 상처가 제대로 낫지 않았다. 호칸은 다리가 걱정되어, 직접 다리를 절단할 다양한 도구를 생각해보았다. 그런 다음에는 목숨이 걱정되었다. 열병과 정신을 마비시키는 고통 속에서도 그는 상처에서 고름과 피를 빼내고 깨끗하게 닦고 봉합하고 묶고 마침내 직접 치료하는 데 성공했다. 그날 이후로 호칸의 모든 침대는 튼튼한 캐노피로 덮였다.

하지만 몇 년 뒤에는 다른 사건이 일어났다. 어떤 캐노피도 호칸을 그 사건으로부터 지켜줄 수 없었다. 옆으로 통하는 통로의 지붕이 벼락을 맞은 것이다. 호칸은 불이 번지는 것을 막으려고 이어지는 모든 구역을 무너뜨렸다. 직선 형태의 불은 고립된 채 짧은 폭풍이 불고 지나간 뒤까지 계속 탔고, 노을이 지고 불꽃이 잦아든 한순간에는 각자의 노을로 빛나는 두 개의 지평선이 있는 것처럼 보였다.

그만큼 웅장하지는 않았지만 더욱 심오했던 또다른 현상은 천장의 다른 부분과 관련된 것으로, 한동안 지속되었다. 호칸은 멀리 떨어진 땅굴에서 작업하며 무두질한 가죽을 보관할 깊은 창고를 만들고 있었는데, 그곳에 방수가 되는 지붕이 필요했다. 뒤어나온 구조물에 가죽과 방수포를 단단히 고정시킨 다음, 호칸은 그 결과물을 살펴보려고 구멍으로 기어내려갔다. 대단히 당황스럽게도 어느 벽에서 나무 위로 지는 태양의 형상이 보였다—뒤집힌 형상이었다. 구멍 바깥세상을 묘사한 완벽한 그림. 실물과 같은 색깔. 게다가 그 형상은 움직였다. 나무들이 흔들렸고 새들이 날아갔다. 태양은 하강하는 경로를 계속 나아갔다. 위쪽으로. 꼭 다른 누군가의 환각에 들어간 기분이었다. 먼 곳의 누군가가 그 장소를 (거꾸로 뒤집어서) 꿈꾸고 있으며, 어떤 이유에서인지 호칸이 그 꿈을 들여다볼 수 있는 것만 같았다. 당황스러움을 극복한 호칸은 바깥에 뭔가 비정상적인 게 있는지 확인하려고 가죽판 중 하나를 떼어냈다. 빛이 쏟아져들어오자 벽의 형상은 사라졌다. 호칸이 구멍을 내다보았다. 늘 같은 잿빛 풍경이었다. 평소와 다른 것은 하나도 없었다. 호칸은 다시 몸을 숙이고 판을 제자리에 끼워놓았다. 구멍이 어두워지며 형상이 다시 나타났다. 호칸은 그 위로 몸을 숙였다. 그의 그림자 때문에 방수포에 햇살이 비쳐 들어오는 구멍이 있다는 사실이 드러났다. 그 햇살이 벽에 부딪히며 뒤집힌 채로 움직이는 그림이 된 것 같았다. 호칸의 머릿속에는 미신이나 마법이 있을 자리가 없었다. 호칸은 그 형상이 놀랍기는 하지만 자연적인 사건이 틀림없다는 걸 알았다. 그러나 이런 굉장한 일의 이면에 무엇이 있는지는 이해할 수 없었다. 며칠 동안 그 그림은 태양이 지기 시작할 때 벽에 나타났다가, 해가 완전히 지기 전에 사라졌다. 호칸은 이 지역 땅의 모든 정보를 세세히 알았지만, 벽에 비치는 살짝 축축한 그 세상의 뒤집힌 모습을 보는 건 전혀 싫증나지 않았다. 그러다가 어느 날 저녁, 형상이 사라졌다. 호칸은 모든 것을 시도해보았지만 그림을 되살릴 수 없었다.

이런 사건들이 호칸에게 흐릿한 달력을 제공했다. 사고나 벼락, 움직이는 그림 전과 후로. 그의 단조로운 인생을 다양한 시대로 느슨하게 구분해주는 몇 가지 사건이 더 있었다. 한 해 가을 동안 멀찍이 떨어진 곳에서 그와 함께 지내던 곰. 소나기처럼 쏟아지던 별. 호칸의 땅굴 중 한 곳에 새끼를 낳은 여우. 달이 붉게 변했던 그때. 땅에 발이 얼어붙은 새들. 몇 번의 심각한 폭풍. 하지만 시간이 지나면서 이런 에피소드들의 순서는 머릿속에서 혼동되었다. 돌이켜보면, 미로에서 보낸 그의 삶은 완전히 획일적인 시기 같았다. 몇 안 되는 특이한 순간들은 한데 뭉쳐 자신들만의 무리를 이루었고, 그 무리는 세월을 지배하는 동일성과는 아무 관련이 없었다. 계절은 지나갔다가 돌아왔고, 호칸의 일은 한 번도 바뀌지 않았다. 지붕을 덜 새게 만들었다. 덫을 놓아야 했다. 도랑이 넘쳤다. 타일이 빠졌다. 버려진 도랑은 메워야 했다. 코트를 수선해야 했다. 참호가 무너져 황폐해졌다. 장작을 모아야 했다. 옛 통로를 연장해야 했다. 마실 물이 필요했다. 새로운 도구를 만들어야 했다. 상하기 전에 고기를 육포로 만들어야 했다. 바닥에 깔아놓은 돌이 헐거워졌다. 가죽 굴뚝이 너무 썩어 있었다. 더 많은 아교풀을 끓여야 했다. 이런 일 중 하나가 마무리되기 전에 다음 일이 호칸의 주의를 끌었으므로, 그는 언제나 잡일 중 하나에 몰두해 있었다. 그리고 시간의 흐름과 함께, 이런 잡일들은 호칸의 눈에는 보이지 않으나 알아서 반복되는 일종의 순환주기 혹은 패턴을 이루었다. 호칸은 이런 일들이 일정한 간격을 두고 벌어진다고 확신했다. 이처럼 반복되는 임무가 모든 하루를 그전의 하루와 비슷하게 만들었고, 각 하루의 안에서는 해가 뜰 때부터 해가 질 때까지 시간을 구분할 표지가 거의 없었다. 호칸은 심지어 규칙적인 시간에 식사하지도 않았다. 사실, 그의 식단은 생명 유지에 필요한 절대적 최소량으로 줄었다. 때로 호칸은 자신이 이토록 원기 왕성하게 건강하다는 사실에 놀랐다. 그는 치아 하나도 잃지 않았다. 치아가 전부 다 있는 어른은 만나본 적도 없었는데 말이다. 이런 현상은 호칸의 생각엔 똑같이 혼란스러운 다른 사실로만 설명할 수 있었다. 자신이 몇 살인지는 모르겠지만 인간의 몸이 성숙해 쇠퇴하기 시작하는 나이에 이르렀음이 분명한데도 성장이 멈추지 않았다는 것. 호칸은 몇 년 동안 다른 인간을 본 적이 없었으므로 다른 사람 옆에 섰을 때 자신이 얼마나 클지는 전혀 짐작하지 못했으나 사람들 눈에 띄리라는 것만은 알았다. 남들 눈에 보이지 않는 곳에서 지내는 또 한 가지 이유였다. 하지만 이런 건 그저 스쳐지나가는 생각일 뿐이었다. 호칸은 자신의 몸이나 상황에 대해 거의 생각하지 않았다. 하긴, 그 무엇에 대해서도 별로 생각하지 않았다. 존재하는 일 자체가 그의 시간 전체를 잡아먹었다.

21

똑바로 선 나무둥치에서 튀어나온 버둥거리는 팔. 우스꽝스러운 가위 같은 다리. 부리도, 주둥이도 없이 구멍만 뚫린 입이 달린 납작한 얼굴. 그 얼굴에서 앞을 보는 눈. 그리고 동작. 손, 이마, 코, 입술. 너무 많은 동작. 그 기형적이고 부적절한 모습과 낭비적이고 외설스러운 움직임. 호칸은 그 형체보다 더 기괴한 건 생각할 수 없었다. 다음으로 그가 한 생각은, 자신이 그들과 똑같이 생겼다는 것이었다. 그런 다음, 그는 총을 가지러 달려갔다.

호칸은 미래에 대해 생각하는 능력을 잃었기에 누군가가 땅굴에 오면 무슨 일을 해야 할지 생각하는 것도 그만둔 상태였다. 그런데 저 다섯 남자가 다가오는 지금은 이것이야말로 세상에서 가장 뻔한 일처럼 보였다. 당연히 어느 시점에는 누군가 올 터였다. 다가오는 남자들과 함께, 잊고 있던 현실의 차원이 갑자기 나타나 그의 감각을 거역했다. 세상은 새롭고 복잡하고 두려운 공간이었다. 총을 준비하는 호칸의 두 손이 떨렸다.

그는 천장으로 손을 뻗어 가죽판을 옆으로 미끄러뜨리고 밖을 내다보았다. 남자들은 한가롭게 말을 타고 돌아다니며 땅굴을 살펴보고 이런저런 세세한 정보를 짚어내고 있었다. 그들은 경계하는 동시에 긴장을 풀고 있었다. 호칸이 그곳에 산다는 걸 알지만, 동시에 자신들의 수가 더 많다는 것도 아는 듯했다. 호칸을 염탐해온 걸까? 어디서? 어떻게 호칸은 한 번도 그들을 보지 못했을까? 그들의 접근은 모든 면에서—시끄러운 목소리, 이따금 터뜨리는 웃음, 느릿한 발걸음과 늘어진 고삐, 소총을 든 태평스러운 태도—호칸이 혼자임을 그들이 확신한다는 걸 내비쳤다. 그들에게는 모습을 드러내는 것만으로 충분하리라는 걸 아는 정복자의 오만함이 있었다.

그중 셋은 군인이었으나 서로 다른 두 군대에 속한 것처럼 보였다. 두 명은 헐렁한 회색 제복에 같은 색 작업모를 쓰고 있는 반면, 나머지 한 군인은 파란색 제복에 모자챙을 위로 접어 일종의 장식핀으로 고정한 슬라우치 해트*를 썼다. 그 남자의 왼쪽 소매는 텅 빈 채 위로 접혀 팔꿈치에 붙어 있고 오른팔에는 노란 줄세 개가 있었다. 색깔이나 계급과는 관계없이 제복은 찢겨 있고 너덜너덜했다. 나머지 두 남자는 호칸이 여행하면서 본 수많은 사람과 비슷해 보였다—사슴 가죽 레깅스, 플란넬 셔츠, 챙 넓은 모자. 민간인들은 평범한 갈색 말을 타고 있었지만 군인들은 몸

---

* 넓은 챙의 한쪽이 올라간 군용 모자.

통이 굵고 키가 큰 짐말을 타고 있었다. 건장하고 근육질이며 거의 목이 없는 것처럼 보이는 말의 발굽 위쪽 관절과 발굽은 갈고리 씨앗과 엉겅퀴가 가득 걸린 빽빽한 털로 덮여 있었다. 호칸은 말의 품종에 대해서는 아무것도 몰랐지만, 저 짐승들이 안장을 얹기보다는 굴레를 채워야 하는 종이라는 것만은 분명했다.

"친구!" 푸른 제복을 입은 군인이 소리쳤다. "이봐, 친구! 우린 친구야!"

호칸은 자신이 헐떡이고 있다는 걸 깨달았다. 난데없이 눈앞에서 작고 눈부신 점들이 부글거리고 터지고 사라졌다가 다시 나타났다. 몸의 밀도가 낮아진 느낌이었다. 대답하고 싶었더라도 입천장에 달라붙은 혀가 너무 건조하고 무거워서 한마디도 할 수 없었을 것이다.

회색 제복을 입은 한 병사가 뭐라고 중얼거리자 다른 이들이 웃었다. 그들은 틀에 얹어 말리고 있던 고기 근처를 지나갔다. 다른 회색 병사가 고기 한 조각을 가져가 맛보더니 뱉어버렸다. 그는 욕을 하고 기괴한 소리를 내면서 소매로 혀를 문질렀다. 더 많은 낄낄거림.

호칸은 그들에게서 냄새가 난다고 생각했다. 인간의 악취. 과연 그는 어떤 야만적인 행위를 당하게 될까? 저들은 거칠고 친절하지 않은 남자들이었다. 그들의 흉터와 히죽거림, 그리고 무엇보다도 그들의 침착함—언제든 절대적 폭력에 의지할 수 있다는 걸 아는 사람 특유의 침착함—에서 그 사실을 알 수 있었다. 호칸은 자신이 다른 데, 다른 목숨을 빼앗는 데 정신이 팔린 사이 누가 쥐여주기라도 했다는 듯이 자기 손의 총을 보았다.

남자들은 호칸과 열다섯 걸음쯤 떨어진 곳에 멈췄다. 호칸이 보였을까? 말보다는 손짓으로 이루어진 의논이 끝난 뒤 민간인 중 한 명이 소총을 안장의 총집에 집어넣고 말에서 내려 호칸 쪽으로 몇 걸음 걸어왔다.

"해칠 생각 없소, 선생. 전혀 해칠 생각이 없어요. 그냥 얘기나 좀 합시다."

무장하지 않은 모습을 드러내는 것이 유일한 방법이었다. 아마 호칸의 덩치가 그들에게 위협감을 줄 것이다. 호칸의 덩치만 봐도 남자들은 그 자리에서 호칸을 쏘고 싶어질 터였다. 호칸은 죽는다는 생각과 화해한 상태였지만, 그 독특하고도 최종적인 경험을 이 짐승들과 나누고 싶지는 않았다. 총을 내려놓고 출구 중 한 곳으로 나가기 전, 호칸은 잠깐이지만 지금이 평생 처음으로 자신보다 어린 남자들을 두려워한 순간이라는 걸 깨달았다.

사자 코트가 침대 발치의 기둥 하나에 걸려 있었다. 춥지는 않았지만 그 코트를 입었다. 지붕 일부를 떼어낸 뒤 탁자에 올라 기어나갔다.

참호에서 나왔을 때는 그가 몸을 웅크리고 있었기에 키가 단번에 드러나지 않았다. 하지만 그가 몸을 펴서 똑바로 세우며 앞을 보자, 모두의 표정을 점차로 차지해가는 놀라움이 눈에 들어왔다. 호칸 자신도 놀랐다. 호칸이 다른 사람, 혹은 대체로 지속적인 크기를 유지하는 무언가—자연에 속하지 않은 것, 혹은 호칸 자신이 두 손으로 직접 만들지 않은 것—의 옆에 마지막으로 서본 건 몇 년 전의 일이었다. 남자들은 어린아이 같았다. 말들도 이상하게 보였다. 호칸과 남자들은 서로를 바라보았다. 호칸은 인간이 무엇인지 기억했고, 그들은 인간이 어떤 존재가 될 수 있는지 처음으로 알았다.

민간인 중 한 명이 총의 공이치기를 당겼다. 푸른 제복을 입은 군인이 호칸에게서 시선을 돌리지 않은 채 하나밖에 없는 손을 들었다.

"너로군." 그가 말했다.

호칸은 자신의 맨발을 보았다. 너무 오랜 세월 내려다보며 지내다보니, 그 발은 호칸 자신과는 동떨어진 사물이 되었다. 더욱이 굳어져서 촉감이 없는 그 발은 세상과 호칸 자신의 의식을 더이상 중재하지 못했다. 발은 또하나의 일상적 사물일 뿐이었다.

"너야." 푸른 제복을 입은 외팔 남자가 다시 말했다. "봤지?" 그가 동지들을 돌아보며 외쳤다. "그놈이야!" 그러더니 그는 다시 한번 호칸을 마주보며 말했다. "호크."

모욕이, 죄책감이, 두려움이 다시 밀려들어 고독하게 보낸 오랜 세월 전부를 쓸어냈다. 호칸은 떠났던 곳으로 돌아왔다.

아마 수치심에 대한 반응이었겠지만, 호칸은 잠시 자신이 얼마나 알아보기 쉬운 존재인지 잊고 푸른 군인이 그의 정체를 안다면 어느 시점에 그를 만난 적이 있는 게 틀림없다고 생각했다. 찰나의 순간, 호칸이 기억할 수 있는 모든 얼굴이 머릿속을 스치고 지나갔다. 그중 하나도 푸른 군인과는 맞지 않았다. 아마 군인은 이민자 행렬에 있던 아이였을지도 모른다. 어쩌면 보안관이 호칸을 내보였을 때 그에게 썩은 채소를 집어던진 소년 중 한 명이었을지도 모른다. 하지만 군인의 얼굴에는 호칸이 잘 아는 표정이 떠올라 있었다. 그건 호칸에 관한 이야기를 들어보았으나 실제로 그를 본 적은 없는 사람들의 시선이었다. 잠시, 호칸은 저 제복이 의미하는 바가 새로 온 이 사람들이 법 집행관이라는 뜻일까 생각했다.

"형제들의 살해자야. 사자 가죽이니 뭐니 전부 똑같아."

푸른 군인의 설명은 필요하지 않았다. 나머지 네 남자의 두려움에 찬 얼어붙은 표정이 그들도 호칸의 정체를 깨달았다는 것을 보여주었다.

"놈이 살아 있다고?" 민간인이 딱히 누구에게라고 할 것 없이 질문을 던졌다.

"왕성하게." 푸른 군인이 호칸을 머리끝에서 발끝까지 손짓으로 가리키며 말했다.

호칸은 주위를 둘러보며 땅굴의 여러 구역에서 잠시 시선을 멈추었다. 곧 그곳을 영원히 떠나리라는 걸 아는 채로, 호칸은 처음으로 그 땅굴의 거대한 규모를 이해했다.

푸른 군인이 다른 일행과 다시 합류했다. 그들은 숨죽여 토론하고 있었다. 때때로 고개를 돌려, 여전히 뭔가에 홀린 듯 호칸을 보았다.

"총 있어?" 누군가가 물었다.

"안에."

"여기 꽤 좋은데." 회색 군인이 말했다. "꽤 좋아."

"어떻게 한 거야?" 푸른 군인이 친구의 말을 무시하고 물었다.

"팠다." 호칸이 대답했다.

"아니, 아니. 어떻게 했느냐니까? 그 모든 걸. 알잖아, 형제들도 그렇고, 법을 피해서 도망치고. 그렇게 오랫동안 자취를 감추

다니."

"걸었다." 호칸은 질문의 마지막 부분에만 대답했다.

남자들이 웃었다.

"걸었대." 누군가가 그렇게 말하더니 멍청이처럼 낄낄거렸다.

"여기에는 얼마나 있었던 거지?"

"모른다."

"넌 전설이야, 알겠지만."

다시, 호칸의 두 발.

민간인 중 한 명이 유리병에 든 뭔가를 한 모금 마시더니 호칸에게 내밀었고, 호칸은 고개를 저었다.

"꽤 좋은 곳이야." 회색 군인이 다시 말했다.

그들은 말에서 내려 호칸을 그의 방으로 데려간 뒤, 거기에서 발견한 총 여러 자루를 가져가고는 주위를 걸어다니며 땅굴을 살펴보고 다양한 구역을 차지했다.

밤이 찾아왔다. 남자들은 호칸의 숙소에서 떨어진 곳에 피운 모닥불 옆에서 오랫동안 대화를 나눈 뒤 호칸에게 함께하자고 했다. 푸른 제복의 외팔 군인이 모두를 대신해서 말했다.

"너랑 의논할 일이 있어. 어떤 제안을 하려고 해." 그는 잠시 말을 멈추고 호칸의 눈을 들여다보았다. "우린 모두 네가 한 일에 감탄하고 있어. 말했지만, 넌 전설이야. 그 정착민들을 처치하고. 그다음에는 그 이단자들, 그 형제들을 처리하고. 그런 다음에는." 그가 미리 웃었다. "그런 다음에는 보안관의 말을 타고 떠나다니! 정말이지. 제기랄!"

이야기. 이것이야말로 호칸이 피해서 도망치던 것이었다. 칭찬

을 받는다고 해서 나아지는 건 없었다. 호칸은 더이상 이야기를
원하지 않았다.

"우리한테도, 우리 모두에게도 전할 이야기가 있어. 전쟁 이야
기지. 하지만 네 얘기 같은 건 아니야. 아무튼. 평화가 다시 자리
잡은 뒤로 줄곧," 그는 히죽거리며 회색 군인들을 보고 말했다.
"우리는 살아남으려고 애쓰며 말을 타고 돌아다녔어. 너도 알겠
지. 저 밖에는 기회가 많아."

누군가가 계속 불에 침을 뱉었다. 그때마다 잉걸불이 식식 소
리를 냈다.

"그래서 우린 생각했어. 너를 이용할 수 있을 거라고. 넌 아무
것도 하지 않아도 돼. 물론, 네가 원하지 않는다면 말이야. 네가
할 일은 모습을 드러내는 것뿐이야. 커다란 사자 가죽을 쓰고 나
타나기만 해. 우리는 어디든 걸어들어갈 생각이야. 가게든, 선술
집이든, 은행이든, 뭐든. 그런 다음에 네가 거기로 걸어들어가는
거지. 사람들이 널 보고. 얼어붙고. 그다음부터는 우리가 처리할
게. 심지어 우리가 너의 갱단이 될 수도 있어. 호크 갱단이든, 호
크스든 뭐든. 공은 네가 다 차지해. 하지만 네 이름이며 명성이
며, 그런 건. 그러니까. 뭐." 그는 알맞은 단어를 찾지 못해 그냥
호칸을 손가락질했다. "너랑 함께. 너랑 함께 있으면 아무도 우리
를 막지 않을 거야."

호칸은 그의 눈을 똑바로 들여다보았다.

"싫다."

자신의 대답에 침묵이 이어지는 동안 호칸은 남자들의 내면에
서 어떤 기계가 맞물리는 것을 느낄 수 있었다. 그들은 총이 아니

라 그들 자신을 장전했다.

"그래, 그렇겠지." 푸른 군인은 평정심을 잃지 않고 말했다. "이게 다가 아니야. 말했지만, 너는 우리랑 함께 갈 때. 뭐라더라? 대장. 넌 우리 대장이 되어서 우리와 함께 갈 수 있어. 아니면 우리가 너를 잡아서 돌아갈 수도 있지. 알겠지만, 네 머리에는 지금도 현상금이 걸려 있거든. 돈의 힘이라는 거야. 네가 우리와 함께 갈 때 벌어들일 수 있는 것만큼 많은 돈은 아니지만 그래도 꽤 괜찮은 액수지. 말했지만, 넌 전설이야."

호칸은 불에서 시선을 돌리지 않았지만, 남자들이 눈 깜짝할 사이에 벌떡 일어나 공격할 준비가 되어 있다는 걸 알았다.

"이것 봐." 푸른 군인이 마침내 말했다. "우린 네 집이 마음에 들어. 우린 피곤해. 며칠 여기 있을게. 우리가 떠날 때 다 함께 어느 쪽으로 가야 하는지 네가 알려줘."

다음날, 남자들은 쉬고 말에게 물을 먹이고 술을 마셨지만 언제나 누군가가 호칸을 지켜보고 있었다. 호칸은 근처 들판과 숲을 돌아다니며, 의심을 흩어놓기 위해 언제나 간수가 그를 볼 수 있도록 했다. 처음에 그는 버섯과 견과, 허브 몇 종류와 꽃 조금을 모았다. 그런 다음에는 꿩을 쫓아다니다가 담요를 든 채로 웅크렸다. 새들은 언제나 마지막 순간에 날아올랐다가 겨우 몇 발짝 떨어진 곳에 내려앉아 건방지게 고개를 갸웃하며 그를 바라보았다. 남자들은 그 모습을 바라보며 웃었다. 허벅지를 철썩 치며 배를 쥐었다. 그들은 호칸에게 공감하는 척하며 호칸이 새를 놓칠 때마다 길게 소리를 지른 다음, 은근히 무시하는 응원의 말로 그를 조롱했다. 그런 말의 대부분은 사냥꾼과 사냥감의 크기 차이에 대한 언급이었다.

호칸이 모든 재료를 다 모았을 때쯤에는 해가 지고 있었다. 호칸은 전날 피웠던 불의 재 위에 불을 피웠다. 꿩의 깃털을 뽑으며, 재료를 준비하고 요리할 때 따라야 하는 순서를 밟아나갔다. 에이서는 스튜를 끓일 때는 순서가 전부라고 말하곤 했다. 호칸은 그런 세세한 정보 전체가 너무도 잘 기억난다는 점이, 모든 단계를 안내해주는 에이서의 모습이 너무도 생생하다는 점이 놀라웠다. 새들을 세척하고 꽃을 분류하고 견과의 껍질을 벗기고 라드를 준비하고 버섯을 썬 다음, 호칸은 자기 방으로 돌아갔다. 언제나 모습이 보이도록 주의했다. 그는 심지어 민간인 중 한 명과 시선을 맞추고 자신의 의도를 알려주기 위해 참호 저쪽을 가리키기도 했다. 술병에 정신이 팔려 있던 남자는 호칸을 무시했다.

정사각형 방에 들어간 호칸은 장작더미 아래에 숨겨진 구멍에서 양철 상자를 꺼냈다. 그 옆에 에이서의 숟가락이 놓여 있었다. 호칸은 잠시 멈추었다. 그런 다음 상자를 열었다. 거기에, 의료용 도구 사이에 진정제가 든 작은 병이 있었다. 너무 오랜 세월이 지났기에 남았던 진정제는 전부 증발했다. 남아 있는 것은 유리병 안쪽 벽을 짙은 색으로 물들인 캐러멜색 구름과 바닥에 말라붙은 결정화된 찌꺼기 조금뿐이었다. 그는 에이서의 숟가락을 주워들고 유리병을 소매에 숨겼다. 누군가가 자기 쪽을 돌아보도록 시끄럽게 끙 소리를 내며 참호에서 기어나가, 숟가락을 간수에게 흔들어 보이고 냄비를 불 위에 놓은 뒤 요리하기 시작했다.

에이서가 죽은 이후 처음으로 만들어본 제대로 된 식사였다. 라드로 요리하는 버섯. 허브와 꽃송이의 향기. 노릇노릇해져가는 꿩. 남자들 몇 명이 냄비로 다가와 코를 처박았다. 민간인들은 이미 술에 취해 있었다. 마지막으로 호칸은 물을 조금 더했다. 주위 모든 사람의 머리가 향기로운 증기 쪽으로 돌아갔다. 액체가 졸아들어 걸쭉해지자 호칸은 소매에서 작은 병을 꺼내 병이 밑바닥에 가라앉는지 확인하며 냄비 안에 집어넣었다.

민간인들이 양철 식기를 가지고 다가왔다. 호칸은 그들에게 음식을 대접했다. 그들은 불가에 앉았다. 술 때문에 몸이 무거워지고 멍청해진 상태였다. 그들이 처음에 느낀 즐거움은 집중된 형태의 혼란으로 바뀌었다. 구겨진 이마, 단호한 눈, 신중하게 계산했으나 극도로 무력한 움직임. 그들은 음미하며 스튜를 먹고, 음식을 삼키는 사이사이에 계속 술을 마셨다.

"더들리! 이봐들! 이 거인이 요리를 할 줄 알아!"

호칸은 그게 누구의 이름인지는 영영 알지 못했지만, 그 이름을 영원히 기억할 것이었다.

"아. 이거 정말 기분좋은데." 남자는 그렇게 말하더니 의식을 잃었다. 곧이어 다른 민간인이 뒤따라 조용히 눈을 감았다.

세 군인이 불가에 다가오더니 민간인들을 비웃었다. 푸른 제복을 입은 남자가 그들 위에 십자가를 긋는 시늉을 했다.

"부활의 영광을 희망하며." 그가 조롱하듯 엄숙하게 말했다.

"아마 이틀쯤 걸리겠지." 회색 군인 한 명이 덧붙였다.

더 많은 웃음.

"냄새가 좋은데. 좀 먹어보자고." 푸른 군인이 호칸에게 명령했다.

"난 됐어." 다른 회색 군인이 말했다. "난 저 녀석이 말린 소고기를 먹어봤어. 그걸로 충분해."

낄낄거리는 웃음.

"하지만 이건 괜찮아, 이건. 집에서 만든 음식이랑 비슷해." 그의 회색 동료가 말했다.

호칸이 한 숟가락을 내밀었다.

"못 들었어? 난 싫다고."

"뭐." 푸른 군인이 음식을 삼키는 사이사이에 중얼거렸다. "우리가 더 먹으면 되지."

먹지 않겠다던 남자가 어깨 너머로 침을 뱉었다. 다른 두 사람은 계속해서 꿩고기를 게걸스럽게 먹었다.

"저것 좀 마시자." 푸른 군인이 말하더니 민간인들 옆에 놓여 있던 술병을 가지러 일어섰다.

그가 휘청거렸다. 손이 하나밖에 없는 그는 넘어지는 것을 피할 수 없었다. 옆에 앉아 있던 회색 군인이 일어나려다 실패했다. 동시에, 남아 있던 남자는 모든 것을 이해하고 총으로 손을 뻗었다. 그가 총을 뽑기 전에 호칸은 냄비로 그의 머리를 후려쳤다. 호칸은 그가 기절한 것인지, 죽은 것인지 확인하지 않았다. 사람을 하나 더 죽였다는 걸 알고 사는 것보다는 불확실성을 안고 사는 게 나았다.

22

초조하고 정처 없는 여행을 몇 년 동안 하고, 그에 이어 정체된 아지랑이 속에서 몇 년을 보내고 나자, 목적을 가진다는 것은 꼭 귀신에 씐 것과 같은 일로 느껴졌다. 땅굴에서 탈출할 수 없는 현재를 살아갔다면, 지금의 호칸은 오직 미래만을 위해 존재했다. 그는 모든 순간과 전쟁을 벌였다. 매일이, 일단 마무리되고 나면 또하나의 극복해야 할 장애물이었다. 그는 거의 쉬지 않았다. 그에게는 계획이 있었다.

그는 서부로 돌아가 제임스 브레넌이 감춰둔 금을 찾을 생각이었다. 그렇게 하려면 일단 클랭스턴을 찾아야 했다. 거기에서부터는 쉽게 광산으로, 그다음에는 브레넌의 비밀 구덩이로 갈 수 있었다. 클랭스턴의 여인과 그녀의 부하들이 광산을 차지한 이후로 영원처럼 긴 세월이 흘렀으니, 지금쯤 그 광산이 고갈되어 잊혔기를 바랐다. 그곳이 이런저런 활동으로 북적거린다 해도 전에 호칸을 잡았던 사람들은 너무 늙었거나 죽었을 것이다. 어느 쪽이든 브레넌의 은신처는 채석장과 충분히 떨어져 있었다. 아마 오랜 세월 동안 손길이 닿지 않은 채로 남아 있을 터였다. 금을 가지고, 호칸은 샌프란시스코로 가는 길을 찾을 생각이었다. 처음으로 한 생각은 마부가 딸리고 덮개를 씌운 마차를 구하자는 것이었다. 그런 다음에는 돈을 주고 선장의 침묵을 사서 배를 타고 떠나기로 했다.

호칸은 추격자들을 따돌리기 위해 말 다섯 마리를 전부 데려왔다. 땅굴을 떠나고 나서 며칠 뒤, 충분히 안전해졌다고 느낀 그는 그중 네 마리를 놓아주고 짐말 중 가장 덩치가 큰 녀석만을 데리고 있기로 했다. 녀석은 노란색과 주황색이 섞여 있었으며, 익숙한 것들이 놀랍지 않게도 낯설게 보이는 그런 꿈에 나올 거라고 믿을 만큼 거대했다. 녀석의 살은 살아 있는 것과 움직이지 않는 것 사이의 구분을 넘어서는 어떤 물질로 만들어진 것 같았다. 피부 아래에 선명하게, 마치 가죽을 벗겨놓은 것처럼 뚜렷이 보이는 모든 근육이 모래를 꽉꽉 눌러담은 자루처럼 느껴졌다. 근육은 건드려도 거의 눌리지 않았다. 말의 엄청난 힘과 덩치에 모순되는 태도와 걸음걸이에는 어떤 체념이 어려 있었다. 호칸과 말이 함께 있는 모습은 인상적이었지만 어떤 면에서는 알맞아 보였다. 그들은 서로의 효과를 상쇄했다. 그 말을 탄 호칸은 거의 평범했다.

가죽과 넝마가 가는 길에 너무 많은 관심을 끌리라는 걸 알고 있었기에 호칸은 민간인들의 옷 대부분을 가져갔다. 그는 매일

밤 바지와 셔츠 한 벌씩을 수선해, 여기저기 때워서 크게 만들었
다. 챙이 넓은 모자도 하나 크게 만들어야 했다. 그 모자가 호칸
의 얼굴을 가려주었다. 사자 코트는 둘둘 말아 안장에 묶었다.

유일하게 확실한 것은 클랭스턴이 샌프란시스코 동쪽에 있다
는 것뿐이었다. 호칸은 브레넌 가족과 함께 여행할 때 주의를 거
의 기울이지 않은 것이 후회되었다. 하지만 이 지역을 그토록 오
래 떠돌아다니고 난 지금, 호칸은 브레넌 가족이 동쪽으로 가면
서 약간 북쪽으로 방향을 틀었다고 추측할 수 있었다. 그들은 한
번도 사막 깊숙이 들어가지 않았다. 그러므로, 또 자신이 샌프란
시스코 남쪽에 있다는 것을 알았기에, 호칸은 바다를 찾은 다음
어느 시점에는 그를 클랭스턴 근처로 데려다줄 게 분명한 구불구
불한 사선을 그리며 북동쪽으로 향하기로 했다.

이번 여행도 호칸의 수많은 다른 여행과 비슷했다. 궁핍함을
느끼기엔 그는 그런 상태에 지나치게 익숙해져 있었다. 그가 맞
닥뜨린 몇 안 되는 놀라운 일도 지겨운 옛일처럼 느껴졌다. 자
연은 더이상 그를 죽이려 하거나 놀라게 하려 들지 않았다. 하지
만 호칸은, 인생 대부분을 그 평원과 사막과 산에서 보냈음에도
여전히 그것들이 자신의 것이라고 느껴지지 않았다. 같은 별 아
래에서 수천 번의 밤을 보낸 지금, 그는 같은 태양 아래에서 수
천 번의 아침에 눈을 뜨고 같은 하늘 아래에서 수천 번의 날을 터
덜터덜 걸어가면서도 언제나 엉뚱한 곳에 있다고 느꼈다. 그 땅
은—그 땅의 짐승과 식물은—너무도 오랜 시간 호칸을 먹여왔
기에, 엄밀한 의미에서 그의 신체 일부가 되었다. 로리머의 말이
옳다면, 주변의 광활함이 이제는 그의 육신이었다. 그렇지만 아

무엇도—무수히 걸어온 발걸음이나 그가 얻은 지식도, 무찌른 적이나 사귄 친구도, 느낀 사랑이나 흘린 피도—그 땅을 호칸의 것으로 만들어주지는 않았다. 형을 제외하면 호칸이 스웨덴에서의 어린 시절에 관해 그리워하는 것은 거의 없었다. 하지만 이따금 그는 그 짧은 시기(그뒤로 이어진 길고도 다사다난했던 세월과 비교하면 너무도 짧아, 주변 세계를 의식할 수 있을 만한 나이가 된 이후로 그 농장에서 보낸 하루하루를 모두 기억할 수 있다는 환상마저 받아들이게 된 그 시기)가 끝나지 않는 광활함 속 바늘구멍과 비슷하며 모든 것—평원, 산맥, 협곡, 소금 평원, 숲—은 그 구멍을 통해 빠져나간다고 생각했다. 이곳의 대지는 거대했지만, 한 번도 그를 붙들어주거나 안아주지 않았다—호칸이 땅을 파고 들어가, 지구의 가슴에서 은신처를 구했을 때조차. 호칸이 보기에 그가 만나온 사람들은, 아이들을 포함해 모두가 호칸 자신에 비해 이곳에 있을 권리를 더 많이 가진 듯했다. 아무것도 그의 것이 아니었다. 아무것도 그를 차지하지 않았다. 호칸은 반대쪽으로 나올 의도를 가지고 황무지에 들어갔다. 하지만 그가 횡단하려는 시도를 멈추었다고 해서 이곳이 이제 그의 집이 되었다는 의미는 아니었다.

처음 몇 주 동안 호칸은 사람을 피하는 습관을 유지했다. 멀리서 보이는 몇 안 되는 집과 촌락을 피하기란 쉬운 일이었다. 강도와 파괴자들로 들끓는다는 그런 길에서, 자기 일에만 신경쓰는 수줍은 낯선 인물인 호칸은 늘 혼자였다. 그래도 그 지역에 인간이 존재한다는 이상한 징후가 있었다. 어느 날 아침, 호칸은 한 줄로 세워진 높다란 막대기들을 갑자기 마주보게 되었다. 막대기는 서로 약 스무 걸음쯤 떨어져 있었으며, 맨 꼭대기에 묶인 선으로 연결되어 있었다. 새 몇 마리가 검은 밧줄 위에 걸터앉았다. 선은 양방향으로 지표면과 함께 휘어졌다가 점점 작아져 사라질 만큼 길었다. 호칸은 말을 타고 그 선 아래를 지나가며, 설명할 수 없는 종류의 불안감을 느꼈다. 꼭 경계선을 넘어 상상할 수 없는 영역으로 들어가는 것만 같았다.

북쪽으로 갈수록 흩어져 있던 작은 촌락들은 서로 맞닿은 마을, 심지어 작은 도시가 되었다. 아무런 방해를 받지 않고 그런 마을들을 우회해서 간다는 건 그리 어려운 일이 아니었지만, 소 떼를 거느린 카우보이나 작물을 나르는 농부, 상품을 운반하는 상인을 피하기는 어려워졌다. 보통은 모자를 살짝 기울이는 것만으로 충분했다. 하지만 여행을 계속하면서, 새로운 장애물 때문에 호칸은 낯선 자들과 얼굴을 맞댈 수밖에 없었다. 그 장애물이란 울타리였다. 호칸은 전에 아메리카에서 울타리를 거의 본 적이 없었다. 그나마 있던 울타리도 집 주변에만 있었다. 그러나 지금은 울타리가 사방으로 평원을 나눠놓았다. 어떤 울타리는 지평선을 둘로 가를 만큼 길었다. 몇 차례인가, 호칸이 울타리를 돌아가는 길을 찾는 데는 이틀이 걸렸다. 길든 짧든 그런 우회는 틀림없이 나무 말뚝에 기대고 있는 일꾼과의 짧은 대화로 이어졌다. 첫 대화 때 호칸은 거의 한마디도 할 수 없었다. 안에서 우르릉대는 두려움 때문에 아무 소리도 들리지 않았고, 그의 얼굴은 해야 할 일을 거부했다. 하지만 그날, 호칸은 엄청난 발견을 하게 되었다. 그래도 상관없다는 것이었다. 대부분의 남자는 호칸만큼 과묵했고, 나머지 남자들은 자기 이야기를 하느라 너무 신이 나서 다른 누구의 말에도 귀기울이지 않았다. 호칸이 말을 하든 하지 않든—심지어 그가 조금이라도 관심을 보이는 것처럼 보이든 말든—다른 사람들에게는 별 영향을 미치지 않았다. 그래도 호칸은 이런 대화를 나누는 동안 한 번도 말에서 내리지 않았다. 일단 발을 딛고 서면 자신의 키가 두드러질 거라고 확신했기 때문이다. 그것만 빼면, 달리 할 일은 별로 없었다. 누군가 인사를 하면 마주 인사를 한다. 누군가 말을 걸면 시선을 내린다. 대부분의 질문에는 모호하게 중얼거린다. 이어지는 며칠 내내 호칸은 그런 카우보이 중 몇 명에게 클랭스턴에 관해 물었다. 호칸이 처음 말을 건넨 카우보이들은 그런 곳을 한 번도 들어본 적이 없다고 했지만, 북쪽으로 갈수록 대부분의 사람들이 클랭스턴에 대해 알았다. 그들은 클랭스턴을 광산촌이라고 불렀다. 호칸이 맞는 방향으로 가고 있다고 말했다.

다섯 남자가 땅굴에 찾아온 날 이후로 줄곧, 호칸은 서부로 나선 대부분의 사람들이 젊은이라는 걸 알고 놀란 상태였다. 아마 늘 그랬는데, 호칸 자신이 젊었을 때는 그 점을 눈치채지 못했을 것이다. 지금은 호칸과 나이가 비슷한 사람이 거의 보이지 않았다. 그가 우연히 마주친 활기찬 남자들은 존경심을 담아 머리를 숙임으로써 그의 나이를 인정하는 듯 보였다. 이 점을 이용해, 호칸은 안장 위에 앉아 몸을 웅크리고 어깨를 움츠려 자신을 더욱 늙고 약하고 작아 보이게 했다. 땜질한 그의 복장도 이런 특징에 도움이 되었다. 때로 누군가 말을 걸면 호칸은 들리지 않는 척했다. 새로 연기를 할 때마다 자신의 배역을 완벽하게 만들어갔다. 그는 고개를 축 늘어뜨리고, 일부러 주름을 잡은 이마 아래에서 눈을 가늘게 떴다. 그의 이마는 엄청나게 공들여 얼굴을 감추도록 내려뜨린 긴 머리카락 뒤로 거의 보이지 않았다. 목소리는 가늘게 떨리는 웅얼거림이 되었다. 분명히 상상이겠지만, 호칸이 보기에는 그의 노란색 짐말도 이런 성격에 장단을 맞추어 시선을 내리면서 멈출 때마다 풀죽은 듯 한숨을 쉬는 것 같았다. 녀석이 낙심한 채 무감정하게 풀잎을 먹으려 할 때면 주황색 갈기가 녀석의 이마 위로―호칸의 머리가 그의 이마로 쏟아지듯이―쏟아지기까지 했다. 호칸은 허약한 사람 연기를 하면 할수록 그 배역이 즐거웠다. 주름지고 줄어든 몸으로 변장하면 안전한 기분이 들기도 했지만, 속임수 자체에서 예상치 못한 엄청난 즐거움이 느껴지기도 했다. 거짓은 호칸에게 새로운 경험이었다. 그때, 호칸은 진정제와 꿩고기 스튜를 활용한 사건을 제외하면 자신이 한 번도 거짓말을 하거나 누군가의 신뢰를 저버린 적이 없다는 것을 깨달았다. 호칸은 그 이유가 자신이 유달리 덕망 있는 사람이기 때문이라고는 생각하지 않았다. 그냥 어쩌다보니 그렇게 되었을 뿐이었다.

북쪽으로 더 가자 검은 흙이 희끄무레한 먼지로 변했고 울타리는 사라졌으며 지방은 원래의 질서―호칸이 한 번도 이해하지는 못했으나 언제나 경외했던 그 질서―로 돌아갔다. 호칸은 휴대용 가죽 은신처에 들어가 잠을 잤고, 하루에 육포 몇 개만 먹었다. 덫을 놓고 가죽을 벗겨 무두질하고 싶다는 충동은 거의 억누르기가 불가능했다. 그런 작업은 너무도 오랜 세월 호칸 인생의 일부였고, 호칸은 그 작은 몸들과의 일상적인 접촉이나 모피를 벗긴 몸의 해부학적 구조에서 느끼는 놀라움 없이 무엇을 해야 할지 거의 알 수가 없었다. 하지만 절제했다. 그는 옷을 깨끗하게 간직하고 싶었고, 안장에 사향 냄새가 나는 사냥감을 늘어뜨린 덫 사냥꾼 같은 모습을 하고 냄새를 풍기고 싶지 않았다. 그저 일 말을 타고 가는 늙은 이주 농민이고 싶었다.

어느 날 오후, 언덕 꼭대기에 이르렀을 때 호칸은 먼 곳에 그려진 길을 보았다. 풀풀 이는 먼지 속 말 탄 사람들과 수레들. 심지어 마차도 있었다. 호칸이 말을 해본 마지막 남자의 말에 따르면 그 길이 클랭스턴으로 이어지는 게 틀림없었다. 호칸은 돌아서서 사막을 보았다. 다시는 사막을 보지 못할 터였다.

23

그는 해질녘에 말을 타고 클랭스턴으로 들어갔다. 그 어느 때보다도 몸을 노쇠하고 작게 만들었다. 예테보리, 포츠머스, 샌프란시스코, 그리고 보안관의 마을만이 호칸이 발을 들여본 도시였다. 그런 도시에서 오직 짧은 순간만을 보내본 그에게는 도시의 크기에 대한 정확한 개념이 없었다. 그러나 클랭스턴은 그 모든 도시보다 무한히 더 분주했다. 한동안 호칸은 소란과 소음 한가운데에서 충격을 받은 채 말에 앉아 있었다. 그러다가 그는 걷는 속도로 마을 안으로 말을 타고 들어갔다. 땡그랑거리는 소리가 나는 물건들을 잔뜩 실은 수레와 마차가 빠르게 곁을 지나갔고, 마부들은 고함을 지르고 자기 말과 정신을 놓고 있는 행인들 모두를 욕하며 고삐를 당겨댔다. 그들은 너무 천천히, 불안하게 말을 달린다며 호칸에게도 욕설을 내뱉었고, 누군가는 호칸의 어깨를 채찍으로 후려치기까지 했다. 온갖 종류의 사람들이 힘차게 거리를 오갔다. 삽과 곡괭이를 든 일꾼들, 상상할 수 있는 최고의 드레스를 입은 여자들, 심부름하는 소년들, 오만한 말을 탄 젊은이들, 중국인 광부 무리, 그 어떤 여자의 드레스보다도 반짝거리는 코트를 입은 신사들, 허기어린 눈과 단정치 못한 신발의 남자들, 음식과 음료를 잔뜩 담은 쟁반을 든 웨이터들, 상자와 서류 가방을 들고 다니며 엄격한 옷차림에 중무장을 한 배달원들의 빽빽한 무리. 그 모든 사람의 발이—최고급 가죽이나 너덜너덜한 벅스킨으로 덮여 있고, 더없이 얇은 깔창이나 가장 높은 구둣굽 위에 놓여 있으며, 넝마와 삼실 혹은 레이스와 버클로 감싸여 있는 발이—검은색, 갈색, 붉은색 진창을 밟아야만 했다. 이 집 문지방에서 저 집 문지방 사이의 거리를 뒤덮은 진창은 진흙과 배설물과 썩어가는 음식물로 이루어진 정체된 강 같았다. 그러나 그 진흙은 누구의 발걸음도 늦추지 못했다. 수없이 많은 주정뱅이와 거지조차 서두르는 듯 아무 의미 없이 결단력 있는 태도로, 혹은 사업가 특유의 신속함으로 거리의 이쪽 면에서 저쪽 면으로 휘청휘청 이동하며 낯선 사람들에게 돈과 음식을 구걸했다. 어둑한 선술집에서 음주는 여가의 문제가 아니라, 다양한 거래나 대단히 엄격하고 열정적으로 이루어지는 활동을 하기 위한 핑계였다. 초록색 탁자 주변에서 사람들은 카드를 나누고 받으며 활기차고 성실하게 게임을 했다. 호칸으로서는 알아들을 수 없는 소리를 내는, 보이지 않는 악기에서 나오는 거친 멜로디가 다양한 언어로 동시에 이루어지는 말싸움처럼 서로 부딪쳤다. 어느 창문 너머에서는 불그레한 얼굴이 면도되고 있었다. 아이처

럼 벌거벗은 두 뺨을 가진 다 자란 남자들. 콧수염, 구레나룻, 이
상한 형태의 턱수염, 너무도 매끄러워 꿀을 발라 빗질한 것처럼
보이는 머리카락. 여자들은 탑처럼 쌓은 구불구불 곱슬머리 아래
에 매달려 있는 듯했다. 멍하고 경멸감에 젖은 이 여자들은 주위
에서 끊임없이 벌어지는 싸움보다는 진창 위에 맴도는 자신의 주
름진 옷자락에 더 관심을 두는 듯했다. 문지방에서, 수레 옆에서,
게시판 밑에서, 계산대에서 누군가가 고함을 듣거나 떠밀리거나
주먹질을 당하거나 걷어차였다. 어떤 싸움은 말려졌고, 어떤 싸
움은 느슨하게 둘러선 구경꾼들의 부추김을 받았다. 말 네 마리,
심지어 여섯 마리가 끄는 사치스러운 마차들이 지나갔다. 섬세한
스프링과 버팀대 위에 둥실둥실 떠가는 듯한 장식된 마차 칸은
진창을 가르고 굴러간다기보다는 조용한 물위를 동동 나아가는
것처럼 보였다―최소한 거리 모퉁이에 이르기 전까지는 말이다.
그런 모퉁이에서는 틀림없이 모퉁이를 돌고 싶어하는 다른 마차
나 수레가 나타나기 마련이었다. 마부들이 소리를 지르면서 허
공에 채찍을 내려치는 동안 말들이 초조한 듯 히힝거리고 콧김을
뿜어대 소란이 일어났다. 마차 안의 여자들은 계산된 무관심한
태도로 앞만 바라보았다. 호칸을 포로로 잡았던 여자는 아직 살
아 있을까? 그 여자의 여관이 어디였더라? 호칸은 좌우를 살피며
클랭스턴의 시작이었던, 맞은편에 아무것도 없는 단 하나의 골목
을 찾아보려 했으나 건물도, 거리도 너무 많았다. 마구간에서 선
술집에 이르는 모든 건물이 새것처럼 보였지만 그 모두가 지속
적인 활동으로 낡아 있기도 했다. 화려한 집도 여러 채 있었는데,
그중 몇 채는 몇 년 전 사막에서 발견했던 정교한 옷장을 떠올리

게 했다. 거의 모든 건물이 일종의 가게였다. 많은 곳에서 상품을 팔았고, 다른 곳은 말쑥한 점원들이 셔츠 차림으로 앉아 커다란 종이를 들여다보며 끙끙대는 책상 여러 줄로 가득차 있었다. 이런 곳은 고요함이 지배적이었지만, 그럼에도 장부 위로 허리를 숙이고 있는 필경사들의 불안과 긴장은 모퉁이에서 소리를 지르거나 싸우는 모든 사람을 능가하는 게 분명했다. 모든 가게가 바빴다. 매우 밝고 환한 쇼룸에서는 손님들이 전문적인 시선으로 상품 가격을 살펴보며 앞치마를 입은 점원이 내놓은 다양한 물건들을 심각하게 비교하고 흥정하고 물건을 열두 개씩 샀다. 뒷방에서 자루, 통, 상자 들이 나와 선반과 계산대에 놓였다. 천은 둘둘 말려 작은 기둥이 되었다. 다양한 종류의 철사와 밧줄이 거대한 바퀴에 감겨 있었다. 꾸러미가 펼쳐지면 그 내용물이 전시되고 검사되고 다시 밀봉되었다. 설탕 절임과 과일이 유리 찬장과 돔 안에서 번들거렸다. 수십, 수백 개의 꾸러미가 끊임없이 갈색 종이로 포장되고 사이잘삼 실로 묶였다. 돈이 손에서 손으로 오갔다. 다양한 형태의 금—주화, 작은 금괴, 금덩어리, 금가루—이 있었다. 종이돈도 좀 있었다. 상업적 광기가 가게라는 제한된 공간에서 흘러넘쳐, 온갖 종류의 상품을 갖춘 가판대와 판매대의 형태로 거리에 쏟아져나왔다. 그리고 이런 임시 전시대 너머로 또하나의 더 작은 상업이 번성했다. 행상인, 거리의 장사꾼, 상체에 끈으로 상자를 묶고 다니는 상인이 날카롭고 쉰 목소리로 자기 물건을 소리쳐 광고하며 걸어다녔다. 상자가 없는 사람들은 설교자들이었고, 그들도 대단히 많았다.

호칸은 해가 졌지만 거리가 어두워지지 않은 것을 보고, 구불

구불한 유리판으로 인해 파란색과 노란색의 불꽃이 왜곡되고 증폭되는 등불로 길이 밝혀져 있다는 걸 알았다. 가게, 술집, 사무실에서 나오는 빛과 합쳐진 가로등은 지속적인 황혼을 만들어냈다. 호칸은 이런 밤의 부재가 거슬렸다. 피곤해지기도 했고, 어디에서 잘 수 있을지도 상상이 되지 않았다. 넝마를 걸친 남녀가 더러운 골목에 누워 있었지만, 악취나 다른 몸뚱이들과의 근접성에 거부감을 느끼지 않았더라도 호칸은 말을 돌보지 않고 놔둘 수 없었을 것이다. 누군가가 잠들어 있는 그를 알아보고 잡아갈 위험도 있었다. 하지만 되돌아간다는 것은 생각도 할 수 없는 일이었으므로 호칸은 도시를 가로질러, 황야에 야영지를 칠 수 있게 되면 쉬기로 했다. 어느 가로등 아래에서 굴레를 얹은 손수레를 끌고 있던 한 남자가(그걸 보니 호칸은 자신이 브레넌 가족을 위해 고안해 끌었던 장치가 생각났다) 가게를 준비하고 있었다. 그는 무슨 단어를 꿰매어둔 천을 수레 위에 펼치더니, 유리병과 통을 길게 연달아 세워놓았다.

"신사 숙녀 여러분, 신사 숙녀 여러분!" 그가 외쳤다. "모든 병을 치료하는 약, 모든 질병에 듣는 약입니다. 모든 병에는 치료법이 있습니다, 신사 숙녀 여러분. 그리고 바로 여기에 그 모든 치료제가 있습니다. 물집, 흉터, 블랙헤드라고요? 여기 이 연고가 뿌리깊은 불순물을 대부분 제거하고 피부를 매끈하게 해줄 겁니다. 코감기, 기침감기, 코막힘이요? 여기 이 시럽은 기도에 생기는 모든 형태의 질병을 없애줍니다. 배가 아프다고요? 혹시 체액 문제나 장 문제인가요? 부종, 소화불량, 설사일까요? 죄송합니다, 숙녀분들. 제가 쓰는 말을 용서해주세요. 육신이란 더러운 것입니다. 좀더 신사적으로 표현하자면, 소화 문제일까요? 이 특허받은 강력한 조제약 두세 방울로 어떤 기적을 일으킬 수 있는지 절대 못 믿으실 겁니다. 즉시 나아지거든요! 힘이 없고 지쳐 있고 무력한가요? 계속 그렇게 살 수는 없습니다. 그만하면 됐어요. 아침에 눈을 뜨는 게 힘겨운 싸움이죠. 아주 작은 잡일도 어마어마하게 지치는 수고가 되고요. 기쁨조차도 짐이 됩니다. 여기. 이게 치료제입니다. 이 병 안에 들어 있어요. 자양강장제입니다! 단 하나의, 유일한, 독창적인 자양강장제이지요. 인디언 의사가 채집한 약초로 만들고, 유럽의 화학자들이 최근에 발견한 물질과 결합한 활력제입니다. 중요한 핵심 영양소와 모든 기질을 회복시키는 성분이 든 필수 물질이 함유되어 있습니다. 생명력! 생명력이 돌아오는 걸 느껴보세요! 그 활기와 정력, 활력을요! 건강하시더라도 원기, 왕성함, 생기를 더하기 위해 특별한 약을 써보세요!"

소수의 사람들이 손수레 주위로 모여들었다. 호칸은 황홀해졌다. 그는 몇 년 동안 의학이 어떤 발전을 이루었을지 궁금했다. 해부학과 생리학이 장기와 그 기능 사이의 새로운 관계를 발견했을까? 로리머의 이론이 옳은 것으로 밝혀져 전 세계로 전파되었을까? 새로운 발견이 그 이론을 능가했을까?

"접골사는요, 신사 숙녀 여러분, 과거의 산물입니다. 관절이 뻣뻣하다고요? 성가신 요통에 시달리신다고요? 날씨가 나쁘면 허리가 아프신가요? 자력이라는 게 있습니다." 그는 자기 손바닥 크기의 금속 막대를 꺼내며 속삭였다. "어떤 프랑스인이 여기 있는, 이 활력을 주는 원통형 자석을 사용해 에너지의 흐름을 뒤집고 고통을 건강으로, 질병을 활력으로 바꾸는 방법을 알아냈습니다. 이건 쇠로 만들어져 있어요. 활기를 주는 모든 물질의 단 하나밖에 없는, 유일한 원천이지요."

이 사람은 호칸이 살면서 세번째로 만나본 과학자였다. 로리머와 함께 있을 때는 진실에서 즉각적이고도 투명한 느낌이 전해졌다. 나중에 이성이 찾아와 그 진실을 평가하기는 했지만, 처음에 진실은 거의 물리적인 경험으로 느껴졌다. 꼭 생생한 꿈에서 깨어나는 것만 같았다. 호칸이 두번째로 과학을 만난 건 짧은 머리 인디언을 통해서였다. 그때도 인디언이 가진 재능의 증거에는 의심의 여지가 없었다. 인체와 인체를 고치는 방법에 대한 그의 이해, 그의 믿음직스러운 약물과 연고, 감염을 방지하는 거의 실패하지 않는 방법, 심지어 부드럽고 사려 깊은 손길로 그는 오직 자연의 힘으로만 필적할 수 있는 권위를 띠었다. 하지만 손수레를 밀고 있는 이 남자는, 강장제와 자석을 가지고 있는 이 남자는 바보에 거짓말쟁이였다. 호칸이 보기에 이 점은 다른 두 남자의 천재성만큼이나 명백했다.

"하지만 금 얘기를 할 수 있는데 왜 쇳덩어리 얘기를 하느냐고요? 네, 금 말입니다, 신사 숙녀 여러분. 우리 모두 금을 원하지요. 우리 모두가요. 하지만 금을 얻으면(그야 얻게 될 테니까요, 선생님. 꼭 그렇게 될 겁니다), 여러분이 손에 넣은 것이 실제로 금인지 어떻게 아시겠습니까? 네? 반짝인다고 전부 금은 아니죠, 신사 숙녀 여러분. 가짜 금이 사방에 있습니다. 전염병처럼 퍼져 있어요! 그 치료제는요? 여기, 감별용 액체가 있습니다. 여기, 당할 자 없는 기적의 혼합물이 가짜에 반응하는 걸 보십시오."

호칸은 돌아서서 떠났다.

가게들이 문을 닫고 있었고, 이제 사람들은 선술집과 여관에 모여들었다. 군중이 너무 빽빽하게 모여 있어, 각 시설 안에서 무슨 일이 벌어지는지 보기가 거의 불가능했다. 음악은 더욱 활력을 띠었다. 어떤 곳에서는 손님들이 노래를 따라 불렀다. 살롱의 문이나 호텔의 입구에서 군중이 입을 벌린 채, 아른아른한 드레스를 입은 분칠한 여자들과 연미복에 중절모 차림으로 그들을 에스코트하는 남자들을 삼키거나 뱉어냈다. 낯선 요리의 향기가 진흙에서 올라오는 악취를 때로 간신히 억눌렀다.

호칸의 짐말이 덥수룩한 발굽을 진창에 끌면서 터벅터벅 걸어나가는 동안 빛은 어두워지고 싸움은 더 시끄러워졌다. 마을의 이 구역을 지나는 마차는 없었다. 결과적으로 가로등이 사라지며, 길가에 피워놓은 산발적인 불로 바뀌었다. 집과 선술집은 더이상 샹들리에로 빛나지 않고, 여기저기 걸려 있는 기름 등잔의 황갈색 반짝임으로만 점점이 밝혀졌다. 흔들리는 어둠 속에는 음주, 도박, 노래, 말다툼이 있었다. 그리 멀지 않은 곳에 총이 있다는 알림은 무시되었다. 자신들의 좁고 둥근 빛 바깥에서 벌어지는 일에는 아무도 관심을 두지 않는 듯했다. 호칸이 거리를 따라 나아가자, 빛으로 밝혀진 그런 얼룩 하나하나가 고립된 장면을 드러냈다. 먼지와 패배로 황폐해진 얼굴의 광부들, 가늘고 달콤한 파이프를 피우는 중국인 노동자들, 유혹하며 슬퍼하는 망가진 여자들, 소소한 기쁨을 즐기는 동안 눈에 띄지 않으려고 애쓰는 흑인 남자들, 상자 위로 허리를 숙이고 오므린 손안의 주사위 두 개에 숨을 불어넣는 소년, 현관 계단 위나 수레 아래 혹은 오물 속의 더미로 전락한 주정뱅이들. 눈은 의심스러운 어둠 안으로 겨우 몇 미터밖에 닿지 않았지만, 귀는 웃음과 소동의 머나먼 층위에서부터 도시의 깊이를 이해했다. 그런 싸움 중에는 너무 격렬하게 들리는 것도 있었다. 호칸은 그리로 말을 몰아야만 한 다는 강박을 느꼈다. 여자들의 비명이 들렸다. 살면서 딱 한 번밖 에 들어보지 못한 소리였다. 누군가 그 여자들을 도와주고 있을 까? 마침내 호칸은 현장 주위에 빽빽하게 모여든 사람들에게 가 까이 다가가 그들의 머리 너머를 보았다.

몇 년 전, 호칸이 세상을 한 바퀴 돌았으며 똑같이 광활한 사 막 두 곳이 감싸고 있는 거대한 평원에 갇혔다고 걱정했던 그때 에 호칸은 자신이 미쳐가고 있다고 생각했다—뇌에 병이 생겼다 고, 아파서 길을 잃었다고. 그때 경험했던 머리가 아찔한 공포감 도 지금 그 모든 사람의 머리 너머를 바라보며 느끼는 감정에 비 하면 아무것도 아니었다. 광기라고 표현하면, 친절하게 정당화하 는 말이었을 것이다. 죽음. 호칸이 본 것에 대해 할 수 있는 설명 은 그것뿐이었다. 어느 시점에, 호칸은 자신이 죽은 게 틀림없다 고 생각했다. 그래서 지금은 삶의 반대편에서 그 장면을 보고 있 다고. 잠시, 호칸이 찾을 수 있는 답은 그것뿐이었다.

정수리가 납작한 중절모, 챙 넓은 모자, 보닛, 높다란 머리 장 식 너머로, 호칸은 모닥불 옆에서 사자 가죽을 뒤집어쓴 거인 남 자를 보았다. 그의 머리는 짐승의 머리 아래에서 보이지 않았다. 그는 총과 피 묻은 칼을 들고 있었다.

그의 발치에는 살해당한 여자 두 명이 피로 얼룩진 드레스를 입고 누워 있었다. 남자는 호칸보다도 키가 컸다. 그는 헐떡이고 있었다. 모두가 지켜보았다. 아무도 끼어들지 않았다. 남자의 얼굵은 후드의 그늘 아래에 숨겨져 있었지만 잔인한 표정을 짓고 있을 게 틀림없었다. 불특정한 어떤 공간에서 보안관 한 명과 부관 두 명이 다가왔다. 총이 발사되었다. 아무도 맞지 않았다. 어떻게 그랬는지 보안관과 그의 부하들이 이겼다. 사자 가죽을 입은 거인은 잡혀서 어둠 속으로 끌려나갔다.

난데없이, 남자 두 명이 두 장의 장막을 펼쳐 여자 둘을 시야에서 가렸다. 선명한 붉은색 정장을 입은 남자가 그들을 따라오더니 장막 앞에 서서 구경꾼들에게 말했다.

"눈 깜짝할 사이에 돌아오겠습니다, 친구들. 자리를 떠나지 마세요. 눈 깜짝할 순간의 절반 만에 돌아옵니다. 호크는 이 위기를 어떻게 벗어날까요? 경고하는데, 심약한 사람들이 들을 만한 얘기는 아닙니다. 지금 자리에 그대로 서서 다음 막을 기다리세요. 돌아다니면서 기부금을 받겠습니다."

호칸은 안장에 앉은 채 몸을 움츠리고 가만히 말을 쓰다듬었다. 장막 너머로 말을 몰아가던 그는 여자들이 낄낄거리며 피 묻은 옷을 갈아입는 것을 보았다. 한 젊은이가 사실은 파란색인 초록색으로 칠한, 각진 널빤지로 만든 높은 모형 선인장을 세우고 있었다. 거인은 상자 위에 앉아 술병에 든 것을 마셨다. 그의 사자 모피는 기괴한 모조품으로, 설치류의 가죽과 모직 천을 이어 붙인 것이었다. 그는 죽마를 신고 있었다.

호칸이 본 것은 그의 이해력을 넘어서는 장면이었다. 하지만 자신이 상상했던 것보다 훨씬 더 유명하다는 것과, 시간이 지나며 그의 이야기가 잊힌 대신 증폭되었다는 것은 분명했다. 호칸에게 유일한 위안은 원치 않는 악명에도 불구하고 아무도 그를 알아보지 못했다는 점이었다. 그는 늙은 몸안에서 안전했다.

그가 기억하는 바에 따르면 광산까지 가는 데는 기껏해야 사흘이 걸릴 터였다. 금, 샌프란시스코, 바다가 그리 멀지 않았다.

다음날 아침, 호칸은 클랭스턴이 사실 끝나지 않았다는 걸 깨달았다. 건물들이 점점 더 드문드문해졌고 길을 따라 걸어가는 사람의 수도 줄었지만, 포목점과 술집, 다른 알 수 없는 시설이 여전히 여기저기에서 나타났고 도시를 드나드는 교통량은 꾸준했다. 밤에, 호칸은 길에서 벗어나 눈에 띄지 않는 어느 지점에 빈약한 모닥불을 피우고 야영했다.

클랭스턴이 사실 끝나지 않은 것처럼 광산은 사실 시작되지 않았다. 어느 시점에 호칸은 거의 모든 평대 수레에 곡괭이와 삽에 기대고 있는 희멀건 남자 무리가 꽉꽉 타고 있다는 걸 알았다. 멀리서 들려오는 우르릉거리는 폭발음에 땅이 근질거렸다. 많은 경우 틀을 만들어두고 들보로 받쳐놓은 균열과 구멍들이 땅의 황토색 단조로움을 끊어놓았다. 갑작스레, 다양한 지점의 땅에서 쇠로 된 공구의 묵직한 머리가 나왔지만 즉시 다시 곤두박질칠 뿐이었다. 바위에 닿는 모든 타격에는 짧고 건조한 메아리가 이어졌다. 도로가 휘어진 건 좁은 강을 따라가기 위해서였다. 호칸은 브레넌 시절에 그 강을 봤던 기억이 나지 않았다. 머잖아 그것은 인간이 만든 운하임이 드러났다. 운하는 구부러지지 않는 곧은 경로를 따라 흘러갔으며, 뻗어 있는 몇몇 줄기는 널빤지와 바위를 맞닥뜨렸다. 수백 걸음을 걸을 때마다 무장한 보초들이 지키고 있는 열린 수문이 나왔다. 수로의 반대편에는 일정한 간격으로 놓아둔 두꺼운 널빤지 위에, 나무 봉으로 만들어진 한 쌍의 평행한 선이 있었다. 이런 구조물을 어떤 목적에 쓸 수 있을지 호칸이 궁금해하던 그때, 평대 수레 한 대가 휙 지나갔다. 그 수레의 홈이 팬 바퀴 네 개가 나무 봉에 완벽하게 들어맞았다. 수레의 동력은 축에 달린 들보를 위아래로 시소처럼, 혹은 펌프처럼 눌러대는 두 남자에게서 나왔다. 정오가 조금 지났을 때 호칸은 길과 개천, 봉으로 이루어진 선의 끝을 보았다.

광활하고, 정신없고, 복잡하고, 층이 져 있고, 우르릉대고, 뒤틀린 채석장은 미지의 종種을 위한 정신 나간 도시였다. 그 미로를 통과하는 길 위로, 잔해로 가득찬 수레가 비참한 짐승들 뒤를 따라 비틀비틀 나아갔다. 나무 봉 위에서 움직이는 펌프 자동차는 돌, 공구, 사람을 싣고 터널을 드나들었다. 금속이 돌에 닿는, 단단한 빗방울 같은 소리가 허공을 채웠다. 연기 구름이 여기저기서 피어났고, 그뒤에 우르릉대는 폭발음이 이어졌다. 악의적인 태양 아래에서 먼지를 뒤집어쓴 남자들이 좁은 턱을 따라 앞뒤로 걸어다니고 사다리를 오르내리고 동굴을 기어서 드나들었다. 그들은 장비와 바위를 나르고 있었다. 그중 일부가 손짓하며 고함을 치듯 지시를 내렸지만, 그 소란통에서는 어떤 목소리도 들리지 않았다. 무장한 경비들이 어디에나 있었다. 거의 언제나, 어디에선가 작은 사태가 일어나 자그마한 광부 대여섯 명이 사방으로 도망쳤다. 더러운 구덩이와 갑자기 솟은 벽, 거대한 계단이라도 되는 것처럼 갈라진 땅속으로 내려가는 층층대 고원을 갖춘 이 비인간적인 장소는 시선이 닿는 곳을 넘어 뻗어 있었다. 브레넌의 저장고가 어디였든, 그것은 먼지처럼 휩쓸려갔을 터였다.

24

황무지에 남겨놓은 것은 절대 되찾을 수 없다. 모든 만남이 최종적이다. 아무도 지평선 너머에서 돌아오지 않는다. 어떤 사물이나 사람에게 돌아간다는 건 불가능하다. 시야를 벗어난 것은 뭐든 영영 잃은 것이다.

최초의 실망감은 절망감으로 부풀어올랐으나 곧 서서히 가라앉으며 일종의 안도감을 남겨놓았다. 호칸은 선물 몇 가지 외에 무언가를 소유했던 적이 한 번도 없었다. 정당하게 그의 차지였던 유일한 말인 핑고는 호칸에게 주어진 지 얼마 안 되어 죽었다. 의료 도구가 담긴 양철 상자, 나침반, 사자 코트—이것들만이 그의 유일한 소지품이었다. 그가 금으로 무엇을 했겠는가? 금을 대체 어떻게 쓰는 것이기에? 금은 얼마나 주어야 하고, 그에 대해 무엇을 기대할 수 있을까? 호칸은 살면서 돈을 겨우 몇 번밖에 다루지 못했고, 오랜 세월 전에, 이민자 행렬에 있던 시절에 소소한 상업적 거래를 몇 차례 해보았을 뿐이었다. 그의 계획에 필요했을 복잡한 교환에 참여한다는 생각만으로도 호칸의 심장은 불안감에 두근거렸다. 호칸은 이 여행을 시작했을 때처럼, 아무것도 없이 끝내는 게 훨씬 낫다고 생각했다.

그는 계속해서 서쪽으로, 바다 쪽으로, 스텝 지대를 가로질러, 숲속으로, 산을 넘어, 계곡을 내려가서, 들판을 건너, 길을 피하며, 여행자와 카우보이들을 피하고, 사방에서 불쑥 솟아나는 수많은 마을과 거리를 두고, 할 수 있을 때 덫을 놓고, 찾은 것을 먹고, 대개는 커다란 말 위에 구부정하게 몸을 웅크리고서 안전하다고 느끼며 계속 이동했다.

이어진 몇 주 동안 기진맥진한 느낌이 호칸을 압도해왔다. 그의 몸이 사칭하던 늙은이의 나이를 따라잡은 것만 같았다. 그는 말에 앉은 채 꾸벅꾸벅 졸다가, 시간이 얼마나 지났는지 모르는 채로 깨어나곤 했다. 때로는 눈을 떠보면 헛간이나 집으로 향하고 있어서, 갑작스레 고삐를 당겨 방향을 바꾸어야 했다. 그보다 자주 일어난 일은 말이 그냥 멈춰 서는 것이었다. 그럴 때 호칸을 깨운 건 고요함이었다. 한번은 자다가 놀라서 깨어보니 말이 광산에서 보았던 것과 비슷한, 나무토막 위에 놓인 한 쌍의 선 앞에 서 있었다. 하지만 이번에는 막대가 금속으로 만들어져 있었고, 시야가 닿지 않는 곳까지 뻗어 있었다. 호칸은 펌프 수레가 다가오기를 기다렸다. 아무것도 다가오지 않았다. 그 선을 건너기 전에, 호칸은 이 구조물이 가망 없이 망가진 다리처럼 생겼다고 생각했다.

그는 노란 교회를 지났다. 몇 년 만에 처음으로 보는 교회였다. 교회는 낡았지만—심지어 버려진 것처럼 보였다—돌림띠나 부조, 조각상을 보면 한때 웅장한 모습을 꿈꿨다는 걸 쉽게 알 수 있었다. 교회와 그리 멀지 않은 언덕 아랫부분에서 호칸은 이상한 과수원 같은 곳에 우연히 들어갔다. 처음에는 작은 나무처럼 보였던 것들이 알고 보니 작지만 완고해 보이는 덤불이었다. 덤불의 주된 가지는 일그러져 막대를 감으며 괴로운 자세를 취하고 있었다. 그 막대에 가지가 실로 묶여 있었다. 자신의 나뭇잎 그늘 안에서, 이처럼 덜 자란 덤불은 과육이 많은 열매 다발을 맺었다. 호칸은 한 번도 본 적 없는 열매였다. 비슷한 관목 수백 그루가 일정한 간격을 두고, 서로 상당히 가깝게, 정확히 똑같은 거리로 나뉜 직선을 따라 심겨 있었다. 이 방식에는 가혹하고도 분노에 찬 무언가가 있었다. 말을 타고 가자, 덤불의 줄이 끝나리라고 예상되는 곳에서 첨탑이 있는 커다란 집이 나타났다. 그보다 작은 건물 몇 채가 그 집을 둘러싸고 있었다. 그 집은 호칸이 생각하는 성채 그 자체였다. 그리 멀지 않은 곳에서 호칸은 덤불에서 작업을 하는 노동자 몇 명을 보았다. 사람이 보이자마자 늘 그랬듯 이번에도 발길을 돌리려 했는데, 아이 우는 소리가 들렸다. 호칸이 처음으로 한 생각은, 그저 찰나의 생각일 뿐이었지만 그 소리가 사실 울부짖는 새끼 사자의 소리라는 것이었다. 다른 새끼 사자가 있나보다고, 그는 생각했다. 즉시 상식이 이런 생각을 바로잡았고, 호칸은 아이를 찾기 시작했다. 몇 줄 떨어진 곳에서 아이를 발견했다. 아이는 흙과 콧물로 진흙 범벅이 된 채, 어쩐지 정신이 팔린 태도로 울어대면서 땅을 향해 늘어지는 자기 침을 바라보고 있었다. 말과 기수를 보자 아이의 울음이 호기심에 자리를 내주며 잦아들었다. 호칸은 아이가 남자인지 여자인지 알 수 없었다.

"길을 잃었나?"

흐느낌에 종종 이어지는 특유의 딸꾹질을 하면서, 아이가 그를 쳐다보았다. 호칸은 주위를 둘러보았다. 일꾼들은 그를 보지 못했다. 아니면 그를 무시했거나.

"큰 집에 사나?"

호칸은 아이가 고개를 끄덕였다고 생각했다. 어쨌든, 여러 건물이 붙어 있는 그 성이 주위의 유일한 집이었다. 아마 호칸은 여자아이를(왠지는 모르겠지만, 호칸은 여자아이일 거라고 판단했다) 일꾼 중 한 명에게 맡기고 갈 길을 갈 수 있을 터였다. 그는 말에서 내려, 아주 부드럽게 아이를 일으켜세운 뒤 안장에 앉혔다. 아이가 계속 다른 데 관심을 갖도록 호칸은 속을 채운 여우 발을 주었다. 아이는 그 발에서 무한한 매력을 느끼는 듯했다. 호칸은 천천히 말을 끌고 집 쪽으로 갔다. 그가 가까이 다가가자 일꾼들은 하던 일을 내팽개치고 그와 말, 아이를 빤히 바라보았다. 호칸은 호칸대로 그들이 인디언이라는 것을 알아보았다. 그들은 흰옷만을 입고 있었는데, 다들 삽과 전정가위와 괭이를 가지고 일하며 그 검은 열매를 다루고 있었음에도 모든 옷에 얼룩 하나 없었다. 호칸은 젊은 여자 한 명과 눈을 마주쳤다. 그는 말을 세운 뒤 아이와 집을 고갯짓으로 가리켰다. 여자가 맞다는 뜻으로 고개를 끄덕였다. 호칸은 손짓으로 자신이 아이를 여자에게 인도할 생각이라는 뜻을 전했다. 여자는 물러나며 아래를 보았다. 호칸은 나머지 일꾼들을 돌아보았는데, 그들도 고개를 숙이며 모든 접촉을 피했다. 꼬마 소녀는 여우 발을 가지고 놀았다. 호칸은 아이를 집과 가까운 어느 안전한 곳에, 아이가 틀림없이 눈에 띌 만한 곳에 내려주고 그 집에 사는 사람 누구와도 말을 섞지 않은 채 방향을 돌릴 생각이었다.

생생하고 낯선 꽃과, 다듬어서 똑바른 벽으로 만들어놓은 산울타리가 가득한 앞뜰에 이르자 연보라색 드레스를 입은 여자가 집에서 뛰어나오며 호칸이 알지 못하는 언어로 비명을 질렀다. 그녀는 달려와 아이를 안아들고 부드럽게 나무라더니, 소매에서 꺼낸 손수건으로 아이 얼굴을 깨끗하게 닦은 뒤 아이에게 입맞춤을 퍼부었다. 여자는 여우 발을 보고는 아이에게 뭔가 물었다. 아이가 호칸을 가리켰다.

"아, 세상에. 실례했어요." 여자가 강한 외국 억양으로 말했다. "흥분해서. 당신이 아이를 찾은 거죠, 맞죠?"

호칸은 고개를 끄덕였다.

"고맙습니다, 선생님. 아이가 늘 이래요. 보고 있지 않으면 펑, 사라져요. 언제나. 밤이 오면 끔찍해요. 요거, 요거, 요거, 요거!" 여자는 아이의 뺨을 꼬집고 다시 입을 맞추며 말했다.

호칸은 아래를 보고 손을 들어 떠나겠다는 표시를 했다.

"아뇨, 아뇨, 아뇨, 아뇨." 여자가 반대했다. "감사를 전해야죠. 제발."

"아니, 괜찮다."

"하지만 정말 피곤해 보이시는데요."

"아니, 괜찮다."

"아니긴요, 선생님. 먹을 것과 마실 것이 있어요."

바로 그때, 흠 한 점 없는 연미복을 입고 주위의 정원과 무척 닮은 형태의, 완벽하게 다듬은 흰 턱수염을 기른 건장한 남자가 문에서 나와 계단을 내려오더니 그들을 향해 다가왔다. 호칸은 자신과 그 남자가 아마도 같은 나이이리라는 게 이상하게 느껴졌다. 남자가 반도 채 오지 않았을 때 이미 여자는 자신의 언어로, 아이와 들판, 호칸을 가리키며 벌어진 모든 일을 설명한 뒤였다. 가까이 다가온 남자는 손을 내밀었다.

"대단히 고맙소, 선생. 모험을 좋아하는 내 딸을 찾아서 안전한 곳으로 돌려보내주시다니."

그는 여우 발을 보고 딸의 손에서 가져가더니, 아이가 칭얼거리는 동안 살펴보고는 다시 돌려주었다.

"선생이 만드셨소?"

"그렇다."

"와인 좋아하시오?"

"모른다."

"글쎄요, 선생. 곧 알게 되겠지요."

"에디트, 이 신사분에게 꼭 클라레 한 잔을 가져다주시오." 남자는 집으로 돌아서며 여자에게 말했다.

"네, 선장님."

"고기도 좀." 그는 힘차게 걸어가며 덧붙였다.

"고맙다. 난 간다." 호칸이 말했다. "가야 한다."

선장은 멈춰 서서, 갑자기 무언가 떠올랐다는 듯 잠시 뜸을 들이더니 돌아섰다.

"어디서 오셨소?" 그가 물었다.

호칸은 망설였다. 사람들은 호크가 스웨덴 사람이라는 걸 알까? 그렇더라도 거짓말을 할 수는 없었다. 다른 나라에 대해서는 아무것도 몰랐으니까.

"스웨덴."

"하!" 선장은 신이 나서 자기 이마를 탁 치더니 호칸에게 돌아왔다. "요 멘 비스트! 셀브클라르트!"* 그는 호칸의 어깨를 따뜻하게 감싸안으며 소리쳤다. "에르트 오 레트 소 우토모르덴틀릭트 스벤스크트, 푀르스토르 니. '아이 무스트 고.' 잉겐 헤르, 이 아메리카, 칸 우탈라 고 유스트 포 데트 비세트. 캅텐 알텐바움. 엔 에라."**

"호칸." 호칸이 잠시 말을 멈추었다. "쇠데르스트룀."

"포르 야그 비사 헤르 쇠데르스트룀 룬트 포 고세트? 오크 야그 스쿨레 블리 벨딕트 글라드 옴 야그 피크 비우다 포 에트 글라스 빈."***

알텐바움 선장은 핀란드 출신이었지만, 그 나라의 부자들 대다수처럼 스웨덴에서 어린 시절을 보냈다. 그는 에디트에게 몇 가지 지시를 내리고, 인디언 한 명에게 호칸의 말에게 먹이를 주라고 했다. 그들이 말을 데려가기 전에 호칸은 안장에서 자기 소지품이 담긴 꾸러미를 내렸다.

---

* '그럼 그렇지'라는 뜻의 스웨덴어.
** "선생의 å 발음이 유독 스웨덴어 같았소. 아시겠소? '가야 한다.' 여기, 아메리카에서는 아무도 '가'라는 말을 그런 식으로 발음하지 못합니다. 알텐바움 선장이오. 만나서 영광입니다."
*** "쇠데르스트룀 선생에게 저택 구경을 시켜드려도 될까요? 와인도 한 잔 대접할 수 있다면 아주 좋겠습니다."

"물건은 놔둬도 괜찮소. 안전할 거요."

호칸은 아래를 보며, 몇 안 되는 소지품을 담고 있는 둘둘 말린 사자 코트를 꽉 쥐었다. 선장이 고개를 끄덕이면서 그를 본채에서 수백 걸음 떨어진 건물로 이끌었다.

성채 주변의 땅은 호칸이 보았던 어떤 곳과도 달랐다. 자연에 대한 인간의 승리가 완전했다. 모든 식물은 강제로 어떤 인공적인 형태로 만들어져 있었다. 모든 동물은 길들여졌다. 모든 물은 통제되고 방향이 다시 정해졌다. 그리고 사방에, 흰옷을 입은 인디언들이 모든 풀잎이 제자리에 있도록 작업하고 있었다. 알텐바움 선장이 자세한 사항을 하나하나 가리키며 알려주었다. 선장은 스웨덴어로 말했는데 호칸이 모르는 단어를 많이 사용했다. 리누스를 잃은 이후로 오직 머릿속으로만 스웨덴어를 들었기에―호칸은 유일하게 스웨덴어를 사용하는 사람으로서, 자신의 생각에 따라 그 언어를 만들어왔다―호칸은 그런 단어들을 선장의 목소리와 조화시키고, 그런 단어가 자신이 아닌 다른 사람에게도 뭔가 의미가 있을 수 있다는 걸 믿기가 거의 불가능했다. 더욱 놀라운 점은 호칸 자신이 모국어를 말한다고 해서 더 자신감 있거나 안전하다고 느끼지 못했다는 것이다. 지금 그는, 자신의 수줍음과 우유부단함, 침묵에 대한 선호가 언어와는 아무 관계가 없었다는 걸 알게 되었다. 그는 스웨덴어를 쓸 때도 똑같았다. 이 조용하고 머뭇거리는 존재는 그냥 호칸의 원래 모습, 또는 호칸의 변화된 모습이었다.

본채에서 멀어지자 푸른 잎은 다시 야생성을 일부 되찾았고, 그 장소는 점점 평범하게 운영중인 농장처럼 보이기 시작했다.

그래도 동물들은 거의 없었고(아마 딱 가계에 도움이 되는 정도일 터였다), 대부분의 활동은 길게 늘어선 고통받는 덤불과 관계된 듯했다.

"내 덩굴이오." 선장은 손바닥을 위로 해서 들판을 획 쓸어 보이며 말했다. "하지만 그 얘기는 나중에 더 하지요. 일단은 선생 얘기부터. 말해보시오, 쇠데르스트룀 선생. 집에서 이렇게 멀리 떨어진 곳에서 뭘 하는 거요? 금 때문이오?"

호칸은 고개를 저었다. 긴 침묵. 호칸은 한 번도 스웨덴어로 자기 이야기를 해본 적이 없었다.

"뉴욕에 가려 했다. 엉뚱한 배를 탔다. 형을 잃어버렸다. 그 이후로." 호칸은 주변의 세상을 손짓하는 것으로 문장을 마무리했다. "나는 있었다. 나는 있었다."

침묵이 이어졌다. 호칸의 얼마 안 되는 말과 그 말 사이의 침묵을 통해 새어나오는 절제된 절망을 생각하는 동안 선장의 안색이 어두워졌다. 손님의 곤경에 연민을 느낀 것이었다.

"나는 떠나야 한다." 마침내 호칸이 말했다.

"하지만 방금 도착했잖소."

"아니. 이 나라. 나는 떠나야 한다."

"글쎄요, 쇠데르스트룀 선생, 내가 도움을 줄 수 있을지 모르겠소. 당신이 내 클라레를 다시 거절하지 않는다면 말이오."

그들은 부지에서 가장 수수한 건물로 들어갔다. 알고 보니 그 건물은 긴 계단으로 이어지는 입구였다. 아래로 한 단씩 내려갈 때마다 온도와 조도가 떨어졌다. 계단실 끝에서는 복도가 그들을 넓고 어둑한 지하실로 이끌었다. 호칸이 여태 본 것 중 가장 큰 실내 공간이었다. 방안은 깔끔하게 나열된 나무틀 위에 가로로 누워 있는 나무통으로 가득했고, 어둠 속으로 점점 희미해져 갔다. 벽은 이름표가 붙어 있는 유리병으로 뒤덮여 있었다. 그들은 구석 탁자에 앉았다. 알텐바움 선장이 나무통 하나의 코르크를 열더니, 지나치게 큰 유리관으로 검은 내용물 일부를 뽑아낸 다음 긴 손잡이가 달린 유리잔 두 개에 따랐다.

"그럼 이게 선생의 인생 첫 와인이겠구려."

호칸이 고개를 끄덕였다.

"그게 내 와인이라는 점도, 그 술을 선생에게 따라주는 사람이 나라는 점도 영광이오. 마음에 드셨으면 좋겠소."

그들은 잔을 들여다보았다. 검은 액체는 표면 쪽에서 동이 트듯 밝은 진홍색으로 변했다. 호칸이 작게 한 모금 마셔보았다. 와인은 그의 혀를 건조하고 거칠게, 고양이의 혀처럼 만들었다. 미지의 과일과 소금, 나무, 그리고 온기의 맛이 났다.

"어떻소?"

호칸은 고개를 끄덕였다.

"아, 잘됐군. 좋습니다."

선장은 와인을 빙글빙글 돌려 소용돌이를 만들더니 자기 잔에 코를 처박고 눈을 감았다. 깊이 숨을 들이쉰 다음 한 모금을 마시고, 한동안 입에 그 술을 머금고 있으면서 아주 뜨거운 음식을 한 입 먹었을 때처럼 빙빙 돌리더니 삼켰다. 그는 눈을 떴다. 술을 마실 때의 기쁨으로 이완된 그의 얼굴에 주름이 지며 생각에 잠긴 표정이 떠올랐다.

"아메리카에 온 지는 얼마나 됐소?"

"모른다."

호칸은 푹 꺼진 눈으로 나무통을 본 다음 다시 아래를 보았다. 천장을 보고 싶었지만, 그의 눈은 두 손에 닿았다. 호칸에게 두 손은 다른 누군가가 탁자에 올려놓은 물건처럼 보였다. 그는 손을 무릎에, 보이지 않는 곳에 두었다. 와인을 맛본 지금, 그는 와인의 달착지근한 존재감을 지하실 전체에서 냄새로 맡을 수 있었다.

"오래됐소?" 선장이 부드럽지만 고집스럽게 물었다.

"거의 평생. 떠났을 때 나는 어린아이였다."

"형을 잃어버렸다고 했는데. 여기에서 다른 가족을 찾았소? 친구라든지?"

호칸은 고개를 저었다.

"아메리카에서는 어디에 있었소?"

"모른다."

"모른다고요?"

"나는 샌프란시스코에 도착했다. 클랭스턴에 갔었다. 두 번. 그리고 다른 도시에도. 하지만 며칠뿐이었다. 그 세월 내내 나는 여행했다. 사막, 산, 평원. 그곳을 뭐라고 부르는지 모른다."

"어떻게 살았소? 여기선 어떤 일을 하셨소?"

"나는 있었다. 동쪽으로, 형을 찾으러 여행했다. 못 찾았다. 그런 뒤에는 멈추었다."

선장은 휘휘 돌리기, 냄새 맡기, 한 모금 마시기를 반복했다.

"골치 아팠겠소."

호칸이 고개를 끄덕였다.

선장이 고개를 끄덕였다.

"뭐, 어찌됐든 오래전 일이 틀림없겠구려. 어쨌거나 우리 둘 다 늙었으니."

두 남자 모두 탁자를 바라보았다.

"지금 나는 이 와인을 만듭니다. 아메리카에서 최고지요." 알텐바움 선장은 호칸보다는 자기 잔에 담긴 와인을 보며 말했다. "하지만 전에는 모피 상인이었소. 그 덕에 이 모든 것의 값을 낸 거요. 모피 덕에." 잠시 침묵이 흐른 뒤 선장은 고개를 들고 탁자 건너편을 보았다. "선생이 세라에게 준 여우 발 말이오. 놀랍더군. 빠르게 살펴본 것이지만, 선생이 발을 쭉 늘려 펴서 무두질했다는 걸 알았소. 그건 그렇고, 뛰어난 무두질 솜씨더군요. 부드러우면서도 실물 같은 감촉도 그렇고. 어떻게 하셨는지 모르겠소. 아주 드문 솜씨요. 그런 뒤에는 속을 채우고 다시 봉합까지. 힘줄을 써서 말이오! 전문가의 눈에나 보이는 것이지. 특별했소. 특별한 작품입니다."

호칸이 시선을 내렸다.

"선생 정도의 재능이라면 내가 일거리를 찾아줄 수 있소. 조용한 일 말이오. 원한다면 여기 살아도 좋습니다. 나와 일종의 이웃이 되는 것이오."

호칸은 선장이 자기 잔을 들여다보고 있으면 좋겠다고 생각하면서 고개를 들었지만, 모피 상인의 친절한 눈과 마주치고는 고개를 숙였다.

"선생이 가지고 있는 그 둘둘 말린 모피를 한번 봐도 되겠소?" 선장이 물었다.

호칸은 의자 옆에 놓인 꾸러미를 보았으나 움직이지 않았다.

"부탁입니다. 난 선생이 얼마나 많은 종류의 가죽을 사용했는지 알아봤소. 아주 특이해 보이던데. 그냥 동료 덫 사냥꾼의 호기심을 충족해주는 걸로 합시다. 부탁이오."

호칸은 천천히 의자에서 일어나 그 옆에 웅크리고서 가죽끈 몇 가닥을 풀고 양철 상자를 비롯해 꾸러미 안에 보관해두었던 물건들을 꺼냈다. 그런 다음, 조금씩 코트가 풀리도록 놔두며 구부정하게 숙이고 있던 자세를 포기하고 몸을 펴 키를 전부 드러냈다.

선장은 자리에서 일어섰다. 손가락 끝은 탁자에 그대로 둔 채였다. 익숙한 물건과의 미약한 접촉이 그를 현실에 비끄러매둘 수 있다고 생각하는 듯했다. 그렇게 그는 못 믿겠다는 듯 입을 쩍 벌리고 앞을 보았다. 코트 위를 지나 호칸의 얼굴까지 올라오는 시선이 흔들렸다.

그들은 조용히, 그 자리에 서 있었다.

알텐바움 선장이 마침내 자리에 앉아 잔을 채웠다. 호칸의 잔은 첫 모금을 마신 이후로 손대지 않은 채로 남아 있었다.

"선생이 세월을 통해 얼마나 많은 걸 배웠는지 알겠소. 장인이 되셨구려. 그 모든 동물도 그렇고. 온갖 곳에서 구했겠지요. 온갖 종류의 동물을. 심지어 파충류도 있고." 짧은 침묵. "그 사자도."

호칸은 선장이 마지막 단어를 내뱉었을 때 그의 눈에서 보인 무언가 때문에 코트를 말아올리고 계단을 힐끗 보았다.

"앉아주십시오. 부탁합니다."

호칸은 머뭇거리며 의자 가장자리에 앉았다. 금방이라도 쇠약한 자세로 몸을 다시 쪼그리려다가 자제했다.

"그게 선생의 도구요?"

호칸이 고개를 끄덕였다.

"봐도 되겠소?"

호칸은 탁자 건너편으로 상자를 미끄러뜨렸고, 선장은 최고의
존경심을 담아 부드러운 손길로 상자를 열고는 아무것도 만지지
않고 안을 들여다보았다.

"믿을 수가 없군." 그는 잠시 말을 멈추었다가 상자를 다시 건
네주더니 술을 마셨다. 이번에는 격식을 차리지 않았다. 그는 한
숨을 쉬었고 손톱으로 긁고 있던 탁자 얼룩에 정신이 팔린 것처럼
보였다. "내게는 자식이 있소." 마침내 그가 말했다. 그의 목소리
는 진지했지만 매우 침착했다. 거의 달콤하다고 할 수 있었다.

호칸이 일어섰다.

"기다리시오. 부탁이오. 선생에게 무슨 일이 일어났든." 선장
은 적당한 말을 찾지 못했다. "선생이 무슨 짓을 했든, 선생의 인
생이 이미 충분히 힘들었다는 걸 알겠소. 난 이야기를 전부 다 들
었지만, 진실이 뭔지는 모르겠소. 선생은 한때 악당이었을지도
모르지요. 모르겠소. 하지만 지금 내게 보이는 건 쉬지도 못하고
여행해왔으며 평화롭게 여행을 마무리해야 하는 지친 노인이오."

호칸은 그를 볼 수가 없었다.

"말했다시피," 선장이 좀더 침착한 투로 다시 말했다. "나는
모피 상인이었소. 지금 내 운송회사에는 대규모 선단이 있소. 알
래스카라고 들어보셨소?"

호칸은 대답하지 않았다.

"새로운 영토요. 나한테는 새로운 곳이 아니지. 내가 재산을
쌓은 곳이 거기니까. 하지만 이 연방에는 알래스카가 새로운 영

토라오. 거기라면 선생 마음에 들 거요. 근처에 아무도 없소. 덫을 놓기도 좋고. 스웨덴과 비슷해 보일 수도 있소. 내가 안전하게 선생을 그리로 데려다줄 수 있습니다."

　나중에, 본채에서 선장은 호칸에게 지구본으로 알래스카를 보여주었다. 그리고 자신의 회사가 해변을 따라 세운 다양한 거점과 사업소를 짚어주며 각각의 이점을 이야기했다.
　"난 여기에 모피 무역 기지를 두고 있소." 선장이 호칸에게 해변의 지역 서너 곳을 보여주었다. "소금 공장과 통조림 공장도 여기와 여기에 몇 군데 있소. 여기에는 작은 광산들이 있고. 그리고 여기랑 여기에서는 얼음을 구하지요. 선생이 어느 장소를 고르든, 선생 혼자 지내게 되리라는 건 확실합니다. 사냥감도 충분할 테고."
　그런 뒤 선장은 지나가는 말로 알래스카와 러시아가 무척 가까우며 두 땅이 좁은 해협으로만 나뉘어 있다는 점을 지적했다. 그는 손가락으로 핀란드를 거쳐 스웨덴으로 곧장 이어지는, 거대한 땅을 가로지르는 선을 그렸다.
　"선생에게 딱 맞는 장소요." 알텐바움 선장이 손가락을 다시 알래스카로 가져오며 말했다.
　전에는 한 번도 지구본을 본 적 없는 호칸은 걸어서 지구본 주위를 돌며 자신의 긴 여행길을 따라가보았다. 그렇게 그는 모든 땅이 어떻게 원이 되는지를 보았다.

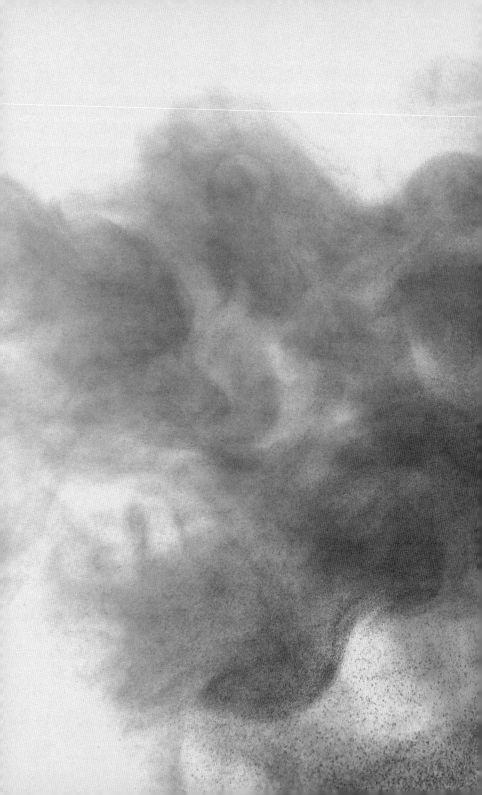

황량한 빛이 별들을 쓸어내고 있었다. 검은 하늘과 백색의 넓은 땅은 잠시 망설인 끝에, 경계선 없는 하나의 잿빛 공간으로 합쳐졌다. 얼음에 갇힌 선체의 신음, 늘어진 캔버스 천이 탁 접히는 소리, 유빙이 갈라지는 우지끈 소리가 때때로 침묵의 규모를 드러냈다.

그들은 거의 밤새 불을 피워두었으나 꽤 오래전에 연료가 떨어졌다. 그런데도 어두워져가는 잉걸불 주위에 그때까지 모여 있던 사람 중 움직인 사람은 아무도 없었다. 그들이 그린 원의 가장자리에는 기름기 묻은 양철 식기, 음식 찌꺼기, 담배꽁초, 빈병이 흩어져 있었다. 아무도 고개를 들지 않았다. 호칸의 얼굴에 시선을 고정하고 있는 소년만이 예외였다.

이제는 끝을 맞이하고 있는 기나긴 밤 내내, 호칸은 조용하고도 주저하는 목소리로 이야기했다. 아무도 그를 방해하지 않았다. 아무도 질문을 던지지 않았다. 그는 자주 오랫동안 말을 멈추었다. 때로는 조는 것처럼 보였다. 이렇게 침묵이 길어지면 남자들은 혼란스러운 시선을 교환하며 이야기가 마무리된 것인지 궁금해했다. 채취 작업자와 선원 몇 명은 일어나서 떠나기까지 했다. 하지만 그런 식으로 이야기가 끊기는 동안 아무리 딴 데 정신이 팔려 있었어도─또 그런 침묵이 아무리 길었어도─호칸은 눈을 뜨고 턱수염을 쓰다듬은 뒤에 언제나 이야기를 이어갔다. 특유의 머뭇거리는 듯한 방식으로, 한 번도 이야기를 멈춘 적이 없다는 듯이. 하지만 이번에는 자신이 알텐바움 선장의 도움을 받아 샌프란시스코로 이동해, 선장의 선단에 속한 많은 배 중한 척인 임페커블호에 올랐다는 이야기를 끝으로 자리에서 일어섰다. 그의 이야기를 듣던 사람들은 코트와 주위에 흩어져 있던 몇 안 되는 소지품을 정돈하는 척했다. 소년은 계속 그를 바라보았다.

갑판 아래와 위에서 이런저런 활동이 이루어지고 있었다. 누군가가 배 저쪽 끝으로 짧은 명령을 고함쳐 전했다. 선원 몇 명이 막대와 큰 해머, 곡괭이, 갈고리, 둘둘 만 밧줄을 가지고 달려갔다. 그들이 종범선에서 내릴 준비를 하고 있다는 게 분명해졌을 때쯤에는 몇몇 승객과 나머지 선원들이 우현 난간에 구경하러 모여 있었다.

그렇게 하면 몸무게가 가벼워지기라도 할 것처럼, 남자 다섯 명이 까치발을 들고서 장비를 든 채 얼음 위로 나아갔다. 눈이 모든 소리를 빨아들였다. 그들은 꿈을 헤치고 터벅터벅 걸어가는 것처럼 보였다. 약 50미터쯤 나아가자 얼어붙은 표면이 한 선원의 발밑에서 갈라졌고, 그는 검은색과 흰색 물의 소용돌이 속으로 사라졌다. 비명에 더 많은 구경꾼들이 난간으로 모여들었다. 의식을 잃은 선원의 몸뚱이는 갈고리로 구멍에서 건져내, 밧줄로 갑판에 끌어올렸다.

잠시 후 종이 울렸다. 양옆에 항해사들을 거느린 휘슬러 선장이 앞 돛대 옆에 확성기를 들고 섰다. 그 장치는 선장의 목소리뿐만 아니라 그의 우유부단함도 증폭시켰다. 그는 얼음이 깨지고 있으며 곧 다시 항해를 시작할 수 있을지 모른다고 선언했다. 뱃머리에서 100미터가량 떨어져 있는 가장 두꺼운 구역을 폭파하면 더 빨리 풀려날 수 있을 터였다. 선장은 자원자를 요청했다. 그는 하늘을 보더니, 침묵이 이어지는 동안 손목시계를 만지작거렸다. 호칸이 나머지 남자들에게서 떨어져나와 앞으로, 앞 돛대 쪽으로 몇 발짝을 내디뎠다. 소년이 그와 함께했다. 항해사들도 나섰고, 마지막으로 선장도 합류했다.

짧은 탐험을 준비하는 데는 거의 하루가 걸렸다. 앞선 사건 이후로 휘슬러 선장은 만전을 기했다. 그는 일행이 일정한 간격을 두고 작은 기지를 설치할 수 있도록 구명 장비, 널빤지, 밧줄을 주었고, 얼음이 완전히 붕괴할 경우 모든 사람을 동시에 끌어낼 수 있도록 갑판 위에 도르래 장치를 설치했다. 고물의 작은 보트 중 한 척이 절반쯤 내려졌다.

오후에는 소규모 일행이 폭발물을 설치하러 나섰다. 남자들은 전진을 위해 서로 밧줄로 연결되었다. 그들 모두가 배 위의 도르래에 묶여 있었다. 호칸이 앞장섰다. 멀리서 보면 그들은 아버지와 함께 산책하는 아이들처럼 보였다.

머잖아 그들은 각자의 도구를 가지고 작업에 들어갔다. 얼음과 관련된 문제는 모두가 호칸에게 결정을 맡겼다. 서 있어도 안전한 곳은 어디인지, 어디에 폭발물을 설치해야 더 효과적일지, 돌아가는 길은 어떻게 계획해야 할지. 그들은 폭발물을 넣을 구멍을 뚫었다. 항해사 한 명이 도화선을 준비했다. 폭발음은 공백 속에서 그저 기침소리로만 들렸다. 그러나 얼음은 폭발이 이루어질 때마다 그 근처에서 사방으로 갈라졌고, 남자들은 유빙에서 유빙으로 건너뛰며 배로 돌아와야 했다.

배에 탄 휘슬러는 유난히 안정적인 목소리로 탐험이 성공을 거두었다고 선언했다. 그는 어떤 약속도 할 수 없었지만, 일행은 헐거운 얼음장을 가르고 나아가, 바람이 강해지는 대로 길을 나설 수 있을지 몰랐다.

임페커블호에는 축제 분위기가 어렸다. 채취 작업자들은 곧 사용하게 될 거라는 기대 속에 장비를 점검하면서 서로의 계획과 희망을 나누었다. 함교 위에서 선장과 부하들은 김이 나는 머그잔을 놓고 웃었다. 샌프란시스코 냉각회사에서 온 남자가 처음으로 덫 사냥꾼이나 평범한 선원들과 거만한 태도로 어울려주었다. 하루가 막바지에 다다랐고, 이른 노을이 지기 직전에 하늘이 맑아졌다.

폭파팀에 자원한 이후로 얻은 새로운 지위를 즐기던 소년은 들뜬 분위기에, 그리고 곧 부와 명성을 얻게 되리라는 동료 뱃사람들의 이야기에 거의 오후 내내 흥분해 있었다. 문득 호칸을 떠올렸지만 찾을 수가 없었다. 소년은 호칸이 얼음 목욕을 하고 있을지 모른다고 생각하고는 배 앞쪽의 얼음에 새로운 균열이나 구멍이 있는지 훑어보며 꽤 오랜 시간을 보냈다. 결국 소년은 갑판 아래 한쪽 구석에서, 쪼그리고 앉아 몇 안 되는 소지품을 내려다보고 있는 호칸을 발견했다. 다른 모든 사람들처럼 호칸도 상륙할 준비를 하는 듯했다. 그는 누군가 자신을 지켜본다는 걸 알아차리고 일어섰다.

"같이 가도 돼요?" 소년이 물었다. "알래스카에 정박하면, 당신이랑 같이 가도 돼요?"

"난 알래스카로 가지 않는다." 호칸은 소년 옆을 스쳐지나가 갑판으로 올라가며 말했다.

해는 낮고 붉게 떠 있었다. 전날 저녁과는 달리 지금의 땅과 하늘은 수평선으로 나뉘어 있었다. 남자들은 벌써 술을 마시기 시작했다. 그들은 칩과 동전 주위에 웅크린 채 원을 그리고 앉아 주사위 놀이를 하고 있었다. 기대감어린 침묵에 시끄러운 환성이 이어졌다. 항해사들은 그 원 바깥에 서서 바라보며 미소 지었다.

호칸은 도박꾼들로부터 멀리, 선미 갑판을 향해 걸어갔다. 소년이 그를 따라잡았다. 배의 그 구역에는 그들 둘뿐이었다. 호칸은 등뒤에서 소년의 존재를 느끼고 잠시 멈추어 어깨 너머를 힐끗 보더니, 계속해서 선미 쪽으로, 좌현 쪽 마지막 밧줄걸이까지 걸어갔다. 그리고 그곳에 이르자 배 너머로 짐꾸러미를 던졌다.

"잠깐만요." 소년이 소리쳤다. "어디 가세요?"

"서쪽." 호칸이 말했다.

소년은 혼란스러운 표정이었다.

"무슨 서쪽이요?"

"지금은 걸어서 바다를 건널 수 있을지 모른다. 지금이 아니면 내년 겨울이어야겠지. 그런 다음 곧장 서쪽으로 간다. 스웨덴으로."

소년은 어리둥절해져 고독하고 광활한 공간으로 시선을 돌렸다. 수평적 광대함에 방향감각을 잃은 듯했다. 그 광활함은 하늘 아래 또다른 하늘처럼 무한하고도 헐벗은 것처럼 보였다. 돌아보니 호칸은 이미 눈이 래커처럼 칠해진 난간에 두 다리를 걸치고 있었다. 소년은 뭔가 말하고 싶어서 그에게 다가갔다. 호칸은 잠시 멈추거나 뒤를 돌아보지 않고 내려가기 시작했다.

잠시 후 소년은 갑판 너머로 몸을 숙이고, 그 거대한 남자가 짐 꾸러미를 집어들고서 눈앞의 얼어붙은, 확장된 공간을 빤히 바라보는 모습을 지켜보았다. 바람은 아직 그에게 닿지 않았으나 호칸은 머리에 사자 후드를 걸쳤다. 땅에서부터 불어올라온 깃털 같은 눈 뒤에서 하늘이 보랏빛으로 변했다. 호칸은 자기 발을, 그다음에는 다시 위를 보더니 백색 안으로, 가라앉는 태양을 향해 길을 나섰다.

옮긴이의 말

옮긴이의 말

에르난 디아스는 『트러스트』로 퓰리처상을 수상했을 뿐 아니라 국내 독자에게도 두루 좋은 평가를 받았다. 『트러스트』의 매력으로는 여러 가지를 꼽을 수 있겠지만 다양한 서술자의 시선을 빌려 한 인물 혹은 사건을 여러 각도에서 조명하는 소설적 장치를 빼놓을 수 없다. 거꾸로 말하면, 『트러스트』를 읽는 독자들은 작가가 전면에 내세우는 서술자들에게 집중하게 된다. 때로는 그 서술자들을 기획하고 활용하는 작가의 존재를 잊을 정도로 말이다.

그에 비해 『먼 곳에서』는 여러모로 작가 자신의 모습이 좀더 투명하게 반영되었다고 상상할 수 있는 작품이다. 작가 에르난 디아스는 아르헨티나에서 태어났지만 주로 스웨덴에서 어린 시절을 보낸 뒤 미국으로 와 철학 박사학위를 받고 대체로 미국 문단에서 활동한 인물이다. 『먼 곳에서』의 주인공인 호칸 쇠데르스트룀의 모습이 언뜻 겹쳐 보인다. 호칸 역시 스웨덴에서 소년기를 보내고 미국으로 이주해 대부분의 인생을 그곳에서 보내는 인물이기 때문이다.

물론 미국의 세련된 도시 문화를 대표하는 뉴욕, 그것도 문단의 명사로서 자리매김한 작가와 다른 인간보다는 광활한 자연과의 관계가 압도적으로 중요한 중서부에서 이방인 중의 이방인으로 살아간 주인공의 경험을 완전히 겹쳐놓고 볼 수는 없다. 일례로 호칸은 미국에 상륙하기 전부터 시작된 영어에 관한 낯섦과 서툶을 작품이 끝나는 시점인 노년에 이르러서까지도 극복하지 못하는데, 이는 영어가 모국어가 아님에도 그 언어에 대한 확고한 지배력을 보여주는 작가와는 뚜렷이 대조되는 특징이다. 간단히 말해 호칸 자신은 결코 『먼 곳에서』를 쓰지 못했을 것이다. 그러나 미국이라는 낯선 땅, 영어라는 낯선 언어에 대한 생경함과 '먼 곳에서' 겪는 외로움, 어딘가 소속감을 느낄 만한 곳을 찾는 심정과 낯선 곳을 떠도는 이방인의 특성이 결국 호칸 자신의 정체성이 되었다는 통찰력이 작가의 언어로 유창하게 표현될 때, 우리는 이 모든 것이 작가 자신의 심리적 경험과 밀접하게 연관되어 있다고, 적어도 작가가 호칸의 심경에 유독 깊이 몰입할 심리적 접점을 가지고 있다고 상상할 수 있다. 이를테면 다음과 같은 서술을 보자.

선장은 스웨덴어로 말했는데 호칸이 모르는 단어를 많이 사용했다. 리누스를 잃은 이후로 오직 머릿속으로만 스웨덴어를 들었기에—호칸은 유일하게 스웨덴어를 사용하는 사람으로

서, 자신의 생각에 따라 그 언어를 만들어왔다―호칸은 그런 단어들을 선장의 목소리와 조화시키고, 그런 단어가 자신이 아닌 다른 사람에게도 뭔가 의미가 있을 수 있다는 걸 믿기가 거의 불가능했다. 더욱 놀라운 점은 호칸 자신이 모국어를 말한다고 해서 더 자신감 있거나 안전하다고 느끼지 못했다는 것이다. 지금 그는, 자신의 수줍음과 우유부단함, 침묵에 대한 선호가 언어와는 아무 관계가 없었다는 걸 알게 되었다. 그는 스웨덴어를 쓸 때도 똑같았다. 이 조용하고 머뭇거리는 존재는 그냥 호칸의 원래 모습, 또는 호칸의 변화된 모습이었다.

거의 한평생이 지난 뒤에야 스웨덴어를 말하는 다른 사람을 만난 호칸은 자신이 그리워한 어린 시절의 스웨덴이나 스웨덴어도 이제는 낯선 대상이 되었음을, '이방인'이 그의 정체성 자체가 되었음을 깨닫는다. 그것이 자신의 "변화된 모습"인지, "원래 모습"인지 알기 어려울 만큼.

오랜 이민생활 끝에 고국에서도, 이민을 간 국가에서도 완전한 소속감을 느끼지 못하고 이민자로서의 흔들리는 정체성을 파도치는 그 상태 그대로 받아들여야만 하는 수많은 이민자들에게는 직관적으로 와닿을 만한 서술이다. 하지만 이런 심정에 공감할 수 있는 사람이 이민자뿐만은 아닐 것이다. 취업, 이사, 실직, 이직, 입대, 결혼, 졸업, 자녀를 갖고 키우는 일, 소중한 사람의 죽음, 이혼, 갑작스러운 장애의 발생 등 당장 생각나는 것만 해도 이전의 나를 근본적으로 뒤흔들고 바꿔놓는 인생의 경험은 한두 가지가 아니다.

우리는 한 가지 정체성을 가지고 있던 사람이 다른 환경으로 옮겨가 그 환경에서 살아남기에 적합한 모습으로 변화하는 걸 '적응'이라고 부르며 그 사람이 완전히 다른 어떤 존재로 변했다고 간주하는 경우가 대부분이다. 심지어 나 자신에 대해서도 "이러저러한 경험을 한 이후에 난 완전히 다른 사람이 되었다"며, 내가 기존의 환경과 결별하고 새로운 환경에 최적화된 존재로 거듭난 것처럼 생각하고 말할 때가 있다.

그러나 작품이 생생하게 보여주듯, 사실 새로운 환경에 옮겨졌을 때의 생소함이나 과거에 대한 그리움은 언제까지나 사라지지 않는다. 오히려 내가 소속되어 있던 곳에 대한 낯섦이 더해질 뿐이다. 그런 의미에서 적응이란 세상에 대한 낯섦을 키워가는 경험일지 모른다. '이방인'으로서의 기억과 경험을 쌓아가는 과정, 그 동요와 불안과 머뭇거림을 삶의 일부로 받아들이고 이어가는 과정 말이다.

우리가 호칸이라는 인물에게, 그의 외로움과 고통은 물론 그 모든 것을 감당하고 계속 살아나가는 생명체로서의 강인함에 공감하고 감동한다면 바로 이런 이유에서일지 모른다. 호칸의 분노와 좌절, 그의 사랑과 우정과 세상에 대한 경탄 등 온갖 감정이 지구 반대편 이야기가 아니라 나 자신의 이야기처럼 큰 울림을 불러오는 이유도 그것이고. 이 삭막한 세상에서 살아나가는 우리의 생명력도 바로 그런 것이고.

강동혁

옮긴이 **강동혁**
서울대학교 영문학과와 사회학과를 졸업하고 동 대학원에서 영문학 석사학위를 받았다.
옮긴 책으로 『트러스트』 『나이프』 『그후의 삶』 『타이탄의 세이렌』 『토피카 스쿨』 『올드 스쿨』
『이 소년의 삶』 『밤의 동물원』 『일곱 건의 살인에 대한 간략한 역사 1, 2』 『워터 댄서』 『프로
젝트 헤일메리』 『레스』, 해리 포터 시리즈 등이 있다.

문학동네 세계문학
먼 곳에서

1판 1쇄 2024년 4월 3일 │ 1판 4쇄 2024년 10월 24일

지은이 에르난 디아스 │ 옮긴이 강동혁
기획·책임편집 윤정민 │ 편집 손예린 오동규
디자인 최윤미 이원경 │ 저작권 박지영 형소진 최은진 오서영
마케팅 정민호 서지화 한민아 이민경 왕지경 정경주 김수인 김혜원 김하연 김예진
브랜딩 함유지 함근아 박민재 김희숙 이송이 박다솔 조다현 정승민 배진성
제작 강신은 김동욱 이순호 │ 제작처 한영문화사

펴낸곳 (주)문학동네 │ 펴낸이 김소영
출판등록 1993년 10월 22일 제2003-000045호
주소 10881 경기도 파주시 회동길 210
전자우편 editor@munhak.com │ 대표전화 031) 955-8888 │ 팩스 031) 955-8855
문의전화 031) 955-1927(마케팅) 031) 955-2634(편집)
문학동네카페 http://cafe.naver.com/mhdn
인스타그램 @munhakdongne │ 트위터 @munhakdongne
북클럽문학동네 http://bookclubmunhak.com

ISBN 978-89-546-9873-3 03840

잘못된 책은 구입하신 서점에서 교환해드립니다.
기타 교환 문의 031) 955-2661, 3580

www.munhak.com